ullstein

CHRIS MEYER hat sich von Berufs wegen schon oft mit der Frage beschäftigt, warum ein Mensch zum Serienmörder wird. Bis heute gab es keine zufriedenstellende Antwort. Also nähert sich Chris dem Bösen weiterhin in literarischer Form und erfindet fiktive Killer, die dichter an der Realität sind, als man glaubt. Mit Familie und Hund lebt Chris in der schönsten Stadt der Welt – Köln.

Von Chris Meyer ist bei uns im Hause bereits erschienen:
Der Blutkünstler

CHRIS MEYER

DER ZOOM KILLER

THRILLER

Ullstein

Besuchen Sie uns im Internet:
www.ullstein.de

Wir verpflichten uns zu Nachhaltigkeit

- Klimaneutrales Produkt
- Papiere aus nachhaltiger Waldwirtschaft und anderen kontrollierten Quellen
- ullstein.de/nachhaltigkeit

MIX
Papier
FSC® C083411

Originalausgabe im Ullstein Taschenbuch
1. Auflage Juni 2022

Umschlaggestaltung: zero-media.net, München
Titelabbildung: © Miguel Sobreira / arcangel images
Satz: Pinkuin Satz und Datentechnik, Berlin
Gesetzt aus der Kepler Std
Druck und Bindearbeiten: CPI books GmbH, Leck
ISBN 978-3-548-06377-5

1

Mindestens zwei Stunden Zoom-Call standen ihr jetzt noch bevor. Teresa Konstantin seufzte. Wenn sie auf eines heute keine Lust mehr hatte, dann darauf. Ihr Tag fing um halb sechs morgens an, eine Stunde Pilates stand dann auf dem Programm, damit ihr Körper wenigstens ansatzweise in dem Zustand blieb, in dem Millionen Männer ihn kannten und der im Laufe der Jahre zu ihrem Markenzeichen geworden war. Danach Kalkulationen, Buchhaltung, Film-Budget-Meeting, Location-Suche – sie war seit bald zehn Stunden auf den Beinen. Sie würde aufpassen müssen, dass sie bei dem Call nicht nach zwei Minuten wegnickte. Wenn die aufgeblasenen Kerle ins Monologisieren gerieten, konnte sie für nichts mehr garantieren.

Teresa stellte ihre Tasse unter den Vollautomaten, drückte zweimal auf die Taste für den doppelten Espresso und biss in ihr Mettbrötchen.

Das Schöne an den Zoom-Calls war, dass sie keine High Heels tragen musste, den Knopf ihrer Hose öffnen und sich entspannt in ihren flauschigen Plüschpantoffeln an den Schreibtisch setzen konnte. Vielleicht schaffte sie es nebenbei noch, den Text für die Einladungen zum Jubiläum fertig zu schreiben. Ihr hundertster Film kam nächsten Monat in einer Sonderedition auf den Markt, das wollte sie auf jeden Fall feiern.

Sie zog noch einmal ihre Lippen nach, stellte bei Zoom einen Filter ein, der ihre Fältchen verschwinden ließ, und klickte sich in das Meeting.

»Ah, endlich auch mal was fürs Auge! Hallo, Teresa!« Peter Bode winkte breit grinsend in die Kamera, und Teresa überlegte, wie lange es wohl dauern würde, bis der erste anzügliche Spruch kam. »Du siehst heute heißer aus denn je, meine Liebe! Bei deinem Anblick wird mir ja ganz schwummrig!«

Diesmal keine fünf Sekunden, dachte sie und erwiderte sein Grinsen. »Wäre schön, wenn ich das zurückgeben könnte, Peter. Aber Lügen sind ja nicht so mein Ding, weißt du ja.«

Die anderen Zoom-Teilnehmer lachten. Bode verzog kurz das Gesicht und begann dann, die Bilanzen aus dem letzten Quartal vorzustellen. Teresa unterdrückte ein Gähnen. Sie alle hatten die Dokumente im Vorfeld per E-Mail erhalten, warum mussten sie die jetzt noch mal mündlich durchgehen? Sollte das eine Art betreutes Lesen werden? Sie nahm einen Schluck von ihrem Kaffee und versuchte, die Augen offen zu halten, was ihr zunehmend schwerer fiel.

Doch mit einem Mal war sie schlagartig hellwach. Ein schwarzer Schatten huschte hinter Bode über den Bildschirm. Oder hatte sie sich getäuscht?

Teresa hielt den Atem an. Nein, keine Täuschung. Da war er wieder. Und diesmal war es nicht nur ein Schatten. Eine schwarz gekleidete Gestalt blieb scheinbar geräuschlos hinter Bode stehen. Warum merkte der Idiot das denn nicht?

»Peter, wer ist da hinter –?« Teresa blieb die letzte Silbe im Halse stecken, als die Person blitzschnell ein Messer hervorholte und es Bode an die Kehle hielt.

Verdammte Scheiße, ein Überfall! Reflexhaft griff sie nach ihrem Handy und tippte auf die Notruftaste. Nichts passierte. Hektisch drückte sie immer wieder auf das Display, aber es zeigte keine Reaktion.

»Sie lassen Ihre Handys jetzt liegen«, sagte die dunkle Gestalt leise, als wüsste sie, was Teresa gerade getan hatte. »Es gibt eh keinen Empfang. Ich hab alle Smartphones gehackt, genauso wie ich die Computer gehackt habe. Sie können keine E-Mail verschicken, nichts. Das Einzige, was Sie im Moment tun können, ist zusehen. Und das werden Sie jetzt auch tun. Denn wenn Sie es nicht tun, wenn Sie auch nur ein einziges Mal zur Seite schauen oder die Augen schließen, dann ist dieser Mann tot. Und das wird dann Ihre Schuld sein. Haben Sie das verstanden?«

Teresa versuchte, ihre Gedanken zu sortieren und die aufkommende Angst unter Kontrolle zu halten. Was war hier los? Was hatte der Typ vor?

Einer von den anderen Teilnehmern schien erneut zu versuchen, mit seinem Handy Hilfe zu holen, was dem Mann in Bodes Büro ebenfalls nicht entging.

»Was habe ich gerade gesagt?«, fragte er mit scharfer Stimme. Doch anstatt eine Antwort abzuwarten, führte er eine schnelle Bewegung mit dem Messer aus. Teresa sah zunächst nur das Blitzen der Klinge, einen Atemzug später hörte sie Bodes lauten Schrei.

»Mein Ohr! Sind Sie wahnsinnig? Mein Ohr –«

Sein linkes Ohr wurde nur noch von wenigen Gewebefetzen am Kopf gehalten und hing nun neben seinem Gesicht, als wäre es ein Fremdkörper. Blut lief ihm den Hals herunter. Reflexhaft wollte Bode an die schmerzende Stelle fassen, aber der andere stieß seine Hand sofort weg.

»Halt dein fettes Maul«, zischte der Unbekannte zu Bode und hielt ihm wieder das Messer an den Hals. »Du machst keine einzige Bewegung mehr!« Dann blickte er erneut in die Kamera. »Dass das Ohr jetzt in diesem Zustand ist, haben alleine Sie zu verantworten.«

Der Zoom-Teilnehmer, der nach dem Handy gegriffen hatte, war leichenblass geworden. »Es kommt nicht wieder vor.«

»Das will ich hoffen.« Mit einem Ruck riss der Mann das Ohr endgültig ab und warf es Bode in den Schoß, der daraufhin unmenschlich zu wimmern begann. Der andere Zoom-Teilnehmer übergab sich mit laut würgenden Geräuschen auf seinen Schreibtisch, wobei er panisch versuchte, den Bildschirm nicht aus den Augen zu lassen.

»Sehr gut.« Der Unbekannte wirkte zufrieden. »Immer schön auf den Monitor gucken. Ich möchte bei der Prozedur Ihre ungeteilte Aufmerksamkeit, ist das klar?« Der drohende Ton des Mannes war unmissverständlich.

Es dauerte nur wenige Augenblicke, und Bode war an seinen Schreibtischstuhl gefesselt. Zudem erstickte nun ein

Knebel seine Schreie. Dann hob der Maskierte das Messer und hielt es kurz in die Kamera, als wollte er allen noch mal zeigen, wie scharf es war. Langsam begann er, damit in Bodes Brust zu schneiden.

Teresa starrte in die Augen ihres Geschäftspartners, die vor Panik und Schmerz weit aufgerissen waren. Seine unterdrückten Schreie gingen ihr durch Mark und Bein.

»Mein Gott. Was passiert hier?«, brachte sie tonlos hervor. In dem Moment drehte sich der schwarz gekleidete Mann um und hielt ein blutiges Stück Haut in die Kamera, das er im nächsten Augenblick auf den Schreibtisch warf.

»Machen wir weiter«, sagte er leise und stach mit der Spitze seines Messers in Bodes Rücken. Und obwohl er eine Maske trug, war Teresa sich sicher, dass der Mann lächelte, als er das nächste Stück aus dem Körper schnitt.

2

Mory rückte noch einmal ihre Brüste zurecht und atmete tief durch. Dann stöckelte sie die lange Einfahrt hinauf. Die große Villa, die vor ihr lag, erinnerte sie an eine US-Serie, auf deren Namen sie nicht kam. Insgesamt wirkte das ganze Anwesen recht amerikanisch, wie sie fand. Ein Eindruck, der durch die weißen Säulen im Eingangsbereich noch verstärkt wurde, die dem Haus einen Südstaaten-Look verliehen. Auch die dunkelgrünen Fensterläden, die als einzige Farbtupfer die weiße Fassade unterbrachen, passten zu diesem Bild.

Mory zupfte an ihrem Rock, der nur knapp bis zum Po reichte. Auch das kurze, bauchfreie Oberteil zeigte mehr, als es verdeckte, und auf den zwölf Zentimeter hohen Absätzen konnte sie kaum laufen. In den verdunkelten Fenstern der Limousine, die vor dem Eingang parkte, überprüfte sie kurz ihr Outfit.

Du siehst zumindest schon mal aus wie ein Pornostar, dachte sie. Ihre Brüste waren noch natürlich, aber sobald sie etwas Geld angespart hatte, würde sie sich neue anschaffen. Ein ordentliches D-Körbchen würde sie noch weiter nach oben bringen, das hatte ihr Bode schon gesagt. Und er musste es ja schließlich wissen.

»Du schaffst das schon«, sagte sie leise zu ihrem Spiegelbild.

Bisher hatte sie noch keine Filme gedreht, aber sie ging seit einer Weile anschaffen und wusste, wie es sich anfühlte, wenn ihr Körper benutzt wurde. Die anderen Frauen auf der Straße hatten ihr gratuliert, als Bode sie angesprochen hatte. Einige hatten sie zwar gewarnt, dass er mit seinen Darstellerinnen nicht gerade zimperlich umging, aber natürlich war es besser, einen Porno zu drehen, als sich jeden Abend den Freiern auf der Straße anzubieten, das war ihr sofort klar gewesen.

Bode war der wichtigste Produzent in der Branche, ihm gehörte eine der weltweit größten Porno-Plattformen, und er arbeitete mit den finanzkräftigsten Produzenten im Erotikbereich zusammen. Mory wusste, dass die Branche ständig hungrig auf neue Gesichter war. Oder vielmehr auf neue Körper. Je jünger, desto besser. Dass sie gerade erst achtzehn geworden war, war daher ihr größter Trumpf, und Bode hatte ihr versprochen, sie zum Star zu machen. Bis zu tausend Euro würde sie pro Film verdienen, hatte er gesagt, später vielleicht sogar mehr. Sie konnte sich keinen Job vorstellen, bei dem sich leichter so viel Geld verdienen ließ. Auf der Straße bekam sie fürs Blasen meistens nur dreißig Euro, für Verkehr fünfzig. Das war natürlich kein Vergleich zu einer möglichen Film-Gage.

Allerdings hatte sie die Vorstellung, sich vor Bode und einem Dutzend anderer Kerle in einem Privathaus auszuziehen und zu präsentieren, etwas nervös gemacht, besonders weil Bode nicht den allerbesten Ruf hatte. Zuerst hatte sie deshalb die Einladung, zu ihm nach Hause zu kommen und sich dort seinen Geschäftsfreunden vorzustellen, ausgeschlagen. Lachend hatte er sie schließlich beruhigt. »Ich lass die Typen doch nicht aus halb Europa einfliegen. Wo denkst du hin!«

Sie sollte sich im Zuge eines Zoom-Calls präsentieren, hatte er erklärt. Außer ihm würde keiner persönlich anwesend sein. Damit konnte sie leben.

Mory warf ihre blondierte Mähne in den Nacken, die zur Hälfte aus Extensions bestand, und ging auf die riesige Haustür zu. Genau genommen waren es zwei Türen, die sich vermutlich wie ein Tor öffnen ließen. Auf dem weißen, glänzenden Holz war auf jeder Seite ein goldener Löwenkopf angebracht, der als Türklopfer diente.

Du hast dich dafür entschieden, also zieh es auch durch, sprach sie sich ein letztes Mal Mut zu.

Sie wusste, dass sie bei so einem Vorsprechen eine gute Leistung abliefern musste. Natürlich würde sie sich ausziehen, vielleicht ein bisschen tanzen und an sich rumspielen müssen, aber sehr viel mehr dürfte heute eigentlich nicht passieren. Und wenn Bode mehr verlangen sollte, dann würde sie eine gute Performance liefern. Sie war geübt darin, ihren Kopf auszuschalten, warum sollte ihr das heute nicht gelingen. Es gab eigentlich keinen Grund, warum sie so nervös war. Außer einen: Sie wollte den Job unbedingt. Endlich weg von der Straße, endlich weiterkommen. Vielleicht konnte sie irgendwann auch ins richtige Filmgeschäft einsteigen. Pornos konnten durchaus ein Sprungbrett sein.

Mory drückte auf den Klingelknopf. Ein lauter Gong ertönte aus dem Inneren, der den schlossähnlichen Charakter des Hauses noch betonte. Sie fuhr sich mit der Zunge über ihre Schneidezähne, um mögliche Lippenstiftspuren zu verwischen, wartete einen Moment und klingelte erneut.

Was antwortest du, wenn sie dich nach perversen Praktiken fragen? Auf der Straße hatte sie klare Regeln. Niemals ohne Gummi, und mehr als Blasen und GV hatte sie nicht im Angebot – was auch gar nicht nötig war. Nur sehr selten kam ein Freier mit ungewöhnlichen Wünschen. Aber war das beim Film auch so?

Erst mal sagst du zu allem Ja, nahm sie sich vor. Nein sagen kannst du später immer noch.

Sie klingelte erneut, und als immer noch nichts passierte, klopfte sie mit dem goldenen Löwenkopf an die Haustür. Die Tür schob sich einen Spaltbreit auf, offenbar war sie nicht richtig ins Schloss gefallen.

Mory zögerte kurz. Sollte sie einfach so ins Haus gehen? War das in Ordnung, oder kam das einem Einbruch gleich?

Mit einem Blick auf ihre goldene Fake-Rolex vergewisserte sie sich, dass sie nicht zu früh war, im Gegenteil, sie war auf die Minute pünktlich. Vielleicht hörte Bode das Klingeln nicht. Weil er in der Zoom-Konferenz Kopfhörer trug.

Vorsichtig drückte sie die schwere Tür weiter auf und betrat unschlüssig das Haus.

»Hallo? Herr Bode? Sind Sie da? Mory Sextana ist hier!«

Es war immer noch nicht selbstverständlich für sie, ihren Künstlernamen auszusprechen. Eigentlich hieß sie Marie Schneider, das war ihr aber schon immer zu spießig gewesen, und so hatte sie sich schon in der Schule Mary genannt. Irgendwann wurde daraus Mory, so nannte sie sich dann auch auf der Straße. Die Idee mit Sextana hatte Peter Bode gehabt.

»Herr Bode? Hallo, sind Sie da?«

Keine Antwort. Unschlüssig stöckelte sie über den weißen Marmor und sah sich in der Eingangshalle um. An den Wänden hing teure Kunst, jedenfalls glaubte sie, dass sie teuer war. Die Bilder waren riesig, knallig bunt und zeigten meistens ein erotisches Motiv. Leuchtend pinke Brüste, eingerahmt von neonfarbenen Schwänzen. Wie konnte man für so etwas nur Geld ausgeben? Angestrahlt wurde alles von einem überdimensionalen Kronleuchter, der ebenfalls in den verschiedensten Farben schillerte. Auf dem Boden lag ein Löwenfell mit Kopf, das Mory schon wieder witzig fand. Als Fake würde sie sich so etwas auch in ihre Wohnung legen, wenn sie eines Tages vielleicht mal mehr als zwanzig Quadratmeter hatte.

Vom Eingangsbereich gingen vier Türen ab, und eine große Wendeltreppe führte in den ersten Stock. Mory wollte nicht die ganze Villa nach Peter Bode absuchen, da würde sie sich wirklich wie eine Einbrecherin vorkommen, und das war ihr zu riskant. Womöglich hatte Bode eine Waffe bei sich, mit der er direkt schoss, sobald eine fremde Person sich näherte. Von solchen Geschichten hörte man doch immer wieder.

Sie zog ihr Handy aus der Tasche und suchte im Adressbuch nach Bodes Kontakt. Doch bevor sie auf die Nummer tippte, hielt sie inne. Was war das? Sie hatte eindeutig ein Geräusch gehört. Es hörte sich an wie ein Stöhnen, eher wie das Stöhnen von mehreren Personen. Kam es aus dem rechten Zimmer? Sie glaubte schon.

»Herr Bode?«

Mory steckte ihr Handy wieder ein und ging auf die Tür zu, hinter der sie die Geräusche vermutete. Hatte das Zoom-Meeting schon begonnen? Wurde vielleicht gerade eine andere Darstellerin begutachtet und beurteilt. Wobei das Stöhnen, das nach wie vor aus dem Raum drang, sich nicht nach klassischem Sexgestöhne anhörte. Eher leidend ... was war hier los?

Sie nahm all ihren Mut zusammen und klopfte an die Tür.

»Herr Bode, darf ich reinkommen? Mory ist hier. Wir haben einen Termin.«

Doch Peter Bode antwortete ihr nicht. Stattdessen nahm sie immer noch die stöhnenden Geräusche wahr. Inzwischen war sie sich sicher, dass die mit Lust nicht das Geringste zu tun hatten.

»Ist alles in Ordnung?«

Vielleicht hatte der Typ ja auch einen Herzinfarkt, ging es ihr durch den Kopf.

Beunruhigt, aber auch energisch öffnete Mory die Tür. Im nächsten Augenblick sah sie, wie eine schwarz gekleidete Person aus dem Fenster sprang und über den Rasen eilte, mit einer Tasche in der Hand. Kurz darauf war sie hinter den Büschen verschwunden.

»Was zur Hölle –?«

Ihr versagte die Stimme. Reflexhaft presste sie sich eine Hand vor den Mund und blickte entsetzt auf das Szenario vor sich.

Peter Bode saß nackt auf seinem Schreibtischstuhl. Jedenfalls glaubte sie, dass es Bode war. Viel war von dem Mann nicht mehr zu erkennen. Seine Arme waren auf dem Rücken gefesselt und als Einziges noch als solche zu definieren. Der Rest des Körpers erschien ihr wie eine blutige Fleischmasse. An vielen Stellen fehlte die Haut, Sehnen und Muskeln waren zu sehen. Um den Schreibtischstuhl hatte sich eine dunkelrote Pfütze gebildet, in die immer noch Blut tropfte. Vor Bode stand ein riesengroßer Bildschirm auf dem Schreibtisch, von dem Mory mehrere bleiche Gesichter fassungslos entgegenstarrten.

Entsetzt ließ sie ihre Hand sinken und schnappte nach Luft, als wäre sie eine Weile unter Wasser getunkt worden. Sie wollte schreien, so laut sie nur konnte, aber mehr als einen jämmerlichen Heulton brachte sie nicht hervor.

3

Das Summen der Fliegen klang in seinen Ohren wie ein Konzert des Todes. Er fand es immer wieder faszinierend, wie schnell die Insekten Blut und Verwesung wittern konnten und innerhalb weniger Minuten eine Leiche ausfindig machten. Ein dicker, grünlich schimmernder Brummer landete auf dem entstellten Gesicht des Toten und verschwand im nächsten Augenblick in seinem blutigen Nasenloch. Dort würde er nun still und heimlich seine Eier ablegen, damit die Maden ihr Werk von innen verrichten konnten.

Im BKA nannte man ihn den besten Profiler seiner Generation. Mit der korrekten deutschen Bezeichnung *Fallanalytiker* wurde Tom Bachmann nie bedacht, vermutlich wegen seines Studiums in den USA und seiner jahrelangen Tätigkeit fürs FBI. Wenn seine Kollegen wüssten, woher seine Faszination für den Tod eigentlich kam, würde ihn wahrscheinlich niemand mehr für den kühlen und klar denkenden Profiler halten, den bisher alle in ihm sahen.

Tom Bachmann stand ruhig vor dem Schreibtisch und

ließ seinen Blick über den Körper wandern, der vor ihm auf einem Stuhl festgebunden war und von Nina Brinkhaus vorsichtig untersucht wurde. Die weiße Schutzkleidung der Rechtsmedizinerin hatte inzwischen einige braunrote Flecken bekommen, was angesichts der enormen Blutmenge, die überall verteilt war, nicht weiter verwunderte.

Keine Frage, es war richtig gewesen, ihn und sein Team vom BKA zu rufen und den Fall nicht den normalen Kripo-Beamten zu überlassen. Dieser Mord war anders, das war jedem sofort klar gewesen. Das letzte Mal hatte Tom eine so übel zugerichtete Leiche bei der Jagd auf den Blutkünstler gesehen. Und wer immer das hier zu verantworten hatte, war mindestens genauso skrupellos und brutal wie der Täter damals.

Das Opfer sah aus, als wäre es durch den Fleischwolf gedreht worden. Ganz offensichtlich war ihm die Haut an verschiedenen Stellen des Körpers entfernt worden. Tom schätzte, dass bestimmt fünfzig Prozent seiner Haut fehlten. Überall war rohes, blutiges Fleisch zu sehen, einzelne Sehnen und Muskelstränge lagen offen, und am Hals des Opfers prangte eine große Wunde. Ganz offensichtlich war der Mann noch am Leben gewesen, als sein Peiniger ihm die Kehle durchgeschnitten hatte. Eindeutiges Indiz dafür waren die großen Mengen Blut, die den Schreibtischstuhl und auch Teile des Tisches besudelt hatten. Das Herz hatte also noch gepumpt, als die Hauptschlagader geöffnet wurde, und das Blut für einige Sekunden in Fontänen aus dem Körper geschleudert. Computer, Bildschirm und Tastatur waren allerdings nicht in Mitleidenschaft gezogen worden.

War das dem Täter wichtig gewesen? Das Blut hätte zu einem technischen Defekt führen und die Verbindung unterbrechen können, dachte Tom. Hatte der Mörder darauf geachtet, dass das nicht passierte?

»Seid ihr mit der Spurensicherung am Fenster fertig?«, fragte Nina einen der weiß gekleideten Kollegen von der Spusi. Der nickte zustimmend. »Dann bitte schließen. Es kommen immer mehr Fliegen rein, die kann ich hier echt nicht gebrauchen.«

Mit einer raschen Handbewegung scheuchte sie einige der kleinen Tiere weg, von denen sich inzwischen nicht wenige auf den Überresten des Mannes tummelten.

Tom sah zu seiner Kollegin Ira Sokolov, die am anderen Ende des Raumes stand und die blonde Zeugin vernahm, die den Toten gefunden hatte. Deren Make-up war von der ganzen Heulerei so verschmiert, dass Tom bei ihrem Anblick an eine Halloween-Kostümierung denken musste. Trotz der sichtbar desolaten Verfassung der jungen Frau schien Ira aber Zugang zu ihr gefunden zu haben. Vielleicht kam ihr dabei ihre Vergangenheit als verdeckte Ermittlerin im Rotlichtmilieu zugute, jedenfalls sprach sie schon eine ganze Weile mit ihr, und die Zeugin schien sich langsam zu fangen.

Währenddessen versuchte Katja Huschek, die einzelnen Teilnehmer der Zoom-Konferenz zu vernehmen oder zumindest ihre persönlichen Daten festzustellen. Sie war die Jüngste im Team und hatte weniger Erfahrung als alle anderen, aber in den letzten Monaten hatte sie sich als besonders sorgfältige und hartnäckige Ermittlerin einen Namen gemacht. Sie hatte sich bei der Befragung von Zeugen sehr einfühlsam gezeigt und es geschafft, sogar schwer Traumatisierten Informationen zu entlocken.

IT-Spezialist Philipp Herbst kniete vor dem Schreibtisch und inspizierte vorsichtig den Rechner, der darunter stand.

»Todesursache war der Schnitt durch die Kehle?« Es war mehr eine Feststellung als eine Frage, die Tom an Nina richtete.

»Ja. Genau kann ich das natürlich noch nicht sagen, aber alles deutet darauf hin«, antwortete sie. »So wie der Kerl zugerichtet wurde, glaube ich aber nicht, dass er es ohne den Schnitt überlebt hätte.«

»Weil du einem Menschen nicht beliebig viel Haut entfernen kannst, ohne dass er stirbt?«

»Ja. Und dann ist auch die Frage, wie die Haut abgetrennt wurde. Schau mal hier.« Sie wies auf eine relativ große Stelle am Rücken, die in der Mitte etwas zerfleddert aussah. »Es sieht so aus, als habe er die Seiten mit einer Klinge gelöst und dann mit Gewalt das Stück herausgerissen. Aber das muss ich mir alles genauer angucken. Auch welche Gefäße wie verletzt wurden, das kann ich hier nicht im Detail sagen. Jedenfalls deutet einiges darauf hin, dass es auch vor dem Durchtrennen der Kehle zu einem großen Blutverlust kam.«

»Wir haben es also mit einer ausgiebigen Folter zu tun«, sagte Tom nachdenklich.

»Das kann ich dir auch ohne Obduktion bestätigen«, mischte sich Katja in das Gespräch ein, die zu ihnen gekommen war. »Das, was die Herrschaften in ihrer Schockstarre sagen konnten, war eindeutig. Irgendein Typ hat das

Opfer über eine Stunde mit einem Messer malträtiert und ihm dann die Kehle durchtrennt, als die junge Frau an der Haustür geklingelt hat.«

»Ich will die alle in meinem Büro sehen«, sagte Tom. »Am besten noch heute.«

»Das wird schwierig«, antwortete Katja. »Die kommen zum Teil aus ganz Europa.«

»Ist mir scheißegal. Lass sie einfliegen. Dann sind sie halt spätestens morgen früh da. Ich muss dir ja nichts darüber sagen, wie wichtig eine persönliche und zeitnahe Zeugenbefragung ist.«

Katja nickte.

»Was wissen wir über den Toten?«, fragte Tom weiter.

»Peter Bode, dreiundfünfzig Jahre alt und so was wie der Bill Gates der Pornobranche«, antwortete Katja. »Ohne ihn läuft wohl schon seit Jahren nichts, jedenfalls war das die einhellige Aussage der anderen Konferenzteilnehmer.«

»Ebenfalls Pornoproduzenten?«

»Ja. Man wollte über einen Zusammenschluss der wichtigsten Online-Plattformen beraten. Die Zeugin sollte als neuer Star des Kanals aufgebaut werden.«

Tom blickte zu Ira hinüber. Die nickte ihm kurz zu, wendete sich dann noch mal an die junge Frau und kam zu ihm.

»Sie braucht psychologische Betreuung«, sagte Ira. »Wenn's geht, schnell, sonst klappt sie uns noch zusammen.«

»Hier kommt kein Notfallseelsorger rein«, erwiderte Tom. »Rufen Sie meinetwegen einen, aber der soll draußen warten. Hat sie den Täter gesehen?«

»Sozusagen«, antwortete Ira. »Jedenfalls hat sie eine

schwarz gekleidete Person gesehen, die über die Wiese gelaufen ist, mit einer Tasche in der Hand.«

»Vermutlich war darin die Tatwaffe«, mutmaßte Tom.

»Die Aussagen der Zeugin decken sich mit denen der Konferenzteilnehmer«, meldete sich Katja wieder zu Wort. »Alle haben eine schwarz gekleidete Person gesehen. Er soll sehr leise gesprochen haben, aber mit eindeutig männlicher Stimme. Das Gesicht hat niemand gesehen, der Kerl trug eine Maske. Aber alle waren sich einig, dass er hellhäutig ist. So viel konnten sie wohl erkennen.«

»Philipp, gibt es eine Aufzeichnung von der Tat, oder ist es möglich, an eine heranzukommen?«

»Weiß ich noch nicht.« Philipp packte den Rechner des Opfers in einen Plastikbeutel. »Muss ich mir in Ruhe ansehen.«

»Das Who's who der Pornobranche schaut zu, wie einer der wichtigsten Köpfe aus ihren Reihen bestialisch ermordet wird«, überlegte Tom laut. »Warum hat keiner von denen die Polizei gerufen?«

»Der Täter hat ihnen wohl gedroht«, antwortete Katja.

»Er soll sich in die Computer der anderen gehackt und sie so kontrolliert haben«, fügte Philipp hinzu. »So jedenfalls die Zeugenaussagen. Aber das war alles noch sehr vage. Ich werde dem Ganzen mal auf den Grund gehen.«

Ira hatte die junge Zeugin gerade zur Tür gebracht und in die Obhut eines Notfallseelsorgers übergeben. »Laut Marie Schneider aka Mory Sextana war der Tote nicht ohne«, sagte sie dann. »Er soll mit den Darstellerinnen nicht zimperlich umgegangen sein, galt in der Branche als kalt und berechnend. Offensichtlich hatte er einige Feinde, wenn die Aussagen des Mädchens stimmen. Ich werde das überprüfen.«

Tom musste sofort an Aaron denken. Wie viele Morde an Pädophilen und Kinderschändern hatte sein ehemals bester Freund inzwischen auf dem Gewissen? Es mussten Dutzende sein. Und bei jedem Mord fühlte Aaron sich im Recht, tötete er doch nur diejenigen, die es in seinen Augen auch verdient hatten, weil sie unerträgliches Leid über Unschuldige gebracht hatten. Aaron war zu einer Art Rächer misshandelter Kinder geworden, auch wenn das in Toms Augen manchmal nur vorgeschoben war. Denn dass Aaron Spaß am Töten hatte, wusste er genau, und er fragte sich manchmal, was sein alter Freund tun würde, wenn er keine Verbrecher mehr umbringen könnte. Wenn Aaron auf einer Insel wäre, auf der es nur Unschuldige gäbe, würde er dann aufhören zu morden? Oder würde er einen anderen Grund finden, um seine Mordlust zu befriedigen, und sich neue Opfer suchen?

Tom blickte wieder auf den Toten vor sich.

Handelte es sich bei diesem Mord vielleicht auch um einen Rachefeldzug? Hatte Aaron mit der Sache womöglich irgendetwas zu tun?

Seit dem Tod des Blutkünstlers hatte Tom ihn nicht mehr gesehen. So überraschend, wie Aaron damals in sein Leben getreten war, so schnell war er auch wieder verschwunden.

Für einen kurzen Moment spürte Tom so etwas wie ein Bedürfnis, sich mit Aaron über den Fall auszutauschen. Schnell verdrängte er das Gefühl wieder. Es war gut, dass er keinen Kontakt zu ihm hatte. Aaron versprühte ein Gift, das sich langsam und unbemerkt in Tom ausbreiten konnte und ihn auf die andere Seite ziehen sollte. Und das wollte er auf keinen Fall.

»Hier fehlt was«, riss Nina ihn aus seinen Gedanken. Sie hatte den Toten inzwischen von seinen Fesseln befreit und mithilfe eines Kollegen von der Spurensicherung auf eine Plane auf dem Boden gelegt.

»Wo? An der Leiche?«, fragte Tom nach.

»Ja. Habt ihr noch irgendwo Hautstücke gefunden?«, fragte sie dann die Kollegen von der Spusi. Aber die schüttelten nur den Kopf. Grübelnd sah Nina ihn an. »Ich dachte zuerst, ich hab sie in dem ganzen Blut übersehen oder der Täter hat sie irgendwo hingeworfen. Aber die Haut fehlt. Jedes einzelne Stück.«

4

Nachdem alle Spuren gesichert waren und die Leiche abtransportiert, fuhr das Team ins Präsidium. Nina kümmerte sich sofort um die Obduktion und zog sich ins Untergeschoss des BKA zurück. Auch Philipp verschwand in sein Büro, um sich den Rechner des Toten vorzunehmen.

Tom, Ira und Katja saßen im Besprechungsraum, um Teresa Konstantin zu befragen, die einzige Teilnehmerin des tödlichen Zoom-Calls, die wie Bode in Köln lebte. Vor einigen Jahren hatte die Mittfünfzigerin die Seiten gewechselt und war nun als Produzentin genauso erfolgreich wie zuvor als Darstellerin. Sie trug einen schwarzen Hosenanzug mit einer hellen Bluse, die über dem riesigen, vermutlich nicht echten Busen gefährlich spannte. Ihre Fingernägel waren schwarz lackiert, passend zu den gleichfarbigen Haaren, die sie zu einem gepflegten Bob trug. Die Zähne waren ungewöhnlich weiß und ihre Haut unnatürlich braun. Dicker Goldschmuck klimperte um Hals und Handgelenk. Ihr Äußeres schien die perfekte Mischung aus Business und Erotik zu sein.

Tom wurde schnell klar, dass er es mit einer knallharten Geschäftsfrau zu tun hatte. Im Gegensatz zu ihren männlichen Kollegen, die an der Konferenz teilgenommen hatten, wirkte Teresa Konstantin ungewöhnlich tough. Sie schluchzte und zitterte nicht, konnte Tom direkt in die Augen blicken und sich mit fester, klarer Stimme artikulieren.

»Können wir bitte gleich zur Sache kommen? Ich habe nicht so viel Zeit. Eigentlich sollte ich schon längst bei einem Dreh sein«, sagte sie und blickte auf ihre auffällige, mit Diamanten besetzte Uhr.

Katja sah sie befremdet an. »Sie sind gerade Zeugin eines grauenhaften Mordes geworden, und das Einzige, was Sie beschäftigt, ist der nächste Dreh?«

Teresa Konstantin warf Katja einen vernichtenden Blick zu, der durch ihre langen, künstlichen Wimpern etwas Dämonisches hatte. »Nein, das ist nicht das Einzige, was mich beschäftigt. Aber ich habe hundertzwanzig Mitarbeiter, für die ich Verantwortung trage, ich kann es mir nicht erlauben, traumatisiert auf dem Sofa zu liegen und zu heulen. Tut mir leid, wenn das nicht in Ihr Bild passt.«

Tom nickte zustimmend. Er konnte die Frau verstehen. »Sie haben recht, lassen Sie uns nicht um den heißen Brei herumreden. Schildern Sie uns bitte so detailliert wie möglich, was passiert ist. Ich werde das Gespräch aufzeichnen.« Tom nahm das iPad in die Hand, das vor ihm auf dem Tisch lag, und aktivierte die Aufnahmefunktion.

Teresa Konstantin drückte ihren Rücken durch und saß nun aufrecht wie eine Ballerina. »Bei dem Meeting handelte es sich um die Jahreshauptversammlung aller Gesellschafter der Plattform *PornFun.* Peter Bode hat dieses Online-Portal vor ein paar Jahren gegründet, und der Rest der Mannschaft ist als Produzenten und Investoren mit an Bord.«

»Was ist das Besondere an *PornFun*?«, fragte Ira.

»*PornFun* wendet sich gezielt an die junge Zielgruppe«, erklärte Teresa Konstantin. »Oder an die, die es jung mögen. Keiner der Darsteller ist älter als zwanzig, viele Filme behandeln das Thema Schule oder Sportverein. Ich weiß, was Sie jetzt fragen wollen, und nein, selbstverständlich ist alles im legalen Bereich. Keine Minderjährigen, keine Pädophilen, alles sauber.«

»Okay. Bevor sich diese junge Darstellerin –«

»Marie Schneider«, half Ira ihm.

»Mory Sextana«, korrigierte Teresa Konstantin sie, und Tom sah, dass das Ira gar nicht gefiel.

»Wie auch immer. Bevor sie zu dem Meeting gestoßen ist, saßen Sie schon über eine Stunde zusammen«, fuhr Tom fort.

»Das ist richtig. Das Finanzielle sollte besprochen werden, bevor das Mädchen dazukommt. Aber dazu kam es dann ja nicht.« So hart, wie sie vorgab, war Teresa Konstantin dann doch nicht. Sie bekam ein nervöses Zucken im Mundwinkel und begann, ihre Hände zu kneten. »Bode hatte das Meeting gerade erst eröffnet, als plötzlich eine Gestalt hinter ihm auftauchte. Schwarze Kleidung, schwarze Maske – uns war sofort allen klar, dass das nichts Gutes bedeuten konnte.«

»Was hat der Mann gesagt?«, fragte Katja nach. »Es war doch ein Mann?«

»Ja, es war eindeutig ein Mann. Er hat uns erklärt, dass er

sich in unsere Computer gehackt hat und genau sieht, wenn jemand von uns sich aus der Konferenz ausklinken oder sogar nur wegschauen würde. Er hat unsere Telefone kontrolliert, kein Anruf, keine Nachricht, nichts ging raus. Und er hat uns gedroht, sobald einer von uns etwas anderes tun würde, als auf den Bildschirm zu starren und sich anzuschauen, was gleich passieren sollte, würde er Bode umbringen.« Sie räusperte sich, hielt ihre Hände aber wieder ruhig.

»Und Sie haben ihm das einfach so geglaubt?«, hakte Tom nach.

»Was heißt schon einfach so ... Ich hab ja versucht, mit meinem Handy den Notruf zu wählen. Ging nicht. Das Display war tot. Etwas später war es mir heruntergefallen, und als ich es aufheben wollte, hörte ich sofort einen lauten Ton. Eine Art Alarm ging an, sobald sich jemand aus dem Fokus der Kamera bewegte.«

»Bei Ihnen oder bei Bode?«

»Irgendwo bei Bode. Der Typ machte mir dann in wenigen Worten unmissverständlich klar, dass ich das nächste Mal ein Leben auf dem Gewissen hätte, wenn ich erneut aus dem Bild verschwinden sollte. Von da an habe ich mich gefühlt keinen Millimeter mehr bewegt.«

»Er hatte also die Kontrolle über die Kameras«, sagte Ira. »Philipp hatte so etwas schon vermutet. Was passierte dann?«

Für einen Moment zögerte Teresa Konstantin. Sie strich sich mehrfach durch die Haare, als wollte sie ein Tierchen vertreiben, und Tom sah ihr an, dass sie nach den richtigen Worten suchte.

»Er hatte ein langes Messer …«, begann sie. »Nachdem er Bode gefesselt hatte, ging es los …« Obwohl sie sich mehrmals räusperte, versagte ihr die Stimme.

»Möchten Sie ein Glas Wasser?«, fragte Ira und schenkte ihr eins ein, ohne die Antwort abzuwarten. Teresa Konstantin nahm einen Schluck und war sichtlich darum bemüht, die Fassung zu wahren.

»Lassen Sie sich Zeit«, sagte Ira einfühlsam. »Uns ist bewusst, dass es nicht einfach ist, das Erlebte in Worte zu fassen.«

»Aber es ist wichtig, dass Sie es versuchen«, sagte Tom kühl und ignorierte Iras vorwurfsvollen Blick. »Was genau hat er gemacht?«

Die Frau atmete tief durch. »Er … nun … die Prozedur begann … er ging mit dem Messer über Bodes Brustkorb … Zunächst dachte ich, dass nicht viel passieren würde, weil es nicht geblutet hat. Erst jedenfalls … Dann schnitt er ihm … also … er schnitt ihm ganz fein säuberlich die rechte Brustwarze heraus.«

Erneut trank sie einen Schluck Wasser, und Tom bemerkte, dass ihre toughe Fassade immer mehr in sich zusammenfiel.

»Peter Bode hatte einen Knebel im Mund«, sagte Tom. Er wollte der Zeugin eine kurze Pause von den blutigen Schilderungen gönnen, damit sie sich fassen konnte. »Bevor er den bekam, konnte er da noch etwas zu dem Mann sagen? Hatten Sie den Eindruck, dass die beiden sich vielleicht kannten?«

Die Frau schüttelte den Kopf. »Nein, das Gefühl hatte ich

nicht. Bevor er ihm den Knebel in den Mund gestopft hat, wollte Bode von ihm wissen, wer er ist und was er will. Er hat ihm sein ganzes Geld angeboten, das er zu Hause aufbewahrt. Über fünfzigtausend Euro hätte der Mann einfach so mitnehmen können. Aber das wollte er nicht …«

»Natürlich nicht«, sagte Tom nachdenklich. »Geld interessierte ihn nicht, sonst hätte er den Mann wohl kaum so gequält.«

»Fünfzigtausend Euro ist eine Menge Geld«, warf Katja ein. »Hat es Sie nicht gewundert, dass Peter Bode so viel Bargeld zu Hause hat?«

Die Frau zögerte einen Moment, bevor sie weitersprach. »Ehrlich gesagt, nein. Bode war dafür bekannt, gerne mal recht … sagen wir, *ausschweifende* Abende zu verbringen.«

»Nutten? Drogen?« Tom konnte so ein Herumgeeiere nicht ausstehen. »Sie können offen mit uns sprechen.«

»Ja, genau. So was halt. Das zahlt man in der Regel mit Cash.«

»Schon klar.« Er fand, dass sie nun genug Zeit zum Luftholen gehabt hatte. »Zurück zur Tat. Was passierte, nachdem der Täter die Brustwarze herausgetrennt hatte?«

Aus dem Augenwinkel sah er die Blicke, die Ira und Katja ihm zuwarfen. Wollten sie etwa, dass er die Zeugin schonte? Das wäre absurd. Natürlich musste er alle grausigen Details hören, egal wie schwer der Frau die Schilderungen auch fallen sollten.

»Ich … ich weiß jetzt nicht mehr, was genau danach …«

»Konzentrieren Sie sich bitte.« Tom sah sie eindringlich an. »Es ist wichtig, jede Kleinigkeit kann entscheidend sein.«

Teresa Konstantin seufzte. »Er ... er hat immer mehr Hautstücke herausgeschnitten. Aus dem Gesicht ... aus dem Rücken ... manchmal musste er richtig daran reißen, weil sich die Hautstücke nur schlecht gelöst haben ... ich hatte fast das Gefühl, dass er von jeder Körperstelle etwas haben wollte.« Sie schluckte und strich sich eine Haarsträhne aus dem Gesicht. Das Zucken um ihre Mundwinkel hatte sich verstärkt, aber sie schien sich immer noch einigermaßen im Griff zu haben.

»Hat er während dieser Prozedur, wie Sie es nannten –?«

»*Er* hat es so genannt«, unterbrach Teresa Konstantin ihn.

»In Ordnung. Hat er dabei gesprochen? Irgendetwas gesagt?«

»Nein. Er ist sehr still und konzentriert vorgegangen. Bodes Stöhnen und Ächzen hat ihn nicht im Geringsten abgelenkt. Er hat einfach immer weitergeschnitten ...«

»Hatten Sie das Gefühl, dass ihn die Qualen des Opfers ...?« Ira schien nach dem richtigen Ausdruck zu suchen.

»Aufgegeilt haben?«, kam Tom ihr zu Hilfe.

Teresa Konstantin sah ihn erstaunt an. »Sie meinen sexuell?«

»Das meine ich.« Sadistische Sexualmörder waren schließlich keine Seltenheit, dachte Tom.

»Also ... nein. In der Hinsicht ist mir nichts aufgefallen.«

»Hat er während der Folter noch mit Ihnen oder den anderen Zeugen gesprochen?«, fragte Katja.

»Oder mit Peter Bode«, fügte Ira hinzu.

»Nein. Bodes unterdrückte Schreie und das Stöhnen der anderen Konferenzteilnehmer war allerdings irgendwann auch recht laut. Als es dann an der Haustür klingelte, hat er Bode sofort die Kehle durchgeschnitten. Ich habe dann noch mal versucht, die Polizei anzurufen, aber selbst vom Festnetz ging es nicht. Mehr kann ich zu dieser Sache nicht sagen.«

Ira wollte noch wissen, was Teresa Konstantin ihnen über Peter Bode sagen konnte, aber bei der Frage winkte die Frau sofort ab.

»Ich kannte ihn noch nicht lange. Erst seit ein oder zwei Jahren standen wir in Kontakt, und das auch nur rein beruflich.«

»Aber Sie wussten, was für eine Art von Partys er gefeiert hat«, hakte Katja nach.

»Das wurde zumindest erzählt. Ob das wirklich alles stimmt, kann ich Ihnen auch nicht sagen. Ich stand jedenfalls nicht daneben«, antwortete Teresa Konstantin. »Peter Bode war kein Mensch, den ich privat treffen würde. Ob Sie es glauben oder nicht, aber ich habe grundsätzlich keinen privaten Kontakt zu Leuten aus der Branche.« Sie blickte erneut auf ihre glitzernde Armbanduhr. »Kann ich jetzt gehen?«

Nachdem Teresa Konstantin das Präsidium verlassen hatte, besprach Tom sich noch kurz mit seinen beiden Kolleginnen.

»Sie hat gesagt, der Mörder habe die Stücke zum Teil aus dem Opfer herausgerissen«, überlegte Ira laut. »Das hat etwas sehr Animalisches, wie ein Tier, das seine Beute reißt.«

»Du denkst an Kannibalismus?«, fragte Katja.

Ira zuckte mit den Schultern, während Tom den Kopf schüttelte. »Das wäre ungewöhnlich. Die meisten Kannibalen bevorzugen Innereien oder Geschlechtsorgane.«

»Wenn der Kannibalismus sexuell motiviert ist«, warf Ira ein.

»Das stimmt. Am Tatort konnte man überhaupt nicht sehen, wie es um die Geschlechtsorgane des Toten bestellt ist. Ich geh rüber in die Pathologie. Vielleicht ist Nina ja schon so weit.«

»Du kannst sie auch anrufen«, meinte Katja mit einem Unterton, der Tom auf die Nerven ging. Es schwang ein Hauch von Eifersucht in ihrer Stimme mit, dabei lag ihr One-Night-Stand doch nun schon Monate zurück. Und Tom hatte ihr von Anfang an klargemacht, dass er nicht das geringste Interesse an einer Wiederholung hatte.

Er überhörte Katjas Bemerkung und wendete sich beim Hinausgehen noch mal an Philipp. Schon bei der Jagd auf den Blutkünstler hatte sich das IT-Genie als wahres Recherche-Wunder erwiesen, und jetzt brauchten sie seine Hilfe mehr denn je. »Ist es technisch möglich, dass der Killer sich in die Computer und Telefone der Leute gehackt hat?«

»Absolut«, antwortete Philipp, während er weiter konzentriert auf den Bildschirm seines Computers blickte, den er mit dem Rechner von Peter Bode verbunden hatte. »Ehrlich gesagt ist es gar nicht so schwer. Man kann relativ einfach den Host eines Zoom-Calls hacken, indem dessen Computer oder Handy übernommen wird, etwa durch Remote Code Execution oder durch einen Remote-Access-Trojaner. Sobald das passiert ist, kann von diesem Gerät aus der Call über die Standard-Administrator-Funktionen so konfiguriert werden, dass die anderen Teilnehmer praktisch keine Einstellungen mehr verändern können.«

»Und das schafft jeder Laie?«, fragte Katja ungläubig.

»Nein, nein, das habe ich missverständlich ausgedrückt. Du musst dich insgesamt natürlich schon gut auskennen, keine Frage. Ich würde sogar so weit gehen und sagen, dass unser Mann entweder IT-Spezialist oder Profi-Hacker ist. Auf jeden Fall kann er gut mit der Materie umgehen.«

Tom blickte nachdenklich auf Philipps Schreibtisch. Zwei Bildschirme, ein PC und ein Laptop standen darauf. »Er muss doch ein Laptop dabeigehabt haben«, murmelte er. »Wenn er die anderen Konferenzteilnehmer kontrolliert hat, muss er so was doch am Tatort gehabt haben, oder nicht?«

»Nicht zwingend«, antwortete Philipp. »Handy oder iPad können schon reichen. Er muss den Bildschirm einigermaßen im Blick gehabt haben, denn es hätte natürlich einer der Zeugen aufstehen und weggehen können, Alarmfunktion hin oder her.«

»Was keiner gewagt hat, weil er Bode dann sofort umgebracht hätte. Wie muss ich mir das jetzt ganz praktisch vorstellen? Wie ist der Täter vermutlich vorgegangen?«, fragte Tom.

»Theoretisch könnte er den Cloud Server übernommen haben, über den der Call geleitet wurde«, antwortete Philipp. »Dann hätte er die dort gespeicherte Software umschreiben können, um die Kontrolle zu übernehmen. Das kann er auch mit Remote Code Execution oder durch einen Remote-Access-Trojaner machen. Oder ganz klassisch durch einen Einbruch in ein Rechenzentrum. Allerdings würde es der Firma Zoom sehr schnell auffallen, da sie dann keine Updates mehr einspielen kann. Also würden die sofort den infizierten Code löschen und könnten schlimmstenfalls einfach den Stromstecker ziehen und damit die Ausführung des Programms beenden.«

»Gibt es noch eine andere Möglichkeit?«

»Ja. Wahrscheinlicher als das Übernehmen der Zoom-Cloud-Anwendungen wäre eine Übernahme der Rechner beziehungsweise Handys aller beteiligten Personen. Das funktioniert wieder durch Remote Code Execution oder durch einen Remote-Access-Trojaner, zum Beispiel durch eine Gruppennachricht in WhatsApp. Ich check das und sag dir Bescheid.«

Philipp nahm einen kräftigen Schluck aus seiner Dose Red Bull. Ein gutes Dutzend leerer Dosen stand bereits auf seinem Schreibtisch. Der Kollege trank die widerliche Plörre wie andere Leute Wasser, und Tom wurde schon von dem Geruch fast schlecht.

»Danke, Philipp.«

Dagegen war der Geruch, der ihm in der Pathologie entgegenschlug, angenehm und vertraut. Er mochte den Duft des Todes, und es überraschte ihn immer wieder, dass er keine schlechten Assoziationen in ihm auslöste. Vielleicht war das ein Erfolg seines Vaters. Ausschließen konnte Tom das nicht.

Der Raum war recht groß und zweckmäßig eingerichtet, weiße Kacheln dominierten Boden und Wände, grelle Neonleuchten spendeten künstliches Licht. Der metallene Untersuchungstisch mit dem Auffangbecken für Blut und andere Flüssigkeiten stand mitten im Raum.

Bodes Leichnam lag rücklings auf der Unterlage. Hinter

dem Seziertisch befanden sich neben Zubehör wie Messbecher, Schwämmen, Schüsseln und Tabletts auch Instrumente, die beim Eröffnen des Leichnams benutzt wurden: ein Skalpell, spitze, stumpfe, kleine und große Scheren, Messer mit unterschiedlicher Klingenlänge und -form, eine Säge. Für Tom vertrautes Terrain.

Er streifte sich eine Plastikhaube über den Kopf und zog Wegwerfkittel, Einmalhandschuhe und Einwegüberschuhe an, bevor er den Raum betrat.

Nina hatte wie immer ihre großen Kopfhörer auf. Oft genug hatte er seine Kollegin so in Gedanken versunken überrascht, wie sie sich im Takt hin und her wiegte und dabei die Organe aus der Leiche nahm.

Auch diesmal konnte er die Musik leise aus den Kopfhörern hören. Ein Klavierkonzert, sehr schwungvoll und dynamisch. Nina hatte sich über den Leichnam gebeugt, der inzwischen gewaschen worden war, und maß mit einem Zollstock aus Metall die Wunden des Toten ab. Plötzlich nahm sie den Zollstock hoch und dirigierte für einen Augenblick das imaginäre Orchester, das gerade eingesetzt hatte. Dann nahm sie an der nächsten Wunde Maß.

Ohne etwas zu sagen, kam er näher. Nina erschreckte sich nicht mehr, so wie sie es noch am Anfang getan hatte, als er noch neu beim BKA gewesen war. Entweder hatte sie sich inzwischen an seine Überraschungsbesuche gewöhnt, oder seine Silhouette spiegelte sich irgendwo in den Glasvitrinen und kündigte sein Kommen an.

Er stellte sich neben sie, und Nina nickte ihm kurz zu. Jetzt, da der Körper vom Blut befreit war, war das Ausmaß der Verletzungen erst richtig zu erkennen. Der Killer hatte seinem Opfer Hautlappen herausgeschnitten, aus dem Gesicht, der Brust, dem Rücken – Tom konnte kaum eine Körperregion erkennen, die er ausgelassen hatte. Eine Brustwarze und ein Ohr fehlten, aber vermutlich fiel Tom das nur auf, weil Teresa Konstantin es ihnen gesagt hatte. Sonst hätte er diese Wunde auf dem schwer misshandelten Körper leicht übersehen können.

Nina legte den Zollstock zur Seite, notierte etwas und nahm dann ihre Kopfhörer ab. Ihre schneeweiße, fast porzellanhafte Haut bildete einen starken Kontrast zu dem rohen Fleisch, das vor ihr lag. Das rote Haar hatte sie zu einem Dutt gebunden, der ihren Hals noch länger erscheinen ließ, und Tom fragte sich, warum ihm solche Details überhaupt auffielen. Normalerweise achtete er nicht besonders auf das Aussehen von Frauen.

»Die Wunden sind zwischen vier und zehn Quadratzentimeter groß.« Das mochte er an ihr. Sie kam immer direkt auf das Thema zu sprechen. Keine Begrüßung, kein Small Talk. »Insgesamt hat er neunundsechzig solcher Wunden.«

»Das ist enorm. Da fehlt ja nicht viel für eine komplette Häutung.«

»Korrekt. Bei einer Häutung wird die Haut allerdings in der Regel abgezogen. Das war hier nicht der Fall. Der Täter hat die Stücke präzise herausgeschnitten. An einigen Stellen musste er zwar etwas reißen, aber grundsätzlich lässt sich sagen, dass er sehr genau geschnitten hat.«

Tom ließ seinen Blick konzentriert über den ganzen Leichnam wandern. »Die Genitalien hat er ausgelassen.«

»Das ist besonders interessant, da er sich an den Brustwarzen gezielt zu schaffen gemacht hat.« Nina wies auf die Stelle, wo einmal die rechte Brustwarze gesessen hatte. »Interessanterweise hat er sie im Viereck ausgeschnitten, wie alle anderen Hautstücke auch. Vielleicht hat er die Genitalien verschont, weil sein Opfer dann womöglich zu schnell verblutet wäre. Wenn du am Penis einen falschen Schnitt machst, ist schnell Schluss mit lustig.«

Tom nickte. »Vielleicht konnte er dort aber auch nicht so gut schneiden. Aus dem Bauch kannst du besser etwas heraustrennen als aus einem Penis.«

»Stimmt. Insgesamt ist unser Mann nicht zimperlich vorgegangen. Wenn er gesagt hat, dass er Bode am Leben lassen wollte, halte ich das für gelogen. Zahlreiche Arterien sind bei der Folter verletzt worden. Wäre ihm nicht die Kehle durchtrennt worden, wäre er mit Sicherheit eine halbe Stunde später verblutet.«

»Was sagt dir der Zustand der Leiche über den Täter?«, fragte Tom. »Hätte der Mörder aus Wut, Hass oder abnormem sexuellen Antrieb den Körper so malträtiert, wären dabei doch erfahrungsgemäß einzelne Körperteile abgetrennt worden.«

»In der Regel schon. Oder der Täter hätte den Bauchraum eröffnet und einzelne Organe entnommen«, stimmte Nina ihm zu. »Solche Fälle hatte ich schon häufig auf dem Tisch. Bei denen lässt sich am Zustand der Leiche sofort ein sehr persönliches Bedürfnis des Mörders erkennen. Allerdings empfinde ich die Hautentnahme durchaus als vergleichbares Muster.«

»Solche Täter nehmen gerne Teile des Opfers mit, um sie als Trophäen zu konservieren und für spätere Masturbationsrituale zu verwenden«, dachte Tom laut nach.

»Die fehlenden Hautstücke.« Nina nickte. »Das kann man natürlich nicht ausschließen. Wobei ich mich dann schon frage, warum er so viel Haut mitgenommen hat. Für ein Masturbationsritual hätte doch auch eine kleinere Trophäe gereicht. Ein oder zwei Hautlappen zum Beispiel.«

Tom nagte nachdenklich an seiner Unterlippe. »Ich hatte in meiner Zeit beim FBI mal einen Fall, da hatte der Täter seinen Opfern die äußeren Schamlippen und die gesamte Vagina herausgetrennt«, erinnerte er sich. »Unser erster Verdacht war damals, dass er das zur Vertuschung der vorausgegangenen Vergewaltigung gemacht hat. Aber als wir ihn dann festgenommen hatten, fanden wir sieben Vaginen bei ihm im Haus. Alle eingelegt in Formaldehyd und im regelmäßigen Gebrauch. Dabei hätte ihm eine Vagina für seine Spiele auch reichen können.«

Das Schöne an Nina war, dass sie solche Berichte nicht im Geringsten schockieren konnten. Sie hatte ihm aufmerksam zugehört und nickte dann.

»Du hast völlig recht. Man weiß manchmal nicht, was solche Täter für ihre persönlichen Fantasien alles brauchen. Allerdings hat dein Vaginen-Sammler ja auch immer wieder neu gemordet. Unser Mann hat von ein und derselben Person so viele Hautstücke mitgenommen.«

»Stimmt. Und in dem Fall damals gehörte der Tod des Opfers zur Fantasie dazu. Bei Bode stand der Tod für den Täter nicht im Vordergrund«, meinte Tom.

»Nein. Ihm ging es um die Qualen, die Bode durchleiden musste.«

»Und um die Zuschauer«, fügte Tom noch hinzu. »Denn wenn es dir nur um die Qualen geht, gibt es doch noch andere Foltermethoden, die für das Opfer zwar außergewöhnlich schmerzhaft sind, aber sich einem Zuschauer daheim vor seinem Laptop nicht sonderlich gut vermitteln lassen.«

»Du spielst wieder auf die Genitalien an«, stellte Nina fest. »Klar, eine ordentliche Hodenquetschung gehört sicherlich zum normalen Folter-Repertoire.«

»Schöner anzusehen ist es aber, wenn ordentlich Blut spritzt und du dem Opfer die Teile einzeln vom Leib reißen kannst.«

Nina sah ihn nachdenklich an. »Du meinst also, er hat es für seine Zuschauer getan?«

Tom zuckte mit den Achseln. »Den Leuten gehört ein riesiges Porno-Portal. Was macht man als Kunde da?«

»Man sitzt vor seinem Computer und guckt zu, wie am anderen Ende der Leitung etwas aufgeführt wird.«

»Ganz genau. Angeblich nur legales Zeug. Aber ich frage mich, ob das stimmt.«

»Und wenn es nicht stimmt, ob der Täter dann dieses Szenario bewusst gewählt hat …«

»Um sich vielleicht für einen illegalen Pornofilm zu rächen«, führte Tom ihren Satz zu Ende. »Die Haut ist recht symbolträchtig. Sich in seiner Haut wohlfühlen …«

»In der falschen Haut stecken …«

»Genau. Vielleicht trifft so etwas auf unseren Täter zu.«

5

Aaron stand nur wenige Meter neben dem großen Eingangstor, das die JVA von der Außenwelt trennte. Er zog an einer Zigarette und achtete dabei genau darauf, nichts von der ekelhaften Nikotinwolke in seine Lungen zu bekommen. Denn normalerweise rauchte er nicht, hatte es noch nie getan, selbst als Jugendlicher nicht, als praktisch alle um ihn herum gequalmt hatten. Und jetzt tat er es auch nur aus einem einzigen Grund: um sich zu tarnen.

Der Aschenbecher in der Gefängniszufahrt war ein beliebter Treffpunkt für alle Angehörigen, die noch ein paar Minuten warten mussten oder wollten, bevor sie ihre Ehemänner, Väter, Söhne oder Freunde hinter Gittern besuchten. Hier redete niemand miteinander, alle starrten nur auf die Zigaretten in ihren Händen und schienen darüber nachzudenken, was der bevorstehende Besuch wohl bringen würde. Es war die unauffälligste Stelle, an der man stehen konnte, wenn man jemanden beobachten und dabei selbst niemandem auffallen wollte, weder den Insassen, die vielleicht am

Fenster standen, noch den Beamten oder Besuchern. Zwischen den Wartenden war er unsichtbar. Würde er dagegen als Einzelperson an einem Baum lehnen, zöge er vermutlich viele neugierige Blicke auf sich.

Auch wenn er sich mit dem Deal noch nicht ganz wohlfühlte, war Aaron froh, jetzt einfach auf den Nächsten warten zu können. Die aufwendige Recherche, die er sonst immer betrieben hatte, hatte auf Dauer einfach zu viel Zeit gefressen. Immerhin musste er ja auch noch ein kleines Unternehmen leiten, das inzwischen gut zwanzig Mitarbeiter beschäftigte, von denen natürlich niemand wissen durfte, was der Chef in seiner Freizeit so trieb.

Die kleine Firma hatte sich auf die Herstellung von Säuren und anderen Chemikalien spezialisiert, die vor allen Dingen in der Industrie benötigt wurden. Und natürlich von Aaron selbst. Außerdem war der Betrieb ein wichtiger Bestandteil seines offiziellen Lebens, seine Maske, hinter der er sich bisher erfolgreich versteckt hatte. Er war bei seinen Mitarbeitern beliebt und galt als freundlicher, verantwortungsvoller Chef, der immer ein offenes Ohr für seine Angestellten hatte. Dass über sein Privatleben nichts bekannt war, fiel niemandem auf. Chemiker galten gerne als naturwissenschaftliche Nerds, die am liebsten zurückgezogen lebten.

Aber seine letzten Aktionen hatten so viel von seiner Zeit beansprucht, dass das Unternehmen fast pleitegegangen wäre. Er hatte sich nicht mehr um neue Aufträge gekümmert und seinen eigenen Bedarf an Säure mit falschen Bilanzen getarnt, was beinahe aufgeflogen wäre. Als dann noch ein wichtiger Kunde abgesprungen war, drohte die Firma in eine Schieflage zu geraten. Das konnte er nicht zulassen, zumal er die Säure dringend brauchte, sonst konnte er nicht weitermachen. Da war ihm klar geworden, dass er seine Arbeitsweise vereinfachen musste.

Somit war der Anruf aus der JVA genau zur richtigen Zeit gekommen, und Aaron war froh, dass er sich auf den Kontakt eingelassen hatte, trotz anfänglicher Bedenken. Inzwischen bekam er zuverlässige Tipps, von denen er bisher zwei erfolgreich umsetzen konnte. Denn dass die Resozialisierung nicht bei allen Kriminellen funktionierte, war Aaron schon seit Langem klar, und mit dem Deal, den er mit seinem Informanten ausgehandelt hatte, konnte er gut arbeiten. Der andere gab ihm die Informationen darüber, welcher Insasse wegen vermeintlich guter Führung frühzeitig entlassen wurde, obwohl er es gar nicht verdient hatte, und Aaron gab ihm im Gegenzug dafür die Infos, nach denen er sich so sehnte ...

Natürlich war das der Knackpunkt. Tagelang hatte Aaron darüber gegrübelt, aber sich schließlich doch darauf eingelassen. Und bisher schien die Sache ja auch gut zu funktionieren. Jedenfalls hatte er auf die Art und Weise schon zwei Kinderschänder ins Jenseits befördern können. Für ein vergleichbares Ergebnis hätte er früher Monate recherchieren müssen.

In dem Moment öffnete sich die Tür der JVA. Ein ungepflegter Kerl kam heraus, bullig, muskulös, noch keine vierzig. Aaron blickte auf sein Handy und verglich das Foto, das ihm sein Informant geschickt hatte, mit dem Mann. Keine Frage, das war er.

Sieben junge Stricher arbeiteten für ihn, alle minderjährig, alle aus prekären Verhältnissen von Rumänien nach Deutschland geholt, und alle hatte er permanent misshandelt und ausgenutzt. Wegen Zuhälterei, Menschenhandel, Vergewaltigung und Körperverletzung war er zu sieben Jahren Haft verurteilt worden. Abgesessen hatte er gerade mal drei davon. Jetzt wurde er wegen guter Führung vorzeitig entlassen, weil er ja angeblich so reuig und einsichtig war. Die ganze Zeit hatte er sich nur von seiner besten Seite gezeigt. Mit Erfolg.

Aber Aaron wusste von seinem Informanten, dass es mit der vermeintlichen Reue des Mannes nicht weit her war. Genauso wenig wie mit seiner guten Führung. Besonders die jungen Straftäter im Knast waren vor ihm nicht sicher gewesen. Ganz im Gegenteil. Regelmäßig hatte er sich mit Gewalt das genommen, was er wollte. Er hatte einfach weiter vergewaltigt, wie es ihm in den Sinn kam, und seine Opfer so unter Druck gesetzt, dass alle das Maul gehalten haben. Es lag auf der Hand, dass der Typ auch in Zukunft so weitermachen würde. Es sei denn, jemand hinderte ihn daran.

Tja, wenn du nicht von allein aufhören kannst, muss ich dir wohl helfen, dachte Aaron. Er warf seine Zigarette zu Boden und trat sie aus.

Gut gelaunt schlenderte der bullige Kerl an ihm vorbei, ohne ihn anzuschauen oder auch nur wahrzunehmen.

Aaron griff in die Innentasche seiner Jeansjacke, um sich zu vergewissern, dass das Muskelrelaxans in der aufgezogenen Spritze genau da war, wo es sein sollte. Dann folgte er dem Mann unauffällig.

6

Er saß an seinem großen Schreibtisch. Dass der Raum fensterlos war, störte ihn normalerweise nicht. Er brauchte kein Tageslicht, er mochte es auch nicht, und die Dunkelheit war ihm mehr als vertraut. Das Gefühl, nicht gesehen zu werden und nichts sehen zu müssen, empfand er als beruhigend, auch wenn er jetzt durchaus etwas wahrnahm. Das Licht, das die Monitore abstrahlten, reichte ihm aber, um alles Notwendige zu erkennen.

Seit einer Weile machte allerdings die Lüftungsanlage Probleme, und das war gerade an Tagen wie heute etwas nervig. Die gewaschene und desinfizierte Haut musste trocknen, dafür musste die Anlage anständig funktionieren. Sonst könnte der Geruch vielleicht noch jemandem auffallen. Wenn er den Raum verließ, hatte er selbst manchmal das Gefühl, nach toter Haut zu riechen. Vielleicht bildete er sich das auch nur ein, aber er wollte kein Risiko eingehen und auf keinen Fall auf eine funktionierende Belüftung verzichten.

Er hatte sich seine eigene Trockenvorrichtung gebaut.

Über einem Heizstrahler, der normalerweise Babys beim Wickeln wärmen sollte, hatte er eine Leine gespannt, links und rechts davon standen die Ventilatoren.

Aber jetzt setzte einer von ihnen öfter mal aus, um dann nach einer Weile wieder mit doppelter Kraft loszulegen. Einer der Gründe, warum er die Hautstücke mit Wäscheklammern an der Leine fixiert hatte, trotz der Sorge, die Klammern könnten Abdrücke hinterlassen. Er wollte ja nicht, dass ihm Bodes Teile irgendwann um die Ohren flogen.

Drei Dreißig-Zoll-Monitore standen vor ihm auf dem Schreibtisch. Auf dem linken lief der Film, den er in der Villa von Bode gemacht hatte. Das war das Schöne, wenn man direkt vor einer Kamera die Prozedur durchführte und sich in die Computer gehackt hatte. So war ihm automatisch eine Kopie des hübschen Filmchens zugesandt worden.

Jetzt sah er sich noch mal genau an, wie er die einzelnen Teile aus dem fleischigen Körper geschnitten hatte. Es hatte sich eindeutig als Vorteil erwiesen, dass Bode so ein Fettsack gewesen war. Die Klinge war durch ihn gegangen wie durch Butter. Sie vorher ausgiebig zu schleifen war auch richtig gewesen, so hatte sie sich wie ein Skalpell nutzen lassen.

Er fragte sich allerdings, warum er an einigen Stellen so viel Kraft aufwenden musste, um die Haut vom Körper zu lösen. Hatte er da vielleicht zu tief geschnitten? Und neben der Haut auch Fettgewebe abgetrennt, das stärker mit dem Rest verbunden war? Das schien ihm eine logische Erklärung zu sein, zumal er bei dem einen Stück, bei dem er so reißen musste, ein richtiges Loch in Bodes Bauch hinterlassen hatte.

War er vielleicht doch nicht optimal vorbereitet gewesen? Er hatte geübt, nicht nur einmal, sondern viele Male. Der altehrwürdige Melatenfriedhof hatte sich dafür als optimal erwiesen. Er wusste nicht, wo es in Köln sonst so viele begehbare Gruften gab wie da. Nachts in diese einzusteigen war ein Kinderspiel gewesen. Die Friedhofswächter achteten in erster Linie auf Jugendliche, die zwischen den Gräbern kifften oder Partys feierten, aber wer so leise und unauffällig war wie er, konnte problemlos über die Friedhofsmauer klettern und die Grufttüren öffnen.

Einige Leichen hatten sich nicht mehr für seine Zwecke geeignet, da war die Verwesung viel zu weit fortgeschritten gewesen. Auch die, die schon von einem gräulichen Pilz bedeckt gewesen waren wie von einer Art Pelz, hatte er links liegen lassen. Irgendwann war er aber doch fündig geworden und hatte ein paar Leichen auftreiben können, die noch ganz gut in Schuss gewesen waren, auch wenn die Haut sich schon grau-grünlich verfärbt hatte. Jedenfalls hatte er mehrere Stücke davon heraustrennen können, was völlig problemlos möglich gewesen war. Selbst bei dem einbalsamierten Ex-Oberbürgermeister hatte er keine Mühe gehabt.

Hatte vermutlich was mit der Verwesung zu tun, dachte er, wahrscheinlich war die doch schon viel weiter fortgeschritten gewesen, als er gedacht hatte. Und vermutlich machte es einen Unterschied, ob sich in einem Körper Muskeln und Sehnen anspannten und verkrampften, wenn er die Klinge ansetzte, oder alles schon lange zum Stillstand gekommen war.

Er ärgerte sich, dass er das nicht bedacht hatte. Hätte er

doch lieber an lebenden Tieren üben sollen? Aus zwei Gründen hatte er sich dagegen entschieden. Zum einen fiel ihm kein Tier ein, das eine vergleichbare Haut wie ein Mensch hatte und sich daher als Versuchsobjekt eignete. Zum anderen mochte er Tiere. Er war kein verdammter Tierquäler, der einer unschuldigen Katze oder einem Hund das Fell abzog. Wie pervers musste man sein, um so etwas zu tun?

Aber eines stand fest: Beim nächsten Mal musste er noch sorgfältiger vorgehen. Fleischbrocken konnte er nicht gebrauchen, und erst recht keine Fettstücke. Er wollte nur die Haut, alles andere war überflüssig. Sauber und präzise musste sie herausgetrennt werden. Fehler konnten am Ende womöglich alles ruinieren.

Er zuckte erschrocken zusammen, als der defekte Ventilator plötzlich wieder einsetzte und ein starker Luftstrom durch den Raum zog. Die Brustwarze flatterte von der Leine und segelte auf seinen Schreibtisch. Als er sie aufnahm, fühlte sie sich fest und trocken an, wie ein Stück Beef Jerky, das er abends gerne im Bett knabberte. Für einen winzigen Augenblick war er versucht, an der Brustwarze zu lecken, einfach weil ihn der Geschmack interessierte. Schnell entschied er sich dagegen.

Sehr gut, dachte er zufrieden, während er die Brustwarze im Schein der Monitore begutachtete. Wenn er so weitermachen konnte, dann würde er bald das Spiel beginnen können. Die großen Stücke würden bestimmt in zwei bis drei Stunden getrocknet sein, dann konnte er die Ventilatoren ausschalten.

Er legte die Brustwarze neben seine Maus, nahm diese

in die Hand und blickte wieder konzentriert auf den Bildschirm.

Mit einigen Klicks zoomte er sich an Bodes Gesicht heran. Der hatte die Augen weit aufgerissen, Schweiß und Tränen liefen ihm über das Gesicht. In seinem Mund, der dank des Knebels etwas geöffnet war, konnte er Blut sehen. Wahrscheinlich hatte sich Bode vor lauter Schmerzen die Zunge aufgebissen. Schön.

Neben dem ganzen Blut, das sich am Boden rund um den Schreibtischstuhl ansammelte, sah er auch, wie an Bodes Bein Urin hinunterlief. Jetzt konnte er sich ein Grinsen nicht mehr verkneifen. Der Fettsack hatte sich eingepisst. Wie wundervoll!

Er drückte auf die Pausentaste und blickte auf Bodes Augen, die genau in dem Moment panisch aufgerissen in die Kamera starrten.

»Wie fühlt es sich an, wenn man sich vor Angst in die Hose macht?«, murmelte er. »Na, was soll's. Augen zu und durch, nicht wahr, Bode?«

Er legte seinen Kopf etwas zur Seite und lächelte Bodes Standbild an. Verträumt begann er, die Melodie zu summen.

7

Bernhard Müller hatte das ganze Team zusammengerufen. Es war noch ziemlich früh am Morgen, und alle sahen blass und verschlafen aus. Vermutlich fühlten sie sich auch so, dachte Tom, der selbst hellwach war. Und das, obwohl er maximal drei Stunden geschlafen hatte. Bis tief in die Nacht hatten sie die Zeugenaussagen zusammengetragen und die gesicherten Spuren so weit ausgewertet, wie es zu diesem Zeitpunkt möglich war. Als er gegen drei Uhr morgens endlich in seiner Wohnung angekommen war, hatte er nur schwer in den Schlaf gefunden. Wie immer. Aber im Gegensatz zu den anderen hatte er sich an den Schlafmangel längst gewöhnt und fühlte sich heute nicht anders als sonst.

»Es ist kurz nach sieben, Chef«, stöhnte Katja, einen XXL-Kaffeebecher in der Hand. Philipp ließ sich mit einer überdimensionalen Dose Red Bull neben ihr auf einen Sitz fallen.

»Wollen Sie vielleicht ausschlafen, nachdem so ein Mord passiert ist?«, donnerte Müller. Er wirkte angespannt und stand sichtlich unter Druck. Bevor Katja etwas erwidern konnte, brachte Müller sie mit einer Handbewegung zum Schweigen. »Es hat mich exorbitant viel Mühe gekostet, damit die Sache heute nicht in der Zeitung steht. Keine Ahnung, wie lange ich die Presse noch ruhig halten kann. Die sind wie die Aasgeier. Wenn die einmal Witterung aufgenommen haben, sind sie kaum zu stoppen.«

Er stand vor einer großen Pinnwand, an die die unterschiedlichsten Fotos vom Tatort geheftet waren. Den Beamer, mit dem die meisten Kollegen im BKA bei solchen Besprechungen arbeiteten, mochte er nicht. Müller mochte es haptisch, er nahm Fotos gerne in die Hand, betrachtete sie von Nahem und heftete sie anschließend wieder an die Wand. Auch wenn er keiner dieser grundsätzlichen Technikverweigerer war, war er doch ein Freund der alten Schule, der sich immer noch lieber handschriftlich Notizen machte, anstatt alles in sein Handy zu diktieren.

Die Auffindesituation in der Villa war von der Spurensicherung genau dokumentiert worden. Peter Bode saß gefesselt in seinem Schreibtischstuhl, der Oberkörper lehnte nach hinten, sein Kopf wurde nur noch von wenigen Sehnen am Hals gehalten, und in seiner Kehle klaffte eine riesige Wunde. Der Rest des Körpers sah einfach nur rot und fleischig aus und war aus den verschiedensten Winkeln fotografiert worden.

Die Fotos hatten etwas Absurdes, dachte Tom, sie hätten genauso gut von einer ausgefallenen Kunst-Performance stammen können. In die Hand von Pressevertretern durften sie auf keinen Fall geraten, das sah er genauso wie sein Chef.

»Von uns redet keiner mit Journalisten«, sagte Tom. »Das wissen Sie.«

»Das wäre ja auch noch schöner. Nicht auszumalen, was die aus der Nummer machen würden …«

»Daraus muss man nicht mehr viel machen«, entgegnete Tom. »Reicht so.«

Müller nickte. »Einen solchen Foltermord hat es seit dem Blutkünstler nicht mehr gegeben.« Er wischte sich den Schweiß von der Stirn und hatte sich sichtlich in Rage geredet. »Dieser Komplize damals …«

»Vom Blutkünstler?«, fragte Ira.

»Ja, genau. Könnte der was mit der Sache zu tun haben? Vielleicht ist er künstlerisch in einer neuen Phase.« Müllers Stimme hatte einen spöttischen Unterton.

»Wir konnten nie beweisen, dass es diesen Komplizen wirklich gab«, sagte Tom, der genau wusste, dass der Blutkünstler ein Einzeltäter gewesen war. Er selbst hatte den vermeintlichen Komplizen erfunden, um Aaron zu schützen. »Außerdem ist die Vorgehensweise eine ganz andere.«

»Na ja«, brummte Müller zweifelnd. »So viel anders ist die nun auch nicht. Damals wurden Leute abgeschlachtet und vor einem größeren Publikum zur Schau gestellt und heute ja wohl auch!«

»Das stimmt. Trotzdem gibt es entscheidende Unterschiede«, sagte Tom. »Der Blutkünstler wollte damals zwar die Aufmerksamkeit der Öffentlichkeit, aber anders als der Zoom-Killer wollte er kein Publikum.«

»Zoom-Killer«, stöhnte Müller. »Hervorragend. Damit hätte die Presse gleich einen passenden Namen.«

»Öffentliche Anerkennung ist jedenfalls etwas ganz anderes als ein gaffendes Publikum. Der Blutkünstler hat alles dafür getan, um in Ruhe und ohne Zeugen arbeiten zu können. Ich würde sogar behaupten, dass er nur alleine künstlerisch tätig werden konnte«, fuhr Tom fort. »Das trifft in unserem aktuellen Fall nicht zu.«

»Ich wäre Ihnen dankbar, wenn Sie das Zerstückeln wehrloser Frauen nicht als einen künstlerischen Akt bezeichnen würden!«, donnerte Müller.

»Ich habe nur aus der Sicht des Blutkünstlers gesprochen.«

Bernhard Müller schüttelte den Kopf und verzog missbilligend das Gesicht. »Was wissen wir über den Toten?«

»Sowohl Zeugen als auch Mitarbeiter waren recht auskunftsfreudig.« Ira nahm ihr Tablet in die Hand und rief ihre Notizen auf. Dann gab sie den Kollegen einen kurzen Abriss über die berufliche Laufbahn von Peter Bode, der seit über dreißig Jahren im Sexgeschäft tätig war, zunächst als Zuhälter, Puff-Besitzer und schließlich als Erotikfilm-Produzent. »Der Mann hatte in der Pornobranche einen üblen Ruf«, schloss sie ihre Ausführungen. »So einer dürfte einen Haufen Feinde gehabt haben.«

»Die ihn umbringen, ja,«, stimmte Müller ihr zu, »aber zu Tode foltern?«

»Es gibt im Milieu und im Clan-Bereich immer wieder Morde, bei denen durch bestimmte Grausamkeiten Zeichen gesetzt werden«, antwortete Ira. »Ich hatte früher zum Beispiel mal mit einem Zuhälter zu tun, der jeder Hure, die ihn betrogen hatte, den kleinen Finger abgeschnitten hat.«

Müller zog eine Augenbraue hoch und sah Ira skeptisch an. »Sie wollen einen abgeschnittenen Finger doch nicht mit der Schweinerei vergleichen, die gestern passiert ist.«

»Natürlich nicht. Aber gerade im organisierten Verbrechen gibt es sehr häufig ritualisierte Grausamkeiten.«

»Abgeschnittene Köpfe, denen die Zunge fehlt«, überlegte Tom laut. »Wird gerne bei Leuten gemacht, die zu viel geredet haben. Abgetrennter Penis im Mund, wenn man mit der Frau des Clan-Chefs geschlafen hat. Ja, so etwas gibt es in den verschiedensten Variationen. Aber unser Täter hat die herausgeschnittenen Hautstücke mitgenommen. Wie eine Art Trophäe. Profikiller, die für einen Clan arbeiten, neigen nicht zu solchen Spielereien. Die wollen zwar ein Zeichen setzen, aber dann gehen die ganz normal in den Feierabend und nehmen nichts von ihrer Arbeit mit nach Hause.«

Ira nickte nachdenklich. »Das ist richtig. Solche Leute handeln nach Auftrag und führen nur die gewünschten Rituale aus. Die brauchen keine Andenken.«

»Warum hatte Bode in der Pornobranche einen so schlechten Ruf?«, fragte Tom.

»Ich hab gestern noch mit drei verschiedenen Darstellerinnen gesprochen«, antwortete Ira. »Es gibt noch viele mehr, aber das waren die einzigen, die ich so spät noch erwischen konnte. Alle drei waren geradezu erleichtert, dass Bode nicht mehr lebt. Zum einen hat er wohl knallharte Verträge abgeschlossen. Die Darsteller mussten immer einen Teil ihrer Gage an ihn abdrücken.«

»Das ist ja Zuhälterei«, meinte Katja.

»Dann wäre auch jeder Manager ein Zuhälter«, warf Tom ein.

»Die Summen waren jedenfalls ganz schön happig«, fuhr Ira fort. »Das war eher Ausbeutung als Management. Falls sich eine Darstellerin weigerte, bestimmte Praktiken anzuwenden, gab es zusätzlichen Ärger, der meistens darin endete, dass Bode die gesamte Gage einbehielt.«

»Okay. Das sind üble Geschäftsgebaren. Wahrscheinlich seiner Vergangenheit als Zuhälter geschuldet«, sagte Tom.

»Möglich. Schlimmer ist aber sein persönlicher Umgang mit den Darstellern gewesen, gerade mit den weiblichen. Bode bestand darauf, neue aufstrebende Pornodarstellerinnen persönlich *einzureiten*, wie er es wohl nannte.«

»Er hat sie vergewaltigt?«, hakte Müller nach.

»Nicht alle, einige ließen sich auch freiwillig darauf ein. Aber eine Frau, mit der ich gestern gesprochen hatte, bestätigte, dass es solche Übergriffe gab«, sagte Ira. »Damit macht man sich nicht beliebt in der Branche.«

Tom schüttelte nachdenklich den Kopf. »Die Rache eines traumatisierten Vergewaltigungsopfers sieht aber meistens anders aus. Gerade die Genitalien des Täters werden in solchen Fällen nur selten verschont, was hier aber der Fall war. Außerdem scheint mir unser Mann extrem planvoll vorgegangen zu sein. Teresa Konstantin hat uns gestern bestätigt, dass er die ganze Zeit sehr konzentriert gewesen ist und sich durch nichts aus dem Konzept bringen ließ. Ein Missbrauchsopfer wäre viel emotionaler gewesen.«

»Außerdem wurde der Täter eindeutig als Mann beschrieben«, warf Katja ein. »Es könnte natürlich auch ein männliches Opfer gewesen sein oder der Partner einer Darstellerin.«

»Die sollten wir überprüfen, aber ehrlich gesagt glaube ich nicht, dass wir ihn unter diesen Männern finden. Ein Mann, der seine Frau rächt, ist in der Regel auch nicht ohne Emotionen«, meinte Tom.

Für einen Moment herrschte Stille im Besprechungsraum. Alle starrten auf die Fotos.

»Könnte es sein, dass wir es hier mit einer Tat aus reiner Mordlust zu tun haben?«, fragte Müller schließlich. »Jemand, der nur getötet hat, um sich an den Qualen des Opfers zu ergötzen?«

Taten aus reiner Mordlust lagen an der äußersten Grenze des Nachvollziehbaren und waren für die meisten jenseits des Erträglichen. Vielen Ermittlern blieben die Gewaltexzesse wesensfremd, und die Täter wirkten wie eine Inkarnation des Bösen, weshalb häufig genug fast krampfhaft nach einem anderen, erklärbareren Motiv gesucht wurde. Das hatte Tom in seinen Berufsjahren oft genug erlebt. Dennoch kamen solche Morde immer wieder vor.

Es lag noch gar nicht so lange zurück, da hatte ihn ein ehemaliger Kommilitone, der inzwischen in Australien arbeitete, um seine Einschätzung gebeten. Zwei Männer hatten einen dritten grundlos ermordet. Gemeinsam stachen sie auf ihn ein, der Rechtsmediziner zählte später zweihundertdreizehn Stichverletzungen. Dann trennten sie dem Mann den Kopf ab und spielten damit Bowling. Die Tat hatte das ganze Land erschüttert und war ein eindeutiger Fall von Thrill Kill gewesen, wie Juristen diese besonders blutrünstigen, durch reine Mordlust motivierten Taten nannten. Die psychopathischen Mörder, die man schon nach kürzester Zeit verhaften konnte, würden das Gefängnis nie wieder verlassen.

»Von einem Thrill Kill spricht man nur, wenn bestimmte Aspekte vorliegen«, antwortete Tom, der versuchte, sich den Merkmale-Katalog im Gedächtnis aufzurufen. »Dem Opfer wird eine Vielzahl von Verletzungen zugefügt, die nicht geeignet sind, um es zu töten –«

»Das trifft auf unseren Fall nur in Teilen zu«, unterbrach Nina ihn. »Ja, die meisten der Verletzungen waren nicht tödlich. Aber bei einem guten Dutzend der insgesamt neunundsechzig Hautentnahmen hat der Täter so grob im Fleisch herumgestochen, dass wichtige Adern verletzt worden sind. Auch ohne das Öffnen der Halsschlagader wäre Peter Bode verblutet.«

»Trotzdem waren zahlreiche Verletzungen für sich genommen nicht tödlich«, sagte Müller. »Weiter.«

»Der Tötungsakt erfolgt nicht pragmatisch und binnen kurzer Zeit, sondern wird immer wieder hinausgezögert«, fuhr Tom fort.

»Na, das ist wohl ein klares Ja.« Müller wischte sich erneut den Schweiß von seinem kahlen Kopf und setzte sich dann auf einen Stuhl, der unter dem Gewicht des hünenhaften, übergewichtigen Mannes ächzte.

»Der Täter legt bewusst Pausen ein, um den Todeskampf des Opfers beobachten zu können …«

»Das wissen wir noch nicht genau«, sagte Philipp. »Noch habe ich keine Kopie des Zoom-Meetings erstellen können. Da bin ich noch dran.«

»Und die Aussagen von Teresa Konstantin waren diesbezüglich nicht eindeutig«, sagte Ira. »Wer seinem Opfer allerdings über vierzig Stücke aus dem Körper schneidet, der dürfte in jedem Fall Interesse an dem Todeskampf gehabt haben.«

»Das denke ich auch«, sagte Müller. »Bisher hört sich das für mich alles ziemlich deutlich nach Mordlust an. Noch was?«

»Die Vorgehensweise des Täters ist ausgesprochen grausam, menschenverachtend und lässt eine hohe Emotionalität erkennen«, fuhr Tom fort. »Das scheint hier nicht der Fall zu sein. Unser Mann ist nach Aussage aller Zeugen sehr ruhig und fokussiert vorgegangen.«

»Aber menschenverachtend und grausam trifft zu.«

»Absolut«, stimmte Tom seinem Chef zu. »Thrill-Killer unternehmen häufig nicht einmal den Versuch, die Tat zu vertuschen und das Opfer zu entsorgen. Ein solches Verhalten macht deutlich, dass es dem Täter primär darum geht, den Tötungsakt zu gestalten, um ihm eine besondere emotionale Gratifikation abzugewinnen.«

»Du meinst, der Mann hat sich doch an der Tat aufgegeilt?«, fragte Katja.

»Das kann sein, muss aber nicht. Es geht dem Täter nicht immer um einen sexuellen Gewinn. Auch wenn dieser sicherlich der häufigste ist«, antwortete Tom. »Ein weiterer wichtiger Punkt, der für einen Thrill Kill spricht, ist die Austauschbarkeit des Opfers.«

»Darüber wissen wir noch nicht genug.« Ira blickte auf ihr Tablet, auf dem sie sich die ganze Zeit Notizen gemacht hatte. »Bei der Vorgeschichte des Opfers würde ich eine persönliche Beziehung zwischen ihm und dem Täter allerdings nicht ausschließen. Ich bin weiter dran, das persönliche Umfeld des Toten zu recherchieren. Es gibt eine Tochter. Bisher konnte ich sie nicht erreichen, aber ich versuche es gleich weiter.«

»Gut. Bei der Befragung wäre ich gerne dabei«, sagte Tom.

»Wie viel Erfahrung haben Sie mit Thrill-Killern, Bachmann?«, fragte Bernhard Müller.

»Während meiner Zeit beim FBI hatte ich es zweimal mit solchen Fällen zu tun. Die werde ich mir noch mal anschauen, gerade was die Planung und das Vorgehen der Mörder betrifft. Mal schauen, ob ich Parallelen zu unserem Fall finde. Einen Aspekt habe ich noch nicht erwähnt.«

»Und der wäre?«

»Der Rausch und die Befriedigung, die der Thrill-Killer durch die Tat erlebt, halten meist nicht lange an. Thrill-Killer haben ihre Morde vorher schon zigmal in ihrer Fantasie durchlebt. Wenn es dann wirklich zur Tat kommt, sind sie danach erst mal euphorisch und glücklich. Diesem Rausch folgt aber schnell so etwas wie ein Kater. Und da er nun schon mal gemordet hat, bringen ihn seine Fantasien jetzt nicht mehr weiter. Darin findet er keine Befriedigung mehr.«

»Und das heißt?«, fragte Müller alarmiert, als schien er zu ahnen, was Tom nun sagen würde.

»Wenn unser Mann aus Mordlust gehandelt hat, dann war das gestern erst der Anfang ...«

8

12. April 1991

Aaron hatte ihn vor vier Jahren verlassen. Auch wenn Tom ahnte, dass es im Prinzip seine Schuld gewesen war und er die gemeinsam geplante Flucht verpasst hatte, nahm er es seinem ehemals besten Freund immer noch übel, dass er ohne ihn abgehauen war. Tom war erst sechs gewesen, Aaron zwei Jahre älter und mit dem Aussehen eines Zwölfjährigen und der Erfahrung eines Sechzehnjährigen ausgestattet. Warum hatte er am Tor nicht auf ihn gewartet? Und wenn das nicht möglich gewesen war, warum war er nicht bei ihm geblieben? Wie hatte er ihn nur im Stich lassen können? Seitdem war Tom alleine in dieser Hölle, alleine mit seinem Vater und den anderen Kindern. Es gab niemanden mehr, dem er vertrauen konnte.

Tom zog die Nase hoch. Er weinte schon lange nicht mehr. Nicht, wenn er alleine in seinem Bett lag, und schon gar nicht, wenn sein Vater ihn mit den verschiedenen Praktiken vertraut machte, die er lernen sollte. Heute wollte er ihm erklären, wo die Hauptschlagadern im Körper lagen. Tom fragte schon lange nicht mehr, warum sein Vater ihm diese Dinge beibrachte. Warum er nicht wie andere Kinder in eine richtige Schule gehen und seine Nachmittage auf dem Bolzplatz verbringen durfte. Stattdessen lernte er, dass ein Mensch innerhalb von Sekunden verblutete, wenn man in die richtige Stelle in Oberschenkel oder Leber stach.

»Du wirst schon bald verstehen, warum du das alles können musst«, sagte sein Vater mit einem sanften Lächeln im Gesicht. »Es ist wichtig, dass du weißt, wie das geht.«

Tom nickte stumm und starrte auf den Boden. Sein Vater legte eine Hand unter sein Kinn und drückte seinen Kopf nach oben, sodass er ihm in die Augen blicken musste.

»Glaub mir, Tommy, eines Tages wirst du mir dankbar sein, dass ich dir das alles beigebracht habe.«

Tom sagte nichts. Er hatte sich schon lange abgewöhnt, mit seinem Vater zu diskutieren. Er versuchte überhaupt, so wenig wie möglich mit ihm zu sprechen. Denn nur dann ging es ihm etwas besser. Manchmal versteckte er sich vor ihm, wenn er in den langen Fluren des Heims seine Schritte auf den Holzdielen hörte. Sooft es nur ging, wich er ihm aus.

Tom machte eine schnelle, kurze Bewegung nach hinten, sodass der Vater sein Kinn nicht mehr nach oben drücken konnte. Dann starrte er wieder auf den Boden und hoffte, dass diese kleine Geste des Widerstands keine Folgen haben würde. Den Vater nicht anzuschauen, war besser, als ihm in seine kalten Augen zu blicken, die sein vermeintlich freundliches Lächeln erst so diabolisch machten. Keine Widerworte zu geben, war besser, als bei Protest Schläge oder Stromstöße zu bekommen. Und ihn zu hassen, war besser, als ihn zu lieben. Wenn er das überhaupt noch konnte.

Tom spürte keine Liebe mehr zu seinem Vater, und er merkte, dass er ihn dadurch zumindest innerlich einigermaßen auf Distanz halten konnte. Hätte er diese Distanz schon vor vier Jahren gehabt, hätte er mit Aaron fliehen können. Aber damals war er gefangen gewesen, hatte geglaubt, seinen Vater nicht verlassen zu können, zumal er nach dem Tod der geliebten Mutter das Einzige war, was ihm von seiner Familie geblieben war. Um bei dem schlimmsten Vater zu bleiben, den man sich vorstellen konnte, hatte er die Flucht mit Aaron verpasst.

Das war der größte Fehler seines Lebens gewesen.

Gefühle waren schädlich und gefährlich, diese Lektion hatte er vor vier Jahren gelernt. Seitdem hatte er sie im Griff. Er freute sich nicht mehr, und er war nicht mehr traurig, hatte dadurch zwar keinen Spaß mehr, aber auch keine Angst. Und er dachte jede freie Sekunde darüber nach, wie er hier rauskommen konnte.

Konnte er es auch allein schaffen? Ohne Aaron?

»Hörst du mir überhaupt zu, Tommy?« Die Stimme seines Vaters war plötzlich streng und mahnend.

»Natürlich, Vater«, antwortete er mechanisch und ohne aufzublicken.

»Dann tu jetzt das, was ich dir gesagt habe.« Sein Vater hielt ihm ein Messer hin. Es hatte eine schmale, lange Klinge und sah fast aus wie ein Dolch. Ohne eine Miene zu verziehen, nahm er es in die Hand.

Tom blickte auf den toten Mann, der nackt vor ihm auf

der Bahre lag. Sein Vater hatte ihn aus dem nahe gelegenen Krankenhaus bekommen, der Mann war Diabetiker und hatte seinen Körper der Wissenschaft vermacht. Das hatte sein Vater ihm jedenfalls gesagt. Wie er ihn hier hatte herschaffen können, wusste Tom nicht. Wollte es auch gar nicht wissen. Sein Vater hatte immer genug Leichen zum Üben.

Tom atmete tief ein. Der Geruch von Formaldehyd, der den ganzen Raum erfüllte, hatte eine beruhigende Wirkung auf ihn. Er wusste, sobald er diesen Geruch wahrnahm, würde er niemanden töten müssen. Dann musste er sich nur um jemanden kümmern, der bereits aus dem Leben gegangen war.

Mit regungsloser Miene holte Tom aus und stach in die Leber des Toten. Er war froh, dass kein Blut mehr aus dem Körper herausspritzte, so wie es bei dem alten Schaf gewesen war, das sein Vater vor ein paar Tagen zu Übungszwecken geholt hatte. Auf Tiere einzustechen fiel Tom immer noch schwer. Sein Vater hatte ihm irgendwann genervt das Messer abgenommen und ihm gezeigt, wo man ansetzen musste und wie man richtig zustach. Aber bei dem toten Diabetiker hatte Tom die Sache besser im Griff.

»Ein schöner Stich«, lobte sein Vater ihn, nachdem er die Klinge im Bauchraum des Mannes versenkt hatte.

Mechanisch holte Tom erneut aus. Oberschenkel, Hals, Leiste – gezielt öffnete er jede Arterie und war dankbar, dass kein Blut mehr floss. Er versuchte, nicht in das Gesicht des Toten zu blicken, der ruhig und bleich vor ihm lag. Er wollte sich nicht vorstellen, wer der Mann einmal gewesen war, ob er früher nett oder böse, lustig oder langweilig war. Er hatte seinen Körper der Wissenschaft vermacht, sagte sich Tom, er musste also gewusst haben, dass so einiges damit angestellt werden würde.

Sein Vater blickte ihn stolz an. »Das hast du gut gemacht, Tommy. Jeder Stich ein Treffer und ohne zu überlegen die richtigen Stellen gefunden. Sehr gut!« Er klopfte ihm anerkennend auf die Schulter. »Jetzt zeige ich dir noch die Punkte, die besonders empfindlich sind. Manchmal muss man aus Leuten ja auch etwas rauskriegen«, sagte er sanft lächelnd. »Und wenn du die Leute auf besondere Art kitzelst, dann sagen sie dir alles.«

Tom bemühte sich, seinen regungslosen Gesichtsausdruck beizubehalten. Er wollte sich seinen Schreck nicht anmerken lassen.

Foltern?, ging es ihm durch den Kopf. Er soll auch noch lernen, wie man Menschen foltert? Warum?

»Aaron hatte das schon gut drauf«, fügte sein Vater noch hinzu, »aber du kriegst das auch hin. Davon bin ich überzeugt.«

Und dann begann er, ihn in die Kunst des Folterns einzuweihen.

9

Die Worte seines Vaters hallten durch Toms Kopf, als er am Abend in seiner Wohnung saß und versuchte, sich beim Ego-Shooter-Spielen abzulenken.

Aaron war schon in jungen Jahren ein Meister im Foltern und Töten gewesen, er wusste genau, was er tun musste, wenn er jemanden quälen wollte. In allen Einzelheiten hatte Aaron ihm damals davon erzählt, wie seine erlernten Fähigkeiten das erste Mal zum Einsatz gekommen waren. Sie hatten schon seit Jahren keinen Kontakt mehr zueinander gehabt, bis er ihn plötzlich am Flughafen abgepasst hatte, als Tom nach dem Abitur in die USA ausreisen wollte.

Aaron hatte einen Entführer geschnappt, der zwei Kinder in einem unbekannten Versteck gefangen hielt. Drei Tage waren sie bereits ohne Nahrung gewesen, und der Mann hatte bisher hartnäckig jede Aussage verweigert. Die Zeit drängte. Da die Polizei in dem Fall nicht weiterkam, hatte Aaron sich kurzerhand eingeschaltet, den Entführer in seine Gewalt gebracht und intensiv *befragt.*

»Du fängst mit den Fingernägeln an«, hatte Aaron ihm erklärt, und Tom hatte sich erinnert, dass sein Vater ihm damals denselben Tipp gegeben hatte. »Du greifst die Spitze mit einer Zange und biegst den Nagel dann nach oben, bis er raus ist. Das ist extrem effektiv, da durch die Fingerkuppen besonders viele Nerven laufen. Die meisten halten vielleicht ein oder zwei Nägel lang durch, aber spätestens, wenn du mit der ersten Hand fertig bist, reden sie in der Regel.«

»Das ist krank, Aaron«, hatte Tom damals zu ihm gesagt. »Wieso tauchst du nach all den Jahren hier auf und erzählst mir so eine kranke Scheiße?«

»Weil ich will, dass du hierbleibst, Tommy, damit wir solche Sachen in Zukunft gemeinsam erledigen können.« Er hatte ihm eine Hand auf die Schulter gelegt und ihn eindringlich angesehen. »Wir sind ein unschlagbares Team. Du und ich – gemeinsam können wir so viel erreichen, Tommy!«

Er hatte es schon immer gehasst, wenn Aaron ihn so nannte. Nur sein Vater hatte ihn noch mit Tommy angesprochen, und jedes Mal, wenn er seinen alten Kosenamen hörte, wurde er an ihn erinnert. Er wollte aber nicht mehr an den Alten denken. Nie wieder.

Genervt hatte er die Hand von seiner Schulter geschüttelt. »Vergiss es. Niemals. Das ist Wahnsinn.« Er wollte sich abwenden und Richtung Gate gehen, aber Aaron hielt ihn zurück.

»Nein, ist es nicht. Der Mann hat mir nach einer halben Stunde gesagt, wo die Kinder sind. Sie konnten gerettet werden und haben jetzt die Chance auf ein einigermaßen glückliches Leben!«

Kopfschüttelnd war Tom weitergegangen, aber Aaron eilte ihm nach. »Sie wären sonst in einem verdammten Erdloch verrottet! Und der Kerl hätte ohne mich niemals geredet. Das ist das, was ich gemacht habe, Tommy! Verstehst du das denn nicht?«

»Du bist wirklich krank.«

Sie waren stehen geblieben und standen sich gegenüber, blickten in die vertrauten Augen des anderen.

»Du weißt genau, dass ich nicht krank bin«, hatte Aaron ernst gesagt. »Ich bin kein perverser Sadist, kein psychopathischer Serienkiller oder sonst ein Irrer. Ich greife zu solchen Methoden nur, wenn es sein muss. Ich kann das tun, was die Polizei nicht tun kann, und damit Menschen retten! Und das kannst du auch!«

Während um sie herum die Passagiere zu ihren Flugzeugen eilten, hatte Tom seinen ehemals besten Freund noch eine ganze Weile stumm angesehen.

»Ich will dich nie wiedersehen«, hatte er dann leise gesagt, sich umgedreht und Aaron stehen gelassen. Nach ein paar Metern hatte er sich noch mal zu ihm umgedreht, aber da war Aaron bereits verschwunden.

Tom war in sein Flugzeug gestiegen und in die USA gereist. Viele Jahre hatte er dann nichts mehr von Aaron gehört, bis er nach Deutschland zurückgekehrt war und beim BKA zu arbeiten begann. Inzwischen wusste Tom, dass Aaron in der Zeit unzählige Menschen getötet hatte. Immer mit der Rechtfertigung, dass es grundsätzlich die Richtigen traf. Er tötete nur die, die es verdient hatten.

Wäre Peter Bode für Aaron einer von den Richtigen gewesen? Vielleicht. Eigentlich beschränkte sich Aaron auf die Täter, die sich Kinder als Opfer suchten, jedenfalls wusste Tom von keinem anderen Mord. Dass unter Bodes Darstellerinnen auch Minderjährige waren, konnte Tom nicht ausschließen. Im Gegenteil. Gerade in der Prostitution, aber vermutlich auch in der Pornobranche, gab es einen großen Markt für junge Körper. Allerdings hätte sich Bode mit Pädophilen-Filmen ins Darknet begeben müssen, darauf hatten sie bisher keine Hinweise. Außerdem sprach die Art, wie der Zoom-Killer sein Opfer gefoltert hatte, gegen Aarons Vorgehensweise, zumal die Folter nicht an irgendwelche Fragen geknüpft war. Aaron folterte nur zweckgebunden, das schien beim Zoom-Killer nicht der Fall zu sein.

Dem Zoom-Killer war es außerdem wichtig, dass er Zuschauer bei seiner Tat hatte. Aaron hatte dagegen immer im Untergrund getötet. Er legte großen Wert darauf, nicht gesehen zu werden, und hatte sich ein perfektes Tarnleben aufgebaut. Niemals würde er seine dunkle Seite vor Publikum zeigen.

Während Tom einen Avatar nach dem anderen abknallte, versuchte er, Aaron aus seinen Gedanken zu verdrängen.

Gewaltfantasien ausleben, ging es ihm durch den Kopf. Das ist das, was der Zoom-Killer macht. Er lebt aus, was er vorher zigmal geträumt hat.

Tom dachte über die beiden Thrill-Morde nach, die er in seiner Zeit beim FBI bearbeitet hatte, und versuchte, sich jedes Detail in Erinnerung zu rufen. Auch hier waren die Gewaltfantasien der Täter der Schlüssel gewesen, um sie und ihre Motivation zu verstehen.

Beim ersten Thrill-Mord, den er vor gut zehn Jahren bearbeitet hatte, fiel ihm sofort das fehlende sexuelle Motiv auf. Man hatte innerhalb kürzester Zeit drei ermordete Prostituierte gefunden, die alle nicht vergewaltigt worden waren. Es fanden sich keinerlei Spermaspuren an den Opfern, und es gab auch sonst keine Hinweise auf ein Sexualdelikt. Es wäre extrem schwierig geworden, die Täter zu finden, wenn sie sich nach den Morden nicht immer wieder per Chat über ihre Verbrechen ausgetauscht hätten. Die Mutter des einen Täters, der noch zu Hause wohnte, las den Chat zufällig auf dem Handy ihres Sohnes und alarmierte sofort die Polizei.

Anhand der Chatverläufe, die Tom nach dem Ergreifen der Männer analysiert hatte, konnte er genau rekonstruieren, wie sie sich immer mehr in ihre Fantasien hineingesteigert hatten und es schließlich zu den Morden kommen konnte.

Mike Bedfort und Ben Coover hatten sich übers Internet kennengelernt, in einem Forum, in dem die User ihre Gewaltfantasien zumindest verbal ausleben konnten. Nachdem es einige Male hin- und hergegangen war, wie sehr beide davon träumten, eine Frau zu würgen, war es irgendwann ernst geworden. Tom erinnerte sich noch genau an den Wortlaut des Chats:

Bedfort: »Wollen wir uns mal so eine Schlampe schnappen und es mit ihr treiben? Ich meine damit, wollen wir sie würgen und strangulieren?«

Coover: »Da wäre ich sofort dabei. Die richtig würgen wäre geil. Bis sie sich nicht mehr regt. Was würdest du dann mit ihr machen?«

Bedfort: »Sobald sie ohnmächtig ist, würde ich sie knebeln und fesseln. Danach würde ich sie ausziehen und vergewaltigen.«

Coover: »Wird ja immer geiler. Mein Traum ist es, so eine Schlampe aufzuschlitzen, bevor sie ohnmächtig ist.«

Bedfort: »Das macht mich total an, wenn die so zappeln, sich wehren, blau anlaufen und röcheln. Schon wenn ich daran denke, bekomme ich einen Steifen.«

Danach waren die beiden zu allem bereit gewesen und hatten sich übers Internet für die Jagd verabredet, wie sie bei den späteren Vernehmungen bereitwillig erzählten. Sie beschlossen, eine Prostituierte zu nehmen, da es einfacher war, diese zu berühren, und mit weniger Gegenwehr zu rechnen war.

Die beiden bereiteten ihre Taten gründlich vor und bestätigten in den späteren Verhören, dass diese Vorbereitungen ihre Gewaltfantasien weiter anheizten. In Bedforts Pick-up packten sie alles, was sie für den Abend brauchten: eine Fleece-Picknickdecke, eine schwarze Hundeleine, ein blaues Frotteetuch, eine dreißig Meter lange Wäscheleine, Einmalhandschuhe aus Latex und ein Bajonett.

Am Straßenstrich gabelten sie eine Prostituierte auf, die sich nach kurzen Verhandlungen auf einen vermeintlichen Dreier einließ. Da die beiden Männer sich finanziell großzügig zeigten, war es kein Problem, die Frau zu sich ins Auto zu locken.

Sie fuhren mit ihr in ein entlegenes Waldstück, breiteten die Picknickdecke aus und baten die Frau höflich, sich auszuziehen, was diese auch bereitwillig tat. Für sie schien alles auf ein normales Geschäft hinauszulaufen. Dass die beiden Männer sie zunächst am ganzen Körper anfassten, sollte ihr ebenfalls das sichere Gefühl vermitteln, dass alles normal verlief.

Plötzlich fing Bedfort an, die Frau zu würgen, während Coover ihre Arme festhielt. Wenn sie drohte ohnmächtig zu werden, lockerte Bedfort den Griff und gab ihr die Möglichkeit, sich zu erholen – um im nächsten Augenblick noch härter zuzudrücken. Mit diesem Todesspiel quälten sie ihr Opfer stundenlang. Sie ergötzten sich an ihrer Todesangst, während sie sie bis zur Bewusstlosigkeit würgten, um sie kurz danach wieder im Leben zu begrüßen und die Tortur fortzusetzen. Keiner von beiden onanierte dabei oder vergewaltigte die Frau, ein sexuelles Interesse gab es in dem Moment nicht, obwohl sie es sich in ihren Chat-Fantasien anders vorgestellt hatten. Aber den Todeskampf zu beobachten, war für sie berauschend genug.

Hatte sich der Zoom-Killer auch an Bodes Todeskampf berauscht?, überlegte Tom und schoss auf drei Avatare, die ihn seit einer ganzen Weile auf ihren Motorrädern verfolgten.

Als Coover und Bedfort genug hatten, legten sie der Frau die Hundeleine um den Hals. Später gaben sie an, dass ihr Opfer noch einmal versucht hatte zu schreien, aber in dem Moment zog Bedfort die Leine schon ruckartig zu. Dabei ließen die Männer die Frau keine Sekunde aus den Augen, um nichts von ihrem Todeskampf zu verpassen.

Auch wenn Philipp noch nicht herausgefunden hatte, ob

der Zoom-Killer eine Kopie der Aufnahmen von Bodes Mord besaß, sprach doch sehr viel dafür, dass dem so war. Saß der Kerl jetzt vielleicht gerade zu Hause vor seinem Bildschirm und ergötzte sich am Todeskampf seines Opfers? So wie es Bedfort und Coover getan hatten?

Als deren erstes Opfer schließlich mit blauen Lippen regungslos vor ihnen lag, wollten die beiden Männer die Leiche noch tiefer in den Wald tragen, um sie dort zu entsorgen. Nach einer Weile stellten sie fest, dass die Frau noch röchelnde Geräusche von sich gab. Coover ging daraufhin zurück zum Wagen und holte das Bajonett. Er drehte die Frau auf den Bauch und stieß das Bajonett durch den Nacken des Opfers. Die Frau stöhnte, und Coover drehte den blutenden Körper auf den Rücken. In kurzen Abständen stach er dann noch mehrmals mit dem Bajonett ins Gesicht der Frau, durch den Mund in den Rachen, in den Hals, in den Oberkörper, in den Bauch. Erst als er ein leises, zischendes Geräusch bemerkte, hielt er inne, wie er später aussagte. Luft entwich aus dem Körper der Toten, und die beiden Männer hörten diesem Vorgang zufrieden zu.

Tom sah ihre Gesichter noch vor sich, während sie ihre Taten in der Vernehmung lächelnd erzählten, als handelte es sich um einen Ausflug nach Disneyland. Zehn Minuten nachdem die Frau tot war, saßen sie in einem Diner und feierten ihren Erfolg mit Bier und Burger.

In den nächsten Tagen tauschten sie sich intensiv darüber aus, wie die Tat abgelaufen war – was nicht so gut lief, was man besser machen könnte und besser machen musste. Die beiden waren sich darüber einig, dass es ein nächstes

Mal geben würde. Bedfort beklagte sich darüber, zu wenig von der Tat gehabt zu haben, die Tötung selbst war ja von Coover durchgeführt worden, und beim nächsten Mal wollte Bedfort unbedingt mehr involviert werden.

Zwei weitere Prostituierte mussten in den nächsten drei Monaten sterben, keine von ihnen wurde vergewaltigt oder anderweitig sexuell missbraucht. Alle Taten liefen gleich ab. Beim zweiten Mord durfte Bedfort die finale Tötung übernehmen, während beim dritten Mal wieder Coover als Letzter Hand anlegte. Man hatte beschlossen, sich in Zukunft immer abzuwechseln, damit es gerecht zuginge.

Dass die Männer sich ständig über ihre Taten austauschten und gemeinsam an dem Erlebten berauschten, brachte sie schließlich ins Gefängnis. Tom war sich sicher, dass sie sonst niemals aufgehört hätten zu töten.

Er erinnerte sich noch genau an die Vernehmungen. Auch für ihn war es ungewöhnlich gewesen, wie unverblümt und ungefiltert die Männer über die Taten berichteten. Sie versuchten nicht, sich zu rechtfertigen, und erzählten offen über ihre Absichten, Gefühle und Erfahrungen. Ein Glücksfall für einen Profiler. Tom wusste nicht, wann er danach je wieder einen Thrill-Killer so ausführlich studieren konnte.

Es war auffällig gewesen, dass die Männer bei ihren Schilderungen keinerlei Emotionen gezeigt hatten. Sie erschienen Tom geradezu roboterhaft. Auf seine Frage, wie sie über die Frauen dachten, die sie ermordet hatten, hatte Bedfort ungerührt erklärt: »Die war nur Mittel zum Zweck. Ein effektiver Gegenstand zum Lustgewinn.«

Coover hatte es ähnlich beschrieben: »Ich habe auch Tage später nichts für die empfunden. Wir hatten die umgebracht und waren danach Bier trinken gegangen. Eine halbe Stunde später bin ich nach Hause, hab mich hingelegt und geschlafen wie ein Baby. Ich hatte keine Albträume, kein mieses Gefühl, einfach nichts.«

Obwohl Bedfort und Coover ihre Opfer nicht sexuell missbraucht hatten, gaben sie zu, das Erlebte für ihre Masturbationsfantasien zu benutzen. Normalerweise war das etwas, das jeder Sexualverbrecher tat. Der Unterschied war nur, dass die Morde keine Sexualmorde im herkömmlichen Sinne waren. Das machte sie so ungewöhnlich, der Lustgewinn lag nicht im Sexuellen, sondern im Todeskampf.

Tom hatte gemeinsam mit Nina überlegt, ob den Zoom-Killer etwas Ähnliches angetrieben hatte. Dienten ihm die Hautstücke, die er vom Tatort mitgenommen hatte, zur Befriedigung seiner Fantasien? Das war nicht auszuschließen. Auch die Emotionslosigkeit, mit der der Täter laut Zeugenaussagen vorgegangen war, ähnelte der von Bedfort und Coover, die heute im Todestrakt eines texanischen Gefängnisses saßen, den sie nie wieder lebend verlassen würden.

Tom hatte sich damals viel mit der Frage beschäftigt, wie sich Menschen so weit von ihresgleichen entfernen konnten, dass andere von ihnen nur noch als Dinge angesehen und völlig entmenschlicht wurden. Wie entstanden diese abgründigen Fantasien? Was musste passieren, dass nicht mehr das Leben im Vordergrund stand, sondern nur noch der Tod, die Lust, sich am Todeskampf zu ergötzen? Wie konnte jedes Maß verloren gehen und es zum obersten Ziel werden, sich anderer Menschen zu bemächtigen und sie aus reinem *Spaß* zu ermorden?

Tom spürte die Wut in sich aufsteigen. Die alte Wut, die er seit so vielen Jahren in sich trug und immer erfolgreich zu verdrängen versuchte. Denn ihm war klar, dass seine eigene Kindheit der beste Nährboden für eine solche Verbrecher-Karriere war. Aber er wusste auch, dass das auf die meisten Täter nicht zutraf. Jedenfalls nicht in der exzessiven Weise, wie es bei ihm der Fall gewesen war. Dennoch fanden sich die meisten Antworten auf all diese Fragen in den Viten der Mörder. Und die mussten nicht immer so schlimm sein wie Aarons und seine.

Bedfort und Coover hatten zwar keine glückliche, aber auch keine besonders unglückliche Kindheit erlebt. In beiden Fällen ließen sich die Eltern scheiden, die Jungen hatten durchschnittliche Schulleistungen und praktisch keine Freunde. Ihre Gewaltfantasien lebten sie anonym im Netz aus. Zu diesem Zeitpunkt kannten sich die beiden noch nicht, durchstreiften jeder für sich tagtäglich das Internet und suchten fieberhaft nach Fotos, die gefolterte und getötete Frauen zeigten, und gierten nach Filmen, die als einzige wesentliche Handlung das gewünschte Gemetzel zum Inhalt hatten. Jeden Tag saßen sie vor dem Computer und starrten auf den Bildschirm. So gelang es ihnen, die innere Balance zu halten, den Alltag zu bewältigen und zu funktionieren.

Tom vermutete, dass es bei dem Zoom-Killer ähnlich war. Dafür sprach schon der präzise Vorgang der Häutung. So etwas kommt einem nicht spontan in den Sinn, so eine Idee wächst über einen längeren Zeitraum.

Zur Bedrohung für andere wurden Bedfort und Coover erst, als sie sich im Internet begegneten. Beide hatten zwar unterschiedliche Maximalfantasien, aber erst gemeinsam gärte in ihnen die Bereitschaft, den Gedanken auch Taten folgen zu lassen. Zum ersten Mal in ihrem Leben waren sie nicht mehr allein, sie hatten einen Verbündeten, ja Freund gefunden. Dieses für sie neue und positive Gemeinschaftsgefühl wurde zur Basis für die Verbrechen, zu denen jeder für sich wohl niemals fähig gewesen wäre.

Einsamkeit, ging es Tom durch den Kopf, während er mit einer Handgranate ein Haus zur Explosion brachte. Einsamkeit war eigentlich das, was alle Serienkiller verband, egal aus welchen Gründen sie töteten. Würden sie sich in einem sozial geschützten Raum mit zahlreichen Kontakten befinden, dann würde ihr Verhalten eher auffallen, hätte in den anderen ein Korrektiv und könnte aufgehalten werden.

Es war ein böser Zufall, dass der einsame Bedfort ausgerechnet auf den einsamen Coover traf, der ähnliche Fantasien hatte wie er. So konnten die beiden zu den grausamsten Serienkillern ihrer Zeit werden.

Grübelnd metzelte Tom sich weiter durch die Gassen seines Spiels. Bisher war Bodes Mörder noch kein Serienkiller. Aber er verhielt sich wie einer, und alles sprach dafür, dass der Mord an dem Pornoproduzenten ein ähnliches Erweckungserlebnis für ihn darstellte wie der erste Prostituiertenmord für Bedfort und Coover.

Als Tom ein neues Level in seinem Spiel erreicht hatte, schaltete er die Konsole aus. Schlagartig wurde es dunkel im Wohnzimmer, das nach wie vor aus nicht viel mehr als einem Sofa und dem überdimensionalen Bildschirm bestand.

Für eine Weile saß er regungslos in der Dunkelheit und ließ die plötzliche Ruhe auf sich wirken.

Hatte der Zoom-Killer auch einen Komplizen gehabt? Einiges sprach dafür. Die aufwendigen Vorbereitungen für den Mord wären zu zweit sicherlich einfacher gewesen. Der Komplize hätte sich so im Raum aufhalten können, dass niemand von den Teilnehmern der Zoom-Konferenz ihn wahrgenommen hätte. Die Zeugin hatte allerdings nur einen Mann aus dem Fenster fliehen sehen, und Bode war auch nur von einer Person gefoltert worden. Was sollte ein möglicher Komplize also die ganze Zeit getrieben haben? Zuschauen und sich an den Qualen des Opfers ergötzen? Das war natürlich grundsätzlich denkbar, aber warum dann die anderen Zoom-Zuschauer?

Tom knipste die kleine Lampe an, die neben dem Sofa stand, und schaute auf die Uhr. Es war schon halb zwei in der Nacht, und er war immer noch hellwach. Er musste dringend etwas Schlaf bekommen, allerdings wusste er genau, wenn er sich jetzt hinlegen würde, würde er kein Auge zumachen. Er griff nach seinem Handy und tippte eine Nachricht.

»Bist du noch wach?«

Es dauerte nur wenige Augenblicke, bis die Antwort auf seinem Display erschien.

»Natürlich, mein Junge. Du weißt doch, wie schlecht ich schlafe. Geht es dir gut?«

»Klar. Habe nur gerade an dich gedacht.«

»Schön. Willst du reden?«

»Nein. Alles gut. Ich gehe jetzt schlafen. Komme dich bald mal wieder besuchen.«

»Ich weiß, mein Junge. Gute Nacht.«

»Gute Nacht, Eva.«

Als er sich ins Bett legte, fühlte Tom sich etwas entspannter und ausgeglichener. Es war immer wieder erstaunlich, welche Wirkung seine Pflegemutter auf ihn hatte. Nur ein paar Worte von ihr reichten, um ihn zu beruhigen.

10

Aaron saß auf einer der zwei Liegen, die vor der Sauna zum Ruhen einluden. Der gesamte Wellnessbereich war mit roten Terrakottafliesen ausgelegt, die Wände waren bis zur holzvertäfelten Decke damit gekachelt, wodurch der Raum eine warme, entspannende Atmosphäre bekam. Einzig der große, runde Whirlpool vor ihm strahlte in glänzendem Weiß.

Der nackte Mann, der regungslos im leeren Pool lag, starrte ihn mit aufgerissenen Augen an, die er dank der Klebestreifen, mit denen Aaron die Lider fixiert hatte, nicht schließen konnte.

»Du fragst dich, warum ich dich nicht gefesselt habe? Nun, du kannst dich sowieso nicht bewegen. Das Muskelrelaxans, das ich dir gespritzt hab, hält dich schön am Boden des Pools. Praktisch, nicht wahr?«

Aaron nahm das lange Fleischermesser, das er sich eben aus der Küche geholt hatte. Er hatte schon viele Häuser dieser Art gemietet, und jedes Mal hatten sie ihren Zweck erfüllt. Mehr als einen Whirlpool mussten die Objekte nicht haben, die er über ein Online-Portal unter falschem Namen anmietete. Solche Pools hatten einen größeren Abfluss als eine Badewanne, sodass die breiige Masse, die nach dem Säurebad übrig blieb, gut abfließen konnte.

Er wusste nicht, wie viele perverse Schweine er auf diese Weise schon in die Kanalisation geschickt hatte. Zehn? Zwanzig? Manchmal würde er gerne eine Liste darüber führen, versehen mit einem kleinen Vermerk, was die Leute angestellt hatten. Aber das war natürlich viel zu riskant. Wenn irgendjemand eine solche Liste in die Finger bekäme, dann würde Aaron wohl nie wieder in Freiheit leben können. Und was noch schlimmer war: Er würde dann seine Arbeit nicht fortführen können. Und es gab schließlich noch jede Menge zu tun.

»Du weißt, warum du hier bist? Sonst erkläre ich es dir gerne noch mal. Jungs aus Rumänien nach Deutschland zu bringen, um sie hier zur Prostitution zu zwingen und selbst zu vergewaltigen – *nope.* Geht nicht. Ist dir auch klar, oder? Logisch, deshalb warst du ja im Knast. Aber warum hast du da die jungen Häftlinge auch so drangsaliert? Das war echt ein Fehler. Wenn du dich anständig benommen hättest, hätte ich dich vielleicht laufen gelassen. Aber so?« Aaron schüttelte den Kopf. »So kann ich dich unmöglich gehen lassen. Du suchst dir ja sonst ratzfatz wieder ein neues Opfer. Das kann ich leider nicht zulassen.«

Aaron stand auf und schlenderte zum Whirlpool, stieg über den Rand und setzte sich auf die oberste Stufe.

»Nur um eines klarzustellen: Ich bin weder ein Sadist, noch habe ich sonst eine perverse Neigung. Ich habe nicht vor, dir den Schwanz abzuschneiden oder dich auf eine andere Art zu foltern, okay? Nicht dass ich es nicht könnte …« Er grinste und testete mit dem Zeigefinger die Spitze der Klinge. »Ehrlich gesagt bin ich ganz gut im Foltern. Ich kenne ein paar wirkungsvolle Tricks und könnte dir Schmerzen zufügen, von denen du nicht ahnst, dass es sie gibt.« Er legte den Kopf zur Seite und blickte freundlich auf den Mann herab. »Aber du musst dir keine Sorgen machen. Es wird jetzt relativ schnell gehen, kein Rumgequäle, versprochen. Du verblutest ganz entspannt, und dann löse ich deinen Körper in Säure auf. In ein paar Stunden marschierst du durch den Abfluss und wanderst Richtung Kanalisation. Alles verstanden? Noch Fragen? Nein? Gut. Dann wollen wir mal.«

Aaron kniete sich neben den Mann auf den Boden des Whirlpools, das lange Messer in der Hand. Das, was er nun tun würde, hatte er schon so häufig getan, dass er eine gewisse Routine verspürte. Keine Langeweile, aber besonders aufregend war es nun auch nicht mehr.

Er fixierte noch mal die Stelle, an der er das Herz vermutete, und holte aus.

Plötzlich und völlig unerwartet schlug der Mann ihm mit einer ruckartigen Bewegung das Messer aus der Hand und stürzte sich auf ihn. »Verdammtes Arschloch!«, schrie er und verpasste ihm einen heftigen Faustschlag mitten ins Gesicht.

Aaron verlor das Gleichgewicht. Er fiel zurück und schlug mit dem Hinterkopf am Beckenrand auf. Der Schmerz zog wie ein donnerndes Gewitter über seinen ganzen Schädel, und für einen Moment sah er nur noch Sternchen.

Was zur Hölle passierte hier?

Zum Glück hatte er in seinem Leben gelernt, Schmerzen zu ignorieren, sich schnell wieder zu fassen und alle Gedanken auszuschalten. Er fokussierte sich voll und ganz auf seinen Gegner und spürte jetzt nur noch das Adrenalin, das durch seinen Körper jagte. Aber bevor er zum Gegenschlag ausholen konnte, traf ihn der nächste Faustschlag ins Gesicht.

»Damit hast du wohl nicht gerechnet! Hättest dein verdammtes Muskelrelaxans besser dosieren müssen, Arschloch!«

Der Mann stand nun in voller Größe vor ihm, ihm lief der Speichel aus dem Mund, und sein Brustkorb bebte. Er war bestimmt einen Kopf größer als Aaron und muskelbepackt. Wie ein wütender Stier starrte er ihn an, bereit, jederzeit zum nächsten Schlag auszuholen.

Aaron merkte, wie es immer mehr in ihm brodelte. Er spürte, wie er seinen nüchternen Fokus verlor und die Wut alles in ihm zu überstrahlen drohte. Seine Atmung ging schneller, er schnaufte fast, und er ballte seine Hände zu Fäusten.

In dem Augenblick griff der andere nach dem Messer, das auf dem Boden des Whirlpools lag. »Wollen wir doch mal sehen, wer hier entspannt verblutet«, brüllte er.

Doch bevor der Koloss sich mit der Klinge auf ihn stürzen konnte, sprang Aaron auf und stieß ihm beide Fäuste in den Bauch, sodass er ruckartig nach hinten flog und das Messer verlor. Aaron warf sich auf ihn, schnappte sich im Flug die Klinge von den Fliesen und landete mit einem lauten Schrei auf dem Brustkorb des Mannes, dem dadurch die Luft wegblieb.

»Halt dein verdammtes Maul!«, brüllte Aaron und stach zu. Der erste Stich traf das linke Auge, und als er die Klinge wieder herauszog, blieb der Augapfel daran hängen. Sofort stach er ein weiteres Mal zu, in den Hals, die Schultern, Brust und Bauch. Er hörte, wie die Knochen zerbarsten und wie das Blut aus dem Mann heraussprudelte, der sich schon längst nicht mehr bewegte. Aaron stach trotzdem immer wieder zu und gab dabei Laute von sich wie ein wildes Tier.

Nach einer Ewigkeit ließ er das Messer fallen und rollte sich erschöpft zur Seite. Nach Luft schnappend, blieb er für einen Moment auf dem Rücken liegen, der Schweiß lief ihm in Strömen das Gesicht hinab, und er fühlte sich, als wäre er einen Marathon gelaufen.

Langsam kam er wieder zu Sinnen. Er rappelte sich auf und versuchte, seine Gedanken zu ordnen.

»Ach du Scheiße«, entfuhr es ihm, als er sah, was er angerichtet hatte.

Der verdammte Kinder-Zuhälter war kaum noch zu erkennen. Wie oft hatte er auf den Kerl eingestochen? Hundertmal? Zweihundertmal? Aaron wusste es nicht. Aber er hatte eine unfassbare Sauerei angerichtet, so viel war klar. Das Blut hatte sich nicht wie vorgesehen im Whirlpool gesammelt, sondern die ganzen Wände bespritzt, selbst die holzvertäfelte Decke war rot verfärbt. Die Sauna sah aus, als hätte man einen Eimer rote Farbe dagegen geworfen, und auf dem Fußboden hatte sich eine riesige braunrote Pfütze gebildet.

Aaron blickte in den Spiegel, der neben der Sauna hing, und konnte es nicht fassen. Er sah aus wie die Hauptfigur aus einem Horrorfilm. Seine Kleidung war blutgetränkt, und Teile einer weißen, breiigen Masse klebten an seinen Oberarmen. Als er die genauer inspizierte, identifizierte er sie als kleine Hirnstücke, und mit Blick auf die Leiche stellte er fest, dass er dem Kerl das Messer bestimmt zwanzigmal in den Schädel gerammt hatte.

Was war nur mit ihm los gewesen? Wie hatte er nur so die Kontrolle verlieren können?

Du warst wie im Rausch, dachte Aaron und war über sich selbst erschrocken. Normalerweise tötete er nüchtern und konzentriert. Er hatte sich noch nie zu irgendwelchen tödlichen Spielereien hinreißen lassen, hatte selbst die schlimmsten Typen, die vor ihm auf dem Boden des Whirlpools lagen, nicht gequält oder malträtiert, sondern sie schmerzfrei und schnell aus der Welt befördert. Er war der Rächer der schutzlosen Opfer, um die sich keiner kümmerte. Das war seine Aufgabe, und die passte nicht zu dem Blutrausch, in den er eben verfallen war.

Wie war das nur möglich gewesen? Die Wut, dass der andere ihn angegriffen hatte, war der erste Auslöser gewesen. Aber der Stich durchs Auge hatte ihm sofort alle Lichter ausgeknipst. Warum hatte Aaron dann nicht aufgehört?

Warum hatte er nicht aufhören *können*?

11

Tom lenkte den Wagen auf den Parkplatz. Das zweigeschossige Firmengebäude mit der gläsernen Fassade wirkte genauso seriös wie der Hersteller für Tierfuttermittel, der auf dem Nachbargrundstück seinen Hauptsitz hatte, oder wie die Markisenfirma auf der anderen Seite. Bis auf das kleine Schild in mattiertem Schwarz, auf dem der Name *PornFun* zu lesen war, wies nichts darauf hin, dass sich in diesem Industriegebiet auch die Sexbranche niedergelassen hatte. Es gab keine Plakate mit erotischen Fotos oder anderen eindeutig sexualisierten Darstellungen. Wie auf jedem anderen Geschäftsparkplatz gab es auch hier reservierte Stellplätze für Mitarbeiter und Besucher. Ira telefonierte mit Philipp, während Tom den Wagen in eine freie Lücke lenkte.

Den gestrigen Tag hatten Ira, Katja und er mit der Vernehmung der anderen Zoom-Teilnehmer verbracht. Ihre Schilderungen deckten sich alle mit den Aussagen von Teresa Konstantin. Die Zeugen beteuerten, sich an die Anweisungen des Zoom-Killers gehalten zu haben, und genauso einhellig war auch die Meinung, dass Bode noch leben würde, wenn Mory Sextana nicht in den Raum gekommen wäre. Auf die Frage, ob jemand unerwartet bei dem Meeting gefehlt habe, wurde nur der Name Sven Wanko genannt. Er war Bodes rechte Hand und eigentlich bei allen wichtigen Meetings anwesend. Auf Nachfrage hatten einige der Zeugen die Vermutung geäußert, dass die beiden vielleicht mal wieder Stress gehabt hatten, was wohl nicht so selten vorkam.

»Das heißt, er hat auch die Einladungen zum Zoom-Meeting verschickt? Okay, danke, Philipp.«

Ira steckte das Handy in ihre Tasche. »Philipp hat das noch mal technisch verifiziert. Dieser Sven Wanko hat die Konferenz organisiert und sollte auch selbst daran teilnehmen.«

»Und warum hat er sich dann nicht eingewählt?«

»Er hat sich kurzfristig krankgemeldet.«

»Hast du das überprüft?«, fragte Tom.

»Ob er wirklich krank war? Nein. Ich kann ja nicht hexen.« Sie stiegen aus dem Wagen und gingen auf das Glasgebäude zu. »Aber ich habe gestern noch kurz seinen persönlichen Background gecheckt. Er hat seit drei Monaten eine Freundin, die aber seit einer Woche auf Mallorca Urlaub macht. Kinder hat er keine, und seine Eltern leben in Bayern«, sagte Ira.

»Hat die Freundin was mit der Pornobranche zu tun?«

»Sie ist Unterwäschemodel«, antwortete Ira. »Zwar durchaus auch für erotische Fotos, aber so wie ich es bisher überblicke, hat sie keine Filme gedreht. Bei *PornFun* ist sie auch nicht unter Vertrag.«

»Das heißt nicht, dass es zwischen ihr und Bode keine

Verbindung gibt«, meinte Tom. »Er hat früher Sex-Clubs geleitet. Sie wäre nicht das erste Erotikmodel, das in solchen Clubs arbeitet.«

Ira warf ihm einen befremdeten Blick zu. »Nur weil man sich in Unterwäsche fotografieren lässt, geht man noch lange nicht anschaffen.«

»Das ist mir klar. Aber es ist nicht so einfach, von erotischen Fotos zu leben. Vielleicht hat sie in einem von Bodes Läden nebenbei gekellnert oder so. Ich will einfach ausschließen, dass es da eine Verbindung gibt.«

»Ich gebe das an Katja weiter.« Ira tippte erneut auf ihrem Handy und verschickte eine Textnachricht, während Tom die große Glastür des Gebäudes aufdrückte.

Im Inneren deutete schon einiges mehr auf die Branche hin, in der hier gearbeitet wurde. An den Wänden hingen überdimensionale Fotos von den Stars der Plattform, die meisten in den typisch überzogenen Posen. Tom fragte sich, ob diese gigantischen Silikonbrüste, kombiniert mit einem Schlafzimmerblick und leicht geöffneten, völlig übertrieben geschminkten Lippen wirklich für jemanden ansprechend waren. Ihm kamen diese Bilder eher wie Karikaturen von Pornodarstellerinnen vor.

Am Empfangstresen saß eine junge Frau in einem engen schwarzen Kostüm. Mit den hochgesteckten Haaren und der schwarzen Brille hätte sie auch in einem Sekretärinnen-Porno mitspielen können, ging es Tom durch den Kopf, der die ganze sexualisierte Atmosphäre in der Eingangshalle ziemlich albern fand. Warum ging man mit einem erotischen Produkt nicht genauso um wie mit jedem anderen auch?

Nebenan beim Tierfutterhersteller saßen doch vermutlich auch keine Katzen im Empfangsbereich, aber hier schien sich jeder und alles mit dem Produkt, das es zu verkaufen galt, zu identifizieren.

Ira stellte sich am Empfang vor und erklärte, dass sie einen Termin mit Sven Wanko hatten.

»Einen Moment, ich schaue mal nach ...« Die Frau blickte konzentriert auf den Bildschirm.

»Oder ist er noch krank?«, fragte Tom.

»Herr Wanko? Nein, nein. Er ist auf jeden Fall im Haus. Ich habe ihn heute schon gesehen.«

»Hatte er sich nicht gestern krankgemeldet?«, hakte Tom nach.

»Das kann ich hier im System nicht sehen«, antwortete sie. »Und ich selbst hatte gestern meinen freien Tag.« Sie griff zum Telefonhörer und wählte eine Nummer. Als sich niemand meldete, unternahm sie einen zweiten Versuch und gab eine andere ein. Diesmal hatte sie mehr Erfolg. »Hier sind zwei Herrschaften vom BKA. In Ordnung.« Sie legte auf. »Wenn Sie mir folgen würden?«

»Sie wissen, dass Herr Bode tot ist?«, fragte Tom, als sie der jungen Frau über einen langen, mit einem flauschig-dicken Teppich ausgelegten Flur folgten.

Sie nickte und setzte eine betroffene Miene auf. »Ja. Furchtbar.«

»Wer hat Sie über den Tod informiert?«, fragte Ira.

»Herr Wanko«, antwortete sie und klopfte schließlich an eine Tür. Ohne auf eine Antwort zu warten, ließ sie die beiden hinein. »Ihr Besuch, Herr Wanko.«

»Danke. Kommen Sie herein.«

Sven Wanko lächelte sie professionell an. Alles an ihm wirkte irgendwie künstlich, die schwarzen, nach hinten gegelten Haare genauso wie seine übertrieben weißen Zähne. Tom schätzte den groß gewachsenen Mann auf Ende dreißig. In seiner schmalen Anzughose und dem glänzenden grauen Hemd, bei dem er die obersten zwei Knöpfe offen gelassen hatte, sah er aus wie ein Schlagersänger.

Er setzte sich an einen schwarz lackierten, sichelförmigen Schreibtisch, der in der Mitte des Raumes stand, und bat sie, Platz zu nehmen. Hinter ihm befanden sich in einer Glasvitrine jede Menge branchenspezifische Preise. Anhand der gravierten Schilder konnte Tom erkennen, dass es sich um eine Auszeichnung für den erfolgreichsten Film national und international handelte, eine für den erfolgreichsten Produzenten und eine für die meisten Online-Abrufe.

»Sind das alles Ihre?«, fragte er und wies auf die Trophäen.

»Sie gehören der Firma«, antwortete Sven Wanko. »Nur die Darsteller dürfen ihre Preise behalten, der Rest landet in einer der Firmenvitrinen.«

Tom nickte. »Als wir uns für diesen Termin angekündigt hatten, wussten Sie bereits, dass Peter Bode ermordet wurde. Von wem?«

»Von Frau Konstantin. Ich habe sie bei einem Dreh getroffen und es dort erfahren.«

»Sie hatten sich für die Zoom-Konferenz, bei der Peter Bode ermordet wurde, krankgemeldet«, sagte Ira. »Aber zu dem Dreh am selben Tag konnten Sie gehen?«

»Ich musste dort nur etwas vorbeibringen. Das habe ich noch so gerade geschafft.«

»Was hatten Sie denn?«, hakte Ira nach.

»Ich fühlte mich an dem Tag einfach nicht wohl. Es war nichts Besonderes.«

»Waren Sie beim Arzt?«, fragte Tom.

»Nein. So schlimm war es nicht.« Wanko wich seinem Blick aus. »Möchten Sie etwas trinken?«

»Nein danke. Gibt es jemanden, der bezeugen kann, dass Sie krank waren?«, hakte Tom nach.

»Meine Freundin wird Ihnen das sicher gerne bestätigen«, antwortete Wanko. »Auch den Leuten am Set dürfte aufgefallen sein, dass es mir nicht so gut ging.«

»Ihre Freundin ist aber doch im Urlaub, oder etwa nicht?«, fragte Ira.

Sven Wanko schien für einen Moment sprachlos. Aber er fing sich schnell wieder und sah Ira und Tom grimmig an. »Ja, sie ist im Urlaub, aber ich habe mit ihr telefoniert. Sie wird Ihnen bestätigen, dass ich mich nicht gut gefühlt habe.«

»Na ja. Sie hätten ja von überall mit ihr telefonieren können«, meinte Tom.

»Kann schon sein, aber ich habe es zu Hause von meinem Sofa getan. Per Face Time, sie hat also gesehen, wo ich war. Glauben Sie vielleicht, ich hätte etwas mit Bodes Tod zu tun?«, fragte Wanko scharf. »Halten Sie mich für so irre, dass ich meinen Chef vor einem Haufen Kollegen abschlachte? Von denen mich auch noch jeder Zweite persönlich kennt?«

»Wir halten Sie überhaupt nicht für irre«, sagte Ira ruhig. »Erklären Sie uns doch einfach, warum Sie sich für die Konferenz krankgemeldet haben, obwohl Sie es nicht waren.«

»Ich habe mich nicht gut gefühlt –«

»Ja, schön«, Tom war genervt von den ganzen Ausreden. »Wenn man sich nicht besonders gut fühlt, kann man sich trotzdem vom heimischen Sofa aus in eine Zoom-Konferenz einloggen. Zum Dreh konnten Sie ja schließlich auch gehen. Ersparen Sie uns bitte die ganzen Ausflüchte. Also? Warum haben Sie in Wahrheit nicht an der Besprechung teilgenommen?«

Wanko seufzte und schien nach den richtigen Worten zu suchen. »Bode und ich ... wir hatten in der letzten Zeit häufig Stress. Ehrlich gesagt stehe ich hier mehr oder weniger auf dem Absprung. Sobald ich einen anderen Job in Aussicht habe, bin ich aus diesem Sauladen weg.«

»Worum ging es in den Auseinandersetzungen mit Bode?«, fragte Ira.

»Ach, Bode war einfach das Letzte. Ein arroganter, eingebildeter Kerl. Er hat sich überall als Obermacker aufgespielt, als Godfather der Pornobranche. Lächerlich. Die Arbeit hat er grundsätzlich andere machen lassen. Seit Jahren hat er mir einen Posten in der Geschäftsführung versprochen, aber passiert ist nie etwas.« Er verzog den Mund zu einer verächtlichen Grimasse, die deutlich machte, wie sehr ihn das Verhalten seines Chefs missfallen hatte.

Tom sah sich in dem großzügigen Büro um. »Sie sind seine rechte Hand gewesen?«

»Assistent der Geschäftsführung. Das ist meine offizielle

Jobbeschreibung. Tatsächlich habe ich aber den halben Laden geschmissen.«

»Haben alle Mitarbeiter so ein großzügiges Büro?«

»Äh …« Wanko wischte sich über die Stirn und bemühte sich sichtlich um Gelassenheit. Er nahm einen Kugelschreiber in die Hand und drehte ihn zwischen seinen Fingern hin und her. »Das ist eigentlich Bodes Büro.« Er räusperte sich. »Ja, okay, das wirkt jetzt vielleicht komisch. Aber ehrlich gesagt ist es das überhaupt nicht.«

»Nein? Dass Sie direkt nach der Ermordung Ihres Chefs dessen Büro beziehen, finden Sie nicht komisch?« Iras Stimme hatte einen spitzen Unterton bekommen.

»Ich musste mich heute um einen Haufen Sachen kümmern, alle möglichen Angelegenheiten von Bode organisieren«, erklärte Wanko. Tom sah, wie sich Schweißperlen auf seiner Stirn bildeten. »Es war einfacher, das aus seinem Büro zu machen. Hier sind alle Unterlagen und Kontakte, das hatte nur praktische Gründe.«

Tom hielt auch das für eine Ausrede. Wie in jeder anderen Firma dürften alle relevanten Termine von Bode digital verwaltet worden sein.

»Okay. Noch mal zu Ihrer Auseinandersetzung mit Bode. Es ging also um Ihren Aufstieg in die Geschäftsführung?«, fragte Tom.

»Ja. Letzte Woche hatte ich ihn noch mal konkret darauf angesprochen, weil ich mir dachte, dass die Gesellschafterkonferenz doch genau der richtige Zeitpunkt wäre, um mich als neues Führungsmitglied zu präsentieren.«

»Ich nehme an, Bode hat abgelehnt«, sagte Tom.

»Abgelehnt? Ausgelacht hat der Scheißtyp mich.« Wanko bekam ein rotes Gesicht, und die Zornesfalte auf seiner Stirn wurde deutlich sichtbar. »Es gibt drei Gruppen von Menschen, hat er grinsend zu mir gesagt, die eine eignet sich zum Führen, die andere zum Dienen und die dritte zum Ficken. Und du gehörst weder zur ersten noch zur dritten Gruppe.«

Wanko starrte einen Moment wütend ins Nichts. Dann atmete er hörbar aus und bemühte sich wieder um einen normalen Gesichtsausdruck, was ihm aber nicht gelang. Ein nervöses Zucken in seinem linken Auge verriet, dass er nach wie vor aufgebracht war. »Genau so war Bode. Er hielt sich für was Besseres, er glaubte, ein Recht darauf zu haben, sich von seinen Mitarbeitern bedienen und vögeln zu lassen.«

Möglicherweise hatte Bode eine narzisstische Persönlichkeit, ging es Tom durch den Kopf. Oft stachen solche Leute durch Arroganz und Selbstidealisierung heraus. Narzisstische Personen hatten fast immer Schwierigkeiten, sich in Menschen hineinzuversetzen, und verhielten sich anderen gegenüber oft herablassend. Tom war klar, dass der Umgang mit Narzissten herausfordernd sein konnte, aber als Mitarbeiter hatte Sven Wanko ja immer die Möglichkeit gehabt, sich dem Ganzen durch Kündigung zu entziehen. Er hasste es, wenn Leute über Zustände jammerten, mit denen sie seit Jahren lebten, ohne sie zu ändern.

»Wie lange sind Sie schon im Unternehmen?«

»Etwas mehr als fünf Jahre.«

»Und erst jetzt hat es Sie gestört, dass Ihr Chef ein Arschloch ist?«, fragte Tom.

»Man kann gewisse Dinge für eine Weile ertragen, aber irgendwann ist es genug.« Sven Wanko klang fast trotzig.

»Sie haben Bode gehasst«, stellte Tom nüchtern fest. »Sie machen ihn für Ihr fehlendes berufliches Vorankommen verantwortlich und projizieren Ihr eigenes Unvermögen auf ihn.«

Wanko hielt Toms Blick stand. Seine Augen verengten sich. »Sie sind ja ein ganz Schlauer«, sagte er mit scharfer Stimme. »Wenn Sie glauben, ich lasse mir den Mord an Bode anhängen, dann haben Sie sich geschnitten.«

»Wo waren Sie während der Zoom-Konferenz?«, ging Ira dazwischen. »Also am Mittwoch zwischen 13 und 15 Uhr?«

»In meiner Wohnung. Das habe ich ja schon gesagt.«

»Was haben Sie gemacht?«

»Ich habe mir zwei Stunden einen runtergeholt«, sagte er zynisch.

Wanko versucht wieder, den coolen Porno-Typen raushängen zu lassen, dachte Tom. Vermutlich fühlt er sich dadurch weniger angreifbar.

»Ich nehme an, dafür gibt es keine Zeugen«, stellte Ira lakonisch fest.

»Das war ein Scherz, Süße. Wie gesagt, es ging mir nicht gut, und ich habe mit meiner Freundin telefoniert.«

Langsam hob Ira ihren Kopf. Mit versteinerter Miene blickte sie Wanko an. »Nennen Sie mich noch einmal *Süße*, dann versetze ich Ihnen einen Schlag dorthin, wo es Ihnen garantiert nicht gefallen wird.«

Wanko machte eine beschwichtigende Geste. »Ist ja gut, entspannen Sie sich. Meine Güte, ist die immer so?«, wendete er sich dann mit spöttischer Miene an Tom.

Es langweilte ihn, wie leicht Wankos Verhalten zu durchschauen war. Glaubte der Kerl wirklich, dass er sich mit ihm auf dieser machohaften Ebene verbrüdern würde? »Nur damit wir uns richtig verstehen«, sagte er, »Sie hatten Stress mit Bode, und den nicht erst seit gestern. Sie haben die Zoom-Konferenz vorbereitet, damit waren Ihnen alle Teilnehmer und deren Zugangsdaten bekannt. Und für den Tatzeitpunkt haben Sie kein Alibi. Ein Telefonat mit Ihrer Freundin wird da kaum ausreichen.«

»Na und? Was können Sie damit schon anfangen.« Die Unsicherheit in Wankos Stimme war nicht zu überhören.

»Eine ganze Menge.« Tom zog sein Handy aus der Tasche und tippte auf einen Kontakt. »Ich rufe jetzt die Kollegen im Präsidium an, die schicken jemanden, der Ihren Computer und Ihr Tablet abholt. Ach ja, das Handy brauchen wir auch.«

Wanko sah ihn erschrocken an. »Soll das ein Witz sein? Wie soll ich denn bitte ohne die Sachen arbeiten?«

»Sie sind die rechte Hand vom Chef, und der Chef ist tot. Allzu viel Stress dürften Sie im Moment doch nicht haben, oder? Bodes Termine kann auch die Dame vom Empfang absagen.«

Mit dieser Bemerkung wandte Tom sich ab, um im Präsidium den Beschluss für die Beschlagnahme zu beantragen. Als er das Telefonat beendet hatte, fiel sein Blick auf ein gerahmtes Foto, das Bode und Wanko bei der Großwildjagd irgendwo in Afrika zeigte. Beide hatten ein Gewehr in der Hand und posierten vor einem erlegten Zebra.

»Sie sind Trophäenjäger?«

Auf dem Gesicht von Sven Wanko zeigte sich so etwas

wie Stolz. »Ja, das war eine der wenigen Leidenschaften, die Bode und ich teilten. Wir sind früher häufiger zusammen auf Großwildjagd gegangen. Meist in einer Gruppe von zehn, fünfzehn Männern.« Er zeigte auf das Zebrafell, das in der Ecke des Raumes lag und auf dem eine moderne Sitzgruppe stand. »Bode und ich haben das Tier eigenhändig gehäutet und das Leder in der Sonne zum Trocknen aufgehängt. Die anderen aus der Gruppe konnten kaum zusehen.« Wanko feixte. »Alles Weicheier. Und bevor Sie sich jetzt aufregen: Wir hatten natürlich eine Genehmigung für den Abschuss, ist ja wohl klar.«

»Trotzdem ekelhaft.« Seitdem Aaron seine geliebte Katze damals abgeschlachtet hatte, ging Tom der Tod von Tieren näher als der von Menschen.

»Sie sind also mit ihm gemeinsam auf Jagd gegangen, obwohl Sie ihn nicht ausstehen können. Wie passt das zusammen?«, fragte Ira.

»Das liegt auch schon drei Jahre zurück«, antwortete Wanko. »In den letzten Monaten hätte ich keine Sekunde länger mit ihm verbracht als nötig. Das können Sie mir glauben.«

»Wie gut kannten Sie ihn privat? War er verheiratet oder hatte eine Freundin?«

»Er hatte dauernd irgendwelche Frauen am Start, aber ob darunter was Ernstes war, kann ich Ihnen nicht sagen«, meinte Wanko ausweichend. »Er hat eine Tochter, aber sehr viel mehr weiß ich nicht.«

»Sie sind jahrelang zusammen verreist, und mehr können Sie dazu nicht sagen?«, fragte Ira erstaunt.

»Sie kannten Bode nicht. Er hat sich nur für sich selbst interessiert, erzählte nur von seinem Geld und seinen Weibern. Das war ja keine Freundschaft, nur weil ich ein paarmal mit ihm verreist bin. Wenn ich mir durch die Reisen keinen Vorteil erhofft hätte, wäre ich keine fünf Meter weit mit ihm geflogen.«

Kurz darauf erschienen die Kollegen mit dem Durchsuchungsbeschluss, und Tom und Ira verließen das Gebäude.

»Sympathischer Typ«, meinte Ira, als sie zum Parkplatz zurückgingen. »Aber irgendwie kann ich mir nicht vorstellen, dass er Bode auf die Art und Weise abschlachtet. Er hat zwar eindeutig ein Motiv für den Mord, und ein Alibi fehlt ihm auch, aber warum sollte er die Tat so inszenieren? Ein Schuss in den Hinterkopf, ja, den würde ich bei Wanko sehen, aber so ein Schlachtfest? Warum sollte er sich einem solchen Risiko aussetzen? Oder sehen Sie das anders?«

Tom reagierte nicht. Er war tief in Gedanken. Stumm blieb er vor seinem Wagen stehen und runzelte die Stirn.

»Hallo? Tom?«

»Was?«

»Sprechen Sie noch mit mir?«

»Sorry«, murmelte Tom. Er entriegelte den Wagen und setzte sich hinters Steuer.

Ira ließ sich auf den Beifahrersitz fallen und warf ihm einen erstaunten Blick zu. »Wo habe ich Sie denn gerade hergeholt?«

Tom sah an der Fassade des Gebäudes hoch. »Wanko und Bode sind gemeinsam auf Großwildjagd gegangen.«

»Ja und? Ich meine, ich finde das auch ekelhaft, aber was hat das mit unserem Fall zu tun?«

»Sie haben die erlegten Tiere selbst gehäutet und die Haut mit nach Hause genommen.«

»Das Fell im Büro.« Bei Ira fiel der Groschen. »Der Zoom-Killer hat Bode auch jede Menge Haut abgezogen.«

»Und sie mit nach Hause genommen.« Tom startete den Wagen. »Vielleicht haben wir es hier ja auch mit einer Art Großwildjäger zu tun, der sein Opfer still und heimlich jagt, bis es in der Falle sitzt. Um es dann unter den entsetzten Blicken der anderen zu erlegen und ihm die Haut abzuziehen …«

12

Der Raum sah aus wie ein Schlachthaus. Aaron hatte keine Reinigungsmittel eingepackt, er hatte ja nicht damit gerechnet, so eine Sauerei zu hinterlassen. Säure hatte er natürlich mitgebracht, aber die würde ihm jetzt nicht mehr reichen. Er konnte die blutverschmierte Sauna schließlich nicht in diesem Zustand lassen. Ihm war klar, dass es wenig Sinn ergab, die Haushaltsreiniger zu verwenden, die in der Küche seiner gemieteten Unterkunft standen. Die Fliesen würde er damit vielleicht noch sauber kriegen, aber die Holzvertäfelung nicht.

Es gab keine andere Lösung. Er musste noch mal in seine Firma fahren und nach einer Blut vernichtenden Chemikalie Ausschau halten. Aaron seufzte. Es war auf jeden Fall von Vorteil, Inhaber eines kleinen Chemieunternehmens zu sein, das sich vor allen Dingen auf die Herstellung von Säuren spezialisiert hatte. Schöner wäre es allerdings noch, wenn seine Mitarbeiter ihm bei der bevorstehenden Aktion helfen könnten. Aber das war natürlich unmöglich. Putzen musste er den ganzen Mist hier schon alleine.

»Aber erst mal muss ich mich um dich kümmern«, murmelte er und blickte auf den Leichnam, der vor ihm lag. So übel hatte er schon lange niemanden mehr zugerichtet. Damals, als er Toms Katze töten musste, hatte er auf ähnliche Art die Kontrolle verloren, aber danach war es ihm nie wieder passiert. »Das hier ist eine Ausnahme«, sagte er leise und beschwörend zu sich, als müsste er sich selbst davon überzeugen.

Er packte die Leiche an den Füßen und zog den Körper zurück in den Whirlpool. Er war schon ausgeblutet und der ganze Boden mit der rotbraunen Soße bedeckt, aber für sein Säurebad musste er trotzdem zurück in den Pool. Es war nicht so einfach, den glitschigen, massigen Körper über den Rand zu hieven, mehrfach glitt er ihm aus den Händen. Mit einem lauten Klatschen landete er schließlich am Boden des Beckens.

Aber bevor Aaron die Säurekanister aus dem Nebenraum holen konnte, musste er sich erst einmal selbst säubern, sonst würde er das Blut noch im ganzen Haus verteilen. Er war von oben bis unten mit Blut und Gewebefetzen beschmutzt. Zum Glück gab es in dem Wellnessbereich nicht nur einen Kaltwasserschlauch.

Aaron zog sich aus und stellte sich unter die Regenschauerdusche, die neben dem Whirlpool angebracht war. Mit Duschgel und Shampoo bearbeitete er Kopf und Körper, seifte sich mehrfach ein und hatte einige Mühe, sich von dem Blut zu befreien. Hellroter Schaum lief in den Abfluss und bildete einen hübschen Kontrast zu dem inzwischen geronnenen, fast schwarzen Blut, das den Boden bedeckte.

Als er selbst wieder halbwegs wie ein normaler Mensch aussah, nahm er die Handbrause aus der Halterung und begann, damit die Wände abzuspritzen. Von den Kacheln ließ sich die rote Flüssigkeit einigermaßen gut entfernen, in kleinen Rinnsalen floss sie nach unten ab. Aber in den Fugen und an der Holzdecke war sie nach wie vor sichtbar.

Aaron trocknete sich ab und ging nackt in die Küche. Dort suchte er nach einem Müllsack, wurde zum Glück schnell fündig und ging zurück in den Saunaraum, um seine vor Blut triefende Kleidung darin einzupacken.

»Scheiße«, sagte er leise, als er auf die Kleidung des Toten blickte, die er vorhin achtlos auf einen Haufen geworfen hatte. Das T-Shirt des Mannes war irgendwann vielleicht mal weiß gewesen, jetzt waren gelbe Flecken unter den Armen zu sehen, und der Brustbereich war mit Bratensoße bekleckert. Die Jeans waren ebenfalls verdreckt und sahen so aus, als hätte sich der Tote damit zu Lebzeiten in irgendetwas Schlammiges gesetzt. Aber Aaron hatte keine andere Wahl. Er konnte schließlich nicht nackt das Haus verlassen. Widerwillig zog er die Sachen an, die ekelhaft nach Schweiß, Essen und Zigaretten rochen. Dann holte er die Kanister aus dem Nebenraum und schüttete die Säure über die zerfetzte Leiche.

»Bisschen mehr auf Körperhygiene achten«, sagte er spöttisch und versuchte, den Geruch zu ignorieren, der von der Kleidung ausging. »Das wäre wirklich schön gewesen, du Scheißkerl.«

Es faszinierte ihn immer wieder, wie schnell sich auf der Haut Blasen bildeten, die schon nach Sekunden aufplatzten und das Fleisch darunter sichtbar machten. Die Säure arbeitete zuverlässig, darauf konnte er sich verlassen.

Auf sich selbst offenbar nicht mehr.

Nachdenklich starrte er auf den Körper und lauschte den Geräuschen, die er beim Zersetzen machte.

Das eben hatte ihn verunsichert. Er hatte noch nie die Kontrolle verloren, noch nie, und er konnte sich nicht erklären, wie das passiert war. So etwas durfte sich nicht wiederholen. Wer die Kontrolle verlor, machte grundsätzlich Fehler, das hatte ihm der Doktor früher immer eingebläut. Und wer Fehler machte, ging in den Knast. Auch das war fast ein Naturgesetz. Die Gefahr, dass die Bullen dann herausfinden würden, was er alles getan hatte, war groß. Selbstverständlich würde man ihn nie wieder rauslassen, so viel war klar.

Aber die Angst vor dem Knast war nicht der Hauptgrund, warum ihn das Schlachtfest, das er wie im Wahn veranstaltet hatte, so verunsicherte.

Er war ein Rächer, einer von den Guten, die die Welt vom Bösen befreiten. Ein adrenalingesteuerter Blutrausch hatte da nichts verloren. Und bisher war er sich auch immer sicher gewesen, dass er die Zeiten, in denen ihm das Morden eine große Freude war, längst hinter sich gelassen hatte. Er war kein Sadist, er tötete nicht aus Mordlust oder Spaß. Davon war er jedenfalls immer überzeugt gewesen.

Doch diesmal war er in einen Rausch verfallen, hatte sich nicht stoppen und kontrollieren können, wie im Drogenwahn hatte er sich gefühlt und war nicht mehr Herr der Lage gewesen.

Die meiste Sorge bereitete ihm allerdings, dass es sich

nicht unangenehm angefühlt hatte. Im Gegenteil, es hatte ihn regelrecht befriedigt, so auf den Kerl einzustechen. Hatte er so etwas wie Glück dabei empfunden? Er war sich nicht ganz sicher, konnte es aber auch nicht ausschließen.

»Wie ein Junkie, der jahrelang nüchtern gewesen ist und zum ersten Mal wieder Drogen nimmt«, murmelte er.

War er wieder angefixt? Auf den Geschmack gekommen und womöglich auf dem Weg, ein unkontrolliertes Monster zu werden?

Das durfte auf keinen Fall passieren. Er musste unbedingt die Kontrolle zurückerlangen.

Er musste sicherstellen, dass so etwas nie wieder vorkam.

13

Dekan Stefan Harber nahm noch einen Schluck Wasser und klickte sich dann in das Zoom-Meeting. Mit sechs anderen Dekanen aus ganz Deutschland wollte er sich heute darüber beraten, ob Frauen wichtigere Ämter in der katholischen Kirche übernehmen sollten oder nicht. Er selbst hatte dazu eine klare Meinung, und die hieß Nein. Niemals würde er es befürworten, dass Frauen in der katholischen Kirche dieselbe Verantwortung übernahmen wie Männer. Im Gegenteil. Er würde sich immer dafür einsetzen, dass sie während eines Gottesdienstes nicht mehr tun durften als nötig. In seinen Gemeinden hatte er zwar durchaus engagierte und kluge Frauen kennengelernt, aber jenseits der Gemeindearbeit? Doch eher selten. Er konnte sich nicht daran erinnern, wann er das letzte Mal mit einer Frau auf Augenhöhe gesprochen hatte. Normalerweise war er ihnen immer haushoch überlegen, weshalb sie als gleichberechtigte Partner in der Kirchenarbeit nicht infrage kamen.

Harber seufzte. Besonders viel Lust hatte er auf die bevorstehenden Diskussionen nicht. Er wusste, dass einige der Konferenzteilnehmer eine andere Einstellung hatten als er. Ändern würde sich aber trotzdem nichts. Zwei Stunden unnötiges Gerede standen also an. Er klickte auf das Kamerasymbol und setzte ein professionelles Lächeln auf.

»Ich grüße Sie, meine lieben Mitbrüder«, eröffnete Harber das Meeting und nickte Richtung Bildschirm.

Die anderen Dekane blickten genauso salbungsvoll wie er. Sie hatten alle einen freundlichen Gesichtsausdruck aufgesetzt, und wenn Harber es nicht besser wüsste, dann würde er seine Mitbrüder ausnahmslos für engelsgleiche Wesen halten. Dass einer von ihnen ein Kind mit seiner Haushälterin hatte und ein anderer den Tag immer mit einem guten Whisky begann, wusste er von der Beichte, die er ihnen abgenommen hatte.

Der Älteste von ihnen schickte Gottes Segen durch die Leitung, und alle anderen nickten zustimmend, als würden sie sich jetzt besser fühlen. Vielleicht taten sie das ja auch, Harber konnte es nicht ausschließen und bekreuzte sich genauso wie die anderen.

Es muss ja nicht allen so gehen wie mir, dachte er dabei. Für ihn war die Tätigkeit als Dekan nicht mehr als ein Job. Die Berufung, die er irgendwann mal gespürt hatte, fühlte er nicht mehr, selbst wenn er noch so tief in sich hineinhorchte. Manchmal hatte er das Gefühl, regelrecht vom Glauben gefallen zu sein. Er hatte in seinem inzwischen fünfundfünfzig Lebensjahren so viele Situationen erlebt, die Gott eigentlich hätte verhindern müssen, dass es ihm schwerfiel, alle Zweifel wegzustecken.

Vielleicht war eine gewisse Durststrecke aber auch normal, vielleicht kam das Vertrauen in Gott dann irgendwann ganz von alleine wieder. Das hoffte Dekan Harber jedenfalls, auch wenn er es sich im Moment nicht vorstellen konnte.

»Heute wollen wir uns über die Laien-Arbeit in unseren Gemeinden austauschen«, begann er die Diskussionsrunde. »Da ich weiß, dass bei diesem Thema die Meinungen zum Teil heftig auseinandergehen, möchte ich euch bitten, nicht einfach so in einen Redebeitrag hineinzusprechen, sondern immer die Melde-Funktion zu nutzen. Ich sehe dann, wer sich wann meldet, und nehme jeden dran. Ist das okay für euch, oder möchte jemand dazu etwas sagen?«

»Wo ist der Melde-Button?«, fragte Dekan Schmidt, der zu den Ältesten in der Runde gehörte.

»Unten rechts«, erklärte Harber. »Eine gelbe, winkende Hand.«

Mit gerunzelter Stirn suchte Dekan Schmidt seinen Bildschirm ab, bis endlich die winkende Hand unter seinem Bildausschnitt erschien. Ein anderer fragte noch, wie man sein Mikro ausschalten könne, und während die Dekane sich gegenseitig in technischen Fragen berieten, drückte Harber die Runde kurz auf lautlos.

Was war das für ein Geräusch gewesen?

Er horchte in den Raum. Kam das von draußen? Er glaubte schon.

Vermutlich die Katze von nebenan, dachte er genervt und schaltete seinen Lautsprecher wieder ein. Wahrscheinlich hatte sie irgendetwas umgeschmissen, wie schon so oft. Hoffentlich nicht wieder die Töpfe mit den Hortensien, dann wäre er wirklich sauer. Und jetzt kackte sie garantiert gerade mitten auf seinen Rasen, was auch fast täglich passierte. Irgendwann würde er das Mistvieh eigenhändig erwürgen.

»In Ordnung. Haben wir die technischen Probleme aus der Welt geschafft?«

Die anderen nickten.

»Schön. Dann würde ich euch gerne einen kurzen Überblick über die Statistik geben, damit wir alle auf demselben Stand sind, bevor wir mit der Diskussion beginnen. Es gibt eine relativ neue Untersuchung über den ehrenamtlichen Einsatz von Frauen in der Kirche ...«

Harber blätterte in den Unterlagen, die neben ihm auf dem Schreibtisch lagen. Er wollte gerade die erste statistische Untersuchung erläutern, als er erneut etwas hörte.

Kam das Geräusch doch aus dem Haus? War das Mistvieh durch ein offenes Fenster hereingekommen? Auch das hatte er schon einmal erlebt.

»Entschuldigung, ich war gerade abgelenkt. Also –«

»Stefan?«, hörte er plötzlich die Stimme eines Dekans, den er noch aus Studienzeiten kannte. Er klang beunruhigt. »Wer ist das da hinter dir?«

»Was?« Ruckartig wollte Harber sich umdrehen, aber im selben Moment spürte er etwas Kaltes, Scharfes an seinem Hals.

Als wollte er ihn beruhigen, legte der Unbekannte ihm von hinten eine Hand auf die Schulter. »Bleiben Sie ganz normal sitzen«, sagte er leise und mit ruhiger Stimme. »Und für Sie an den Bildschirmen: Ich habe mich in Ihre Computer gehackt, kontrolliere zusätzlich Ihre Handys und

Telefone. Wenn einer von Ihnen aufsteht und die Konferenz verlässt, stirbt der Dekan. Wenn einer von Ihnen versucht, auf welche Weise auch immer, die Polizei zu verständigen, stirbt er. Und wenn einer von Ihnen auch nur für einen Augenblick wegschaut, stirbt er ebenfalls. Habe ich mich klar ausgedrückt?«

»Soll das ein schlechter Scherz sein?«, rief Harbers alter Studienfreund.

Einen Wimpernschlag später spürte Harber einen brennenden Schmerz an seinem Ohr. Dann hatte er wieder die Klinge am Hals. In dem kleinen Fenster auf dem Bildschirm, in dem er sich selbst sehen konnte, glaubte er zu erkennen, dass ihm Blut am Hals herunterlief. Dann sah er, dass sein linkes Ohrläppchen fehlte.

»Was haben Sie gemacht?«, entfuhr es ihm.

»Du hältst den Mund.« Die Stimme des Unbekannten war zwar leise, aber von einer durchdringenden Strenge. »Und dem Rest an den Bildschirmen ist hoffentlich klar geworden, dass ich das hier ernst meine.«

Mit einer schnellen Handbewegung warf er das Ohrläppchen auf den Schreibtisch.

Aus dem Monitor war ein erschrockenes, aber zustimmendes Gemurmel zu hören. Der Älteste unter ihnen, der zu Beginn der Konferenz noch Gottes Segen geschickt hatte, blickte offensichtlich auf sein Handy.

»Er hat recht. Mein Handy funktioniert nicht!«, sagte er entsetzt.

Im selben Moment fuhr die Klinge durch Harbers Arm, und er schrie vor Schmerzen auf.

»Was habe ich gerade gesagt?« Jetzt war die Stimme des Unbekannten laut und bedrohlich.

Erschrocken legte der alte Dekan sein Handy zur Seite. »Entschuldigung, ich bin doch hier, ich bin nicht weggegangen, ich bin hier!«

»Keiner sieht weg! Ist das klar? Es wird weder aufs Handy noch aus dem Fenster oder sonst wohin geschaut! Eure Augen sind auf Dekan Harber gerichtet. Nur wenn alle der Prozedur zusehen, überlebt dieser Mann, verstanden? Wer sich nicht an die Regeln hält, ist verantwortlich für seinen Tod, klar?«

Der alte Dekan nickte eingeschüchtert und bekreuzigte sich. »Es kommt nicht wieder vor«, flüsterte er.

Harber versuchte, den Schmerz in seinem Arm zu ignorieren. Das Blut tropfte auf seine Hose, aber so wie er die Verletzung einschätzte, war sie nicht besonders gravierend. Und ein Ohrläppchen brauchte man auch nicht zum Überleben.

Fieberhaft dachte er nach. Wer war der Mann? Was hatte er vor?

»Wenn Sie Geld wollen, ich kann Ihnen den Tresor zeigen«, sagte er leise. »Da ist die ganze Kollekte des letzten Monats drin.«

»Du bist ganz still«, sagte der Mann leise. Er wirkte ruhig, schien weder aufgeregt noch nervös zu sein. »Ich will, dass du ab jetzt kein Wort mehr sagst.«

Mit einer ruckartigen Bewegung riss er ihm die Arme nach hinten und fesselte ihn an der Stuhllehne.

»Aber –«

»Kein Wort!«

Er zog die Fesseln so fest, dass Harber kurz aufschrie.

»Was wollen Sie denn von mir?«

Anstelle einer Antwort stopfte der Mann ihm ein Stück Stoff in den Mund, so tief, dass Harber würgen musste. Dabei sah er den Unbekannten zum ersten Mal von vorne. Sein Gesicht war von einer schwarzen Latexmaske bedeckt.

Wurden solche Dinger nicht in der SM-Szene getragen? Er glaubte schon. Was hatte das für ihn zu bedeuten? Wollte der Kerl hier eine Sado-Maso-Nummer mit ihm abziehen? War es das, was er mit *Prozedur* gemeint hatte?

Harber wurde schlecht. Die Vorstellung, vor seinen Mitbrüdern vergewaltigt und gedemütigt zu werden, löste in ihm einen erneuten Würgereiz aus.

Bleib ruhig, sagte er sich selbst. Wenn er ein perverser Vergewaltiger ist, lässt er dich vielleicht leben. Und als Opfer eines solchen Verbrechens hast du danach wenigstens eine gute Ausrede, um den verdammten Kirchenjob an den Nagel zu hängen, ohne auf die Pension verzichten zu müssen. Dann bist du traumatisiert, jeder wird verstehen, dass du dich zurückziehst. Alles wird gut!

Wenige Augenblicke später fühlte Harber sich in seinem Verdacht bestätigt. Mit einer langen Klinge schnitt ihm der Unbekannte die Kleidung vom Leib, zuerst das Hemd, dann die Hose. Teilweise schlitzte er dabei versehentlich seine Haut auf, aber die kleinen Verletzungen waren irrelevant.

Schließlich saß Harber nackt an seinem Schreibtisch. Auch wenn er sich noch so bemühte, die Ruhe zu bewahren, gelang es ihm jetzt nicht mehr. Die Angst war inzwischen größer als die Scham.

Was passierte jetzt? Was hatte der Mann vor?

Harber suchte Augenkontakt mit den anderen Dekanen, die schreckensbleich vor ihren Bildschirmen saßen. Der Unbekannte stand hinter ihm, und Harber konnte sehen, wie er ausgiebig seinen Rücken betrachtete. Seine Hände steckten in schwarzen Latexhandschuhen, fast vorsichtig strich er ihm damit über seine Schulterblätter.

Was kam als Nächstes? Wollte er ihn erst streicheln, bevor er ihn vergewaltigte? Was sollte das?

Ein Aufschrei drang aus dem Computerlautsprecher, und Harber sah, dass die anderen Teilnehmer schlagartig noch fassungsloser und erschrockener aussahen als zuvor. In seinem eigenen Bildausschnitt erkannte er, dass der Unbekannte das Messer wieder in der Hand hielt. Erneut betrachtete der Mann seinen Rücken, wie ein Chirurg, der sich kurz vor der OP vergewissern wollte, dass er auch an der richtigen Stelle operierte. Dann setzte er die Klinge an.

Der Schmerz war übermächtig. Harber bäumte sich auf und versuchte, trotz des Knebels so laut wie nur möglich zu schreien. Aber mehr als ein unterdrückter Laut konnte seiner Kehle nicht entweichen. Das Brennen und Pochen, das er auf seinem Rücken wahrnahm, war unerträglich.

Was tust du da?, brüllte er, jedenfalls wollte er es brüllen.

Einen Augenblick später klatschte etwas neben ihn auf den Schreibtisch. Ein blutiges, viereckiges Stück, vielleicht zehn Quadratzentimeter groß, lag neben seinem Laptop, und er brauchte einen Moment, um zu verstehen, was es war.

Als Harber realisierte, dass es aus seinem Rücken stammte, konnte er vor Entsetzen noch nicht mal mehr schreien.

Er war wie in Schockstarre. Zum Glück fing er sich schnell. Panisch zerrte er an seinen Fesseln, die keinen Millimeter nachgaben. Dafür schmerzte die Wunde am Rücken bei jeder Bewegung stärker und stärker.

Ob man das Stück später wieder annähen könnte?, ging es ihm durch den Kopf. Sonst würden sie ihm Haut transplantieren müssen, anders konnte eine Wunde in der Größenordnung doch nicht heilen.

Harber war für einen Augenblick über sich selbst verwundert. Was für Gedanken gingen ihm bloß durch den Kopf? Jetzt war es nicht wichtig, wie die Wunde heilte, sondern dass es die einzige blieb und er hier so schnell wie möglich rauskam!

Aus dem Augenwinkel sah er, wie der Unbekannte plötzlich neben seinem Gesicht auftauchte. Er spürte den Atem des Mannes, der nach Zahnpasta roch, und Harber fragte sich unwillkürlich, ob er sich die Zähne geputzt hatte, bevor er sich auf den Weg zu ihm gemacht hatte.

Dann sah er die glänzende, lange Klinge, die immer näher an sein Gesicht herankam. Die Geräusche, die Harber verzweifelt von sich gab, klangen in seinen Ohren wie die eines wilden Tieres. Sein Kopf zuckte hin und her in der Hoffnung, dem Messer dadurch irgendwie ausweichen zu können.

»Pscht, Pscht«, machte der Unbekannte, und seine Stimme strahlte dabei so viel Wärme und Ruhe aus, dass Harber sich tatsächlich für einen winzigen Augenblick beruhigte. »Pscht, Pscht.«

Kurz darauf spürte er einen Stich in seiner Wange. Er konnte den Schmerz nicht richtig einordnen, er war anders als der am Rücken, irgendwie noch unerträglicher. Plötzlich merkte er einen Windzug an seinen Zähnen, die schon immer sehr kälteempfindlich gewesen waren. Dann hörte er, wie sich einer der Zoom-Teilnehmer übergab.

»Guck gefälligst auf deinen Monitor, während du kotzt!«, fuhr der Unbekannte den Teilnehmer an, der sich daraufhin leise entschuldigte und sich mit dem Handrücken über den Mund fuhr, während er weiter entsetzt auf den Monitor starrte.

Harber hörte ein leises Klacken, das ihn an die Geräusche erinnerte, die er immer bei der Zahnreinigung wahrnahm, wenn die Prophylaxe-Assistentin mit den Metallutensilien an seine Zähne kam. Mit einem weiteren Klatschen landete erneut ein Hautlappen auf der Glasfläche neben ihm. Er blickte auf den Bildschirm. Die entgeisterten Gesichter der anderen nahm er kaum noch wahr. Fassungslos starrte er auf sein eigenes Gesicht, das neben den anderen Teilnehmern der Konferenz auf dem Monitor zu sehen war.

Erlebte er das gerade wirklich? Oder war das alles nur ein böser Traum?

In seiner Wange klaffte ein großes Loch. Wie bei einem Totenschädel waren Zähne und Kiefer zu sehen. Seine linke Wange war vollständig entfernt worden, und der Knebel hing an dieser Seite fast bis zum Ohr aus seinem offenen Kiefer. Es wirkte surreal, was er da sah. Das kann doch nicht sein, dachte er und wusste im selben Moment, dass er keineswegs träumte. Keiner würde ihn wecken, das, was gerade passierte, war die verdammte Realität.

Harber konnte jetzt keinen Laut mehr von sich geben. Er

starrte auf das, was einmal sein Gesicht gewesen war. Die Schmerzen konnte er nicht mehr spüren. Vielleicht war der Schock über sein neues Aussehen zu groß und zu lähmend, oder der Unbekannte hatte Nervenbahnen verletzt, die sonst für die Schmerzübertragung zuständig waren. Harber hatte keine Ahnung, was der Grund war. Aber eines wurde ihm in diesem Moment klar: Er würde hier niemals lebend rauskommen.

14

Das Mehrfamilienhaus bestand aus zwölf Parteien und war in einem mittelmäßigen Zustand. Der Putz blätterte von der Fassade, und vor dem Eingang wucherte das Unkraut. In dieser Ecke von Köln-Mülheim hatten sich viele Kneipen und Clubs angesiedelt. Überall, wo es eine freie Fläche gab, wurde sie mit Graffiti besprüht, Scherben lagen auf dem Gehweg, und an jeder Ecke roch es nach Urin. Spielende Kinder oder Spaziergänger, die mit ihrem Hund Gassi gingen, sah man kaum, dafür umso mehr Jugendliche, die es sich mit einem Kölsch in der Hand an einer Bushaltestelle bequem gemacht hatten, rauchten und sich lautstark unterhielten.

Es gab zwar deutlich schlimmere Ecken in Köln, aber im Vergleich zu der Villengegend, in der Peter Bode gewohnt hatte, lebte seine Tochter hier eindeutig in einfacheren Verhältnissen, dachte Tom.

»Sie haben doch damals beim FBI den Fall von Jeffrey Liemers aufgeklärt«, sagte Ira, während sie die zahlreichen Klingelschilder nach dem Namen Rena Bode absuchte.

»Das stimmt. Muss vor ungefähr zwölf Jahren gewesen sein.«

Der Fall Jeffrey Liemers zählte zu denen, die Tom nicht vergessen würde. Nicht, weil er ihn für den Inbegriff des Bösen hielt, wie ihn die Presse damals bezeichnet hatte, sondern weil an Liemers die feinen Unterschiede zwischen kontrollierbarem und unkontrollierbarem Handeln extrem deutlich geworden waren. Die Einzelheiten der siebzehn Morde, deren er angeklagt worden war und die in den internationalen Medien ausführlich dargestellt wurden, hatten bei vielen Erschütterung und Ekel hervorgerufen.

In seiner Wohnung waren zerstückelte Leichen gefunden worden, verfaulte Leiber schwammen in Säurebädern, in einem Kühlschrank lagen menschliche Köpfe und in einem Gefrierschrank Herzen und männliche Genitalien. Schon nach dem ersten Verhör gestand Liemers Tom, seine Opfer betäubt und erwürgt zu haben. Danach hatte er Geschlechtsverkehr mit den Leichen, zerstückelte sie dann und zertrümmerte ihre Knochen mit einem Vorschlaghammer in kleine Stücke. Er kochte die Köpfe, um ihnen die Haut abzuziehen und die Schädel weiß anzumalen. Tom erinnerte sich noch genau daran, wie faszinierend künstlich und gleichzeitig doch echt sie dadurch ausgesehen hatten. Aus den anderen verschiedenen Körperteilen hatte Liemers sich Mahlzeiten zubereitet.

»Ein Bizeps schmeckt ziemlich genau wie ein Steak«, hatte er zu Tom gesagt und dabei erstaunlich normal gewirkt. Genauso hätte auch der Fleischereifachverkäufer mit ihm gesprochen. Liemers hatte nichts Wahnsinniges oder

Irres an sich, wenngleich seine Taten durchaus darauf hinwiesen.

»Er galt als einer der grausamsten Serienmörder aller Zeiten.« Ira hatte das Klingelschild gefunden und hielt nachdenklich inne. »Was treibt so jemanden an? Oder war er einfach nur wahnsinnig? Haben wir es beim Zoom-Killer vielleicht mit einem Irren zu tun?«

»Ich mag den Begriff ›irre‹ nicht.«

»Sie wissen, was ich meine.«

»Im Fall Liemers behauptete die Verteidigung, er habe fortgesetzt morden müssen, weil er aufgrund einer psychischen Erkrankung nicht anders konnte. Und tatsächlich hatten die Gutachten ergeben, dass er unter einer psychischen Störung litt«, antwortete Tom.

»Wie soll jemand sonst auch solche Taten begehen?«

»Klar. Aber das war nicht das Entscheidende«, entgegnete Tom. »Die Sachverständigen waren sich nicht einig, ob Liemers in der Lage gewesen wäre, sich zu beherrschen oder nicht. Und darauf kommt es letztlich ja an. Finstere Gedanken haben die meisten, aber sie auszuleben, das machen nur wenige.«

Ira warf ihm einen skeptischen Blick zu. »Na ja. Ich glaube kaum, dass die meisten von uns solche blutrünstigen Gedanken habe.«

»Doch. Es muss dabei nicht um Kannibalismus gehen wie in diesem Fall, aber um gewalttätige Handlungen schon. Die allermeisten Menschen sind aber zum Glück in der Lage, ihre sadistische, destruktive Seite zu zügeln. Dennoch existiert sie«, sagte Tom und musste in dem Moment daran denken, was ihm sein Vater damals immer und immer wieder gesagt hatte. »Früher meinten die Menschen, wenn der Mond abnimmt, dann verschwindet ein Teil. Heute wissen wir, dass die dunkle Hälfte zwar unsichtbar, aber trotzdem nach wie vor vorhanden ist«, zitierte er ihn laut.

Für einen Moment sah Ira ihn schweigend an. »So wie jeder Mensch immer gute und böse Aspekte in sich hat, man sie aber nicht immer sieht«, fügte sie dann nachdenklich hinzu.

»Ganz genau. Aber man kann Jeffrey Liemers nicht mit dem Zoom-Killer vergleichen, jedenfalls nicht nach unserem momentanen Erkenntnisstand. Liemers war ein Sexualmörder, beim Zoom-Killer haben wir bisher keine Hinweise auf ein sexuelles Motiv.«

»Hatten Sie nicht selbst gesagt, dass die fehlenden Hautlappen eventuell als Masturbationshilfen dienen? Auch Nina hatte diese Möglichkeit in ihrem Bericht vermerkt.«

»Das ist denkbar. Aber solange wir das nicht wissen, sollten wir nicht voreingenommen von einem Sexualmörder ausgehen. Das versperrt uns nur die Sicht auf andere Aspekte.«

»Ein klassischer Sexualmord sieht in der Tat anders aus.«

»An diesem Mord ist nichts klassisch.«

»Da haben Sie wohl recht.« Ira klingelte, und sie warteten, bis eine Stimme durch die Gegensprechanlage zu hören war. »Ira Sokolov und Tom Bachmann vom BKA«, sagte Ira. »Wir hatten uns telefonisch angemeldet. Lassen Sie uns bitte rein.«

»Einen Moment.«

Der Türöffner brummte, und kurz darauf standen Ira und Tom in einem heruntergekommenen Eingangsbereich, der ebenfalls mit Graffiti beschmiert war und übel roch.

»Der Vater wohnt in einer Millionenvilla im Hahnwald, die Tochter am anderen Ende der Stadt in einer schäbigen Wohnanlage«, dachte Tom laut nach. »Was sagt uns das?«

»Die beiden hatten Stress miteinander.«

»Und zwar nicht zu knapp. Sonst lässt ein Multimillionär-Daddy sein Töchterchen doch kaum so wohnen.«

Der kleine, gerade mal für drei Personen zugelassene Fahrstuhl öffnete sich. Als Ira hineingehen wollte, schreckte sie sofort angewidert zurück.

»Boah, wer pisst denn hier rein?«

Der Gestank war wirklich penetrant. »Welcher Stock?«, fragte Tom.

Ira rollte mit den Augen. »Achter.«

Ohne ein weiteres Wort zu verlieren, ging Tom zielstrebig Richtung Treppenhaus. Schon nach wenigen Stufen hatte Ira ihn eingeholt und lief betont sportlich die Treppen hinauf. Täuschte er sich, oder bemühte sich die Kollegin darum, ihre Atmung möglichst flach zu halten? Er wusste um ihre Fähigkeiten als Kickboxerin, Ira genoss im ganzen Team den Ruf als absolute Sportskanone. Dennoch amüsierte es ihn, wie wichtig es ihr offenbar war, ihm ihre Sportlichkeit unter die Nase zu reiben.

Als sie den sechsten Stock hinter sich hatten, zahlte sich sein regelmäßiges Lauftraining aus. Jedenfalls konnte er noch ganz normal sprechen. »Haben Sie eigentlich Familie?«, fragte er, nicht weil es ihn interessierte.

»Ja.« Die Antwort war kurz und knapp und wurde eher ausgestoßen.

»Vater, Mutter, Geschwister? Eigene Kinder ja nicht, oder?«

Ira machte ein zustimmendes Geräusch.

»Wollen Sie nicht darüber reden? Ist das ein heikles Thema für Sie?«, hakte Tom nach, der Gefallen an diesem Spiel fand.

»Nein.« Es war mehr ein Stöhnen als eine richtige Antwort.

»Dann erzählen Sie doch mal. Sind Sie in so einer richtigen russischen Großfamilie aufgewachsen?«

Ira schüttelte nur den Kopf.

»Sondern?«

Abrupt blieb sie stehen, stemmte die Hände in die Hüften und atmete tief durch. »Bachmann, ehrlich, hören Sie auf mit dem Scheiß«, schnaufte sie. »Müssen Sie mir unbedingt Ihre Mega-Kondition unter die Nase reiben? Wenn Sie beim Marsch in den achten Stock plaudern wollen, bitte. Ich will vor allen Dingen lebend oben ankommen.«

Ira stieg weiter die Treppen hinauf, und Tom konnte sich nur schwer ein Grinsen verkneifen. Niederlagen waren nichts für seine ansonsten so kontrollierte Kollegin, und in sportlicher Hinsicht unterlegen zu sein, machte ihr sichtbar schlechte Laune.

»Aber Sie sind doch so trainiert, Ira! Was ist denn heute los?«, setzte er noch hinterher.

Statt einer Antwort drehte sie sich nur kurz zu ihm um und hielt ihm den ausgestreckten Mittelfinger entgegen.

Kurz darauf standen sie vor der Etagentür von Rena Bode, der einzigen Tochter des ermordeten Pornoproduzenten. Die zierliche junge Frau war höchstens fünfundzwanzig, schätzte Tom.

Skeptisch musterte sie Ira und ihn und ließ sich ihren Ausweis zeigen. »Kommen Sie rein«, sagte sie dann nicht besonders freundlich und warf ihre langen braunen Haare über die Schulter. Sie trug eine hautenge Jeans, die Tom mit einem Blick als Billigprodukt identifizierte, dazu ein pinkfarbenes, bauchfreies Top und weiße Sneaker.

Sie folgten ihr in den kleinen Wohnraum, an dessen Seite eine winzige Küchenzeile angebracht war und die ansonsten in erster Linie aus einer ausziehbaren Schlafcouch bestand. Das ganze Apartment war höchstens dreißig Quadratmeter groß.

»Ist ein bisschen unordentlich«, entschuldigte sich Rena Bode. »Ich bin eben erst von der Arbeit gekommen und hatte leider noch keine Zeit zum Aufräumen.«

»Kein Problem. Was arbeiten Sie?«, fragte Ira.

»Kasse im Netto. Auf 450-Euro-Basis«, antwortete die junge Frau.

»Sie haben sich mit Ihrem Vater zerstritten?« Es war mehr eine Feststellung von Tom als eine Frage.

»Woher wissen Sie das?« Rena Bode winkte ab. Offensichtlich konnte sie sich die Antwort selbst geben. »Klar, sonst würde ich nicht so wohnen und so einen Job machen. Ja, ich hatte keinen Kontakt mehr zu meinem Vater. Schon seit geraumer Zeit nicht.«

»Warum nicht?«

Die Frau nahm ein Glas aus dem Schrank, hielt es unter den Wasserhahn und ließ es volllaufen. Danach nahm sie einen großen Schluck. »Wir hatten oft Streit. Es war alles nicht so einfach.«

»Sein Tod scheint Sie nicht sonderlich zu treffen«, sagte Ira.

»Nein.« Die Antwort kam schnell und aus tiefstem Herzen. Rena Bode atmete hörbar durch. »Er hat meine Mutter und meine Beziehung auf dem Gewissen. Da hält sich die Trauer in Grenzen.«

»Verstehe.« Für Tom war es absolut nachvollziehbar, aus diesen Gründen mit dem eigenen Vater zu brechen. »Sie werden uns das ein bisschen erläutern müssen.«

»Dachte ich mir.«

»Fangen wir mit Ihrer Mutter an. Was hat Peter Bode ihr angetan?« Er nannte den Toten bewusst beim Namen und bezeichnete ihn nicht als »Ihren Vater«, da er der jungen Frau die Möglichkeit geben wollte, weiterhin auf Distanz zu ihm zu bleiben.

Rena Bode nahm erneut einen Schluck aus ihrem Wasserglas, dann ging sie nachdenklich zu der Schlafcouch und setzte sich. »Er hat einen Pflegefall aus ihr gemacht«, sagte sie leise. »Aber das würde er Ihnen natürlich ganz anders schildern. Wenn er es noch könnte.« Für einen winzigen Moment ging ein Lächeln über ihr Gesicht, das sie aber schnell wieder durch eine ernste Miene ersetzte.

»Was ist Ihrer Mutter denn passiert?«, fragte Ira.

»Ein geplatztes Aneurysma. Damals war ich gerade zwölf. Jedenfalls hat man mir das immer erzählt.«

»Warum haben Sie das nicht geglaubt?«, fragte Ira.

»Bevor er zu einem reichen Porno-Unternehmer aufstieg, war mein Vater ein brutaler Zuhälter«, antwortete Rena. »Er war bekannt dafür, dass ihm gerne mal die Hand ausrutschte.«

»Und das hat Ihre Mutter auch zu spüren bekommen?«

Die junge Frau nickte. »Ja. Sie kam aus einem sehr konservativen Elternhaus und war ganz schön naiv. Sie hat nicht geahnt, wen sie da geheiratet hat, das hat sie mir mal erzählt. Aber natürlich hat sie irgendwann rausgefunden, was er beruflich gemacht hat, und spätestens da fing er an, sie zu schlagen. Und irgendwann war es ein Schlag zu viel …«

»Sie wurde schwer verletzt?«, fragte Ira einfühlsam nach.

Rena Bode blickte aus dem Fenster und zuckte traurig mit den Achseln. »Ich weiß es nicht. Offiziell hatte sie diese Hirnblutung, ausgelöst von einem Aneurysma. Aber das habe ich von Anfang an nicht geglaubt. Ich bin mir sicher, dass sie die Hirnblutung von seinen Schlägen hatte. Ich weine dem Scheißkerl jedenfalls keine Träne nach.«

»Nachvollziehbar«, sagte Tom. »Hat er Sie auch geschlagen?«

»Nicht mehr, als es üblich ist«, antwortete sie ausweichend.

»Üblich?« Ira sah sie irritiert an. »Seit wann ist es üblich, seine Kinder zu schlagen?«

»In der Welt, aus der ich komme, ist das normal. Aber mein Vater hat mich nicht sinnlos verdroschen, sondern immer nur dann, wenn ich irgendetwas verbrochen hatte.«

Wenn Kinder es normal fanden, körperlich gezüchtigt zu

werden, dann war schon gewaltig etwas im Argen, das wusste Tom aus eigener Erfahrung. Sein Blick fiel auf eine Sammlung alter Schallplatten.

»Sammeln Sie Vinyl?«, fragte er und nahm eine alte Louis-Armstrong-Platte in die Hand.

»Legen Sie die bitte zurück«, sagte Rena Bode. »Das ist die Plattensammlung meiner Mutter.«

Tom stellte die Platte zurück ins Regal. »Können wir mit Ihrer Mutter sprechen?«

»Sie können es versuchen, aber meistens bringt sie kein Wort über die Lippen. Sie lebt in einem Pflegeheim, ich kann Ihnen gerne die Adresse geben.« Rena Bode ging zu dem kleinen Regal, das gegenüber vom Bett stand, suchte eine Visitenkarte heraus und gab sie Ira.

»Was war mit Ihrer Beziehung?«, fragte Tom. »Sie haben eben gesagt, Peter Bode hätte auch Ihre Beziehung auf dem Gewissen?«

»Ja.« Sie nickte traurig und wirkte jetzt wütend und mitgenommen zugleich. »Wir waren schon verlobt, haben unsere Hochzeit geplant. Aber mein Vater war strikt dagegen und tat alles, um uns auseinanderzubringen. Er hetzte mich mit Lügen gegen Sven auf und umgekehrt genauso. Irgendwann hat er Sven dann sogar aufgelauert und ihn verprügelt. Er hat ihm gedroht, dass er ihm die Eier abschneidet, wenn er sich noch einmal an mich ranmachen würde.«

»Sven Wanko?«, fragte Tom nach.

»Ja. Mein Ex. Das liegt jetzt anderthalb Jahre zurück. Damals bin ich in diese Wohnung gezogen und habe mir einen Job gesucht, um von meinem Vater unabhängig zu sein.«

Sven Wanko wollte also Bodes Tochter heiraten, dachte Tom. Das erklärte so einiges.

»Dann hätten Sie Ihre Beziehung aber doch in Ruhe weiterführen können«, meinte Ira.

»Sie hielt noch ein bisschen, aber mein Vater schickte immer härtere Drohungen an Sven – und machte ihm gleichzeitig Versprechungen. Sven arbeitet ja bei meinem Vater im Unternehmen, und als er ihn nicht mit Gewalt von mir weghalten konnte, hat er versucht, ihn zu kaufen. Hat ihm einen dicken Posten angeboten, wenn er denn endgültig die Finger von mir lassen würde.«

»Daran zerbrach Ihre Beziehung«, stellte Tom fest.

Rena Bode nickte und atmete tief durch. »Mein Vater hat mein Leben bisher eigentlich nur schlecht gemacht. Er hat meine Mutter zerstört, er hat mich von der Schule genommen, weil er meinte, dass ich sowieso kein Abitur bräuchte, er hat meine Liebe kaputt gemacht und mich enterbt. Und jetzt sitze ich hier und halte mich mit einem Billigjob über Wasser.« Ihr stiegen die Tränen in die Augen.

Ira sah sie mitfühlend an und wollte gerade etwas vermutlich Tröstendes sagen, als Tom ihr zuvorkam. »Dann ändern Sie doch was daran.«

»Wie bitte?«

»Gehen Sie zur Abendschule, machen Sie Ihr Abi nach, lernen Sie einen Beruf, der Ihnen Spaß macht.«

Ira warf ihm einen strafenden Blick zu. »Das ist ja alles manchmal nicht so einfach«, sagte sie versöhnlich zu Rena Bode.

»Aber besser als rumzujammern.«

»Sie haben leicht reden!« Rena Bode stand die Wut ins Gesicht geschrieben. Ihre Wangen waren gerötet, und ihre Augen hatten sich verengt. »Sie kommen vermutlich aus so 'ner Akademikerfamilie, stimmt's?«

»Meine Eltern haben beide studiert, das stimmt.«

Rena Bode lachte spöttisch. »Ihnen lag also von Anfang an die Welt zu Füßen. Jemand wie Sie sollte lieber seine Klappe halten, bevor er über andere Leute urteilt. Was glauben Sie, wie das für mich war, als ich von der Schule musste? Wie das für einen Teenager ist, wenn der Vater so einen Job macht?«

Die junge Frau schimpfte weiter, aber Tom hörte ihr nicht mehr zu. Sein Handy signalisierte ihm akustisch, dass er eine neue Nachricht bekommen hatte. Er zog es aus der Tasche und klickte sich in seinen Posteingang.

Es war eine Nachricht von Philipp. Und sie bestätigte seine Befürchtungen.

»Der Zoom-Killer hat wieder zugeschlagen.«

15

Das Haus des Dekans lag im Speckgürtel von Düsseldorf. Hier reihte sich ein Einfamilienhaus an das andere, die Vorgärten waren gepflegt und ordentlich, und in den Carports standen Mittelklassewagen und E-Autos. Die Gegend war nicht zu vergleichen mit dem teuren Hahnwald, in dem Peter Bode seine Protzvilla stehen hatte, aber günstiges Wohnen sah auch anders aus. Hier lebte der gehobene Mittelstand, das Bildungsbürgertum inklusive aller, die sich dazuzählten.

Tom und Ira brauchten eine knappe halbe Stunde, bis sie am Tatort eintrafen. Sie hatten Glück gehabt, dass die Autobahn frei gewesen war, sonst konnte man von Köln nach Düsseldorf auch schon mal eine Stunde brauchen.

Katja, Nina, Philipp und ein Team der Spurensicherung waren bereits vor Ort. Normalerweise war Philipp als IT-Spezialist bei Tatortbegehungen nicht dabei, aber in diesem speziellen Fall wurde seine Expertise dringend benötigt.

Als Tom das Arbeitszimmer des Dekans betrat, blieb er

einen Moment in der Tür stehen und ließ die Szene auf sich wirken.

Der nackte Körper war an den Schreibtischstuhl gefesselt worden, die Hautfarbe war praktisch nicht mehr zu erkennen, alles war voller Blut. Der Kopf des Mannes war auf die Brust gefallen, die linke untere Gesichtshälfte fehlte, Zähne und Kiefer lagen frei, wodurch der Anblick Tom an eine Horror-Maske denken ließ. Wie bei Bode waren auch dem Dekan offensichtlich zahlreiche Hautstücke entfernt worden. Fehlte ihm der Bauchnabel? Tom glaubte schon, war sich aber nicht sicher, da der ganze Oberkörper wie eine einzige breiige Masse wirkte.

»Keine Frage, derselbe Täter«, sagte Katja zur Begrüßung. »Oder zumindest dieselbe Vorgehensweise.«

Tom nickte nur, streifte sich die Plastikschoner über die Schuhe und ging zu Nina, die den Körper des Toten mit einer Taschenlampe absuchte. Mit großer Vorsicht und sehr behutsam berührte sie ihn dabei ab und zu mit ihren behandschuhten Händen, um herunterhängende Hautfetzen zur Seite zu schieben und eine Wunde genauer betrachten zu können. Im Kopf schien sie zu zählen, jedenfalls deutete Tom ihre Lippenbewegungen so.

»Wie viele Verletzungen wurden ihm zugefügt?«

»Das kann ich so noch nicht sagen«, antwortete Nina. Sie wirkte hoch konzentriert. »Ich habe bisher einunddreißig Wunden gefunden, bei denen dem Opfer eindeutig Haut herausgeschnitten wurde. Aber ehrlich gesagt können das noch viel mehr sein. Ich muss den Leichnam erst mal waschen, damit ich klarer sehe.«

»Die Hautlappen fehlen wieder?«, fragte Tom. »Oder habt ihr sie hier irgendwo gefunden?«

Nina schüttelte den Kopf. »Nein, die sind weg.«

»Wie bei Bode.« Tom warf einen Blick in den Schritt des Toten. Wieder schien der Genitalbereich die einzig unversehrte Stelle an dem malträtierten Körper zu sein.

»Bisher gibt es zahlreiche Parallelen zum Mord an Bode«, gab Nina ihm recht. »Bis auf einen Unterschied.« Sie hob den Kopf des Toten an, sodass dieser nach hinten in den Nacken fiel.

»Der Hals ist unverletzt«, stellte Tom fest. »Keine finale Stichverletzung.«

»Ganz genau. Der Täter hat ihm diesmal nicht die Kehle durchgeschnitten.«

Toms Blick wanderte erneut über den Körper. »Sieht mir aber nicht so aus, als wollte er ihm eine Chance geben, die Sache zu überleben.«

»Nein, definitiv nicht.« Sie drückte die Oberschenkel des Mannes auseinander, sodass Tom die linke Innenseite sehen konnte. »Siehst du hier? Hier hat er ein tiefes Stück herausgeschnitten. Deutlich tiefer als an anderen Körperstellen.«

»Und das genau an der Stelle, an der die Arterie entlangführt.«

»Ja, die *Arteria femoralis* wurde dabei durchtrennt. Eine der Hauptschlagadern im Körper«, sagte Nina. »Komischer Zufall, oder?«

Tom sah in ihre wasserblauen Augen. »Er wusste, dass dort die Oberschenkelarterie entlangläuft, und hat extra so tief geschnitten, damit Harber stirbt.«

»So würde ich es auch deuten. Oder es war ein Versehen, das kann man natürlich nie ausschließen.«

Tom nickte ihr zu und wandte sich dann an Philipp, der mit dem Laptop des Toten beschäftigt war. Auf dem Monitor waren die Bildkacheln der Mordzeugen nicht mehr zu sehen. Nur noch ein Standbild des Toten war sichtbar, grotesk eingefroren zeigte es Harber, wie er mit letzter Kraft in die Kamera blickte. Das muss nur wenige Augenblicke vor seinem Tod gewesen sein.

»Wissen wir, wer die Teilnehmer sind?«

»Ja. Katja hat alle Personalien aufgenommen und sie angewiesen, ihre Wohnungen nicht zu verlassen«, antwortete Philipp. »Die Kollegen sind auf dem Weg.«

»Was soll das mit dem Standbild?«

»Vermutlich gab es gegen Ende eine Störung im WLAN. Als die Verbindung unterbrochen wurde, fror sein Bild ein.«

»Sieht aus, als würde er da noch leben.« Tom musterte das Gesicht des Mannes auf dem Bildschirm. »Das heißt, unser Killer hat sich aus dem Staub gemacht, obwohl Harber noch nicht tot war.«

»Mit einer durchtrennten Oberschenkelarterie hast du nicht mehr lange zu leben«, warf Nina ein. »Sobald die durch ist, kannst du eigentlich gehen, dann hat dein Opfer keine Chance mehr. Es sei denn, er hätte sich sein Bein abbinden können, aber das konnte unser Killer in diesem Fall ja ausschließen.«

»Okay. Wie ist er technisch vorgegangen, Philipp?«

»Wir haben es hier tatsächlich mit einem versierten Hacker zu tun«, antwortete sein Kollege. »Der Kerl hat sich in die

Computer gehackt, vermutlich so wie im Fall Bode. Da wurden schon Wochen vorher Phishing-Mails an die Konferenzteilnehmer geschickt, um deren Passwörter abzugreifen.«

»Wer fällt denn noch auf Phishing-Mails rein?«

»Die sind heute deutlich geschickter als noch vor ein paar Jahren und für Laien kaum zu erkennen«, erklärte Philipp. »Bei Bode kamen sie per WhatsApp und per Mail und bezogen sich klar auf den Zoom-Call. Daher hat keiner Verdacht geschöpft. Bei Bode ist das Virus durch einen Zero-Day-Exploit ins System gelangt, ich gehe davon aus, dass es hier genauso war.«

»Und so was wird von keinem Antivirenprogramm erkannt?«, fragte Tom.

»Nicht zwingend. Wenn das Virus von einer unverdächtigen IP-Adresse kommt, dann kann es locker durch die Firewall gelangen. Bei Bode wurde das Antivirusprogramm vorher durch eine ZIP-Bombe deaktiviert, das wird hier nicht anders gewesen sein. Durch Backdoor-Access kann der Rechner dann ferngesteuert werden.«

»Er musste das Ganze also langfristig planen.«

»Absolut. Auch in die Handys hatte er sich gehackt und deren Empfang für die Dauer der Tortur gestört. Das kann nur jemand, der sich wirklich gut mit so was auskennt.«

»Ein Informatiker?«

»Ja. Oder Programmierer oder Profi-Hacker. Gesundes Laienwissen reicht hier jedenfalls nicht aus.«

»Haben die ersten Zeugenaussagen neue Erkenntnisse gebracht?«, fragte Tom.

»Der Täter ist genauso vorgegangen wie bei Bode. Er hat

sein Opfer durch das Herausschneiden einzelner Hautlappen bestialisch gefoltert und die anderen Konferenzteilnehmer gezwungen zuzuschauen«, erklärte Katja. »Alle haben sich an die Vorgaben des Zoom-Killers gehalten und die Folter somit beobachtet. Wie du dir vorstellen kannst, sind die Leute ordentlich traumatisiert.«

Tom dachte, dass die Zeugen doch froh sein sollten, nur Zuschauer des Geschehens gewesen zu sein.

»Ich will wissen, ob der Dekan auf Großwildjagd gegangen ist.«

»Wie bitte?« Katja sah ihn erstaunt an. »Warum? Gibt es eine Spur in die Jägerszene?«

»Bode war Trophäenjäger, er hat den Tieren eigenhändig die Haut abgezogen«, erklärte Ira, die zu ihnen gekommen war. »Es ist nicht auszuschließen, dass es hier einen Zusammenhang geben könnte. Jedenfalls sollten wir das überprüfen.«

»Ich kümmere mich darum.« Katja tippte eine Notiz in ihr Handy.

»Sind die Zeugen wieder in der ganzen Republik verteilt?«

»Zum Glück nur in Nordrhein-Westfalen und Hessen«, antwortete Katja. »Wir brauchen die Erstbefragung also nicht den Kollegen zu überlassen.«

»Tom, haben Sie eine Sekunde?«, unterbrach Ira in dem Moment das Gespräch. Ohne auf eine Antwort zu warten, verließ sie den Raum, offensichtlich fest in der Annahme, dass er ihr folgen würde.

»Wo wollen Sie hin?«

»Kommen Sie«, hörte er sie nur noch sagen.

Tom verließ das Arbeitszimmer und ging durch einen fensterlosen Flur, der dank seiner dunkelgrün tapezierten Wände noch finsterer wirkte. Ira stand vor einer Zimmertür und wartete dort auf ihn. Gemeinsam betraten sie schließlich den Raum, bei dem es sich offensichtlich um das Schlafzimmer des Dekans handelte.

»Die Spurensicherung war noch nicht hier«, sagte Ira. Genau wie Tom trug sie Latexhandschuhe und Plastiküberzieher für die Schuhe. »Fällt Ihnen etwas auf?«

Tom ließ seinen Blick durch das Zimmer gleiten. Ein ungemachtes Doppelbett stand an der rechten Seite, ein Kreuz hing an der Wand. Vom Bett aus konnte man direkt auf eine Schrankwand blicken, deren Front verspiegelt war. Über dem Kopfende hing ebenfalls ein großer Spiegel.

»Das Bett«, sagte Tom nachdenklich. »Beide Seiten sind bezogen.«

»Und beide Seiten wurden offensichtlich benutzt.«

»Die Spurensicherung soll nach Sperma und fremden Haaren suchen«, sagte Tom. »Vielleicht hatte unser Dekan kurz vor seinem Tod noch ein bisschen Spaß.«

»Grundsätzlich sei es ihm gegönnt«, meinte Ira. »Mit dem Zölibat haben ja einige so ihre Probleme. Auf jeden Fall frage ich mich, wer da in seinem Bettchen lag. Vielleicht macht der Zoom-Killer ja auch einen auf Schwarze Witwe und vernascht seine Opfer kurz vor dem Ende noch mal.«

»Das würde auf jeden Fall erklären, warum wir keine Einbruchsspuren bei Bode gefunden haben«, sagte Tom. »Vielleicht war er vor der Konferenz tatsächlich schon im Haus. War Bode bisexuell?«

»Dazu haben wir bisher keine Erkenntnisse«, antwortete Ira. »Vielleicht hat der Zoom-Killer aber auch eine Komplizin, der er das Vögeln überlässt, während er sich schon mal für den Mord bereit macht?«

»Denkbar«, sagte Tom. »Möglicherweise hat eine solche Komplizin auch schon länger etwas mit den Opfern laufen, konnte so die Teilnehmer der Zoom-Konferenzen herausfinden und die Taten mit vorbereiten. Falls seine Hacker-Fähigkeiten dazu nicht ausgereicht haben sollten.«

Ira musterte ihn. »Sie sind nicht überzeugt.«

Tom schüttelte den Kopf. »Nein. Ich frage mich, was eine Mittäterin antreiben könnte«, überlegte er laut. »Will sie dem Killer einen Gefallen tun? Ist sie abhängig von ihm und lässt sich deshalb darauf ein? Oder war sie bei den Morden womöglich auch im Raum und konnte ihm bei den Taten zuschauen?«

»Um sich an den Qualen zu ergötzen?«

»Vielleicht«, sagte Tom. »Aber sie hätte sich ja auch einfach von einem sicheren Ort in die Zoom-Konferenz einwählen und in Ruhe zuschauen können. Ich glaube nur dann an eine Mittäterin, wenn wir ihre Motivation schlüssig begründen können.«

Für einen Moment schwiegen sie beide und hingen ihren Gedanken nach.

»Als ich noch undercover im Rotlicht gearbeitet habe, habe ich zig Frauen getroffen, die für ihre Zuhälter alles gemacht hätten«, sagte Ira. »Krasse Abhängigkeitsverhältnisse sind nun wirklich nicht selten.«

»Ja. Das stimmt. Aber eine solche Mitwisserin würde für

den Zoom-Killer ein großes Risiko darstellen. Solche Frauen sind meist recht labil, die Gefahr, dass sie irgendwann reden, ist nicht zu unterschätzen.« Tom schaute noch mal auf die durchwühlten Laken, die tatsächlich so aussahen, als hätten sich darin vor nicht allzu langer Zeit noch zwei Menschen vergnügt. »Wenn es eine Mittäterin geben sollte, dann wird er sich von ihr verabschieden, sobald er sie nicht mehr braucht.«

»Er wird sie umbringen.«

»Natürlich. Alles andere wäre viel zu riskant«, sagte Tom. »Wird das Haus vom Dekan mit Kameras überwacht?«

»Nein.«

»Was gibt es an Personal? Putzfrau, Haushälterin, Gärtner?«

Ira schmunzelte. »Ich weiß nicht genau, was ein Dekan verdient, aber ob es so viel ist? Aber jemanden für den Haushalt wird er bestimmt haben, jeder Pfarrer hat doch eine Haushaltshilfe. Ich checke das.«

»Wenn in dem Bett keine Frau gelegen hat, sondern ein Mann, sollten wir mögliche männliche Kontakte überprüfen. Angefangen vom Priesterseminar bis hin zu Stricherkontakten.«

»Falls Bode bisexuell war, könnte es auch sein, dass der Zoom-Killer selbst etwas mit seinen Opfern anfängt, bevor er sie umbringt«, sagte Ira.

»Wobei ich mich dann frage, warum er ihre Genitalien verschont. Überprüfen Sie die sexuellen Vorlieben der Opfer, sonst kommen wir da nicht weiter.«

»Ich setze Katja darauf an.«

Tom nickte. »Die ganzen Spiegel …«

»Der Typ beobachtete sich offensichtlich gerne beim Sex«, meinte Ira. »Das ist ehrlich gesagt nicht so selten. In jedem Puff hängt ein Spiegel am Bett.«

»Das schon. Aber der Mann war katholischer Dekan. Stellen Sie sich vor, ein Besucher verläuft sich auf dem Weg zur Toilette und entdeckt diese Ausstattung. Um ein solches Risiko einzugehen, muss ihm das Visuelle beim unerlaubten Vögeln sehr wichtig gewesen sein. Er war ein Beobachter.«

»Der jetzt unter den Augen von zahllosen Beobachtern gestorben ist.«

16

Aaron saß im Besucherraum des Gefängnisses. Die grauen Plastikstühle, die im Boden verankert waren, ließen keine besonders bequeme Sitzposition zu, und er hatte das Gefühl, die ganze Zeit in einer leicht gebeugten Haltung zu verharren. Sein Hintern tat ihm weh, und seine Knie schmerzten. Oder waren das noch die Auswirkungen des blutigen Kampfes, den er neulich ausgetragen hatte? Er konnte es nicht ausschließen und zwang sich, nicht mehr daran zu denken.

Sein Gegenüber schien mit der unkomfortablen Situation besser zurechtzukommen, vermutlich hatte er sich längst an die unbequemen Möbel gewöhnt. Er saß inzwischen seit fast dreißig Jahren hinter Gittern und wirkte dennoch in keiner Weise wie ein gebrochener Mann, von denen es hier jede Menge gab. Bald durfte er auf einen seiner ersten Freigänge, natürlich in Begleitung von Sicherheitspersonal.

Der alte Mann musterte ihn kritisch. »Du wirkst verändert, Aaron.«

»Kommt Ihnen nur so vor«, behauptete er. »Es ist heiß hier, und mein Arsch klebt auf dem Plastiksitz. Da kann man schon mal etwas verändert wirken.«

Der Alte zog skeptisch eine Augenbraue hoch. »Du kannst mir nichts vormachen, Aaron. Niemand kennt dich besser als ich.«

Natürlich hatte er damit recht, aber es fiel Aaron schwer, sich das einzugestehen.

»Quatsch.« Er versuchte, dem prüfenden Blick des anderen auszuweichen. »Wen haben Sie als Nächstes für mich?«

»Wie lief es denn mit dem Rumänen-Schmuggler?«

»Nach Plan, wie immer.«

»Du lügst.« Die alten blaugrauen Augen blitzten und wirkten so hellwach wie die eines neugierigen Kindes. »Du hast es versemmelt.«

»Nein, er ist tot.«

Schweigend betrachtete der alte Mann ihn für einen Augenblick. »Man kann die Dinge auch anders versemmeln. Du hast die Kontrolle verloren und ein mittleres Massaker angerichtet, hab ich recht?«

Aaron versuchte, sein Erstaunen zu verbergen und die Bilder, die er augenblicklich in seinem Kopf sah, zu verdrängen. Wie er in der angemieteten Villa stand, ausgerüstet mit Eimer und Chemikalien, und sich bemühte, die Blutflecken zu beseitigen. Erst hochprozentiges Chlor hatte den erwünschten bleichenden Effekt erzielt. Die ganze Zeit, die der Menschenhändler und Zuhälter in seinem Säurebad zum Auflösen benötigt hatte, war Aaron mit Putzen beschäftigt gewesen. Anschließend hatte er die Überreste von diesem

Kerl gemeinsam mit dem Putzwasser durch den Abfluss gespült.

Aaron konnte dem Blick seines Gegenübers nur schwer standzuhalten. Er musste sich eingestehen, dass es ihn immer noch nicht unberührt ließ, wenn dieser Mann ihn lesen konnte wie ein offenes Buch.

»Ich kenne dich, seitdem du ein kleiner Junge bist«, sagte er. »Niemand kennt dich so gut wie ich.«

»Außer Tommy.« Das war seine Trumpfkarte. Mochte der Alte ihn auch in- und auswendig kennen, sobald das Thema auf seinen Sohn zu sprechen kam, änderte sich sein Gesichtsausdruck schlagartig. »Ich würde sogar behaupten, Tommy kennt mich besser, als Sie es tun, Dr. Bachmann.«

Dr. Rudolf Bachmann räusperte sich. Wenn er eines nicht mochte, dann in seiner Unfehlbarkeit angezweifelt zu werden.

»Nur weil ihr ein paar Jahre befreundet wart? Als Kinder? Lächerlich.« Er schüttelte verächtlich den Kopf. »Erzähl mir, wie und warum du die Kontrolle verloren hast.«

Aaron blickte ihn ernst an. »Nein. Deshalb bin ich nicht hier. Ich habe nur für einen kurzen Moment die Fassung verloren und dann sofort alles schnell beendet. Es gibt keinen Grund für ein Therapiegespräch.«

Wie hatte er früher im Heim diese Gespräche gehasst, an deren Ende meist eine Aufgabe für Aaron gestanden hatte, die er nur mit viel Überwindung durchführen konnte. Jedenfalls anfangs. Als seine Lust zu töten geweckt worden war, waren ihm diese Übungen nicht mehr sonderlich schwergefallen. Im Gegenteil.

»Wenn du in einen Blutrausch gerätst, riskierst du alles«, sagte Dr. Bachmann mahnend. »Deshalb darfst du nie die Kontrolle verlieren. Wenn du spürst, wie der Rausch in dir wächst, wie er wie eine Welle immer höher wird und schließlich über dir zusammenzubrechen droht, dann musst du handeln, und zwar sofort. Was habe ich dir früher immer gesagt?«

»Ich soll mich der Situation entziehen.« Aaron hatte die Worte noch genau im Ohr.

»Richtig. Aber natürlich geht das nicht immer. Du hast dir einen Kampf mit dem Kerl geliefert?«

Aaron nickte. »Abhauen wäre unmöglich gewesen.«

»Wenn noch mal so etwas passiert, versuche, sofort einen der tödlichen Tricks anzuwenden, die ich dir beigebracht habe. Ein gezielter Schlag gegen den Kehlkopf, mit den Daumen in die Augen und die Augäpfel rausholen – du weißt, was du zu tun hast. Sobald der andere kampfunfähig ist, wird alles mit einem finalen Stich beendet. Wenn die Räumlichkeiten sich nicht zum Ausbluten eignen, dann lieber direkt ins Herz, da ist die Sauerei am geringsten.«

»Ich weiß das alles.« Es nervte Aaron höllisch, wenn der alte Bachmann sich immer noch als sein Lehrmeister aufspielen wollte. Vor allen Dingen nervte es ihn, weil er genau spürte, wie recht der Mann hatte. Er durchschaute ihn immer noch nach wenigen Augenblicken, wusste sofort, wenn etwas nicht stimmte, und gab ihm zum Teil fast väterliche Ratschläge. »Ich werde das nächste Mal darauf achten. Wer ist der Nächste?«

Dr. Bachmann seufzte gespielt theatralisch und strich

sich seine zerzausten weißen Haare aus der faltigen Stirn. »Du hast doch nicht vergessen, was ich dir gesagt habe? Ich gebe dir nur dann Informationen, wenn du mir auch welche gibst.«

»Das ist nicht so einfach.«

»Stell endlich einen Kontakt zu Tommy her! Ich will ihn sehen!«

»Ich habe zurzeit selbst keinen Kontakt zu ihm.«

»Aber du wirst mir doch wohl seine Adresse besorgen können.«

»Ehrlich, ich habe keine Ahnung, wo er wohnt.«

Dr. Rudolf Bachmann sah ihn skeptisch an. »Es dürfte für dich nicht schwer sein, das herauszufinden.«

Er weiß, dass du lügst, dachte Aaron und schwieg. Natürlich wusste er längst, wo sein alter Freund wohnte. Er wusste fast alles über Tommy: wo er laufen ging, bei welchen Lieferdienst er seine Pizza bestellte und wann er morgens das Haus verließ. Aber wenn er das alles dem alten Bachmann verraten würde, würde er gleichzeitig Tommy verraten. Er wusste, dass sein alter Freund in große persönliche Schwierigkeiten geraten würde, wenn er sich plötzlich mit seinem Vater auseinandersetzen müsste. Aaron war klar, dass Tommy nur deshalb so ein kühler, emotionsloser und damit auch erfolgreicher Profiler war, weil er seine dunkle Vergangenheit weitgehend verdrängen konnte. Sein Vater war sein Trauma, seine Achillesferse, das Einzige, das ihn aus dem Konzept bringen konnte.

Konnte er Tommy das antun?

Er wusste nicht, was der alte Bachmann wirklich vorhatte. Aaron konnte sich nicht vorstellen, dass er ein harmonisches Familientreffen in die Wege leiten wollte. Er würde wohl kaum Kuchen kaufen und auf einen Kaffee bei seinem Sohn vorbeischauen. Immerhin war Tommy es gewesen, der den Alten für Jahrzehnte hinter Gitter gebracht hatte. Und Dr. Bachmann war nicht der Typ, der so etwas verzeihen konnte. Oder wollte. Niemals.

Andererseits ... wenn Tommy durch seinen Vater verunsichert würde, hatte Aaron vielleicht eine Chance, ihm wieder näherzukommen, Zugang zu ihm zu finden. Vielleicht konnte er dann die alte Vertrautheit zwischen ihnen wiederherstellen. Und vielleicht konnte er ihn doch noch auf seine Seite ziehen, wenn Tommy seinen Schutzpanzer erst mal abgelegt hatte.

»Ich werde sehen, was ich tun kann«, sagte er. »Vielleicht kriege ich die Adresse ja doch irgendwie raus.«

Bachmann nickte zufrieden. »Da bin ich mir sicher.«

»Jetzt sind Sie an der Reihe.«

Dr. Bachmann sah sich um und vergewisserte sich, dass niemand sie hören konnte. Dann dämpfte er seine Stimme. »Der Mann heißt Paul Elen und wird in drei Tagen entlassen.«

»Weshalb ist er hier?«

»Er hat vier Jahre abgesessen, weil er seine beiden Kinder umgebracht hat.«

Aaron konnte es nicht glauben. »Vier Jahre? Für einen Doppelmord?«, entfuhr es ihm etwas zu laut.

»Pst.« Dr. Bachmann blickte zu dem Beamten, der neben der Tür stand. Er schien sie nicht gehört zu haben. »Angeblich handelte es sich um einen gescheiterten erweiterten Suizid. Außerdem wird er wegen guter Führung vorzeitig entlassen.«

»Es war kein erweiterter Suizid?« Aaron achtete nun auch darauf, möglichst leise zu sprechen.

»Nein. Der Kerl wollte sich niemals selbst töten. Er hat mir irgendwann erzählt, dass er die Kinder umgebracht hat, um das Leben seiner Ex-Frau zu zerstören. Den Suizidversuch hat er nur zur Verschleierung der Tat begangen. Was ja auch ganz gut geklappt hat.«

»Okay. Dann ist er ein würdiger Nachfolger für den Menschenhändler.«

»Das ist er.« Dr. Rudolf Bachmanns Blick ging an Aaron vorbei. »Wenn du dich unauffällig umdrehst, siehst du ihn rechts unterhalb des Fensters sitzen. Der mit der alten Dame. Seine Mutter. Die einzige Person, die ihn hier besucht.«

Aaron wusste genug. Er verabschiedete sich von Bachmann und stand auf.

»Das nächste Mal bringst du mir die Adresse«, zischte der Alte ihm zum Abschied noch mal zu, und Aaron nickte.

Als er den Besucherraum verließ, sah er den Mann an, der sein nächstes Opfer werden sollte. Er scherzte mit seiner Mutter und freute sich auf den Pflaumenkuchen, den diese anlässlich seiner Entlassung backen wollte.

»Machst du mir Schlagsahne dazu?«

»Und Vanilleeis, mein Junge.« Die Frau strahlte.

»Das wird ein Festessen!«

Und ob, dachte Aaron und schlug die Tür hinter sich zu.

17

Der vertraute Song erfüllte den ganzen Raum. Mit einem Lächeln im Gesicht summte er die Melodie mit, während er die getrockneten Hautlappen von dem Fettsack von der Leine nahm und dafür die frischen, noch feuchten des Dekans aufhängte. Der Bauchnabel machte am meisten Probleme, hier hatte er recht tief schneiden müssen, und das herausgetrennte Stück war etwas uneben.

Er nahm ein Skalpell, drehte den Bauchnabel um und versuchte, den welligen Untergrund etwas zu glätten, indem er die überstehenden Gewebestücke vorsichtig abkratzte.

Zufrieden betrachtete er kurz darauf das geglättete Stück. »Das hab ich doch fein gemacht«, sagte er mit kindlicher Stimme zu sich selbst. »Ganz, ganz fein.«

Die dunklen Haare, die um den Nabel herumwuchsen, störten ihn allerdings noch. Er überlegte, sie mit dem Feuerzeug abzuflämmen, hatte aber Sorge, dass die Haut dann vielleicht verbrennen würde, und Brandwunden konnten sein gesamtes Konzept zerstören. Also nahm er stattdessen die Pinzette und zupfte jedes Haar einzeln heraus. Dann hängte er den Nabel zurück auf die Leine und stellte die Ventilatoren an, die den Trocknungsprozess beschleunigen sollten.

Er setzte sich an seinen Schreibtisch und lauschte für einen Moment dem Song, der in einer Dauerschleife lief.

Bodes Haut war nun bereit für den zweiten Schritt. Dafür musste er sie erneut befeuchten, diesmal allerdings mit Alkohol. Vorsichtig nahm er die Brustwarze in die Hand und besprühte sie mit der Flüssigkeit. Dann betrachtete er sie nachdenklich.

Die Brustwarzen des Dekans hätten überhaupt nicht zu Bodes gepasst. Sie waren eher rosa und relativ groß gewesen, während der Fettsack kleine, dunkle Warzen hatte. Deshalb hatte er Harber keine herausgeschnitten, er hätte sowieso nichts damit anfangen können.

Ob sich die nächsten Nippel besser eignen würden? Er hatte keine Ahnung, wie sie aussahen. Das war der Nachteil bei der ganzen Sache. Natürlich wusste er über die Hautfarben Bescheid. Und ihm war klar gewesen, dass Bodes Gewebe viel stärker von Fett durchsetzt war als das des Dekans. Auch die dunkle Körperbehaarung von Harber hatte ihn nicht überrascht, auf all das war er vorbereitet gewesen. Aber Form und Farbe der Brustwarzen? Nein, natürlich nicht. Woher sollte er das auch wissen? So etwas zählte zu den Unwägbarkeiten, mit denen er zurechtkommen musste.

Er blickte auf die Liste, die er auf einem der Bildschirme geöffnet hatte. Was brauchte er noch außer einem weiteren Nippel? Hatte er irgendetwas vergessen?

Er klickte sich auf den zweiten Monitor mit der grafischen Übersicht, die er für sein Projekt erstellt hatte. Nein, das sah alles gut aus, da fehlte nichts. Nach wie vor war es eine Überlegung wert, die länglichen Stücke durch Fingerhaut zu ersetzen. Das wäre natürlicher, als einen schmalen Streifen aus Rücken oder Brust zu schneiden.

Nein, dachte er und schüttelte den Kopf. Er hatte es bei Harber ja versucht. Aber die Hände verkrampften sich bei Schmerz am meisten, ein genaues Arbeiten war unmöglich. Er könnte die Finger das nächste Mal natürlich abtrennen und die Haut erst zu Hause entfernen.

Sein Blick fiel auf die Klingen, die neben ihm auf dem Schreibtisch lagen. Damit würde er auch einen Knochen durchschneiden können, das war keine Frage. Mit einer Gartenschere würde es vermutlich noch leichter gehen. Er würde einfach zwei, nein, lieber drei Finger abknipsen. Wenn es zu viel Aufwand war, sie später zu häuten, konnte er sie immer noch leicht entsorgen.

»Schön.« Er war zufrieden mit seinem Plan. Aber jetzt hatte er noch eine Menge zu tun. Gut drei Dutzend Hautlappen musste er noch bearbeiten. Er drehte die Musik etwas lauter, nahm ein Stück von Bodes Bauch und besprühte es mit Alkohol. Damit würde er bis in die Nacht beschäftigt sein, dachte er und freute sich auf die kommenden Stunden.

18

Nachdem Dr. Rudolf Bachmann den Besucherraum verlassen hatte und zurück in seine Zelle gebracht worden war, legte er sich auf seine Pritsche. Dass er einen neuen Mitbewohner bekommen hatte, ignorierte er. In den letzten dreißig Jahren hatte er so viele Häftlinge kommen und gehen sehen, er konnte sich nicht um jeden kümmern.

»Du kannst ja wenigstens mal Hallo sagen, Doc«, schimpfte der alte Maarten, der fast von Anbeginn der Haftzeit sein Schließer war. »Der Typ ist ein Arschloch«, sagte er zu dem jungen Mann, der verunsichert auf der Kante seines Bettes saß. »Am besten hältst du dich von ihm fern.«

Der Junge nickte nur und blickte verunsichert zu ihm herüber.

»Mach keinen Scheiß, Doc, klar?«

»So etwas mache ich nie, Maarten, das weißt du doch.«

Maarten schüttelte noch mal missbilligend den Kopf und verließ dann die Zelle. Er warf die schwere Tür lautstark hinter sich zu und schloss ab. Endlich herrschte Stille.

Konnte er sich auf Aaron noch verlassen? Früher war er sein zuverlässigster Schüler gewesen. Wenn er Aaron einen Befehl gegeben hatte, hatte er ihn immer zu seiner vollen Zufriedenheit ausgeführt. Dass er aus dem Heim abgehauen war, konnte er ihm nicht mehr verübeln. Immerhin war Aaron seiner Linie treu geblieben, hatte weiterhin im Sinne seines Lehrmeisters gehandelt und sein Töten perfektioniert.

Aber wie war das heute? Auch wenn Aaron nicht darüber sprechen wollte, war Rudolf klar, dass er bei der Eliminierung des Menschenhändlers alles andere als perfekt vorgegangen war. Und wenn er sich nicht mehr hundertprozentig im Griff hatte, dann konnte Rudolf sich nicht mehr auf ihn verlassen. Auch nicht in den Dingen, die Tommy betrafen.

»Hi, ich bin Karim.« Die Stimme des jungen Mannes war ungewöhnlich hoch, fast noch kindlich.

Rudolf hatte für einen Moment fast vergessen, dass der neue Häftling immer noch auf der Bettkante saß und ihn anstarrte.

»Drogen?«, fragte er abweisend. Es interessierte ihn eigentlich nicht im Geringsten, warum der Bengel einsaß.

Karim nickte. »Verstoß gegen das Betäubungsmittelgesetz, Konsum und Handel von Kokain. Sechs Monate. Und du?«

»Duzen wir uns?«

»Sorry. Warum sind Sie hier?«

»Freiheitsberaubung, schwere Körperverletzung, mehrfacher Mord. Lebenslänglich.«

Karim stand das Entsetzen ins Gesicht geschrieben. »Meine Fresse.«

»Dreißig Jahre habe ich schon abgesessen, und so wie es aussieht, bekomme ich demnächst meinen ersten Freigang.«

Rudolf strich sich zufrieden über sein faltiges Gesicht. Jahrelang hatte die Gefängnisleitung seine Anträge abgelehnt. Obwohl er sich immer bemüht hatte, den geläuterten Straftäter zu mimen, sahen die Gutachter das jedes Mal anders. Vielleicht war es auch ein Fehler gewesen, dass er den ersten Gutachter hatte umbringen lassen. Lisa hatte zwar einen hervorragenden Job gemacht, aber die Tötung per Kopfschuss lief einfach zu professionell ab. Allen war sofort klar gewesen, dass es ein Auftragsmord gewesen war, ausgeführt von einem Profikiller. Und natürlich war er in Verdacht geraten, der Auftraggeber zu sein. Nachweisen konnte man ihm das zwar nie, und auch Lisa wurde nie gefunden, aber für seine darauf folgenden Begnadigungsanträge hatte es trotzdem erst mal schlecht ausgesehen. Er hatte ganz schön lange warten müssen, bis einigermaßen Gras über die Sache gewachsen war. Zum Glück galt er jetzt als alter Mann, und allmählich begegnete man ihm mit einer gewissen Milde.

Die Menschen waren so dumm. Sobald jemand faltig und weißhaarig wurde, glaubten sie, einen netten Opi vor sich sitzen zu haben, der vielleicht ein bisschen verkorkst, aber nicht mehr gewalttätig war. Selbst sein langjähriger Schließer Maarten traute ihm höchstens noch verbale Grausamkeiten zu. Was für ein Irrtum.

»Mehrfacher Mord ... was heißt das?«, unterbrach Karim seine Gedanken.

Rudolf warf ihm einen spöttischen Blick zu und sah den

Jungen zum ersten Mal richtig an. »Dass ich nicht nur einen auf dem Gewissen habe, natürlich. Was denkst du denn?«

»Okay, klar, aber –?«

»Du willst wissen, wie viele?«

Karim nickte schüchtern. Es war immer wieder belustigend zu sehen, wie schnell man junge Leute beeindrucken konnte.

Rudolf machte ein nachdenkliches Gesicht. »So genau kann ich dir das gar nicht sagen ... lass mal überlegen ... na ja, der ein oder andere ist an den Folgen der Körperverletzung gestorben, das haben die dann als Mord hingestellt, obwohl das ja eigentlich gar keiner war. Insgesamt waren es deshalb wohl fünf oder sechs.«

»Sie ... Sie haben sechs Menschen ermordet?« Karim musste schlucken. Unruhig knetete er seine Hände und fuhr sich immer wieder durch seine schulterlangen schwarzen Haare, die er mit viel Gel nach hinten frisiert hatte.

»Na ja, ein richtiger Mord war de facto eigentlich gar nicht dabei. Die klassischen Mordmotive wie Habsucht, Eifersucht und so etwas, damit habe ich nie etwas zu tun gehabt.«

Dem jungen Drogendealer war anzusehen, dass er sich zunehmend unwohl in seiner Haut fühlte. Einerseits schien er von Rudolfs krimineller Karriere abgeschreckt zu sein, andererseits aber auch durchaus interessiert an seiner Geschichte. Der Faszination des Bösen konnte sich eben kaum einer entziehen, das wusste Rudolf.

»Erzählen Sie mir, was passiert ist?«

Bachmann musterte ihn. Wenn er ihm von dem berichten würde, was ihm angelastet wurde, dann würde dieser Karim die nächsten Nächte kein Auge mehr zumachen. Das konnte ihm egal sein, wichtig war nur, dass er in seiner ängstlichen Nervosität ruhig blieb. Denn wenn Rudolf auf eines keine Lust hatte, dann auf einen nervlich angeschlagenen Neu-Häftling, der dauernd zu flennen anfing. Auch das hatte er schon oft genug erlebt.

Andererseits waren dann die Machtverhältnisse von Anfang an geklärt. Wenn dieser Karim wusste, was für ein Mann einen Meter neben ihm auf der Pritsche lag, dann würde er ihn mit Respekt und Demut behandeln. So wie alle anderen vor ihm auch. Rudolf war sich seiner Rolle unter den Häftlingen durchaus bewusst. Er war so etwas wie ein alternder König. Noch wurde er von allen respektiert und gefürchtet, aber mit seinem zunehmenden Alter ließ diese Haltung langsam nach. Und irgendwann würden die Typen, die ihn nur aufgrund seiner Vergangenheit hassten, eine Gelegenheit finden, um sich an ihm abzuarbeiten. Denn die Mär, dass zu seinen Opfern auch Kinder zählten, hielt sich hartnäckig. Dabei waren es seine Schüler gewesen, keiner von ihnen hatte dabei Schaden genommen. Aber das kapierten die Hohlköpfe hier natürlich nicht. Für die zählte nur, dass er Kinder gequält haben sollte, und wenn sie eine Möglichkeit fänden, ihm dafür eine Lektion zu erteilen, dann würden sie das tun.

Deshalb war es so wichtig, dass er hier rauskam. Seit über einem Jahr bereitete er alles vor. Bei seinen regelmäßigen Gesprächen mit dem Gefängnispsychologen, der ihm so unterlegen war wie eine Maus einer Katze, gab er schon länger den freundlichen, einsichtigen und reuigen Straftäter, der altersmilde und harmlos geworden war. Bei den Schließern ließ er sich nichts zuschulden kommen, seinen Job in der Gefängnisbibliothek führte er besonders engagiert und sorgfältig aus, und sogar als Streitschlichter war er nun ein paarmal aufgetreten. Und seine Bemühungen zeigten Erfolg. Sein erster Freigang war in greifbare Nähe gerückt.

»Du willst also meine Geschichte hören?«

Karim nickte zögerlich.

»Na schön. Ich bin Psychologe und habe eine psychiatrische Einrichtung geleitet, ein Heim für schwer erziehbare Kinder. Mit meinen psychologischen Methoden wollte ich das Beste aus den jungen Leuten herausholen, ihre Talente und Eigenschaften zum Leben erwecken. Und ich glaube, das ist mir auch ganz gut gelungen.« Rudolf strich sich über seinen Bauch, der trotz seines Alters immer nach flach und hart war. Die täglichen Sit-ups zahlten sich aus.

»Und dort haben Sie Menschen umgebracht?«

»Das passierte eher zufällig«, erzählte er weiter. »Ich hatte einen Deal mit einem Mitarbeiter aus der Pathologie der nahe gelegenen Klinik. Für einen gewissen Obolus hat er mir die Leichen für meine Therapiestunden überlassen, bevor sie zur Einäscherung gebracht wurden. Ein paar Tage hatten wir dann immer Zeit zu üben.«

»Üben?« Karim konnte offensichtlich nicht glauben, was er da hörte. Verstehen konnte er es in keinem Fall.

»Ja. Du kannst deine Aggressionen nicht nur an einem Sandsack ablassen, wenn du verstehst, was ich meine.«

»Äh … ja …« Karims Stimme war fast tonlos.

»Irgendwann mangelte es an Nachschub. Aber meine Sitzungen sahen keine längeren Pausen vor, ich brauchte also dringend eine neue Leiche. Wenn du bei einem Menschen erst mal den Blutrausch geweckt hast, dann musst du auch konsequent am Ball bleiben. Sonst wird es kein Dauerrausch, sondern nur ein harmloses Räuschchen.«

»Die Kinder gerieten in einen Blutrausch?«, fragte Karim ungläubig nach.

»Einige, nicht alle, aber einige schon. In einen von mir kontrollierten Blutrausch natürlich.« Er lächelte. Es war schön, so in Erinnerungen zu schwelgen und an die guten alten Zeiten zu denken. »Ich brauchte also dringend eine neue Leiche, aber es gab keine. Dann bekamen sie in der Klinik einen Heroinjunkie eingeliefert, seit zwanzig Jahren schwer abhängig, Leberzirrhose und bei der Einlieferung schon ins Koma gefallen. Keine Angehörigen, keine Wohnung, nichts. Also habe ich mir den liefern lassen.«

Karim war blass geworden. »Was haben die Kinder mit ihm gemacht?«

»In dem Fall war es nur ein Kind, Aaron, mein Musterschüler. Ich habe ihm an dem lebenden Beispiel die effektivsten Tötungsarten demonstriert. Und vor allen Dingen auch die Vertuschungstechniken. Denn es reicht ja nicht, wenn du jemanden souverän umbringst. Du musst ihn auch richtig entsorgen. Aaron hat an dem Tag gelernt, wie man einen Körper in seine Einzelteile zerlegt.« Er setzte sich auf. »Weißt du, was viele dabei falsch machen?«

Der Junge schüttelte den Kopf und wich seinem Blick aus.

»Die meisten sägen nur Arme, Beine und Kopf ab und entsorgen dann den Rumpf als Ganzes. Das ist ein gewaltiger

Fehler, weil so ein Stück viel zu groß ist und weil der Rumpf auch dazu neigt, durch Verwesungsgase aufzublähen. Das heißt, wenn du einen Torso zum Beispiel in den Fluss wirfst, dann treibt er irgendwann dickbäuchig an der Wasseroberfläche und wird mit ziemlicher Sicherheit gefunden. Was ja nun keiner will.«

Karim atmete hörbar durch. »Klar ...«

»Deshalb ist es wichtig, dass du den Torso mindestens viertelst. Acht Teile wären noch besser, sind aber natürlich auch mehr Arbeit. Aaron hat damals sechs Teile aus dem Junkie gemacht. Das war schon gut. Wenn du den gesamten Magen-Darm-Trakt zerlegst, dann können die Gase sich nicht stauen, und das Aufblähen bleibt logischerweise aus.«

»Logisch ...«

»Für den Jungen war das natürlich nicht ganz einfach.« Rudolf hatte sich in Plauderlaune geredet. »Es ist nicht leicht, einen Oberschenkelknochen durchzusägen, da ist schon eine ordentliche Kraftanstrengung nötig. Aber es geht dabei nicht nur um Muskelkraft. Wer mit einem Fleischerbeil einen Torso zerlegen will, braucht auch einen starken Willen. Vom Kopf her ist es einfacher, einen Knochen durchzusägen, als auf weiches Fleisch einzuhacken. Der Junge hat das damals wirklich gut hingekriegt.«

Karim musste wieder schlucken. Rudolfs Erläuterungen schienen ihn aus der Fassung gebracht zu haben. »Wie alt war dieser Aaron da?«

»Lass mich überlegen ... ich glaube, er war acht.«

»Acht Jahre?« Karims Stimme war laut geworden. »Aber ...

warum? Warum haben Sie Kinder so etwas Schreckliches tun lassen?«

Jetzt ging die Leier wieder los, dachte Rudolf. Warum konnte sich eigentlich niemand diesem Thema von der wissenschaftlichen Seite nähern? Warum immer diese Gefühlsduseleien?

Er schwang seine Beine von der Pritsche und stützte sich auf seinen Oberschenkeln ab. Ernst sah er Karim an.

»Was glaubst du: Woher kommt das Böse? Wird es uns bei der Geburt in die Wiege gelegt? Der Zweijährige schubst das Neugeborene von der Mutter weg, weil er eifersüchtig auf die Nähe zwischen den beiden ist. Spielzeug wird mit Gewalt entrissen, es wird gekratzt und geschlagen. Und all das wird uns systematisch von unseren Eltern wieder abtrainiert. Schlag dein kleines Brüderchen nicht, sei lieb, mach ei. Aber das Böse steckt nun mal in uns, in dem einen mehr als in dem anderen, aber in jedem von uns schlummert es unter einer dicken Decke. Ich schlage diese Decke auf, locke das Böse wieder hervor und zeige, wie man damit leben kann. Denn es gehört zum Leben dazu. Es ist wichtig, und wir können es nicht für immer verstecken.«

Für einen Moment herrschte wieder Stille in der Zelle. Dann hob Karim den Blick und sah ihn stirnrunzelnd an. Zum ersten Mal fiel Rudolf auf, wie dunkel die Augen des jungen Häftlings waren.

»Sie glauben, jeder Mensch hat eine böse Seite?«

»Selbstverständlich. Der Unterschied zwischen dem, was wir als böse oder gut ansehen, liegt nur in der Umsetzung. Die einen haben ihre bösen Gedanken unter der Decke versteckt, die anderen sind in der Lage, sie in finstere Taten umzusetzen. Aber jeder Mensch trägt ein gewisses Maß an Feindseligkeit, Aggression und Sadismus in sich. Jeder Mensch ist in der Lage, Gewalt auszuüben oder sogar zum Mörder zu werden«, erklärte er.

»Es liegt in unserer Natur?«

Der Junge war aufgeweckter, als er es zunächst gedacht hatte. »Ja. Vermutlich stammt unsere dunkle Seite noch aus unserem evolutionären Erbe und ist der Tatsache zu verdanken, dass Aggression unser Überleben sicherte. Ohne sie hätte kein Steinzeitmensch je ein Mammut erlegt. Sie steckt nach wie vor in jedem von uns, davon bin ich überzeugt. Und in jedem von uns kann man sie auch wieder zum Leben erwecken.«

»Aber wozu sollte das gut sein?« Karim kratzte sich nachdenklich am Hinterkopf. »Ich verstehe, dass man das früher brauchte, als Antrieb, um auf Jagd zu gehen oder Feinde zu bekämpfen. Aber heute?«

»Eine Gesellschaft braucht Henker, genauso wie der Wald Wölfe braucht. Ich meine damit keine perversen Killer, die junge Mädchen missbrauchen und umbringen, ich meine damit Mörder, die gezielt eingesetzt werden können, um gewisse Strukturen in einem gesunden Rahmen zu halten«, erklärte Rudolf. »Denk doch nur mal an die ganze Clan-Kriminalität, die in den großen Städten herrscht. Manchmal ist es besser, wenn Clan-Mitglieder sterben, damit die Macht des Clans nicht zu groß wird.«

Das Beispiel verstand Karim. »Eine Art natürliche Auslese unter Verbrechern?«

»So kann man es nennen. Die Polizei kann so einen Job selbstverständlich nicht machen, die können nicht einfach Kriminelle umbringen. Aber momentan funktioniert das in Berlin trotzdem ganz gut.« Rudolf lächelte, als er an Lisa dachte. »Eine frühere Bewohnerin meiner Anstalt kümmert sich darum. Leise, präzise und völlig ehrenamtlich.«

Ihm wurde warm ums Herz, wenn er an die kleine Lisa dachte, die heute eine hochprofessionelle Killerin war. Im Gegensatz zu Aaron hatte sie sich von den Klingen verabschiedet und war zu Schusswaffen übergegangen. Für eine Frau war das besser, da die körperliche Überlegenheit der Opfer so keine Rolle mehr spielte. Er erinnerte sich noch genau, wie er mit ihr den ersten Kopfschuss geübt hatte und wie überrascht sie gewesen war, als das Gehirn des Probanden aus dem Hinterkopf gegen die Wand geschleudert wurde. So ein Kopfschuss konnte schon eine gewaltige Sauerei hinterlassen, und man musste sich Ort und Stelle für ein solches Vorhaben gut aussuchen.

Karim dachte eine Weile nach. »Nein«, sagte er dann langsam. »Ich glaube das nicht. Auch wenn ich Drogen verkauft habe, bin ich noch lange nicht dazu in der Lage, einen Menschen umzubringen.«

»Aber natürlich bist du das«, sagte Rudolf gut gelaunt. »Die bravsten Bürger werden zu Verbrechern, wenn sie ihr normales Umfeld mit den vertrauten Kotrollinstanzen verlassen. Sie nehmen sich Freiheiten heraus, die sie sich vorher bestenfalls in ihrer Fantasie vorstellen konnten. Denk doch nur mal daran, wie es nach großen Naturkatastrophen aussieht. Nahezu immer kommt es dann zu massiven Plünderungen. Und die meisten Plünderer sind Menschen, die vorher nicht mal eine Packung Kaugummi geklaut hätten. In solchen Situationen verlierst du nicht die Kontrolle oder das Bewusstsein, was gut und was böse ist, nein, du verlierst vor allen Dingen dein Gewissen. Und sobald das verloren ist, ist alles möglich.«

Karim schüttelte immer wieder den Kopf. »Das ist noch lange kein Grund, Killer auszubilden …«

»Ich habe sie nicht direkt ausgebildet. Ich habe die dunkle Seite in meinen Patienten geweckt und ihnen gezeigt, wie sie sie einsetzen können.«

»Sie … Sie haben Drogenabhängige als Versuchskaninchen benutzt …« Karim war die Fassungslosigkeit ins Gesicht geschrieben.

Rudolf zog spöttisch eine Augenbraue hoch. »Und du hast den Leuten das Zeug verkauft, das sie zu Abhängigen gemacht hat. Ohne Leute wie dich wäre ich gar nicht an meine Versuchskaninchen gekommen!«

Karim presste die Lippen aufeinander. Dann stand er auf und ging zur Zellentür. »Sorry, aber ich kann hier nicht bleiben. Ich krieg Atemnot.« Er klopfte lautstark gegen die Tür und rief dabei den Namen des Schließers. »Ich möchte verlegt werden!«, brüllte er gegen den kalten Stahl. »Hallo? Hört mich jemand?«

»Sie werden dir keine andere Zelle geben«, sagte Rudolf und legte sich wieder auf die Pritsche. »Das haben vor dir schon ganz andere versucht, aber sie haben keinen von denen verlegt. Entspann dich einfach. Ich werde dir schon nichts tun.«

Rudolf drehte sich auf die Seite und starrte auf die nackte weiße Wand, während Karim weiter gegen die Tür trommelte.

»Außerdem bin ich ja nicht mehr lange hier«, sagte er dann noch leise und lächelte zufrieden.

19

Als Tom am Abend seine tägliche Joggingstrecke lief, war noch eine Menge los. Das Wetter war schön, die Temperaturen lagen bei angenehmen 22 Grad, und die gepflasterte Strecke am Rhein bot sich für jede Art von Outdoor-Aktivitäten an, was von zahlreichen Läufern, Radlern und Inlineskatern genutzt wurde.

Die meisten Jogger grüßten kurz, wenn sie einen anderen Läufer passierten, nickten sich zu oder hoben die Hand. Nur Tom hielt seinen Blick stur geradeaus und versuchte, seine Gedanken zu fokussieren.

Sie hatten es eindeutig mit einem Serienkiller zu tun. Auch wenn es sich im Moment nur um einen Doppelmord handelte, war Tom klar, dass der Mann erneut zuschlagen würde. Hier hatte jemand offensichtlich Gefallen an seinem blutigen Spiel gefunden, und die Erfahrung hatte Tom gelehrt, dass solche Spieler nur dann aufhörten, wenn sie gestoppt wurden.

Die Auswahl der Opfer gab ihm allerdings zu denken.

Bode und Harber schienen sich nicht zu kennen, sie konnten bisher keinen Zusammenhang zwischen ihnen herstellen, Harber war weder Jäger, noch schien es sonst eine Verbindung zu Bode zu geben. Trotzdem konnte er sich nicht vorstellen, dass sie zufällig als Opfer ausgewählt worden waren. Bei einem Thrill-Mörder, der aus reiner Mordlust tötete, gab es praktisch immer eine Austauschbarkeit und Beliebigkeit bei den Opfern. Man musste sie leicht beschaffen können, weshalb Drogenabhängige und Prostituierte meistens ganz oben auf der Liste standen.

Bode und Harber waren dagegen keine leichten Opfer gewesen. Beide waren vergleichbar mächtige Männer, wenn auch in gänzlich unterschiedlichen Branchen. Der eine hatte in der Pornobranche eine Menge zu sagen gehabt, der andere in der katholischen Kirche. Beides Jobs, die von Publikum lebten, dachte Tom. Wurden sie deshalb vor Zuschauern ermordet? Warum war der Täter ein solches zusätzliches Risiko eingegangen? Ein Stromausfall hätte die Übertragung schlagartig abbrechen können, dann hätte einer der Konferenzteilnehmer sofort die Polizei angerufen. Schlechtes WLAN hätte einen ähnlichen Effekt gehabt, und eine miese Internetverbindung kam in diesem Land nun wahrlich nicht selten vor. Warum hatte der Täter diese Eventualitäten in Kauf genommen?

Dafür gab es nur eine Antwort: Das Publikum war bei der qualvollen Tötung elementar. Vermutlich hätte der Täter die Taten ohne Zuschauer gar nicht durchgeführt.

Kirchenmann und Pornomann, ging es Tom durch den Kopf. Beide brauchten Publikum. Der Dekan hatte höchstwahrscheinlich ein geheimes Sexleben, bei dem offensichtlich der visuelle Aspekt eine große Rolle gespielt hatte.

Tom strich die Kirche aus seinem Kopf. Pornografie, Sex – war das der gemeinsame Nenner?

Er überlegte, ob das Motiv in der Porno-Szene zu finden sein könnte, in der es zum Teil mafiose Strukturen gab. Die äußerste Brutalität, mit der der Täter vorging, könnte dafürsprechen. Vielleicht hatte Harber geheime Vorlieben, die Bode mit seinen Filmen bedienen konnte. Tom dachte an Snuff-Videos, bei denen Menschen zu Tode gefoltert wurden. Dabei wurden meist junge Frauen aus Osteuropa für diese Aufnahmen verschleppt, vor der Kamera brutal vergewaltigt und misshandelt und schließlich auch umgebracht. Es gab viele Fakes, in denen solche Grausamkeiten nur vorgetäuscht wurden und alle Darsteller lebend rauskamen, aber eben nicht nur. Oft genug musste jemand wirklich sein Leben lassen.

Im Darknet gab es dafür einen großen Markt, allerdings hatte Philipp bisher keine Anzeichen gefunden, dass Bode in solche Geschäfte verwickelt war, und Tom fragte sich auch, warum Bode das hätte tun sollen. Seine Firma lief auch mit legalen Filmen großartig, er war ein sehr vermögender Mann gewesen, der sich alles leisten konnte, was er wollte. Warum sollte er das riskieren und sein Geschäft in einen kriminellen, auch für die Betreiber extrem gefährlichen Bereich verlagern?

Tom bog von dem belebten Weg am Rhein auf einen abgelegenen Pfad. Normalerweise verirrten sich hierher kaum noch Jogger, besonders in der Dämmerung wurde der Pfad meistens gemieden, da es hier keine Straßenbeleuchtung gab und man gut aufpassen musste, in den Schlaglöchern nicht zu stolpern. Aber Tom mochte es, alleine in der Dunkelheit zu laufen. Es half ihm beim Denken.

Eine Aufräumaktion in der Pornobranche glaubte Tom ausschließen zu können. Profikiller folterten zwar, wenn es ihre Auftraggeber wollten, aber sie vermieden jede Art von Zeugen. Ein Profi wusste, dass ihn schon eine Kleinigkeit verraten könnte. Ein Tattoo, das durch ein verrutschtes Kleidungsstück versehentlich sichtbar wurde, eine besondere Art zu sprechen oder zu gehen, eine bestimmte Haarfarbe, ein Ohrring – wäre einem der Zeugen irgendetwas in der Art aufgefallen, hätte es den Täter verraten können. Dieses Risiko würde ein Profikiller niemals eingehen. Der hätte sich nachts an Bodes oder Harbers Bett gestellt, die Waffe an die Schläfe gesetzt und abgedrückt.

Tom hatte erst einmal mit einem Profikiller zu tun gehabt. Es war in der Zeit beim FBI einer seiner schwierigsten Fälle gewesen, da sich kein Erklärungsmuster auf die Morde anwenden ließ. Vierundzwanzig Menschen hatte Carlos de Santo bei lebendigem Leib das Herz herausgeschnitten. Lange Zeit hatten sie aufgrund dieses grausamen Vorgehens geglaubt, dass es sich um einen satanistischen Täter handelte, der die Morde als eine Art religiöse Handlung durchführte. Bis sie nach und nach herausfanden, dass alle Opfer hoch verschuldet gewesen waren. Sie hatten sich Geld bei einem der gefährlichsten Männer Miamis geliehen und nicht damit gerechnet, dass er die Worte »Dein Herz ist mein Pfand« wörtlich gemeint hatte. Doch auch als sie den Auftraggeber der Morde längst vor Gericht gestellt hatten, fehlte immer noch jede Spur von seinem Handlanger. Erst als dieser für einen neuen Auftraggeber arbeitete, für den er die weniger brutale Kopfschussvariante ausführte, konnten sie ihn nach monatelanger Observierung festnehmen und anhand von DNA-Spuren schließlich überführen.

Solche Täter waren wie Schattengeschöpfe, die kaum zu sehen und zu fassen waren. Niemals würden sie ihre Taten vor so einem großen Publikum durchführen wie der Zoom-Killer.

Du denkst in die falsche Richtung, ermahnte er sich. Du bist nicht fokussiert!

Tom konzentrierte sich auf seine Atmung und versuchte, seine Gedanken auf die Psyche von Serienkillern zu lenken, die ihre Opfer brutal gequält hatten.

Um anderen Menschen bewusst einen so schweren Schaden zuzufügen, musste ein Täter sein Einfühlungsvermögen vorübergehend ausschalten. Das funktionierte in der Regel nur mit einer Herabsetzung des Opfers. Jeder Serienkiller entmenschlichte sein Opfer zuerst und rechtfertigte seine Taten mit drastischen Abwertungen, deren Ursprung fast immer im Leben des Täters zu finden war.

Tom erinnerte sich noch an die Verhöre mit Jeffrey Liemers, der ihm erzählt hatte, dass er in seiner Kindheit und Jugend an Epilepsie gelitten habe, die sei von seinem Vater jedoch als Ausrede gesehen worden. Weshalb er für die Zuwendungen der Mutter nur Verachtung übriggehabt habe. Der Vater habe die Mutter immer wieder gewarnt, dass Jeffrey eine Schwuchtel würde, wenn sie ihn weiter so verhätschelte, und sich jahrelang über ihn lustig gemacht, indem er ihn nur »er-sie« genannt habe. Jeffrey hatte das tief verletzt. Jahre später, nach seiner Mordserie, bezeichnete er die Opfer als »wertlose kleine Schwuchteln« und nannte sie »Er-sie-Penner«. Seine Einstellung den Opfern gegenüber gab fast wörtlich die Verachtung und Beleidigungen seines Vaters wieder.

Tom wusste aus seinem Studium und durch seine langjährige Tätigkeit als Profiler beim FBI, dass ein gesundes Selbstwertgefühl die Voraussetzung war dafür, Wertschätzung und Einfühlungsvermögen für andere zu entwickeln. Menschen mit mangelndem Selbstwertgefühl kritisierten häufig andere und lehnten sie ab. Menschen, die sich selbst nicht akzeptierten, äußerten in der Regel die heftigste Kritik an anderen, und in den meisten Fällen handelte es sich dabei um Selbstkritik, die auf andere projiziert wurde. Serienmörder verfügten über einen großen Selbsthass. Sie projizierten ihr verhasstes Selbst auf ihre Opfer, um sie dann zu foltern und zu töten.

Der Zoom-Killer litt also vermutlich unter einem mangelnden Selbstwertgefühl und unter ausgeprägtem Selbsthass. Hatte er eine ähnlich traumatische Erfahrung erlitten wie Jeffrey Liemers?

In dem Moment bemerkte Tom hinter sich Schritte. Keine Frage, ein anderer Läufer folgte ihm. Er atmete laut und schnaufend, Geräusche, die Tom vertraut waren. Abrupt blieb er stehen und drehte sich um. Aaron wäre fast in ihn hineingelaufen.

»Wenn das so weitergeht, besorge ich mir ein Laufband!«,

schimpfte Tom. Er war es leid, dass Aaron ihm alle paar Monate beim Joggen auflauerte. »Was willst du?«

»Du bist mein Bruder, Tommy, sorry, mein bester Freund«, antwortete Aaron grinsend und nach Luft schnappend, »ich hatte einfach Sehnsucht nach dir.«

Tom glaubte ihm kein Wort. Natürlich war es kein Zufall, dass Aaron ihn ausgerechnet dann aufsuchte, wenn er in einem neuen Mordfall ermittelte.

»Du weißt, woran ich arbeite?«

»Tut mir leid, ich habe keine Ahnung.«

»Was solltest du sonst von mir wollen?«

Aaron seufzte. »Mann, was denkst du denn? Ich will Zeit mit dir verbringen, ich will, dass wir wieder Freunde sind!«

»Red keinen Scheiß.«

»Mache ich nicht. Was glaubst du, wie viele Freunde ich habe?« Er formte mit Zeigefinger und Daumen eine Null. »Zero. Und Familie? Nada. Nichts.«

»Du bist einsam?« Das überraschte Tom. Natürlich war ihm klar, dass ein Mann wie Aaron keine sozialen Kontakte haben konnte. Man konnte nicht regelmäßig morden und sich gleichzeitig in familiären oder freundschaftlichen Strukturen bewegen. Früher oder später würde jeder merken, dass irgendetwas gewaltig schieflief.

»Du hast dich doch selbst für dieses Leben entschieden. Wenn es dir nicht mehr passt, dann ändere doch was.«

»Das versuche ich gerade.«

»Ich meine grundsätzlich. Hör auf, dauernd irgendwelche Leute abzuschlachten, such dir eine nette Frau und krieg drei Kinder.«

Aaron lachte auf. »Du weißt genau, dass das nicht unsere Bestimmung ist, Tommy.«

»Nenn mich nicht so.«

»Ich weiß, was ich zu tun habe, und ja, ich weiß auch, dass meine Einsamkeit der Preis dafür ist. Normalerweise habe ich damit auch kein Problem, ich bin schließlich gut beschäftigt.«

Tom musterte ihn. Auch nach so vielen Jahren kannte er ihn noch ganz genau. »Normalerweise?«

»Ja. Neulich …« Er stockte.

»Was?«

Aaron zögerte. »Ich hatte ein Problem. Keine Sorge, ich habe es lösen können, aber wenn ich ehrlich bin, hatte ich danach durchaus Redebedarf.«

»Such dir einen Therapeuten.«

Wieder lachte Aaron. »Gute Idee! Der lässt mich wahrscheinlich sofort zwangseinweisen. Oder er ruft die Bullen.« Ernst sah er Tom an. »Ich hätte die Sache gerne mit dir besprochen.«

Tom sagte nichts. Früher hatten sie sich alles erzählt, es hatte niemanden gegeben, dem er mehr vertraut hatte als Aaron. Aber das war vorbei. Auch wenn Tom heute viele Dinge besser verstehen konnte, an denen er früher fast verzweifelt wäre, wollte er Aaron eigentlich nicht mehr in sein Leben lassen. Eigentlich. Denn er musste sich eingestehen, dass auch ihm manchmal eine Person fehlte, mit der er über die Dinge sprechen konnte, die ihn immer noch fast jede Nacht in seinen Albträumen plagten.

Aber konnte er Aaron wirklich wieder vertrauen?

»Erzähl mir von deinem Fall«, sagte dieser prompt. Ein Versuch, die private Ebene zu verlassen und durch ein berufliches Thema ins Gespräch zu kommen. »Vielleicht kann ich dir helfen. Du weißt ja, ich habe diverse Kontakte.«

Tom sah ihn nachdenklich an. Abgesehen von der Tatsache, dass er Aaron gar nicht vertrauen wollte, glaubte er doch, dass sein Freund aus Kinderheimzeiten ihm mit seinem Wissen eventuell weiterhelfen könnte. Es war nicht von der Hand zu weisen, dass er aufgrund seiner *Tätigkeit* über Kontakte und Möglichkeiten verfügte, die Tom als BKA-Mann aus rechtlichen Gründen verwehrt blieben. Tom konnte weder jemanden foltern, um an Informationen zu gelangen, noch konnte er die Schwerverbrecher aus dem Darknet mit Gefälligkeiten ködern. Alles Dinge, die zu Aarons Alltag gehörten.

Er musterte seinen ehemaligen Freund, mit dem er so viel durchgemacht hatte und der früher einmal der wichtigste Mensch in seinem Leben gewesen war. Eigentlich hatte er sich nicht viel verändert, die dunklen Haare wurden an den Seiten langsam grau, und einige Falten in seinem Gesicht zeigten, dass die fünfzig nicht mehr weit war. Aber seine blauen Augen blitzten noch genauso neugierig wie früher. Bei allem, was sie gesehen hatten, strahlten sie immer noch eine erstaunliche Lebensenergie aus.

Vielleicht war das Aarons Geheimnis, vielleicht verzweifelte er deshalb nicht am Leben und konnte es noch immer genießen, obwohl er so viel davon ausgelöscht hatte. Er war einfach fest davon überzeugt, das Richtige zu tun.

»Okay«, sagte Tom und schilderte ihm in kurzen Stichworten den Fall. »Kannst du dir vorstellen, wer es ist?«, fragte er am Ende.

»Nein.« Aaron kaute nachdenklich auf seiner Unterlippe. »Hört sich so an, als tötet er auch nur Leute, die es verdient haben.«

»Bisher wissen wir über die Opfer nicht viel. Bode schien ein mieses Arschloch gewesen zu sein, aber über den Dekan wissen wir bisher nur, dass er vielleicht eine Affäre hatte. Noch haben wir nichts Genaues.«

»Der Porno-Typ hat garantiert Dreck am Stecken«, sagte Aaron. »Glaub mir, ich habe so viel im Darknet recherchiert, die meisten aus der Branche haben irgendeinen Scheiß gemacht. Und wie ich über Kirchen-Heinis denke, weißt du ja.«

Tom erinnerte sich gut an den Pfarrer, der einmal im Monat ins Kinderheim gekommen war, um die Messe zu halten. Vor ihm in den Bänken saßen fast ausschließlich traumatisierte und häufig grün und blau geprügelte Kinder. Der Pfarrer hatte nie etwas gesagt, hatte kein Kind gefragt, woher die Blessuren stammten, hatte stattdessen geschimpft, wenn eines weinte und war immer sichtlich erleichtert gewesen, wenn er das Heim wieder verlassen konnte. Von Seelsorge oder Nächstenliebe hatte Tom nie etwas gespürt, und er konnte Aarons Abneigung gegen die Kirche nur zu gut verstehen.

»Vielleicht hat dein Zoom-Killer denselben Fokus wie ich. Vielleicht hat er seine dunkle Seite genauso gut im Griff und setzt sie nur für das Richtige ein.«

Tom machte ein skeptisches Gesicht. »Hast du sie wirklich im Griff?«

Aaron schwieg, und Tom sah ihm an, dass das Problem, über das er gerne mit ihm sprechen wollte, etwas damit zu tun hatte.

»Ich denke, ich kann dir helfen, Tommy«, sagte Aaron schließlich. »Bei meinen Recherchen nach Kinderschändern habe ich mir ein gutes Netz an Kontakten aufgebaut, auch im Darknet. Darunter ist auch ein Hacker, der Snuff-Videos verkauft und mir einen Gefallen schuldig ist.«

»Du glaubst, der Zoom-Killer verkauft die Aufnahmen der Morde im Netz?«

Aaron zuckte mit den Schultern. »Er lässt sich doch nicht grundlos bei den Taten filmen. Entweder will er die Videos verkaufen oder sie sich selbst anschauen.«

»Wir haben bisher keine Kopie der Filme herstellen können.«

»Weil der Typ nicht blöd ist! Der weiß, wie man mit Computern umgeht«, sagte Aaron. »Und deshalb brauchst du einen ausgekochten Hacker. Und ich kann dir versprechen, dass mein Kontakt mehr Möglichkeiten hat als dein IT-Kollege, der sich an die Gesetze halten muss.«

»Wieso arbeitest du mit so einem Typen zusammen?« Tom verzog angewidert das Gesicht. »Was ist mit deinem Ehrenkodex? Ich meine, Snuff-Videos, wenn das mal kein Grund ist, jemanden umzubringen! Soviel ich weiß, hast du Leute schon wegen weniger schlimmer Verbrechen unter die Erde gebracht.«

»Alles zu seiner Zeit, Tommy«, sagte Aaron mit ruhiger Stimme. »Manchmal braucht man jemanden noch, bevor man sich von ihm verabschieden kann.«

»Und bis dahin kann der also in Ruhe weiter sein dreckiges Geschäft betreiben?« Tom kotzte diese Doppelmoral an. Dann lieber gar keinen moralischen Kodex haben als einen, den man sich nach Belieben justierte.

Aaron machte ein genervtes Gesicht. »Der Typ könnte dir helfen. Und danach kannst du ihn auch gerne verhaften, wenn das dein Gewissen beruhigt. Willst du jetzt den Kontakt oder nicht?«

»Aber ich will diesen Kerl persönlich kennenlernen. Ich will nicht, dass das alles über dich läuft. Du stellst den Kontakt her, den Rest mache ich.«

Aaron lächelte zufrieden. »Schön, dann arbeiten wir ja doch mal zusammen. Gibt es irgendeine Möglichkeit, dass ich dich erreichen kann, ohne dir beim Joggen aufzulauern?«

Tom nannte ihm seine Handynummer. »Kannst du sie dir merken?«, fragte er, da Aaron genauso handylos joggen gegangen war wie er.

»Na klar, ist abgespeichert.« Aaron tippte sich an die Schläfe.

»Gib mir deine.«

»Sorry, aber die gehört zu den wenigen Dingen, die ich mir leider niemals merken kann.« Aaron band sich noch schnell seinen Schuh zu. »Ich ruf dich an!« Mit diesen Worten lief er los.

Tom blickte ihm einen Augenblick nach. Allmählich breitete sich das ungute Gefühl in ihm aus, einen Fehler gemacht zu haben.

20

Als Tom am nächsten Tag ins Präsidium kam, waren Ira und Katja bereits mitten in der Zeugenbefragung. Einige der Dekane hatten sich nicht in der Lage gesehen, nach Bonn ins BKA zu kommen, da sie unter Schock standen und medizinische Versorgung benötigten. Sie wurden vor Ort von Kollegen befragt. Einer der Männer war sogar mit Verdacht auf einen Herzinfarkt ins Krankenhaus gebracht worden, und die Ärzte hatten erst einmal jede Vernehmung verboten. Der Großteil der Zeugen hatte sich aber im Präsidium eingefunden.

»Im Prinzip gibt es keine neuen Erkenntnisse«, sagte Ira, die mit Katja gerade eine Pause machte und die Angaben der Zeugen miteinander verglich.

»Die Aussagen decken sich alle mit denen vom Mord an Bode, keiner hat den Täter wirklich gesehen, nur mal eine behandschuhte Hand oder ein Stück schwarzen Stoff von seinem Shirt«, sagte Katja.

»Alle sind sich aufgrund der Stimmlage einig, dass es sich

um einen Mann handelt«, fuhr Ira fort. »Sie können aber gerne selbst mit den Leuten sprechen, noch sind sie hier.«

»Wer von denen kannte den Dekan am besten?«, fragte Tom. »Gibt es unter den Zeugen einen Freund oder Vertrauten?«

»Ja«, antwortete Katja. »Volker Zurre, Dekan aus Bielefeld. Er hat mit Stefan Harber zusammen studiert.«

»Die beiden hatten auch privat engen Kontakt.« Ira blickte auf ihr iPad. »›Mit niemandem so gut befreundet wie mit Stefan‹«, las sie die Zeugenaussage ab.

»Gut. Wo finde ich ihn?«

»Ich bringe dich zu ihm«, sagte Katja.

»Danke. Konnten Sie schon Kontakt zu Bodes Frau aufnehmen?«, fragte er Ira noch.

»Zur Frau nicht, aber zum Pflegeheim. Maren Bode erholt sich gerade von einem schweren Infekt, in ein paar Tagen können wir aber zu ihr. Wobei die Pflegeleitung aber gleich angemerkt hat, dass Maren Bode das Sprechen eigentlich eingestellt habe.«

»Davon würde ich mich gerne selbst überzeugen.«

Ira nickte und verschwand in ihr Büro, während Tom Katja durch den langen Flur folgte, der durch seine kahlen Wände eine beruhigende Nüchternheit ausstrahlte, wie er fand. Seine Kollegen sahen das anders, und es gab regelmäßig zur Weihnachtszeit die Diskussion, ob man die Wände nicht verschönern sollte und wenigstens mal ein Bild aufhängen könnte. Zum Glück passierte das nie. Tom empfand Wanddekoration, egal von welcher Sorte, als vollkommen überflüssig.

Vor einem Besprechungsraum blieb Katja stehen und drehte sich lächelnd zu ihm um. »Hast du eigentlich heute Abend schon was vor?«

Dass die Frage keinen beruflichen Hintergrund hatte, hörte er schon an ihrer Stimme.

»Ja«, log Tom kurz angebunden. Er wollte ein mögliches privates Interesse sofort im Keim ersticken. Wenn Katja ernsthaft davon ausging, dass noch einmal etwas zwischen ihnen laufen könnte, war das ihr Problem. Nach dem One-Night-Stand damals hatte sie ihn mal gefragt, ob sie nicht wenigstens Freunde sein könnten. Aber auch das wollte Tom nicht. Er hatte keine Freunde, und er würde das Katja zuliebe bestimmt nicht ändern.

Er ignorierte ihr enttäuschtes Gesicht und ging, ohne ein weiteres Wort zu verlieren, an ihr vorbei in den Raum. Ein schwarz gekleideter, grauhaariger Mann saß dort verloren an einem Tisch, ein leeres Wasserglas vor sich, das er mit einer Hand umklammerte. Er war blass und sichtlich mitgenommen. Seine Unterlippe zitterte ab und zu, und er presste die Lippen zusammen, um das Zittern zu unterbinden. Als Tom den Raum betrat, blickte er nur kurz auf, um im nächsten Moment wieder auf den Tisch zu starren.

»Herr Zurre?« Katja schloss die Tür hinter sich. Sie wirkte wieder hochprofessionell und ließ sich von Toms Abfuhr nichts anmerken. »Das ist mein Chef Tom Bachmann.«

»Ich habe noch ein paar Fragen an Sie, Herr Zurre«, sagte Tom.

»Natürlich. Könnte ich noch etwas Wasser bekommen?« Volker Zurre hielt mit zitternder Hand das leere Glas hoch.

»Ich hole Ihnen etwas«, sagte Katja und verließ den Besprechungsraum.

Tom setzte sich auf den Stuhl, der an der anderen Seite des Tisches stand, und blickte den Mann ruhig an. »Geht es einigermaßen?«, fragte er und hoffte, dass seine Stimme mitfühlend klang. Im Prinzip war es ihm vollkommen egal, wie es dem Dekan ging, aber er wusste, dass zur Schau gestellte Empathie Vertrauen aufbauen konnte.

»Ja, geht schon«, antwortete Zurre leise.

»Gut. Wenn Sie eine Pause brauchen, sagen Sie Bescheid, okay?« Der Mann nickte. »Herr Zurre, wie gut kannten Sie Dekan Harber?«, fragte Tom. »Ist es richtig, dass er so etwas wie Ihr bester Freund war?«

»Ja. Vielleicht. Also in gewisser Weise schon.«

»Das heißt?«

»Ich weiß nicht, ob Stefan der Typ Mensch ist, der einen besten Freund hat. Aber für mich war er das durchaus.«

»Stefan Harber konnte Menschen nicht gut an sich heranlassen, wollen Sie das damit sagen?«

»Ja. Im Prinzip war er eher ein Einzelgänger. Aber wir trafen uns manchmal, sind zusammen essen gegangen oder in den Biergarten. Meistens allerdings auf meine Initiative, und da Düsseldorf für mich nicht gerade um die Ecke ist, kam das jetzt auch nicht so häufig vor.«

»Aber wenn Sie sich trafen, haben Sie auch über Persönliches gesprochen und sind nicht nur die Kirchenthemen durchgegangen?«

Volker Zurre nickte. »Ja. Ich konnte sehr offen mit ihm sprechen, und er wusste, dass er es mit mir auch konnte.«

Tom beschloss, direkt auf den Punkt zu kommen. »Wissen Sie, ob er intime Beziehungen hatte?«

Volker Zurre sah ihn irritiert an. »Wir sind Männer der Kirche«, antwortete er. »Wir haben uns verpflichtet, im Zölibat zu leben –«

»Ja, ja«, unterbrach Tom ihn. »Das weiß ich alles. Und Sie wissen genauso gut wie ich, dass es genug Priester gibt, die sich nicht daran halten. Mir ist es vollkommen egal, was Sie oder die anderen Herren privat so treiben, und niemand wird von Harbers Liebesleben etwas erfahren. Das versichere ich Ihnen. Sie können völlig frei sprechen. Also?«

Volker Zurre starrte auf seine Hände, die er nervös in seinem Schoß knetete. Er schien nach den richtigen Worten zu suchen und sie nicht zu finden.

»Herr Zurre«, setzte Tom noch mal ernst nach, »wir haben den dringenden Verdacht, dass es sich bei dem Mörder von Stefan Harber um einen Serientäter handelt. Wir müssen diesen Mann stoppen. Deshalb ist es so wichtig, dass Sie mir meine Frage beantworten. Pflegte Dekan Harber sexuelle Beziehungen?«

Der Mann zögerte. »Genau weiß ich es nicht …«

»Dann sagen Sie es mir ungenau. Stand er auf Männer oder auf Frauen?«

Erschrocken blickte Zurre auf. »Nein, nein, nur auf Frauen. Mit Männern hatte er nichts am Hut.«

Okay, dachte Tom. Dann war es vermutlich nicht der Zoom-Killer, der die Laken des Dekans durchwühlt hatte.

»Hatte er eine feste Beziehung? Vielleicht mit seiner Haushaltshilfe?«

»Das glaube ich nicht«, antwortete Zurre zögerlich. »Also … ich kann das nicht genau sagen, aber ich glaube, nicht.«

»Warum glauben Sie das nicht?« Es ging Tom langsam, aber sicher auf die Nerven, dass er dem Mann alles aus der Nase ziehen musste. »Vielleicht werden Sie jetzt mal konkreter. Sie wollen doch nicht, dass es noch weitere Opfer gibt.«

»Nein, natürlich nicht.« Zurre legte seine Hände auf den Tisch und seufzte. »Also … er hat mal ein paar Andeutungen gemacht …«

»Ja?« Tom sah den Dekan auffordernd an.

»Soviel ich weiß, hat es ihn manchmal ins Rotlicht gezogen. Er ist dafür extra nach Köln gefahren, weil ihn in Düsseldorf zu viele Leute kannten.«

»Dekan Harber war also ein Puffgänger«, stellte Tom fest. Damit gab es eine Verbindung zwischen den Opfern.

In dem Moment kam Katja wieder in den Raum und stellte eine Flasche Wasser auf den Tisch. Mit einem Nicken bedankte sich der Dekan bei ihr und schenkte sich etwas ein. Er wirkte plötzlich etwas verschämt, als wäre es ihm unangenehm, vor einer Frau weiter über dieses Thema zu sprechen.

»Wissen Sie, was für eine Art von sexueller Dienstleistung er bevorzugte?«, fragte Tom ungerührt weiter. »Domina, Sadomaso, Rollenspiele oder eher der normale Kram?«

Volker Zurre griff schnell nach seinem Glas und trank es in einem Zug aus. »Nein. Das weiß ich nicht«, sagte er dann. »Bestimmt eher was Normales.«

»Warum glauben Sie das?«

»Weil er manchmal auch Gesellschaft für zu Hause wollte, wenn Sie verstehen, was ich meine«, antwortete Volker Zurre und blickte beschämt zu Katja.

»Escortdienst«, sagte diese und machte sich eine Notiz. »War es nicht zu riskant, so eine Dame nach Hause zu bestellen? Wenn die Nachbarschaft das mitbekommen hätte, hätte das doch für eine Menge Gerede gesorgt.«

»Dazu kann ich Ihnen nichts sagen. Ich hatte mit solchen Arrangements nie etwas zu tun«, betonte Zurre. »Aber Stefan konnte so eine Art haben ... ich weiß nicht, wie ich es beschreiben soll. Er konnte sehr klar signalisieren, dass er keine Fragen duldete. Wenn Stefan etwas nicht wollte, dann passierte es auch nicht.«

»Umgekehrt auch?«, hakte Tom nach.

»Sie meinen, wenn er etwas wollte? Ja. Auch da duldete er keinen Widerspruch.«

Ein Egoist, der ohne Rücksicht auf andere seinen Willen durchsetzt, dachte Tom. Wieder eine Eigenschaft, die er mit Peter Bode teilte.

»War Dekan Harber beliebt? Oder hat er sich durch sein Verhalten auch einige Feinde gemacht?«, fragte Tom weiter.

Volker Zurre schien für einen Moment nachzudenken. »Beliebt? Nein, das würde ich nicht sagen. Er wurde in der Kirche geachtet. Manchmal allerdings auch gefürchtet.«

»Und wie war das früher? Als Sie zusammen studiert haben?«, fragte Katja.

»Das liegt so lange zurück.«

»Versuchen Sie, sich zu erinnern.« Tom stand auf. »Hatte er eine Freundin an der Uni, hat er sich etwas zuschulden kommen lassen, mit wem gab es Auseinandersetzungen?

Jedes Detail könnte wichtig sein.« Er nickte Katja zu. »Du machst weiter.« Grußlos verließ er das Besprechungszimmer.

Wenige Minuten später stand er vor Philipps Schreibtisch. »Hast du das Handy vom Dekan schon ausgewertet?«

»Ich bin mittendrin.« Philipp starrte konzentriert auf seinen Bildschirm. »Die Nummern laufen gerade durch ein Scan-Programm. Im ersten Schritt schlüsselt das die Nummern nach privaten Kontakten und nach nicht abgespeicherten Telefonnummern auf. Die Liste habe ich bereits. Im nächsten Schritt werden die nicht abgespeicherten Kontakte überprüft. Sofern es diese Nummern im Netz gibt, werden mir Name und Adresse angegeben.«

»Was hast du bisher?«

»Autowerkstatt, China-Restaurant und den Kundenservice einer Sonntagszeitung.«

»Prostituierte oder Escortservice?«

»Moment, so schnell geht es nicht.« Mit zusammengekniffenen Augen las Philipp die weiteren Treffer vor. »Buchhandlung ... Orthopäde ... warte mal ...« Philipp runzelte die Stirn. Er warf einen kontrollierenden Blick auf das Handy von Stefan Harber und sah schnell wieder auf seinen Monitor. Dann lehnte er sich zufrieden zurück, griff nach einer Dose Red Bull und öffnete sie. »Treffer. Einen Tag vor seinem Tod hat er *Rosalies Escort* angerufen.«

»Adresse?«

Philipp schrieb etwas auf einen Zettel und reichte ihn Tom. »Bitte schön.«

»Gute Arbeit, Philipp.«

21

Dass der Nächste, der in den Genuss seiner Prozedur kommen würde, in einer Penthouse-Wohnung wohnte, erschwerte die Sache. Diesmal musste er deutlich mehr Zeit in die Vorbereitung investieren, er musste die Nachbarn überprüfen, die Überwachungskameras ausschalten oder so manipulieren, dass ein Wachdienst keinen Verdacht schöpfte. Außerdem konnte er im siebzehnten Stock nicht über ein Fenster flüchten wie die anderen Male. Er musste also unbemerkt durchs Treppenhaus verschwinden, denn der Fahrstuhl war viel zu riskant. Und vor allen Dingen musste er die Wohnung sauber verlassen, Blutflecken konnte er sich hier, mitten in der Stadt, definitiv nicht leisten.

Er studierte die Pläne, die auf dem rechten Bildschirm zu sehen waren. Sich ins Bauamt einzuhacken, war eine Sache von Sekunden gewesen. Es erstaunte ihn immer wieder, wie schlecht die Ämter vor Hackerangriffen geschützt waren. Einsicht in die Baupläne des Hochhauses zu nehmen, war kinderleicht gewesen, da sie nicht mehr in irgendwelchen

Akten abgelegt wurden, sondern sich alle auf einem hübschen Server befanden. Außerdem gab es diverse Sicherheitsvorrichtungen in dem modernen Haus, die ausschließlich digital gesteuert wurden. Das war ebenfalls ein Plus. Denn es dürfte nicht besonders schwierig für ihn werden, diese zu manipulieren.

Er stand auf und kontrollierte Harbers Hautstücke, die immer noch an der Leine hingen. Prüfend nahm er eines in die Hand und drehte es hin und her. Dann musste er schmunzeln. Das war das Stück, das er aus der Gesichtshälfte des Dekans geschnitten hatte. Wie der geglotzt hat, als es vor ihm auf dem Schreibtisch gelandet war!

Er kicherte. Das Entsetzen und die Panik in den Augen der Herren war viel schöner als die Schmerzensschreie, die leider eh vom Knebel unterdrückt wurden. Wobei die auch etwas hatten.

Er schnupperte an dem Hautlappen und stellte zufrieden fest, dass er nicht mehr roch. Vielleicht noch ein kleines bisschen, so wie auch roher Schinken riechen konnte. Aber es dürfte nicht mehr ausreichen, um Fliegen anzulocken, die es zum Glück eh schwer hatten, in den fensterlosen Raum zu gelangen. Die Duftbäume, die er rund um die Hautlappen gehängt hatte, würde er aber noch eine Weile an Ort und Stelle lassen. Verwesungsgeruch war einfach das Letzte, was er sich erlauben konnte, und selbst wenn die getrockneten Hautstücke kaum noch Geruch absonderten, bald würden ja wieder frische dazukommen, und erfahrungsgemäß dauerte es ein bisschen, bis sie dieselbe Konsistenz bekamen.

Er hängte den Gesichtslappen wieder zurück und ging zu

der großen Blumenpresse, die auf einem Tisch in der Ecke stand. Neben der Presse lagen die fertigen Stücke schon für ihn bereit. Die große Schraube, mit der die obere Holzschicht der Blumenpresse nach unten gedrückt wurde, ließ sich nur schwer wieder aufdrehen. Von den mit Alkohol präparierten Bode-Stücken hatte er noch die letzten zwei zum Pressen hineingelegt, der Rest war schon gerade und glatt. Auch dieses Mal hatte die altertümliche Apparatur ihren Job getan. Er erkannte sofort das linke Flankenstück von Bode, das jetzt eine glatte, feste Struktur hatte, wie Leder, das über eine Trommel gespannt wurde. Das andere Stück war kleiner, es musste vom Oberarm stammen. Auch das war glatt und fühlte sich fest und trocken an. Zufrieden legte er die Stücke zu den anderen.

Er ging zurück zu seinem Schreibtisch und nahm die Klingen, die in dem offenen Lederetui neben den Bildschirmen lagen. An einigen klebte immer noch etwas Blut, er hatte bisher keine Zeit gefunden, sie ausgiebig zu reinigen. Er sprühte etwas Desinfektionsmittel darauf und begann, sie gründlich zu säubern.

Bis jetzt hätte es nicht besser laufen können. Aber die nächste Prozedur würde eine Herausforderung werden, so viel stand fest. Trotzdem konnte er sie nicht auslassen, gerade der Nächste war ihm ein besonderes Anliegen.

Du wirst das schon hinkriegen, dachte er, während er die Klingen abtrocknete.

Er arbeitete am liebsten mit dem Skalpell, da er damit am präzisesten schneiden konnte. Aber er hatte trotzdem immer eine größere Auswahl an Fleischermessern dabei.

Es war wichtig, auf alle Eventualitäten vorbereitet zu sein. Außerdem war die erste Einschüchterung mit einer langen Klinge besser zu erreichen als mit einem kleinen Skalpell. Auch ein Kehlenschnitt ging damit leichter.

Er sortierte die Messer in das Etui ein und legte es zu den anderen notwendigen Utensilien. Handschuhe, Maske, handelsübliches Seil aus dem Baumarkt, Stoff und Paketband für den Knebel. Dann setzte er sich wieder an seinen Schreibtisch und blickte auf die Monitore.

Wie viel fehlte ihm noch? Er sah auf die Excel-Tabelle, in die er die Maße der einzelnen Hautstücke eingetragen hatte, und rechnete.

Verdammt, dachte er nach einer Weile. Hatte er sich mit den Größen vertan? Die Rücken- und Bauchstücke des Dekans hätten kleiner ausfallen müssen. Konnte er sie jetzt noch bearbeiten? In ihrer inzwischen trockenen Konsistenz könnten sie zerbrechen, wenn er noch mal mit dem Skalpell schnitt. Sollte er es darauf ankommen lassen? Oder gab es eine andere Möglichkeit, seinen Fehler wieder auszugleichen?

Die nächste Stunde rechnete und zeichnete er am Computer, schob Elemente von links nach rechts und wieder zurück. Schließlich glaubte er, die Lösung gefunden zu haben.

Er musste beim nächsten Mal viel kleinteiliger vorgehen. Große Stücke konnte er jetzt kaum noch gebrauchen. Kleine dagegen umso mehr. Viele kleine, sehr viele. Das musste er bei der Planung berücksichtigen, da er für diese Prozedur vermutlich deutlich mehr Zeit brauchen würde.

Er nahm einige der bunten Filzstifte, stieß sich mit den

Füßen am Boden ab und rollte mit seinem Schreibtischstuhl zurück zu dem Tisch, auf dem Bodes fertige Stücke in Reih und Glied lagen. Vorsichtig nahm er die Brustwarze und begann, sie zu bemalen. Rot, blau, grün – so bunt wie möglich sollte sie werden. Der Nippel in der Mitte sollte auf jeden Fall in ein strahlendes Gelb getunkt werden. So als würde die Sonne direkt darauf scheinen. Der Warzenhof sollte dagegen besonders farbenfroh schimmern. Er war froh, dass die Stifte eine so starke Deckkraft hatten und die dunkle Haut von Bodes Titte gut abdeckten.

Er summte die vertraute Melodie vor sich hin und malte konzentriert, war ganz in seiner Arbeit versunken und nahm nichts mehr um sich herum wahr.

Das hatte sich nicht verändert, dachte er. So war es immer gewesen.

Zufrieden hielt er die bunte Brustwarze hoch, um sie im Licht besser sehen zu können.

»Hübsch!«, sagte er mit kindlicher Stimme.

Bald würde auch der Rest fertig sein.

Und darauf freute er sich schon jetzt.

22

Gemeinsam mit Ira machte sich Tom am Nachmittag auf den Weg zum Escortservice. Diesmal hatten sie ihr Auto genommen, da Toms Tank fast leer war.

»Ich kenne den Laden von früher«, sagte Ira, als sie den Wagen auf die Autobahn lenkte. »Die sind harmlos. Häufig müssen die Frauen mit den Freiern essen gehen, einen auf Pärchen machen, und hinterher geht es in die Kiste.«

»Trotzdem will ich wissen, welche Dame in der Nacht vor seinem Tod bei ihm war. Eine Verbindung zum Zoom-Killer können wir nicht ausschließen, auch wenn die Frauen noch so harmlos sein mögen.«

»Das wollte ich damit auch nicht sagen. Ein seriöser Escortservice, in dem alle ihre Steuern bezahlen und sich nichts zuschulden kommen lassen, ist schließlich eine bessere Tarnung als ein illegaler Laden mit halbkriminellen Sexarbeiterinnen.«

»Sehe ich auch so.«

»Der letzte Zeuge vom Dekan-Mord sollte übrigens bald

vernehmungsfähig sein«, sagte Ira. »Die Ärzte im Krankenhaus meinten, dass wir ihn morgen, spätestens übermorgen vernehmen können.«

»War das der mit der Herzattacke?«

»Ja. War aber wohl kein Infarkt.«

Das Gebäude, in dem der Escortservice untergebracht war, lag in einer Nebenstraße in Ossendorf, einem Industriegebiet von Köln. Unscheinbar und gepflegt, stand es im Wendehammer einer Sackgasse.

Eine korpulente Frau in den Fünfzigern öffnete ihnen die Tür. Sie sah aus wie die fülligere Version von Joan Collins in ihrer Rolle im »Denver Clan«. Starkes Make-up, toupierte, dunkel gefärbte Haare und jede Menge Goldschmuck. Etwas skeptisch sah sie Tom und Ira an.

»Haben Sie einen Termin?«

»Leider nein. Können wir trotzdem kurz reinkommen?«, fragte Ira.

»Pärchen-Arrangements sind ohne Terminabsprache nicht möglich.«

»Bachmann, BKA.« Tom hielt ihr seinen Ausweis unter die Nase. »Haben Sie jetzt Zeit?«

Die Frau atmete hörbar aus und bat sie dann herein. Sie stellte sich ihnen als Rosalie Berger vor, die Besitzerin des Escortservice. »Hat eines meiner Mädels Mist gebaut?«

»Wir müssen wissen, wen Sie am Dienstagabend zu Dekan Stefan Harber nach Düsseldorf geschickt haben«, sagte Ira. »Können Sie das bitte für uns nachschauen?«

»Diskretion geht uns über alles«, flötete Rosalie Berger.

»Lassen Sie das«, fuhr Tom sie an. An Iras Seitenblick

merkte er, dass sein Ton etwas zu harsch ausgefallen war. Jedenfalls in den Augen seiner Kollegin. »Ich kann auch Ihre gesamte Kundendatei beschlagnahmen, wenn Ihnen das diskreter erscheint. Und jetzt möchte ich bitte den Namen der Dame, die an dem besagten Tag in Düsseldorf war, inklusive Anschrift und Telefonnummer.«

»Aber –«

»Ich meine es ernst.«

Wieder seufzte die Frau. Dann ging sie zu einem Schreibtisch und klickte sich in ihr Laptop.

»Zahara war bei ihm.« Sie drückte auf eine Taste, und einen Augenblick später gab der Drucker ein summendes Geräusch von sich. »Hier sind ihre Daten.«

Tom nahm das Blatt, das sie ihm reichte, und blickte auf das Foto einer jungen Frau, die im engen Cocktailkleid in die Kamera lächelte.

»Ist es üblich, dass die Frauen bei den Freiern übernachten?«

»Nein, das ist eher selten«, antwortete Rosalie Berger. »Ich rate meinen Mädels davon auch meistens ab. Mach deinen Job und geh wieder nach Hause, das ist die Devise. Übernachtest du bei einem Kunden, kann manchmal der falsche Eindruck entstehen, man führe eine Beziehung. Und das ist nicht gut.«

»Wer bekommt in der Regel diesen Eindruck?«, fragte Ira.

»Das kommt auf beiden Seiten vor. Und es macht immer Probleme.«

»Wo finden wir Zahara jetzt?«

Rosalie Berger sah auf die Uhr. »Wenn Sie noch ein paar

Minuten Zeit haben, können Sie auf sie warten. Sie wollte jetzt eigentlich zum Abrechnen kommen.«

»Was kostet so ein Abend, den der Dekan gebucht hat?«, fragte Tom.

»Einen Moment. Ich schaue nach.« Wieder klickte sie auf ihrem Computer. »›Intimer Abend zu zweit, der keine Wünsche offen lässt‹«, las sie dann vor. »Ohne Restaurantbesuch oder Ähnliches. Siebenhundert Euro hat ihn das gekostet. Overnight kostet extra und wird von den Damen individuell ausgehandelt.«

»Keine Wünsche offen, bedeutet, dass auch ausgefallene Praktiken im Angebot stehen«, stellte Ira fest.

»Ja, das ist richtig. Zahara gehört zu den Mädchen, die man eigentlich für alles buchen kann. Kommt immer darauf an, was der Kunde bereit ist zu zahlen.« Rosalie Berger blickte auf. »Da kommt sie.«

Die Eingangstür wurde mit Schwung aufgestoßen, im nächsten Moment stand die junge Frau von dem Foto vor ihnen. »Hi, Rosi«, sagte sie Kaugummi kauend und musterte dann Tom und Ira. »Kundschaft?«

»Polizei. Geh du mit den Herrschaften doch in die Kaffeeecke und lass mir das Geld da, ich zähl dann schon mal durch.«

»Alles klar.« Zahara drückte ihrer Chefin ein Bündel Banknoten in die Hand und ging zu einer Sitzgruppe, vor der eine Kaffeemaschine stand. »Nehmen Sie sich einen, wenn Sie wollen. Ich kann die Plörre nicht trinken. Was gibt es denn zu besprechen?«

Ira stellte Tom und sich kurz vor und kam dann direkt

auf den Dekan zu sprechen. »Er wurde Opfer eines Verbrechens«, erklärte sie vage. »In der Nacht davor waren Sie bei ihm. Haben Sie bei ihm übernachtet?«

»Natürlich nicht, ich bin doch nicht bekloppt. Um kurz nach zehn bin ich da weg.«

»Das ist ja früh. Gab es Probleme?«, fragte Tom.

Zahara grinste breit. Dann formte sie mit dem Kaugummi eine Blase und blies sie so lange auf, bis sie platzte. »Nicht viele.«

»Das heißt?«

»Unser Dekan hatte ein paar hübsche Vorstellungen. Er steht auf Bondage und so 'n Kram. Aber leider macht seine Potenz nicht mehr wirklich mit. Der hatte irgendeine Prostata-OP, ich hab keine Ahnung. Hat mich auch nicht interessiert. Er hat dann zwar noch eine Viagra geschluckt, aber die hat auch nicht geholfen. Irgendwann wurde er stocksauer und hat mich nach Hause geschickt. Was mir nur recht war, wie Sie sich denken können.«

»Waren Sie zum ersten Mal mit ihm zusammen?«

»Nee, zwei- oder dreimal war ich schon bei ihm, aber da hat sich auch nie was getan. Tja, kann man nichts machen.« Wieder machte sie mit ihrem Kaugummi eine Blase, bis diese zerplatzte. »Diesmal meinte er aber, das wär das letzte Mal gewesen. Ich glaube, er hat mir die Schuld für sein Hängerchen gegeben.«

»Warum?«, fragte Tom.

»Früher war er wohl regelmäßig Gast in der *Falle*, so 'n Bumsladen in der Nähe vom Heumarkt. Und da hatte er wohl nie Probleme. War allerdings auch vor seiner OP.«

»Der Laden ist geschlossen worden«, stellte Ira fest.

»So ist es.«

»Haben Sie an dem Abend, als Sie das Haus des Dekans verlassen haben, noch irgendetwas Auffälliges bemerkt? Personen, die vor dem Haus herumlungerten, oder Ähnliches?«, fragte Ira.

»Nee, echt nicht. Ich hab mir sofort ein Taxi gerufen und bin da weg. Der Typ hatte so schlechte Laune, da wollte ich keine Sekunde länger bleiben als nötig.«

Ira ließ sich die Nummer des Taxiunternehmens geben, das die junge Frau in der Nacht gefahren hatte.

»Ist noch was?«, fragte Zahara. »Ich hab in einer Stunde meinen nächsten Kunden. Bisschen frisch machen vorher ist daher angezeigt.«

»Wir haben ja Ihre Telefonnummer«, sagte Tom. »Wenn noch irgendetwas ist, rufen wir Sie an.«

»Meinetwegen.«

»Ich kenne jemanden von früher, der jahrelang in der *Falle* gearbeitet hat«, sagte Ira, als sie den Escortservice wieder verlassen hatten. »Das war ein übler Schuppen. Wer da angeschafft hat, gehörte auf jeden Fall zu denen, die keine andere Wahl hatten.«

»Können Sie einen Kontakt zu der Person herstellen?«

»Ja, logisch. Die war allerdings damals schon ganz schön fertig. Wenn sie ihren Drogenkonsum nicht runtergefahren hat, könnte sie schwer zu erreichen sein. Aber ich probier's.«

»Gut. Versuchen Sie auch rauszukriegen, wem der Laden damals gehörte.«

»Mach ich. Aber das dürfte schwierig werden. Soweit ich weiß, war das kein legales Bordell. Aber vielleicht finde ich ja noch irgendwas.«

»Möglicherweise ist das die Verbindung zwischen Bode und dem Dekan«, überlegte Tom laut. »Bode war früher ein mieser Zuhälter, der Dekan Kunde in solchen Schuppen.«

»Sie meinen, die beiden kannten sich persönlich?«

»Ja. Ich glaube, davon können wir ausgehen.«

23

»Es ist wichtig, dass dir Schmerzen nichts ausmachen«, sagte sein Vater mit einem freundlichen Lächeln im Gesicht. »Gegner können sich wehren, und wenn du dann etwas abkriegst, darfst du nicht sofort rumheulen wie ein Kleinkind. Hast du das verstanden, Tommy?«

»Ja, Vater.«

Er lag auf einem kalten Tisch, nur mit einer Unterhose bekleidet. Sein Vater hatte ihn an Armen und Beinen gefesselt, sodass er sich kaum rühren konnte.

»Ich lass die Fesseln jetzt erst mal dran, okay? Sie helfen dir, die Kontrolle zu behalten. Später wäre es natürlich gut, wenn du es auch ohne ihre Hilfe schaffst, aber jetzt fangen wir erst mal so an, okay?«

»Ja, gut.«

Am liebsten hätte er ihm ins Gesicht geschrien, dass nichts okay war und schon gar nichts gut. Aber er wusste, dass es keinen Sinn hatte, sich zu wehren. Sein Vater würde ihn dieser Übung so lange aussetzen, bis Tom sich ausreichend beherrschte.

Mit einem Lächeln im Gesicht und einer langen Nadel in der Hand näherte er sich ihm. »Es wird keine großen Verletzungen geben, und natürlich ist die Nadel steril. Also keine Angst, du wirst davon keine Entzündung oder so etwas kriegen. Ich stimuliere damit gezielt ein paar Nerven, und du lässt dir nichts anmerken. Kein Zucken, kein Schreien, nichts.«

»Ja.«

»Schön. Du weißt, je weniger Fettgewebe zwischen Haut, Muskeln und Sehnen liegt, desto stärker wird der Schmerz an diesen Stellen sein, da Muskeln und Sehnen besonders stark von Nerven durchwachsen sind. Deshalb fangen wir mit den Handgelenken und Füßen an, die als besonders schmerzempfindlich gelten.

»Okay.« Zitterte seine Stimme? Sie durfte auf keinen Fall zittern, das würde seinen Vater nur wütend machen.

»Du weißt, was du zu tun hast?«

»Ich ... ich muss atmen.«

Sein Vater schmunzelte. »Ja, das solltest du grundsätzlich tun. Aber du hast natürlich völlig recht, Tommy. Oft wird der Schmerzeffekt durch Verkrampfungen verursacht. Angespannte Gliedmaßen verhärten, und das tut dann umso mehr weh. Atme während des Stechens tief durch und entspann dich. Ich habe dir gezeigt, wie man Schmerzen wegatmen kann, wie sich durch bewusste Atmung Verspannungen lösen. Halt dich daran!«

Tom nickte, obwohl er keine Vorstellung davon hatte, wie er sich entspannen sollte. Er war voller Angst.

»Und hör auf, die ganze Zeit die Nadel anzustarren!«, ermahnte ihn sein Vater.

Aber Tom konnte nicht anders. Er starrte auf die Nadel, die sich langsam in sein Handgelenk bohrte. Der Schmerz zog wie ein Tornado durch seinen Körper. Tom presste die Lippen zusammen, um nicht laut zu schreien, und merkte nicht, wie er sich dabei auf die Zunge biss. Blut lief ihm in den Rachen, als sein Vater die lange Nadel langsam aus seinem Handgelenk zog.

»Schon ganz gut«, sagte er zufrieden und desinfizierte die Einstichstelle mit einem Spray. »Dann nehmen wir das nächste.«

»Nein, bitte nicht. Bitte nicht noch mal!«, versuchte Tom zu schreien, aber mehr als ein Flüstern kam nicht über seine Lippen.

Schreiend wachte er auf. Tom saß aufrecht in seinem Bett und versuchte, seine Atmung zu kontrollieren. Es dauerte ein paar Minuten, bis er wach genug war, um wieder klar zu denken. Schweiß lief ihm den Rücken herunter, und sein Mund schmeckte nach Blut.

Er schaltete das Licht an und nahm einen Schluck Wasser aus der Flasche, die neben seinem Bett stand. Dann griff er nach seinem Traumtagebuch und dem Stift, die immer auf der Kiste lagen, der ihm als Nachttisch diente.

Traum über Schmerzempfindlichkeitstraining, das mein Vater im Alter von neun Jahren an mir durchführte. Die Szene war klar und deutlich zu sehen, Schmerzen wurden intensiv nachempfunden, sogar die Zunge habe ich mir blutig gebissen, so wie damals. Wiederholtes Auftauchen dieses Traumthemas. In diesem Monat schon das fünfte Mal.

Tom legte das Tagebuch wieder zur Seite und stand auf. Er wusste, dass er jetzt kein Auge mehr zumachen konnte, warum sollte er dann noch im Bett liegen bleiben? Eine kalte Dusche war jetzt das einzig Wahre.

Im Bad stellte er fest, dass sowohl Seife als auch Shampoo aufgebraucht waren. Den Einkauf im Supermarkt konnte er nicht weiter aufschieben. Es nervte ihn, diese lästigen Alltagsaufgaben erledigen zu müssen, zumal er darin immer noch nicht gut war. Er kochte praktisch nie und wusste daher auch nicht, was er an Grundnahrungsmitteln kaufen sollte. Er hatte keinen Überblick über seinen Bedarf an Putzmitteln oder Drogerieartikeln, weshalb sich das Toilettenpapier bei ihm in der Wohnung manchmal stapelte, während andere Hygieneartikel fehlten. Instantkaffee, Brot, Honig und Shampoo gehörten zu den wenigen Dingen, die er regelmäßig kaufte, und so landete auch genau das zwei Stunden später in seinem Einkaufswagen, als er der erste Kunde im Supermarkt war.

Die Schlange beim Bäcker war kurz, und obwohl er eigentlich nie frühstückte, betrat er jetzt den Laden.

»Zwei Sesambrötchen und zwei Croissants«, sagte Tom, und erst beim Reden fiel ihm auf, dass er das Frühstück von Eva und Georg bestellt hatte. Es wäre nur ein kleiner Umweg, um bei seiner verwitweten Pflegemutter vorbeizuschauen. Immerhin war es schon eine ganze Weile her, dass er sie besucht hatte.

Trotz der frühen Uhrzeit war sie bereits angezogen und blickte ihn überrascht, aber sichtlich erfreut an, als er bei ihr vor der Tür stand.

»Junge, wie schön. Das hast du schon lange nicht mehr gemacht.« Sie nahm ihn in den Arm und drückte ihn an sich.

»Ich weiß, Eva. Ich besuche dich viel zu selten.«

Tom musterte sie. Eva war älter geworden, die Falten um ihre Nase hatten sich tiefer in die Haut gegraben, und auf ihrer Stirn war deutlich eine Sorgenfalte zu sehen. Er fragte sich, ob sie den Tod ihres Mannes wirklich überwunden hatte, so wie sie es ihm gegenüber immer betonte, oder ob sie nicht doch recht einsam war und viel Zeit damit verbrachte, traurig vor sich hin zu grübeln.

»Guck mich nicht so kritisch an.« Sie lachte. »Ich werde nun mal nicht jünger.«

»Geht es dir gut?«

»Ja, mein Junge. Und jetzt komm rein.«

Kurz darauf saß er an dem Küchentisch, in derselben Ecke, in der er seit seinem zwölften Geburtstag immer gesessen hatte. Wie immer gab es selbst gemachte Marmelade und Quittengelee. Dazu frisch aufgebrühten Kaffee, der deutlich besser schmeckte als die Instantplörre, die er immer trank. Aus dem Radio dudelten die Hits der Achtziger. Wenn sein Pflegevater noch leben würde, wäre alles genauso wie früher.

»Hier ist mir alles total vertraut«, sagte Tom und blickte sich um. Selbst die Küchenuhr, die über der Tür hing, ging immer noch fünf Minuten nach. »Trotzdem kann ich mich komischerweise nicht mehr an den Tag erinnern, an dem ich zu euch gekommen bin.«

»Das wundert mich nicht, mein Junge. Du warst damals ganz in dich gekehrt«, erinnerte sich Eva mit einem melancholischen Lächeln. »Ich weiß noch, wie der Anruf vom Jugendamt kam, ob wir bereit wären, einen schwer traumatisierten Jungen bei uns aufzunehmen.«

Mit den Erinnerungen war es merkwürdig. Er wusste noch, wie man ihn ins Krankenhaus gebracht hatte, wo er damals gut zwei Wochen lang versorgt wurde. Einige Wunden mussten genäht werden, und er bekam jede Menge Infusionen und Spritzen, auch daran erinnerte er sich. Besonders an die Spritzen. Außerdem kam jeden Tag eine Psychologin an sein Bett und versuchte, mit ihm zu reden. Zuerst hatte er geglaubt, sein Vater habe sie geschickt, weshalb er kein Wort mit ihr sprach. Als er realisierte, dass sie anders war, erlitt er zumindest keine Panikattacken mehr, wenn sie sich auf seine Bettkante setzte. Geredet hatte er trotzdem nicht mit ihr.

»Was haben sie euch eigentlich gesagt, was mir passiert ist?«, fragte Tom.

Über seine frühe Kindheit und seine Erlebnisse im Heim hatte er auch mit seinen Pflegeeltern nie gesprochen. Diverse Therapeuten hatten versucht, etwas aus ihm herauszukriegen, aber Tom hatte keinem von ihnen erzählt, was wirklich passiert war, und jetzt fragte er sich, wie viel Eva wusste oder zumindest ahnte.

»Du hattest zahlreiche Verletzungen, die zwar alle schon wieder gut verheilt waren, aber man konnte sie noch sehen«, sagte Eva. »Die vom Amt wussten nur, dass du massive Gewalt erlebt haben musstest, darauf wiesen ja allein schon die Wunden hin. Aber was genau passiert ist, konnte nie richtig geklärt werden. Du hast nicht darüber sprechen können, dein leiblicher ... der Direktor des Heims hat jede Aussage verweigert, und auch von den anderen Kindern gab es kaum verwertbare Aussagen. Im Großen und Ganzen wurde der Direktor dann anhand von Indizien verurteilt.«

»Leichenteile im Keller sind natürlich überzeugende Indizien«, sagte Tom ohne Ironie.

Lange Zeit hatte er geglaubt, dass seinem Vater ein dummer Fehler passiert war, dass er es einfach vergessen hatte, die Überreste seiner Versuche zu entsorgen. Erst später hatte er verstanden, dass er sich unheimlich sicher gefühlt haben musste. Die Verhaftung war so überraschend für ihn gekommen, dass er keinerlei Vorbereitungen hatte treffen können. Niemals hatte er damit gerechnet, dass das passieren würde, was damals schlussendlich passiert war.

»So richtig aufgetaut bist du erst, als wir aus dem Wurf von Frau Kellermann ein Kätzchen nehmen konnten«, fuhr Eva schmunzelnd fort. »Erinnerst du dich noch, als Tillmann zu uns kam?«

Tom musste lächeln. »Natürlich. Der gefräßigste Kater der Welt.«

Er hatte dieses Tier nie so geliebt wie seine Katze Juli, die Aaron ihm so grausam genommen hatte. Aber Tillmann hatte ihn zumindest abgelenkt und auf andere Gedanken gebracht. Er sah die Bilder vor seinem inneren Auge, wie er oft stundenlang mit dem Kater in seinem Zimmer gespielt hatte. Freunde hatte er nie gehabt und auch nicht haben wollen. Freundschaften konnten ohne Vertrauen nicht entstehen, deshalb war ihm nur der Kater geblieben.

Wenn er auf die Jahre seiner Jugend zurückblickte, war er dankbar, dass Eva und Georg es damals geschafft hatten, Zugang zu ihm zu bekommen. Sie hatten ihn bedingungslos geliebt, waren durch den Tod ihres leiblichen Sohnes ebenfalls verwundet und hatten sich hingebungsvoll um ihn gekümmert. Ihnen hatte er schließlich wieder vertrauen können.

Für eine Weile saßen Eva und Tom schweigend da und hingen ihren Gedanken nach.

»Hast du jemals wieder Kontakt zu einem der anderen Kinder aus dem Heim gehabt?«, fragte Eva nach ein paar Minuten.

Tom schüttelte zögerlich den Kopf. »Ich denke überhaupt nicht mehr an diese Zeit«, log er. »Ich habe das alles völlig verdrängt. Dadurch, dass ich bei euch so schöne Jahre hatte, konnte ich mit der Vergangenheit gut abschließen.«

Eva sah ihn gerührt an. Die Falten auf ihrer Haut zeugten von einem Leben voller Freude, aber auch Trauer. Es waren viele Lachfältchen, aber auch welche des Kummers. Der Tod des eigenen leiblichen Kindes und der Verlust des Ehemanns hatten Eva geprägt. Ihre Lebensfreude hatte sie aber trotzdem nie verloren. Tom wusste, wie viel er seinen Pflegeeltern zu verdanken hatte. Sie waren die einzigen Menschen auf der Welt, denen gegenüber er positive Gefühle hatte entwickeln können.

»Vielleicht würde es dir guttun, die anderen mal wiederzusehen«, sagte Eva. »Beim BKA müsstest du doch leicht herausfinden können, was aus ihnen geworden ist.«

Tom lächelte sie an und sah auf die Uhr. »Ich muss los.«

»Es ist dein Leben, die Zeit, die dich am meisten geprägt hat. Vielleicht ist es wichtig für dich, dich damit auseinanderzusetzen. Denk darüber nach!«

Tom nickte nur und drückte Eva zum Abschied einen Kuss auf die Stirn. »Bis bald«, sagte er noch und versprach, öfter mal spontan vorbeizukommen. Ob er das wirklich schaffen würde, wusste er selbst nicht so genau, aber er spürte, wie gut es ihm tat, sich mit seiner Pflegemutter zu treffen. Eigentlich war er davon überzeugt, von jeglichen Emotionen frei zu sein, was er im Großen und Ganzen durchaus als Vorteil ansah. Aber die Wärme, die von Eva ausging und die er in ihren vier Wänden spürte, tat ihm gut. Ob er es nun wollte oder nicht.

Nachdenklich ging er mit seinen Einkäufen in der Hand nach Hause. Die Kinder von früher … erinnerte er sich überhaupt noch an ihre Namen? Da waren die Lentel-Brüder, die mehr Straftaten begangen hatten als alle anderen Kinder zusammen. Ihre Kleidung war immer schmutzig und voller Löcher gewesen, sie gehörten zu den brutalsten Jungs im ganzen Heim. Sie waren ein paar Jahre älter als Tom gewesen, bestimmt fünf oder sechs Jahre, und er hatte keine Ahnung, was nach der Auflösung der Anstalt aus ihnen geworden war. Dann erinnerte er sich noch an Lisa und ihre Freundin, Yvonne hieß sie, glaubte Tom. Sie ritzte sich regelmäßig mit einem Messer die Oberarme auf, während Lisa sich mit den Jungs prügelte, als wäre sie eine Boxerin. Dabei war sie erstaunlich schlau gewesen, ein wirklich cleveres Mädchen, das genau wusste, was sie tun musste, um in der Hölle zu überleben. Tom erinnerte sich, dass der Direktor immer einen guten Draht zu ihr hatte. Er hatte Lisa gemocht und gefördert, in ihr ein ähnliches Talent gesehen wie in Aaron.

Eva hatte recht, es wäre für ihn leicht herauszufinden, was

aus den Kindern geworden war. Aber wollte er das wirklich wissen? Wollte er wirklich Kontakt zu ihnen haben?

In dem Moment piepte sein Handy.

»Kannst du Gedanken lesen?«, fragte Tom kopfschüttelnd zu sich, als er Aarons Nachricht las.

»Hole dich nachher ab und bring dich zu meinem Kontaktmann.«

Tom blickte auf das Display. Vielleicht sollte er wirklich über Evas Vorschlag nachdenken. Vielleicht sollte er sich noch mal mit seiner Vergangenheit auseinandersetzen. Und eine Zusammenarbeit mit Aaron konnte ein Anfang sein.

»Okay«, gab er als Antwort ein.

24

Um Punkt zwölf Uhr klingelte es an der Haustür.

»Ich komm runter«, sagte Tom in die Gegensprechanlage, ohne zu fragen, wer unten stand.

»Ich hätte noch Zeit für einen Kaffee«, hörte er Aarons vertraute Stimme sagen.

»Ich nicht.«

Tom suchte Handy, Schlüssel und Portemonnaie, steckte alles ein und verließ die Wohnung. Er wollte nicht mit Aaron Kaffee trinken, er wollte ihn nicht in seiner Wohnung haben, und er wollte vor allen Dingen keine Vertraulichkeit zwischen ihnen aufkeimen lassen. Eigentlich war es ihm schon zu viel, dass Aaron seine Handynummer und Adresse hatte, ihn jetzt abholte und zu einem möglichen Informanten brachte. Als wären sie Freunde. Tom würde ihm klarmachen müssen, dass solche gemeinsamen Fahrten eine Ausnahme blieben.

»Morgen, Tommy.« Aaron lehnte neben der Haustür an einem Laternenpfahl und grinste ihn an.

»Tom. Einfach nur Tom.«

»Unser erster gemeinsamer Fall«, sagte Aaron und schloss den Wagen auf. Er fuhr einen VW-Passat, ein älteres Modell, dunkelblau und unauffällig.

»Wir haben keinen gemeinsamen Fall«, entgegnete Tom. »Du bringst mich zu dem Hacker, aber ich rede allein mit ihm. Du stellst nur den Kontakt her, mehr nicht.«

»Gott, bist du streng!« Aaron lachte und startete den Motor. »Kannst du dich nicht einfach freuen, dass wir zwei mal wieder was zusammen unternehmen?«

»Nein.«

»Wo ist eigentlich dein Humor geblieben?« Aaron sah ihn kopfschüttelnd an.

»Bei meinem Vater«, antwortete Tom.

Aaron seufzte und bog in eine Nebenstraße. »Vielleicht solltest du mal mit ihm sprechen. Vielleicht hilft es dir, die alten Geschichten aufzuarbeiten.«

Wieso wollte plötzlich jeder, dass er sich wieder mit seiner Vergangenheit beschäftigte?

»Ich will ihn weder sehen noch sprechen«, sagte Tom energisch. »Er würde mir sowieso sofort ein Messer zwischen die Rippen jagen, wenn er könnte.«

Aaron warf ihm einen ungläubigen Blick zu. »Niemals. Du bist doch sein Sohn. Wir waren doch alle so etwas wie seine Kinder.«

»Versuchskaninchen waren wir, nichts weiter. Bevor ich rauskam, hatte er mir oft genug gedroht, dass ich es nicht überleben werde, wenn ich ihn verlasse.«

»Das liegt doch so viele Jahre zurück«, murmelte Aaron. »Der hat dir doch längst verziehen.«

Tom lachte spöttisch auf. »Du weißt genau, dass er niemals jemandem verzeiht. Niemals. Was glaubst du, wie er über dich gesprochen hat, als du abgehauen bist?«

Er erinnerte sich noch gut, wie ihn der Hass seines eigenen Vaters überrascht hatte. Auf so intensiv zur Schau gestellte Gefühle war er nicht gefasst gewesen.

»Na ja, dass er sich nicht gefreut hat, als ich geflohen bin, finde ich jetzt nicht sonderlich überraschend«, sagte Aaron.

»Du hast keine Ahnung«, entgegnete Tom ernst. »Nachdem du weg warst, mussten wir gemeinsam mit ihm einen Racheplan erarbeiten, den wir dann an den nächsten Probanden geübt haben. Das Thema der Lehrstunde war: Wie quäle ich jemanden möglichst lange, ohne dass er stirbt.«

Aaron lachte, es hörte sich ehrlich an und nicht aufgesetzt. »Echt jetzt? Ich wusste nicht, dass ich bei euch auf dem Lehrplan stand. Jetzt mach nicht so ein Gesicht! Du musst zugeben, dass das lustig ist.«

Tom schwieg. Sein Vater hatte ihn damals dazu gezwungen, den Probanden mit einer Handkreissäge in zentimeterdicke Scheiben zu schneiden. Angefangen von den Füßen, musste er sich den ganzen Körper hocharbeiten. Bei den Arterien musste er innehalten und das Bein oder einen Arm abbinden, damit ein reales Opfer nicht zu schnell verbluten würde. Zum Glück konnte man eine Leiche nicht quälen, trotzdem hatte sich das Geräusch der Kreissäge, die durch Fleisch und Knochen fuhr, für immer in sein Gedächtnis gebrannt.

»Wo wohnt dieser Mattes Schäfer?«, fragte Tom, der keine Lust mehr hatte, über seinen verhassten Vater zu sprechen.

»Wir sind gleich da.«

Wenige Minuten später lenkte Aaron den Passat in eine gepflegte Neubausiedlung, in der ein Haus aussah wie das andere. Uniforme weiße Einfamilienhäuser, klein und mit einem winzigen Garten versehen, reihten sich aneinander.

Kurz darauf standen sie Mattes Schäfer gegenüber, einem gepflegten Mittvierziger im Anzug, der überhaupt nicht dem Klischee eines kriminellen Hackers entsprach, im Gegenteil. Er wirkte seriös und vertrauenerweckend.

Gute Tarnung, dachte Tom. Er wohnte hier in einer harmlosen, anonymen Gegend, in der seine Nachbarn ihn vermutlich für einen seriösen Geschäftsmann oder einen Studienrat hielten. Nirgendwo konnte man sich besser verstecken als in augenscheinlicher Normalität.

»Hi, Mattes«, begrüßte Aaron ihn, und die beiden Männer gaben sich die Hand. »Das ist mein Freund Tommy. Ich hatte dir von ihm erzählt.«

»Tom Bachmann«, korrigierte Tom.

Mattes Schäfer nickte nur. Er sah sich um und wirkte nervös. »Okay, kommen Sie rein. Aaron hat mir versprochen, dass ich für nichts belangt werde. Ich hoffe, der Deal steht noch.«

»Ja«, sagte Tom. »Ich habe nicht das geringste Interesse, Sie festzunehmen.«

Schäfer wirkte etwas beruhigter. »Aaron sagte, dass ich mich auf Sie verlassen kann.«

»Das können Sie.«

»Ich warte im Auto auf dich.« Aaron schlenderte zurück zum Wagen, während Tom dem Hacker ins Haus folgte.

»Ich habe noch nie Gewalt gegen jemand angewandt«, betonte Schäfer. »Ich bin nur für den Vertrieb zuständig. Ist mir wichtig, dass Sie das wissen. Ich bin ein Technik-Typ, mit Gewalt und Missbrauch habe ich nichts zu tun.«

»Schon klar.« Tom hielt es für überflüssig, den Mann darauf hinzuweisen, dass es ohne Leute wie ihn keinen Handel mit Snuff- oder Vergewaltigungsvideos gab. Würde niemand diesen Schund vertreiben, würde er vermutlich auch in einem viel geringeren Maße hergestellt. Vielleicht war ein Typ wie Mattes Schäfer nicht genauso schuldig wie einer der *Darsteller* in seinen Videos, der die Gewalt vor der Kamera ausübte, aber schuldig war er in jedem Fall. Darüber musste er jetzt allerdings hinwegsehen.

Das Einfamilienhaus wirkte von innen sehr steril. Weiße Fliesen auf dem Boden, weiß verputzte Wände, und durch die offene Wohnzimmertür konnte Tom eine weiße Ledersitzgruppe sehen. An den Wänden hingen Fotos, in erster Linie Schwarz-Weiß-Aufnahmen von nackten männlichen Oberkörpern, die wohl künstlerisch wirken sollten. Im Flur stapelten sich alte Pappkartons, alle mit demselben Logo versehen. Offensichtlich war Mattes Schäfer Dauerkunde bei einem Lieferdienst für regionales Biogemüse.

»Wir müssen nach unten«, sagte Schäfer. »Mein Arbeitszimmer ist im Keller.«

»Was glauben eigentlich Ihre Nachbarn, womit Sie Ihr Geld verdienen?«, fragte Tom, während er ihm die Treppe nach unten folgte.

»Unternehmensberater«, antwortete Schäfer. »Manchmal bin ich tagelang hier unten, und die Nachbarn denken, ich bin auf Geschäftsreise. Aber so genau interessiert das hier ehrlich gesagt auch keinen. Hier wohnen nur Familien mit Kindern. Um sich so ein kleines Einfamilienhaus leisten zu können, müssen beide Elternteile arbeiten. Tagsüber ist das Viertel wie ausgestorben, die Erwachsenen sind bei der Arbeit, die Kinder in der Schule oder Betreuung. Abends kommen alle todmüde nach Hause. Da hat keiner mehr Lust, sich mit dem Nachbarn zu beschäftigen.« Er grinste.

»Merkwürdiges Lebenskonzept«, meinte Tom.

»Aber von der Mehrheit widerstandslos gelebt.«

Schäfer drückte auf den Lichtschalter. Im Keller befanden sich drei Räume. In dem einen standen Waschmaschine und Trockner, ein weiterer wurde offensichtlich zur Aufbewahrung von Lebensmitteln und Wein genutzt, und nur die dritte Tür war abgeschlossen.

Nachdem Schäfer sie geöffnet hatte, hörte Tom sofort das Summen der verschiedenen Server. In der Mitte des Raumes stand ein großer Schreibtisch mit drei Monitoren. Dahinter brummten vier Server pausenlos vor sich hin. Eine Schreibtischlampe tauchte den ansonsten düsteren Raum in ein schummriges Licht.

»Was haben Sie an Material für mich?«, fragte Schäfer und setzte sich in seinen Schreibtischstuhl, einen professionellen Gamer-Stuhl, wie Tom mit einem Blick feststellte. So ein Sessel war extra dafür hergestellt worden, möglichst viele Stunden vor einem Computer zu sitzen, ohne dass Rücken oder Schultern sich schmerzhaft bemerkbar machten.

Tom reichte ihm einen USB-Stick. »Hier sind die Fotos der

Toten«, sagte er. »Aufnahmen vom Tatort, die aus derselben Perspektive gemacht wurden wie von der Laptop-Kamera während der Morde. Ich muss wohl nicht erwähnen, dass Sie mit niemandem über diese Sache reden dürfen.«

»Natürlich nicht. Ich bin doch nicht irre. Wenn sich herumsprechen sollte, dass ich mit den Bullen quatsche – Himmel. Sie können sich nicht vorstellen, was dann passiert.«

»Doch, kann ich«, sagte Tom. »Habe ich ehrlich gesagt auch schon mehrfach erlebt. Deshalb bin ich mir auch sicher, dass Sie niemandem etwas sagen werden.«

Schäfers Mundwinkel zuckte kurz, und er öffnete den obersten Knopf seines Hemdes. »Na schön«, versuchte er, seine Unsicherheit zu überspielen. »Dann wollen wir mal gucken, was Sie da Hübsches haben.«

Einen Augenblick später erschien das geschundene Gesicht von Peter Bode auf dem Bildschirm.

»Wir haben ein Suchprogramm entwickelt, das Gesichter im Darknet erkennen kann«, erklärte Schäfer und klickte mit der Maus. »Eigentlich soll es verdeckte Ermittler aufspüren, die im Untergrund arbeiten und sich in Pädo-Gruppen oder sonst wo rumtreiben. Wenn ich das Gesicht von dem Toten eingebe, zeigt es mir alle Vergleichsgesichter an, egal ob in Filmen, Chats oder sonst wo.«

Schäfer klickte erneut mit der Maus. Auf dem zweiten Bildschirm ploppten nun für Sekundenbruchteile zahllose Gesichter auf, die der Rechner mit dem Gesicht von Bode abglich.

»Wie lange dauert das?«

»Na ja, das ist jetzt keine Sache von Minuten«, antwortete

Schäfer. »Theoretisch kann jede Sekunde ein Treffer kommen. Im Darknet werden permanent neue Grausamkeiten hochgeladen, es kann aber auch sein, dass ich erst morgen oder übermorgen eine Übereinstimmung habe. Ich lass das einfach mal ein paar Tage durchlaufen, okay? Sobald sich was tut, sage ich Ihnen Bescheid. Haben Sie eine Nummer für mich, oder soll das über Aaron laufen?«

»Ich gebe Ihnen meine Nummer.« Tom reichte ihm eine Karte. Sein Blick fiel auf den dritten Monitor, auf dem das Standfoto eines Gewaltvideos zu sehen war, das Schäfer vorher offensichtlich bearbeitet hatte. Es zeigte eine junge Frau, die Hände auf dem Rücken gefesselt, einen Knebel im Mund. Tränenüberströmt und mit panisch aufgerissenen Augen blickte sie in die Kamera. »Wer kauft solche Videos?«

Schäfer fuhr sich mit einer Hand durch seine blond gesträhnten Haare. »Perverse Typen, die meisten ganz brav verheiratet und mit seriösem Job –«

»Das ist mir bekannt«, unterbrach Tom. »Ich meinte: Haben Sie Namen?«

»Nein. Das läuft alles total anonym ab. Kontakt besteht nur unter Decknamen, alles läuft über sichere Messenger-Dienste, und bezahlt wird auf ein PayPal-Konto, das offiziell einem Händler für Vintage-Klamotten gehört.«

»Das heißt, wenn Sie einen Treffer haben, dann wissen wir nur die Decknamen der Kunden, die sich das Video von der Tötung gekauft haben?«

»Nicht nur das. Auch den Decknamen des Verkäufers, der das Zeug im Darknet angeboten hat. Wie Sie dann Kontakt zu dem aufnehmen, ist Ihre Sache.«

Tom nickte nachdenklich. Den Decknamen des Zoom-Killers zu haben, war besser als nichts.

»Was ist Ihr Job dabei?«

»Ich bearbeite die Bilder ein bisschen«, erklärte Schäfer. »Alles, was Rückschlüsse auf die Räumlichkeiten zulassen würde, muss rausretuschiert werden. Also zum Beispiel Werbeflächen, die sich im Fenster spiegeln, so wie hier. Dann stelle ich es auf die Verkaufsplattformen.« Er räusperte sich.

Sie einigten sich darauf, dass Schäfer alle fünf Stunden ein kurzes Update an Tom durchgeben würde, auch wenn dieses keine neuen Erkenntnisse bringen sollte.

»Eine kurze Nachricht reicht. Sie brauchen deshalb nicht anzurufen.«

»Okay. Und sobald ich irgendetwas Verdächtiges habe, melde ich mich sofort.«

»Ich höre dann von Ihnen«, sagte Tom zum Abschied, als sie wieder oben im Flur standen, und übersah geflissentlich die ausgestreckte Hand von Mattes Schäfer.

In dem Moment wurde die Haustür von außen aufgeschlossen, und ein junger Mann betrat den Flur. »Hallo, Schatz ... du hast Besuch?«

Mit großen Augen blickte er Tom an. Er wirkte misstrauisch und musterte ihn skeptisch. Dann hängte er einen Schlüssel, an dem ein BMW-Zeichen in Regenbogenfarben baumelte, an das Schlüsselbrett, das über der Schuhbank im Flur angebracht war. Tom schätzte, dass der Mann etwas jünger war als Mattes Schäfer. Mit seiner Jogginghose und den Sportschuhen sah er aus, als käme er gerade aus dem Fitnesscenter.

»Herr Bachmann wollte gerade gehen.« Mattes Schäfer legte dem Mann beruhigend eine Hand auf die Schulter und gab ihm einen Kuss. »Entspann dich.«

»Ich will deine kranken Kunden hier nicht im Haus haben!«, zischte der andere Schäfer leise zu.

»Das ist kein Kunde, der Typ ist safe.« Auch Schäfer flüsterte nun fast.

»Ein Freund«, mischte Tom sich mit ruhiger Stimme ein. »Sie müssen sich keine Sorgen machen. Ich bin nur ein Freund. Tom Bachmann. Ich bin weder eine Bedrohung noch ein Problem.«

Der andere musterte ihn noch mal skeptisch, wirkte dann aber beruhigt. »Okay. Ich bin Alex. Freut mich.«

Tom nickte nur.

»Ich habe einen Mordshunger«, sagte Alex und ging in die Küche. »Hast du was gekocht?«

»Nein«, antwortete Schäfer. »Linus müsste jeden Moment hier sein.«

»Aber das müssen wir dann ja auch noch kochen!«

»Das geht doch schnell«, antwortete Mattes Schäfer. Augenrollend wandte er sich an Tom. »Immer schön korrekt das Biogemüse vom lokalen Bauern haben wollen, aber selbst keinen Bock haben zu kochen«, sagte er leise und öffnete ihm die Tür. Der Mann vom Lieferdienst kam gerade die Einfahrt hoch. »Linus, hi. Du wirst schon heiß und innig erwartet.«

»Geiles Teil.« Der Bote wies mit dem Kinn auf ein Motorrad, eine große BMW, die unter dem Carport stand.

»Alex' Lebenstraum«, sagte Mattes seufzend.

Tom wünschte noch einen schönen Tag und verabschiedete sich, während der Bote die Gemüsebox vor der Tür abstellte und Mattes sein Geld raussuchte. Tom drehte sich noch einmal um und sah, wie der Bote ihm nachblickte. Oder sah er zu Aaron hinüber? Tom war sich nicht sicher. Vielleicht bildete er sich das auch nur ein. Aaron saß ein paar Meter neben Schäfers Haus in seinem Wagen und schien die Szene genau zu beobachten. Dann winkte er Tom zu, der sein Handy aus der Tasche gezogen hatte und einen Anruf von Philipp entgegennahm.

»Der Rechner von Sven Wanko ist in Ordnung«, sagte sein Kollege. »Von dem kann er sich nirgendwo eingehackt haben.«

»Vielleicht hat er noch einen zweiten«, sagte Tom.

»Kann sein. Aber für den Mord am Dekan hat er auch ein wasserfestes Alibi«, fuhr Philipp fort. »Er hat bei einem Pornodreh Regie geführt. Dafür gibt es knapp ein Dutzend Zeugen.«

»Solche Filme haben einen eigenen Regisseur?«

»Ja klar, was denkst du denn? Kommst du noch ins Präsidium?«

»Ich bin in einer halben Stunde da.«

Tom legte auf und setzte sich zu Aaron in den Wagen.

»Wie ist es gelaufen?«, fragte sein ehemals bester Freund.

»Kann ich noch nicht sagen«, antwortete Tom. »Schäfer kümmert sich. Kann aber wohl ein paar Tage dauern, bis er ein Ergebnis hat.«

»Okay. Wann willst du ihn hochnehmen?«

Tom musterte ihn von der Seite. »Warum bist du so scharf

darauf, dass ich ihn verhafte? Ich dachte, du brauchst ihn noch?«

»Tue ich auch. Aber nicht mehr lange. Er will mir eine Liste von den Leuten geben, die Minderjährige für die Snuff-Videos rekrutieren. Und sobald ich die habe, kannst du ihn gerne verhaften.«

»Weil du ihn sonst umbringst?«

Aaron zuckte mit den Achseln. »Wer weiß? Aber eigentlich töte ich keine Leute, die ich kenne. Zu riskant. Gehen wir noch was essen?«

»Ich muss arbeiten, Aaron.«

»Soll ich dich zum Präsidium fahren?«

Tom schüttelte den Kopf. »Wohl kaum. Ich will nicht, dass dich einer von meinen Kollegen jemals zu Gesicht kriegt, klar? Die Gefahr, dass dich womöglich jemand wiedererkennt, ist viel zu groß.«

»Deine Kolleginnen haben mich nie gesehen. Ich hab sie damals von hinten niedergeschlagen, falls du dich erinnerst.«

»Trotzdem. Setz mich bitte in der Stadt ab. Den Rest mach ich mit der Bahn.«

»Wie du willst, Tommy.« Aaron fuhr los. »Interessiert es dich eigentlich, in welchem Knast dein Vater sitzt?«, fragte er plötzlich.

»Nein.«

»Du bist echt so stur. Es kann doch nicht schaden, wenn du dich nach all den Jahren mal mit ihm aussprichst!«

»Jetzt fang nicht wieder damit an!«

»Schon gut, schon gut. Aber gerade du als Psycho-Heini

müsstest doch wissen, wie wichtig es ist, sich seiner Vergangenheit zu stellen.«

Tom drehte sich zu Aaron. »Was soll das ganze Gerede eigentlich?«, fragte er misstrauisch.

»Nichts, gar nichts. Ich wollte es nur mal erwähnt haben.«

»Red keinen Scheiß. Du erwähnst den Alten doch nicht ohne Grund dauernd.«

»Er ist nun mal Teil unserer gemeinsamen Vergangenheit«, sagte Aaron. »Da ist es doch normal, dass ich mal von ihm spreche.«

»Nein. Ich rede auch nicht von dem Scheißkerl.« Tom dachte für einen Moment nach. »Du hast doch nicht Kontakt zu ihm?«

»Natürlich nicht.«

Die Antwort kam etwas zu schnell, und in Tom machte sich schlagartig ein ungutes Gefühl breit. »Du kannst mir eins glauben, Aaron«, sagte er dann mit Nachdruck. »Von niemandem geht eine größere Gefahr aus als von ihm. Er darf uns nicht finden. Er würde sofort versuchen, wieder die Kontrolle zu übernehmen.«

»Klar. Weiß ich doch.«

Dann schaltete Aaron das Radio an und sprach auf der ganzen Fahrt kein Wort mehr.

25

Karim starrte ihn mit seinen dunklen Augen an.

»Was glotzt du so?« Rudolf Bachmann stand vor dem Metallbecken und kämmte sich die Haare. Er hasste es, wenn er beobachtet wurde. Die ersten Jahre im Knast war er fast ununterbrochen bewacht worden. Angeblich aus Sorge, dass er sich etwas antun könnte, was vollkommen absurd war. Niemals würde er sich umbringen – warum auch? Aus Angst vor möglichen Übergriffen durch andere Häftlinge hatten sie ihn damals in eine Einzelzelle gesteckt. Damit andere ihn nicht töteten, wenn er es schon selbst nicht tat. Trotzdem hatte dauernd jemand durch das Loch in der Tür geschaut, um sich über seinen Zustand zu informieren.

»Ich ... ich weiß nicht, ob Sie auf Freigang gehen sollten«, sagte Karim in dem Moment leise.

Rudolf sah den jungen Mithäftling prüfend an. »Was willst du damit sagen?«

»Alles, was Sie mir bisher erzählt haben, wie Ihre Therapiestunden abgelaufen sind, das war alles so ... so schlimm und böse.« Karim war anzusehen, wie viel Mut es ihn kostete, die Worte auszusprechen. Seine Wangen waren leicht gerötet, und kleine Schweißperlen standen auf seiner Stirn. »Sind Sie sicher, dass Sie sich unter Kontrolle haben?«

Rudolf glaubte, seinen Ohren nicht zu trauen. Was bildete sich dieser kleine Dealer eigentlich ein? Was glaubte dieser Hosenscheißer bitte, wer er war? Er spürte, wie das Adrenalin in ihm hochkochte. Am liebsten hätte er einfach die Fassung verloren, wie es Aaron neulich passiert war, hätte Karim mit der Faust ins Gesicht geschlagen, so lange, bis kein Zahn mehr in seinem Mund und Nase und Jochbein nur noch Brei gewesen wären.

Aber wenn er eines nicht war, dann dumm. Rudolf war sich darüber im Klaren, dass er mit seinen zweiundsiebzig Jahren keine Chance hätte gegen einen Mittzwanziger, der jede Menge Straßenerfahrung mitbrachte und dessen tätowierte Arme muskelbepackt waren. Er wusste aber auch, dass Karim im Prinzip Angst vor ihm hatte. War der junge Mann ihm körperlich vielleicht überlegen, so war er es geistig noch lange nicht. Im Gegenteil. Seine Einfältigkeit und seine mangelnde psychische Stärke würden aus ihm niemals eine echte Bedrohung machen.

Langsam ging Rudolf auf ihn zu und blieb erst stehen, als sich ihre Nasenspitzen fast berührten. Karim konnte seinem Blick nicht standhalten, sah zu Boden, auf seine Hände und wieder an die Decke. Er wurde immer nervöser.

»Ich meine nur, nicht dass etwas passiert«, stotterte er. »Haben Sie sich auch wirklich im Griff?« Er wich einen Schritt zurück und stieß mit dem Rücken gegen die Wand.

Rudolf kam sofort wieder näher. »Hör mir gut zu, Kleiner.« Er sprach bewusst leise, und ihm war klar, wie bedrohlich seine Stimme wirkte. Er hatte sie schon immer sehr effektiv einsetzen können, schon damals bei seinen sogenannten Therapiestunden. Nicht alle seiner jungen Patienten waren so gelehrig gewesen wie Lisa, die heutige Profikillerin. Selbst Aaron, den er lange Zeit für seinen Musterschüler gehalten hatte, hatte sich irgendwann gegen ihn aufgelehnt, hatte gejammert, dass er so nicht weiterleben könnte, dass er zurück zu seiner Mama wollte, die zu dem Zeitpunkt schon seit Jahren auf dem Friedhof lag. Wenn Rudolf in solchen Momenten mit dieser Stimme zu ihm gesprochen hatte, war ganz schnell Ruhe gewesen, und Aaron hatte getan, was er tun sollte.

Ohne mit einer Wimper zu zucken, sah er Karim an. »Wenn du ein falsches Wort zu den Schließern sagst, bist du tot. Und das sage ich nicht einfach so.«

Karim bemühte sich um einen gelassenen Gesichtsausdruck. »Wie wollen Sie mich denn umlegen?«, meinte er spöttisch und spannte fast reflexhaft seine Oberarmmuskeln an.

Rudolf kam noch ein Stückchen näher. »Du kannst mir eines glauben«, zischte er, »es wird passieren. Es gibt niemanden auf diesem Planeten, der mehr Tötungsmethoden kennt als ich. Auch ganz kleine, leise, die keiner mitbekommt und wo du einfach am nächsten Morgen tot auf deiner Pritsche liegst. Genau das wird passieren, wenn du etwas Falsches sagst.«

Er sah, dass seine Worte ihre Wirkung nicht verfehlten.

Zwar bemühte sich Karim weiterhin um eine coole Miene, aber er konnte nicht verstecken, wie eingeschüchtert er in Wirklichkeit war.

Der Kopf war schon immer wichtiger als die Muckis, dachte Rudolf zufrieden. Dann hörte er, wie die Zellentür aufgeschlossen wurde.

»Sind Sie fertig, Doc?« Die Tür öffnete sich, und Maarten stand mit skeptischer Miene vor ihm. »Ihre beiden Babysitter warten unten im Besucherraum auf Sie. Wenn Sie heute Mist bauen, dann war das Ihr erster und letzter Ausflug. Das ist Ihnen doch hoffentlich klar, Doc?«

Rudolf räusperte sich, um seiner Stimme wieder einen wärmeren Ton zu verleihen. »Ich sitze hier jetzt seit mehr als dreißig Jahren. Und jetzt kann ich zum ersten Mal das Leben wiedersehen. Du glaubst doch nicht, dass ich mir so eine Chance kaputt mache, weil ich irgendwo Zigaretten klaue oder so 'n Quatsch?«

Maarten musste grinsen. »Nein. So doof sind Sie nun wirklich nicht. Also dann, kommen Sie.«

»Herr Weinert?« Es war Karim. Seine Stimme war betont fest. »Könnte ich Sie noch mal kurz sprechen?«

Rudolf drehte sich um und sah den jungen Mann eindringlich an. »Du bist tot«, formte er tonlos mit seinen Lippen, ohne dass Maarten Weinert etwas davon mitbekam.

»Was ist denn?«

Rudolf ließ seinen Blick demonstrativ über Karims Körper gleiten, so als suche er nach seiner verwundbarsten Stelle. Dann kratzte er sich am Hals und strich mit seinem Zeigefinger unbemerkt über seine Kehle.

Karim presste die Lippen aufeinander. »Ach nichts. Schon gut.«

»Na schön. Dann mal raus an die frische Luft, Doc. Kommen Sie.« Maarten stand in der offenen Zellentür.

»Mit dem allergrößten Vergnügen.«

Die zwei Bullterrier, die ihn beim Freigang begleiten würden, tranken im Besucherraum noch einen Kaffee. Es waren zwei große, durchtrainierte Typen. Es hätte ihn auch gewundert, wenn sie ihm zwei Hänflinge an die Seite gestellt hätten. Bachmann bekam noch eine elektronische Fußfessel verpasst, und dann ging es schon los.

Als er durch die kleine Tür des Eingangstores aus der JVA trat, musste er für einen Moment stehen bleiben, atmete tief durch und blinzelte in den Himmel.

»Mach jetzt keine Atemübungen, Alter«, sagte der etwas bulligere Typ spöttisch. »Die Luft riecht hier auch nicht anders als hinter dem Tor. Setz deinen Arsch in Bewegung und komm.«

Rudolf lächelte nur. Den würde er sich als Erstes vornehmen. Und er wusste auch schon, wie. Dafür brauchte er nur einen Kugelschreiber. Die Beamten hatten ihm alles abgenommen, was sich auch nur ansatzweise dazu eignete, einen Menschen umzubringen. Aber an einen Kugelschreiber war ranzukommen, das war das geringste Problem. Und ihn in der Halsschlagader zu versenken, war kein Deut schwieriger. Am besten steuerten sie deshalb zuerst ein Café an, da würde er sich leicht sein Mordwerkzeug besorgen können.

»Darf ich die Herren auf einen Kaffee einladen?«, fragte

Rudolf freundlich. »Seit dreißig Jahren träume ich von einem anständigen Kaffee.«

»Wenn du zahlst, Alter, dann gerne!« Der bullige Typ grinste breit, sodass seine Halsschlagader hervortrat. Schon bald würde aus ihr das Blut herausspritzen wie aus einer Fontäne.

»Ich freue mich, wenn Sie meine Gäste sind«, sagte Rudolf höflich und überlegte, ob er die beiden Typen heute schon ausbluten lassen sollte.

26

Es war eine dieser Ecken in Köln, die von den meisten Leuten gemieden wurde. Die Hochhaussiedlung, von allen nur Kölnberg genannt, zählte zu den sozialen Brennpunkten schlechthin. Was sich Städteplaner dabei gedacht hatten, solche Hochhaustürme mitten in eine dörfliche Umgebung am Rande der Millionenstadt zu bauen, verstand heute niemand mehr. Die Zustände wurden von Jahr zu Jahr schlimmer, hier wohnten nur noch diejenigen, die nicht wegziehen konnten. Um den Wohnblock türmte sich der Müll, Ratten rannten unbekümmert zwischen den aufgeplatzten Säcken hin und her. Der Gestank war gewaltig.

»Vor ein paar Monaten hat die Hausverwaltung die Müllschächte gesperrt«, sagte Ira, »einige Anwohner hatten Böller in die Schächte geworfen, die Brandgefahr war einfach zu groß geworden. Und seitdem schmeißen die meisten Bewohner ihren Müll einfach aus dem Fenster. Wenn ich mir überlege, dass hier Kinder aufwachsen …« Sie schüttelte betroffen den Kopf.

Tom nickte nur, scheinbar zustimmend, aber tatsächlich empfand er kaum Mitgefühl. Er wusste, wie empathielos er auf andere wirken konnte, weshalb er sich jeden Kommentar verkniff. Wer so aufwachsen musste wie er, der konnte an ein paar Müllsäcken und Ratten nichts Schlimmes erkennen.

Kurz darauf standen sie im Souterrain des Wohnblocks, der noch verkommener aussah als der Rest der Anlage. Die winzigen Wohnungen, die hier untergebracht waren, hatten nur kleine Fenster, vor denen sich die Müllsäcke türmten und durch die kaum noch Licht hereinfiel. Eine solche Kellerwohnung war selbst in dieser Umgebung der Tiefpunkt, zu dem es nur die Alternative Obdachlosigkeit zu geben schien.

Ihre heruntergekommene Erscheinung überraschte Tom daher wenig, als Betty Blue, wie sich die Frau nannte, die Tür öffnete. Ihr Alter konnte er kaum schätzen, Betty Blue gehörte zu diesen Leuten, die mit zwanzig schon aussahen wie fünfzig. Die Haut war faltig, fast ledrig, dick geschwollene Tränensäcke hingen unter ihren dunkel geschminkten Augen. Die fettigen, gelb blondierten Haare hatte sie zu einem ungepflegten Pferdeschwanz zusammengebunden, und das halb durchsichtige, fleckige Kleidchen, das sie trug, spannte über ihrem Bauch.

»Ira, Mensch, schön dich zu sehen, Liebelein«, sagte sie in tiefstem Kölsch herzlich und drückte Toms Kollegin an sich. Zu seiner Überraschung schien auch Ira aufrichtig erfreut zu sein, jedenfalls wirkte die Umarmung der beiden Frauen echt.

Iras weiche Seite kann irgendwann mal zum Problem werden, dachte Tom. Es ist nie gut, wenn man zu viele Emotionen in seine Fälle legt.

»Wie geht es dir?«, fragte Ira mit warmer Stimme und stellte Tom vor. »Das ist Betty, eigentlich Sandra, aber so nennt dich keiner mehr, oder?«

»Nicht mal meine Mutter, wenn sie mich noch erkennen würde.« Sie lachte heiser, und der Rauch von Tausenden Zigaretten machte sich lautstark bemerkbar. »Kommt rein.«

Die Wohnung, wenn man sie überhaupt so nennen wollte, war gleichzeitig der Arbeitsplatz der Frau. Die kleinen Fensterluken waren mit dunkelrotem Stoff verhängt, und in der Mitte stand ein rundes Bett, die Laken dreckig und zerknüllt. Am Kopfende war eine Halterung für Handschellen angebracht, an der Wand hing eine Auswahl an Peitschen, Riemen und anderen Folterwerkzeugen.

»Ich bin keine Domina, falls Sie das jetzt denken«, sagte Betty, der Toms Blick nicht entgangen war.

»Sklavin?«, fragte Tom.

Sie nickte. »Die Kerle zahlen dafür, dass sie hier machen dürfen, was sie wollen.« Betty zog ihr Kleid ein Stück weit hoch und wies auf die Hämatome, die deutlich auf ihren Oberschenkeln zu sehen waren. »Ganz ohne Blessuren geht das meistens leider nicht.«

»Aber du vereinbarst doch ein Codewort, um so eine Sitzung zu beenden, wenn es zu schlimm wird, oder?«, fragte Ira besorgt nach.

»Doch, klar. Aber es gibt genug Freier, die dann einfach einen Fuffi drauflegen und weitermachen. Und auf fünfzig Euro kann ich nicht verzichten, auch wenn ich mich dafür grün und blau schlagen lassen muss.« Betty grinste schief, zog eine Zigarette aus der Schachtel, die auf einem Tischchen neben dem Bett lag, und steckte sie sich an. Sie nahm einen tiefen Zug, hustete kurz und fuhr sich mit der Hand über ihre vom Qualm tränenden Augen. »Alles halb so schlimm.«

Ira sah die Frau ernst an. »Wie hältst du das aus?« Die Betroffenheit in ihrer Stimme war nicht zu überhören.

Betty zeigte auf ein kleines Regal, das in der Ecke stand und auf dem neben einer Flasche Wodka einige Tablettenröhrchen lagen. »Mit der Kombi geht es ganz gut.« Dann ließ sie sich auf die Bettkante fallen und wirkte sehr erschöpft. »Ich würde euch ja was zu trinken anbieten, aber außer Leitungswasser habe ich leider nichts da. Dieser Monat lief schlecht, ich hab kaum die Miete reingekriegt. Die meisten Freier haben keinen Bock, in diese Ecke der Stadt zu kommen. Selbst meiner perversen Kundschaft ist es hier zu gefährlich. An mein Gehalt von früher komme ich nicht mal mehr ansatzweise ran.«

»Früher, als Sie noch in der *Falle* gearbeitet haben?«, fragte Tom nach.

»Ja, das waren noch Zeiten. Hätte ich damals auch nicht gedacht, dass ich denen mal nachtrauern würde.«

»Haben Sie sich damals schon als Sklavin angeboten?«

»Ja. Das war die Spezialität des Ladens. Nebenan im Puff gab es jede Menge Domina-Studios, wo die Kerle sich auspeitschen ließen. Nur bei uns lief es andersrum.«

Ira zog ein Foto des Dekans aus der Tasche, das ihn zu Lebzeiten zeigte. »War der hier ein Kunde von dir?«

Betty betrachtete das Foto und brauchte keine Sekunde, um Stefan Harber zu erkennen. »Der Pfaffe, ja sicher. Der war regelmäßig bei uns zu Gast.« Sie ging zum Regal und schenkte sich ein Glas Wodka ein. »Auch einen?« Ira und Tom schüttelten den Kopf, und Betty kippte die klare Flüssigkeit in einem Zug herunter. »Ekelhafter Typ«, sagte sie, nachdem sie einen weiteren tiefen Zug von ihrer Zigarette genommen hatte.

»Sind nicht alle deine Freier irgendwie ekelhaft?«, fragte Ira.

Betty zuckte mit den Schultern. »Nein, nicht unbedingt. Es gibt nicht viele Frauen, die bereit sind, als Sklavin zu arbeiten«, antwortete sie. »Und das wissen die Kunden natürlich auch. Den meisten ist es nach einer Session dann ganz schön unangenehm, wie sie sich an mir ausgelassen haben. Die sind dann echt sehr nett, geben noch extra Trinkgeld und erkundigen sich, ob auch wirklich alles okay ist. Der Dekan war da allerdings anders.« Sie schenkte sich noch einen Wodka nach.

»Wie hat er Sie behandelt?«, fragte Tom.

»Wie ein Stück Dreck.« Bettys Stimme klang verbittert. Sie nahm einen kräftigen Schluck aus ihrem Glas. »Der Ablauf der Prozedur wird eigentlich immer im Vorfeld genau abgesprochen. Das ist wichtig, damit ich weiß, worauf ich mich einlasse. Aber der Typ hatte total übertriebene Vorstellungen, er ist wirklich ein widerlicher und perverser Kerl.«

»Was heißt das konkret?«, hakte Tom nach. »Worin unterschieden sich seine Wünsche von denen der anderen Freier?«

Betty drückte die Zigarette im übervollen Aschenbecher aus. »Die meisten wollen ein klassisches Vergewaltigungsszenario. Das hat fast ein bisschen was von einem Rollenspiel«, erklärte sie. »Der Kunde mimt den Einbrecher, ich tue so, als hätte ich fürchterliche Angst, krieg ein bisschen Dresche, bisschen würgen, bisschen strangulieren, dann der Fick, natürlich wieder mit Schlägen, und Ende.«

Sie zündete sich eine neue Zigarette an und bemühte sich, gleichgültig zu wirken.

»Gibt es Variationen von solchen Vergewaltigungsszenarien?«, fragte Tom.

»Ja klar, so ein paar Sachen gibt es natürlich, aber gucken Sie mich an. Gewisse Fantasien kann ich nicht mehr bedienen. Wer auf diese Schulmädchen-Nummern steht, ist bei mir falsch.«

»Was forderte der Mann auf dem Foto von Ihnen?«

»Der Pfaffe war total krank. Dem ging es nicht ums Vögeln, ich weiß gar nicht, ob der richtig einen hochgekriegt hat. Dem ging es nur um den Schmerz, um meinen Schmerz wohlgemerkt. Auspeitschen gab es zum Warmwerden, die verschiedensten Gegenstände in meine Körperöffnungen schieben, war dann Teil zwei, bevor er mich mit der silbernen Hand bearbeitet hat.« Sie starrte mit leeren Augen ins Nichts.

»Silberne Hand?«, fragte Tom.

»Ein Handschuh aus Metall«, erklärte Ira, »die Fingerspitzen sind mit Klingen versehen. Ich verstehe nicht, warum du so etwas noch im Angebot hast.«

»Hab ich jetzt auch nicht mehr. Das war nur in der *Falle* so. Aber die Klingen waren relativ stumpf. Er hätte mich damit nicht mehr aufschlitzen können«, entgegnete Betty.

»Und nichts wurde besser bezahlt als eine Prozedur mit dem Handschuh.«

»Trotzdem hätte er Sie damit schwer verletzen können«, sagte Tom.

Sie zuckte mit den Schultern. »Berufsrisiko. Die meisten Freier waren gar nicht so scharf auf solche Utensilien, denen reichte ein normales Prügel- und Vergewaltigungsszenario.«

»Dem Dekan nicht?«

»Nein. Manchmal war es ganz schön knapp. Es ist nicht selten vorgekommen, dass er auf das Codewort nicht reagiert hat. Teilweise habe ich vor Schmerzen so laut geschrien, dass einer von den Sicherheitsjungs gekommen ist und den Pfaffen von mir runterreißen musste. Zwei-, dreimal musste ich ins Krankenhaus.«

»Warum haben Sie ihn als Kunden akzeptiert?«

»Weil er aufgrund seiner perversen Neigung so außergewöhnlich gut bezahlt hat. Fünfhundert Euro für eine Stunde Höllenschmerz, ich hielt das damals für einen guten Deal. Vollgepumpt mit Wodka und Schmerzmitteln ließ es sich meistens ja auch einigermaßen ertragen.«

Ira strich ihr mitfühlend über den Arm. »Du weißt, dass du aussteigen kannst, wenn du willst.«

Betty Blue stiegen die Tränen in die Augen. »Und dann, Ira? Was passiert dann? Ich habe keinen Schulabschluss und keine Ausbildung, dafür aber noch gut fünfzehntausend Euro Schulden bei meinem alten Zuhälter. Wie soll ich die denn jemals abbezahlen?«

Tom hörte nur noch mit einem Ohr zu, wie Ira der Frau erklärte, welche Ausstiegshilfen es für sie gab. Dass Betty Blue diese niemals in Anspruch nehmen würde, war für ihn eindeutig. Die Situation für die offenbar tabletten- und alkoholabhängige Frau war in der Tat recht ausweglos. Selbst wenn sie einen Entzug erfolgreich überstehen und womöglich einen Job als Reinigungskraft oder Aushilfe irgendwo bekommen sollte, würde sie damit ihre Schulden niemals tilgen können. Und selbstverständlich würde ihr alter Zuhälter das nicht hinnehmen.

»Ich hätte noch ein paar Fragen zur *Falle*«, unterbrach Tom die Frauen. »Wer war der Besitzer des Ladens?«

»Das war der Peter.«

»Bode? Hieß der Mann Peter Bode?«

»Ich glaube schon. Für uns war es immer nur der Peter.«

»Wie war er als Chef?«, fragte Tom.

»Eine Mischung zwischen gut und schlecht. Einerseits achtete er immer darauf, dass unsere perversen Kunden zahlten – klar, daran verdiente er ja schließlich auch. Andererseits drängte er uns aber auch dazu, Dinge zuzulassen, die wir eigentlich nicht wollten.« Sie trank ihr Glas erneut leer. »Aber ganz ehrlich: Ich war damals eigentlich immer komplett dicht. An den Pfaffen kann ich mich noch erinnern, aber der Rest ist ein einziger Nebel ...«

Toms Blick fiel auf die verschiedenen Folterinstrumente, die an der Wand hingen. »Hatte Peter Bode ähnlich perverse Vorlieben wie der Dekan?«

Betty Blue zögerte einen Moment. »Ich weiß es nicht. Der Chef stieg mit uns Mädels nicht in die Kiste. Ich weiß nur, dass keiner so krank war wie der Pfaffe.«

27

24. Mai 1991

Teilnahmslos saß Tom auf dem Hof und blickte durch das Fenster in das Innere des Büros. Sein Vater versuchte gerade, einen anderen Jungen zu unterrichten, aber offensichtlich hatte das Kind kein besonderes Talent. Es heulte und schrie, als sein Vater es zwingen wollte, das Karnickel zu töten. Entnervt drehte er dem Tier schließlich selbst den Hals um und schickte den Jungen weg.

Ein Kaninchen, dachte Tom, ja, das würde ihm heute auch noch schwerer fallen als die Leichenzerlegung, die gestern auf dem Stundenplan gestanden hatte. Es hatte ihm nichts ausgemacht, den Körper in kleine Stücke zu zerhacken, es war anstrengend gewesen, ja, aber ausgemacht hatte es ihm nichts. Trotzdem war sein Vater nicht zufrieden gewesen, hatte mit ihm geschimpft und gemeint, er wär nicht richtig bei der Sache und wie wichtig es wär, dass man mit jedem seiner Gedanken dabei war. Nachdem er aus den zwei Beinen insgesamt zwölf Stücke gemacht hatte, hatte sein Vater die Sitzung abgebrochen.

»Du bist kein Fleischer, klar?«, hatte er geschimpft. »Einfach nur auf jemanden einhacken, ist nicht der richtige Weg für eine professionelle Entsorgung. Das macht zum einen viel zu viel Dreck, und zum anderen verlierst du die Übersicht und zerkleinerst ihn ohne Konzept. Und ohne Konzept zu arbeiten, ist immer ein Fehler.«

Heute Nachmittag sollte es also weitergehen, dann musste er sich um den Rest kümmern.

Völlig aufgelöst kam das Kind in dem Moment zu ihm auf den Hof. Es war jünger als er, vielleicht sieben oder acht Jahre alt. Wie hieß es noch? Tom wusste es nicht mehr, und er hatte auch keine Lust, ihn danach zu fragen.

Schon seit einer ganzen Weile spürte er nur noch diese Leere in sich, die immer größer wurde und ihn immer mehr lähmte. An manchen Tagen schaffte er es nicht, etwas anderes zu machen, als aus dem Fenster in den Hof zu starren und darauf zu warten, zur nächsten Sitzung gerufen zu werden. Teilweise redete er tagelang kein einziges Wort.

»Tom!« Schluchzend stand der kleine Junge vor ihm. »Ich will hier weg.«

Er betrachtete das weinende Kind einen Moment. Es erinnerte ihn an sich selbst, wie er früher nach einer Therapiestunde seines Vaters die Nähe zu Aaron gesucht hatte in der Hoffnung, Trost und Fürsprache zu finden. Und was hatte er bekommen? Einsamkeit und Enttäuschung. Das wollte er dem Kleinen ersparen.

»Wird schon«, sagte er nur und stand auf.

Spontan schlang der Kleine seine Arme um Toms Hüften. »Bring mich hier raus, Tom, bitte.«

Unter der Umarmung des Jungen verkrampfte er sich. Das letzte Mal, dass er umarmt worden war, war auf dem Sterbebett seiner Mutter gewesen, als sie ihre Arme um ihn gelegt und sich von ihm verabschiedet hatte. Er konnte sich nicht erinnern, seither noch mal körperliche Nähe gespürt zu haben, und er wusste nicht, wie er damit umgehen sollte. Zögerlich löste er die Arme des Kindes.

»Bringst du mich hier raus, Tom?«

Er blickte in die blauen Augen des Jungen, die ihn hoffnungsvoll anstarrten und mit Tränen gefüllt waren. Dann nickte er nur und ließ den Jungen stehen.

Er wollte keine Nähe, keine Freundschaft und auch niemanden bei sich haben, der etwas Vergleichbares suchte. Er hatte Aaron vertraut, und der war fort. Er hatte seinem Vater vertraut, aber inzwischen war er groß genug, um zu wissen, dass dieser Mann ein Monster war.

Wie sollte er dem kleinen Jungen helfen, wenn er es doch schon seit Jahren nicht schaffte, sich selbst zu helfen?

Tom ging langsam über den Hof. Er wollte auf sein Zimmer und so lange die Wand anstarren, bis er zur nächsten Therapiestunde gerufen würde. War es nicht das Beste, einfach zu warten, bis die Stunden vorbeizogen, bis aus Tagen Wochen wurden und die Zeit endlich verging? Irgendwann würde er achtzehn sein und diese Anstalt verlassen können. Irgendwann käme der Tag, an dem er frei sein würde. Und so lange musste er warten.

Kurz vor der großen Eingangstür blieb er stehen. Was war da draußen los? Jenseits der Mauern, außerhalb des Tores, da, wo das normale Leben war? Er blickte auf das Polizeiauto, das draußen auf der Straße stand, nicht weit vom schmiedeeisernen Tor entfernt. Zwei Beamte in Uniform waren gerade damit beschäftigt, ein Blitzgerät aufzubauen. Offensichtlich wollten sie hier in der ländlichen Einöde eine Verkehrskontrolle durchführen.

Tom beobachtete die beiden Männer. Er hatte gehört, dass die Umgehungsstraße wegen Bauarbeiten gesperrt werden sollte. Sein Vater hatte es genervt erwähnt und gestöhnt, dass es dann auf ihrer Straße so voll werden würde. Offensichtlich traf die Polizei nun Vorsichtsmaßnahmen, um mögliche Raser aus dem Verkehr zu ziehen.

Ein leichtes Lächeln zeigte sich auf seinen Lippen, während er den Männern zusah. Vielleicht konnte er dem Kleinen ja doch helfen, dachte Tom und spürte das erste Mal seit langer Zeit wieder ein Gefühl in sich aufsteigen.

Es war ein Gefühl der Hoffnung.

28

Aaron beobachtete den Mann aus der Ferne. Er ging zwischen den Gräbern hin und her, als suchte er nach einer bestimmten Stelle. Schließlich blieb er vor einem Grabstein stehen und schien im Gebet versunken.

Es war ein sonniger Tag, keine einzige Wolke am Himmel, und die Stimmung auf dem Friedhof war ruhig und friedlich. Auf dem Weg vom Eingang bis hier hatte Aaron zum Glück trotzdem nur wenige Menschen getroffen, obwohl das Wetter eigentlich zur Grabpflege einlud. Vier alte Damen hatte er gesehen, die sich um die Gräber ihrer Männer kümmerten, ohne dabei bekümmert zu wirken. Aber hier, im hinteren Teil des Friedhofs, in dem vor allen Dingen die Jüngeren lagen, war niemand.

Die Friedhofsverwaltung hatte die parkähnliche Anlage geschickt aufgeteilt. In einem Bereich gab es nur Kindergräber, dort stand auch ein Gedenkstein, an dem das katholische Krankenhaus die Fehlgeburten begraben ließ. In einem anderen Teil lagen überwiegend die Alten, manchmal in großen Gruften, in denen die Familienmitglieder schon seit Generationen ausharrten. Diese Aufteilung war nicht grundlos vorgenommen worden, da die Trauer und Anteilnahme der Hinterbliebenen sehr unterschiedlich ausfallen konnte.

Die älteren Damen vorhin hatten gut gelaunt über ihre Männer hergezogen und sich noch auf Kaffee und Kuchen verabredet. Solche fröhlichen Grabszenen fanden sich bei den Kindergräbern eher selten.

Aaron stand an der Stelle, die durch ein kleines Wäldchen vom Kinderteil abgetrennt war und gleichzeitig ein ganzes Stückchen von den Familiengruften entfernt lag. Hier war es besonders ruhig und friedlich, und es wurde gemunkelt, dass die tragischsten Fälle in diesem Bereich begraben wurden.

Er blickte sich noch einmal um, aber weit und breit war kein Mensch zu sehen. Vorsichtig und darauf bedacht, dass der andere ihn nicht hörte, näherte er sich dem Grab. Es war eine Dreiergrabstelle mit den Daten von zwei Kindern und einer Frau, die ein Jahr nach den Kindern gestorben war. Anhand der Namen erkannte er, dass er den Richtigen hatte. Unauffällig beobachtete er den Mann noch einen Moment, der spöttisch grinsend auf den Gedenkstein blickte.

»Hat Ihre Frau sich aus Kummer umgebracht?«, fragte Aaron, als er nur noch einen halben Meter hinter ihm stand.

Der Mann zuckte erschrocken zusammen, und das Grinsen verschwand schlagartig aus seinem Gesicht. »Wer zur Hölle sind Sie?«

»Keine Sorge, ich bin ein Freund«, sagte Aaron mit freundlicher Stimme. »Es stimmt, was ich sage, oder?«

Der Mann bemühte sich sichtlich um eine betroffene Miene, legte seine Stirn in Falten und presste die Lippen aufeinander, während er wieder auf den Grabstein blickte. »Ja, sie hat den Tod der Kinder nicht verkraftet und sich dann entschieden, auch aus dem Leben zu gehen.«

Für einen Moment dachte Aaron an die Frau und ihre beiden Kinder, die vom Vater ermordet wurden, nur um die Mutter leiden zu lassen.

»Und Sie? Haben Sie den Tod Ihrer Kinder verkraftet?«, fragte er den Mann gespielt einfühlsam.

Der zuckte mit den Achseln, und für einen Augenblick ging wieder ein Lächeln über sein Gesicht, das er mit einem Räuspern schnell zu verbergen versuchte. »Ich bin nicht der Vater, wenn Sie das meinen.«

Für einen Augenblick war Aaron irritiert. Hatte er doch den Falschen?

»Aber Sie sagten doch, dass es Ihre Frau …?«

»Ja, natürlich. Aber es waren nicht meine Kinder«, sagte der andere. »Sie hatte schon immer Affären und mir die Kinder untergejubelt.«

»Verstehe. Nicht schön.«

»Nein, ganz und gar nicht.« Der andere atmete tief durch. »Aber das ist Vergangenheit.« Jetzt drehte er sich wieder zu Aaron und sah ihn stirnrunzelnd an. »Sie sagten, Sie sind ein Freund?«

»Ja.« Aaron lächelte. »Von Ihren Kindern.« Mit einer schnellen, fast unsichtbaren Bewegung stach er ihm die Spritze in den Hals.

29

Tom betrat den Verhörraum, in dem Ira und Katja einem Mann mittleren Alters gegenübersaßen. Ein Tisch mit einem Mikrofon stand zwischen ihnen, und die beiden hatten offensichtlich gerade die Personalien aufgenommen. Der Zeuge trug eine schwarze Hose und ein gleichfarbiges Hemd, das mit einem weißen Kollar ausgestattet war und ihn so als Priester kennzeichnete. Julius Vennemann war der einzige Konferenzteilnehmer und Mordzeuge, den sie noch nicht befragen konnten. Der stark übergewichtige Mann sah nach seinem Beinah-Herzinfarkt immer noch mitgenommen aus.

Tom stellte sich kurz vor und setzte sich dann zu seinen Kolleginnen. »Wir kennen bereits die Details des Mordes, das müssen Sie uns nicht noch mal genau beschreiben«, sagte er und sah, wie Vennemann ein Stein vom Herzen fiel.

»Da bin ich erleichtert«, sagte er. »Jedes Mal, wenn ich nur daran denke, bekomme ich Herzrasen und Atemnot.«

»Eine Panikattacke«, sagte Katja. »Das ist leider nicht selten bei einer posttraumatischen Belastungsstörung.«

»Ja. Und mein Herz ist nicht das allerbeste. Mich hat das alles wahnsinnig belastet, wie Sie sich vorstellen können.« Vennemanns Stimme hatte einen wehleidigen Ton bekommen.

»Wie gesagt, die blutigen Details interessieren uns im Moment nicht«, unterbrach Tom das Gejammere. »Ich würde mich gerne auf das Gesagte konzentrieren. Die anderen Zeugen konnten dazu nur wenige Angaben machen, was nicht weiter verwunderlich ist, da das, was sie gesehen haben, so extrem war. Aber vielleicht können Sie uns diesbezüglich weiterhelfen.«

Julius Vennemann sah Tom ratlos an. »Was ich gehört habe? Was meinen Sie? Die Schreie des Dekans, die man trotz des Knebels hören konnte?«

»Nein. Können Sie mir beschreiben, was der Mörder gesagt hat?«, fragte Tom. »Bitte versuchen Sie, sich so genau wie nur möglich zu erinnern.«

Der Mann seufzte, und auf seiner Stirn waren nachdenkliche Falten zu sehen. »Zuerst hörte man ihn gar nicht. Da war es nur ein Schatten, den ich hinter dem Dekan sah«, begann er leise.

»Es ist ihm also gelungen, quasi lautlos ins Zimmer zu kommen?«, fragte Ira. »Kein Türquietschen oder Ähnliches?«

»Ich habe nichts dergleichen gehört. Plötzlich war der einfach da.«

Er war schon im Zimmer, dachte Tom. Er muss in einem sicheren Versteck gewesen sein und auf den richtigen Moment gewartet haben, bis er schließlich seine Deckung verließ.

»Dann hielt er ihm ein Messer an den Hals und drohte damit, ihn umzubringen, wenn einer von uns wegschauen würde«, fuhr Vennemann fort.

»Er wies Sie auf die technische Überwachung hin, die er installiert hatte«, sagte Katja, und der Mann nickte.

»Wie hat sich der Mann da für Sie angehört?«, hakte Tom nach. »Wirkte er aufgeregt oder eher ruhig?«

»Vollkommen ruhig«, antwortete Vennemann. »Seine Stimme war leise, ohne Nervosität oder Anspannung. In so einem Tonfall hätte er auch etwas völlig Belangloses sagen können, das hätte ebenfalls zu seiner Stimme gepasst.«

Er fühlte sich sicher, ging es Tom durch den Kopf. Er war gut vorbereitet und hatte keine Sorge, dass irgendetwas schiefgehen könnte. Ein Perfektionist, der alles von langer Hand geplant hatte.

»Was hat er gesagt, als er mit der Folter begonnen hat?«, fragte Tom weiter.

Julius Vennemann schien durch ihn hindurchzustarren. Er presste die Lippen aufeinander, sodass sie fast weiß wurden. Nur stakkatohaft brachte er die Worte heraus. »Das war alles so entsetzlich –«

»Wissen wir«, ging Tom sofort dazwischen. Er wollte auf jeden Fall verhindern, dass Vennemann die nächste Panikattacke erlitt. »Versuchen Sie, die Bilder aus Ihrem Kopf auszublenden. Denken Sie nur an seine Worte. Was hat er gesagt?«

Vennemann atmete hörbar aus. »Er hatte ihn gefesselt und geknebelt, hatte seinen Kopf an den Haaren nach hinten gezogen, damit wir alle das Gesicht des Dekans sehen konnten. Dann befahl er uns ein letztes Mal –« Er stockte.

»Die genaue Wortwahl«, sagte Tom, »erinnern Sie sich an die?«

Tränen stiegen in die Augen des Mannes. Fast tonlos sprach er weiter. »›Wenn einer von euch während der Prozedur wegschaut, ist der Mann tot. Ihr habt es in der Hand, ob er weiterleben kann oder nicht‹«, zitierte er mit zittriger Stimme den Killer. »Dann schnitt er dem Dekan ein Stück aus dem Rücken und –«

»Und was?«

»Und hat dabei vor sich hin gesummt.« Vennemann lief sichtbar ein Schauer den Rücken hinunter, und er schüttelte sich. »Es war widerlich. Während er immer und immer wieder das Messer ansetzte, summte er ein Liedchen, als würde er gerade einen Waldspaziergang machen.«

Interessant, dachte Tom. Das hatten die anderen Zeugen bisher noch nicht erwähnt.

»Was für eine Melodie war das?«, fragte Katja.

»Ich weiß es nicht. Vielleicht habe ich mich auch geirrt, aber für mich hörte es sich so an, als würde er dabei summen. Mir ist das aufgefallen, weil meine Haushälterin das auch immer macht. Egal ob sie putzt oder kocht, immer summt sie ein fröhliches Liedchen. Und genauso war es bei ihm auch.«

»Sie meinen, er wirkte gut gelaunt?«, fragte Ira.

»Ja, irgendwie schon. Das war mindestens genauso verstörend wie die Dinge, die er dem Dekan angetan hat.«

»War es ein religiöses Lied?«, hakte Katja nach.

Vennemann schüttelte den Kopf. »Das glaube ich nicht. Ich kann es nicht mit Sicherheit ausschließen, aber ich denke, dass ich ein Kirchenlied erkannt hätte.«

»War das Summen das Letzte, was Sie von ihm hörten?«, fragte Tom. »Oder hat er während der Folter noch mal gesprochen?«

»Nein. Bis auf diese Melodie habe ich nichts mehr von ihm gehört.«

Katja und Ira versuchten, noch weitere Details aus dem Zeugen herauszubekommen, fragten nach einer möglichen sprachlichen Färbung, nach einem Akzent oder Dialekt, einem Sprachfehler oder einer anderen Ungewöhnlichkeit. Aber Dekan Vennemann schüttelte nur noch den Kopf. »Er hat insgesamt wenig gesprochen, sehr wenig und sehr leise. Ich glaube, ein Stottern oder Lispeln hätte ich rausgehört, aber eine regionale Färbung? Ob er Rheinländer oder Bayer war? Tut mir leid, aber da muss ich passen. Er hat ja fast geflüstert.«

Tom blickte nachdenklich aus dem Fenster, während seine Kolleginnen den Mann weiter befragten. Zum ersten Mal spürte er eine Verbindung zum Zoom-Killer. Viele der Kinder im Heim hatten damals bei den Therapiestunden geweint und geschrien, und er war sich sicher, dass keiner von den »Lauten« sich für das qualifiziert hatte, wofür sein Vater sie vorgesehen hatte. Aber die »Leisen«, die nicht gezetert hatten, sondern relativ ruhig das taten, was der Alte von ihnen verlangte, die wurden gelobt und belohnt. Um die Ruhe zu bewahren, hatten sie ein vergleichbares Verhalten an den Tag gelegt wie der Zoom-Killer, der bei seinem Foltermord eine Melodie gesummt hatte. Von Lisa wusste Tom, dass sie Kinder-Abzählreime vor sich hin geflüstert hatte, um eine Entscheidung für den Körperteil zu treffen, den sie als Erstes bearbeiten sollte. *»Eene, meene muh, und ab bist du!«*

Er hatte Lisas fröhliches Stimmchen immer noch im Ohr. Und Aaron hatte ihm mal gestanden, dass er sich beim Zerlegen der Leichen wie ein Dirigent vorkommen würde, der Körper sei das Orchester, und er befehle, wer nun an der Reihe war. Und auch Tom selbst hatte bei den Lehrstunden mit seinem Vater immer versucht, an etwas anderes zu denken, hatte es schließlich geschafft, seinen Kopf vollständig leer zu bekommen und nur noch wie ein Roboter vorzugehen.

All das waren dieselben Mechanismen. Das Aufsagen eines Auszählreims oder das Summen einer Melodie sollten vom Handeln ablenken, Normalität vorgaukeln, und gleichzeitig wurde so eine Schutzmauer errichtet gegen die Grausamkeiten, die man gerade selbst anrichtete.

Tom sah durch das Fenster einen Vogel, der einen Regenwurm aus der Erde zog und gierig verschlang.

Ja, er konnte den Zoom-Killer verstehen. Auch wenn er noch nicht wusste, was ihn zu seinen Taten antrieb, so konnte er doch nachfühlen, wie er sich dabei fühlte, wenn er tat, was er offenbar tun musste.

Denn Tom selbst war es vor vielen Jahren nicht anders gegangen.

30

Die Sonne schien immer noch, und die Vögel zwitscherten weiterhin munter vor sich hin. Obwohl Aaron gerade einen Doppelmörder mit einem hochwirksamen Muskelrelaxans ausgeschaltet hatte.

Diesmal wollte er anders vorgehen. Die Sauerei, die er beim letzten Mal hinterlassen hatte, hatte ihn zum Umdenken bewegt. Es war besser, die Leiche sofort zu entsorgen, als sie noch durch die halbe Stadt zu transportieren, um sie dann in irgendeinem Whirlpool aufzulösen. Und was bot sich dafür besser an als ein Friedhof?

Aaron holte die Schubkarre, die er aus der Friedhofsgärtnerei genommen und hinter einem größeren Grabstein versteckt hatte. Schnell hatte er den Kerl darin verstaut. Dass der Typ nicht zu seiner Familie ins Grab kam, war für Aaron von vornherein klar. Er wollte die Totenruhe der ermordeten Kinder und der vor Kummer gestorbenen Frau auf keinen Fall stören, schon gar nicht dadurch, dass ihr Mörder ihnen auf die Pelle rückte.

Weit und breit war niemand zu sehen. Aaron legte zur Sicherheit trotzdem die mitgebrachte Plane über den Mann und schob los.

Es gab einen entscheidenden Vorteil, wenn man eine Leiche in Säure auflöste. Sie verschwand nahezu vollständig. Normalerweise blieb nie viel mehr als eine dreckige Brühe übrig, die er mit viel Wasser durch den Abfluss jagen konnte. Einige Knochen, gerade beim Schädel, waren zwar etwas hartnäckiger, weshalb er sie manchmal mit Gewalt zerkleinern musste, aber grundsätzlich leistete die Säure eine hervorragende Arbeit. Verwertbare Spuren von den Toten waren jedenfalls nie übrig geblieben.

Das war jetzt anders. Zwar bot sich ein Friedhof dafür an, Leichen verschwinden zu lassen, aber natürlich konnte es nicht so laufen wie im Säurebad. Aaron hatte sich vorher den Eingang des Krematoriums, das neben der Leichenhalle stand, genau angesehen. Es war mit einer Sicherheitstür versehen, und auch wenn es sicherlich nicht unmöglich war, diese zu öffnen, so war das Risiko doch viel zu groß. Hinzu kam, dass der austretende Rauch sofort jedem verraten würde, dass der Ofen brannte.

Nein, das Krematorium war keine Lösung. Heute würde er es auf die herkömmliche Art versuchen. Manchmal war das Einfachste auch das Beste.

Es war nicht weit zu den frisch ausgehobenen Gräbern, wo heute Nachmittag die Beerdigungen stattfinden sollten. Den meisten Menschen war sicher nicht bewusst, dass sie sich ihre letzte Ruhestätte in der Regel mit einem anderen Verstorbenen teilen mussten. Normalerweise dauerte es allerdings fünfundzwanzig Jahre, bevor über die alten Gebeine neue gebettet wurden. Diesen Zeitraum würde er jetzt verkürzen. Er wollte den Mann in die Grube legen und mit einer anständigen Schicht Erde bedecken, damit auch ja nichts von ihm herauslugte, wenn heute Nachmittag dann ganz offiziell ein Sarg auf ihn gestellt werden würde. Er musste sorgfältig arbeiten, damit niemandem etwas auffiel.

Vier Gräber waren ausgehoben, und Aaron hatte sich vorher erkundigt, wer wo hineinkommen sollte. Er hatte sich für einen Karl Kemmer entschieden, einen sechsundneunzigjährigen Pensionär, unverheiratet und kinderlos. Allzu viele Freunde dürfte der Mann nicht mehr gehabt haben, die Trauerfeier sollte laut Auskunft des Friedhofswärters nur mit einem Pastor und den Sargträgern durchgeführt werden. Das war genau das Richtige. Mit Angehörigen, die noch mal einen Blick in das ausgehobene Grab warfen, war demnach nicht zu rechnen.

Aaron war ordentlich ins Schwitzen gekommen, als er die Grabstelle endlich erreicht hatte. Zum Glück war die Grube recht tief ausgehoben worden, ein weiterer Vorteil bei einer Einzelgrabstelle. In Familiengräbern lagen häufig schon andere Särge, da musste der Bagger vorsichtig graben. Aber bei einer Erstbestattung grub er normalerweise so tief wie möglich, damit in zwei Jahrzehnten, wenn die Grabstelle verkauft und dort neu beerdigt werden würde, keine Überraschungen in Form von alten Knochen zutage traten.

Aaron warf den Kindermörder in die Grube, der schlaff wie ein Leichnam auf dem Boden aufschlug. Dank des Muskelrelaxans konnte der Mann sich nicht bewegen. Aaron hatte diesmal seine Augen nicht mit Klebestreifen fixiert, er sah keine Notwendigkeit darin, dass der Mann seine Umgebung wahrnahm. Er wusste ja, dass der Kerl alles um sich herum mitbekam, Kälte und Schmerz genauso empfinden würde wie Todesangst.

Aaron griff zur Schaufel und begann, den Mann lebendig zu begraben. »Mach dir keine Gedanken«, sagte er leise, während er die Beine vergrub. »Sobald dein Gesicht mit Erde bedeckt ist, geht es schnell. Du atmest dann ein bisschen davon ein, dein Körper würde darauf normalerweise mit einem Hustenreiz reagieren, aber das geht ja jetzt nicht. Du erstickst also relativ flott. Nach zwei, drei Minuten bist du aber eh schon bewusstlos. Das kannst du nicht vergleichen mit dem Schmerz, den du deinen Kindern angetan hast. Und natürlich deiner Frau. Eigentlich solltest du froh sein, dass du so billig aus der Nummer rauskommst.«

Aaron schaufelte weiter, sorgte zwischendurch immer wieder dafür, dass die Erde auch gleichmäßig auf dem Körper verteilt wurde und keine Unebenheiten zu sehen waren. Schließlich war nur noch das Gesicht des Mannes frei, der mit geschlossenen Augen dalag. Aaron konnte sehen, wie sich die Erde um seine Nasenlöcher herum bewegte.

Er nahm eine Schaufel voller Erde und hielt kurz inne, bevor er das Gesicht des Mannes damit bedecken wollte. Nachdenklich betrachtete er ihn.

Du bist kein Sadist, sagte er dann zu sich selbst. Und auch kein Folterer, nicht das personifizierte Böse, das Dr. Rudolf Bachmann erschaffen wollte. Du bist ein gerechter Rächer. Also verhalte dich auch so!

Ein letztes Mal sah Aaron sich um. Dann zog er das Messer aus der seitlichen Tasche, die am äußeren Oberschenkel seiner Hose angebracht war, und sprang ins Grab. Er holte aus und stach das Messer gezielt in das Auge des Kindermörders. Um auf Nummer sicher zu gehen, drehte er es noch einige Male hin und her, bis er merkte, dass die Klinge an der anderen Seite des Schädels wieder ausgetreten war.

Der Mann war tot.

Vorsichtig und darauf bedacht, das Auge nicht aus dem Kopf zu entfernen, zog er die Klinge wieder heraus, wischte sie am Kragen des Mannes ab, der noch aus der Erde herausschaute, und steckte sie wieder ein.

Mit einem Sprung stand Aaron wieder neben dem Grab. Er blickte noch mal auf den Mann, aber es gab keinen Zweifel an seinem Tod. Dann schaufelte er die Leiche zu.

31

»Ich muss wissen, welche Melodie der Kerl gesummt hat«, sagte Tom. Er saß an seinem Schreibtisch, während Ira mit einem Kaffeebecher in der Hand am Türrahmen lehnte. »Bisher hat kein Zeuge etwas davon erwähnt.«

»So etwas geht leicht unter«, meinte Ira. »Gerade wenn das Schreckensszenario so groß ist. Ich werde die anderen noch mal konkret nach einer Melodie befragen. Aber warum macht er das? Soll das ein Zeichen seiner Freude sein?«

»Wann summen oder pfeifen Sie vor sich hin?«, fragte Tom.

»Nun, meistens, wenn ich gut gelaunt bin und mir etwas Freude macht, würde ich sagen.«

»Das ist eine Möglichkeit«, gab Tom ihr recht. »Und wann noch?«

Ira dachte nach. »Als meine Oma im Altenheim war, haben viele Senioren vor sich hin gesummt …«

»Ein Summen gegen die Einsamkeit.« Tom nickte. »Es kann gute Laune signalisieren und uns zeigen, dass der

Zoom-Killer großen Spaß bei seiner Tätigkeit hatte, oder aber er summt die Melodie unterbewusst vor sich hin, um sich abzulenken und sich nicht einsam und verlassen zu fühlen.«

»Oder es ist eine Art Ohrwurm, eine Melodie, die er immer hört«, überlegte Ira laut. »Vielleicht arbeitet er in einem Burger-Laden, in dem immer wieder derselbe Jingle läuft, und der hat sich so in sein Hirn gebrannt, dass er ihn automatisch vor sich hin summt?«

»Auch das können wir nicht ausschließen. Dafür müssen wir dringend wissen, um welche Melodie es sich handelt«, sagte Tom. »Julius Vennemann sprach von einer *Prozedur*, die der Täter angekündigt hatte. Betty Blue hatte im Zusammenhang mit ihren Sessions auch von einer Prozedur gesprochen.«

»Das ist durchaus eine gängige Bezeichnung. Prozedur, Session, Sitzung – das sind meistens die Worte, die fallen, wenn es um ungewöhnliche Angebote geht. Eine normale Sexarbeiterin hat Preise für die Dienstleistungen, die sie anbietet. Daher sprechen die auch ganz anders, reden von ›fünfzig fürs Blasen‹ oder so, benennen ihr Angebot also klar. Das unterscheidet sie von Dominas und Sklavinnen, die ihre Dienstleistung eben nicht sofort konkret aussprechen.«

»Damit halten sie das Ganze abstrakter. Das ist auch eine Form, sich davon zu distanzieren«, stellte Tom fest.

»Absolut. Wer glaubt, dass solche Frauen Spaß bei der Arbeit haben, liegt leider ziemlich falsch.«

»Ich denke, unser Mann hat diese Bezeichnung bewusst gewählt«, sagte Tom. »Er muss gewusst haben, dass Bode und Harber sie kannten.«

Katja war hinter Ira in den Raum getreten. »Du meinst, er stammt auch aus dem Sex-Geschäft?«, fragte sie.

»Ja, die Vermutung ist absolut naheliegend. Die Verbindung zwischen den beiden Opfern scheint bei den ungewöhnlichen Sexpraktiken zu liegen, die der eine anbietet und der andere nutzt. Und irgendetwas hat unser Mann damit zu tun. Wie steht es um die Wiederherstellung der Videodateien?«, rief Tom durch die offene Tür in den Nebenraum. »Gibt es eine Chance, dass wir noch Bilder vom Mord zu sehen kriegen, Philipp?«

»Absolut«, rief der zurück und erschien kurz danach in der Tür. »Es ist knifflig, aber noch habe ich die Hoffnung nicht aufgegeben. Der Täter hat ein Virus auf den Computern seiner Opfer installiert, das alles, was die Kamera aufnimmt, sofort löscht. Aber er hat versehentlich eine Hintertür offen gelassen. Alle Bilder wurden vor dem Löschen versendet.«

»Er hat sie an sich selbst geschickt?«, mutmaßte Tom.

»Das kann ich noch nicht sagen, aber höchstwahrscheinlich ja, beziehungsweise an einen Server, auf den er Zugriff hat. Sobald ich den habe –«

»Haben wir den Zoom-Killer?«, fragte Katja skeptisch.

»Nein, leider nicht«, antwortete Philipp. »Solche Sendungen gehen in der Regel über die verschiedensten Anlaufstellen und sind total verschachtelt. Da fließen Daten erst nach Holland, dann nach Südkorea, von da nach Peru und weiter nach Alaska – ihr kennt das Spiel. Meine Chance ist, den Server in, sagen wir, Peru zu knacken und die Dateien von dort abzugreifen. Das ist nicht ganz easy, aber auch nicht ausgeschlossen.«

»Okay. Sag mir sofort Bescheid, sobald du da was hast.« Tom blickte auf sein Handy. Er hatte eine Nachricht von Mattes Schäfer bekommen.

»Hab was gefunden. Können Sie kommen?«

»Vielleicht geht es auch schneller«, sagte Tom und verließ, ohne ein weiteres Wort zu verlieren, das Büro.

32

Tom stand in Mattes Schäfers Kellerbüro und blickte konzentriert auf den mittleren Bildschirm.

»Der Film wurde zwar nicht von der Gesichtsscannung erkannt«, erklärte Schäfer, »aber die Parallelen zu dem, was Sie mir beschrieben haben, sind eklatant.«

»Können Sie den Ton lauter stellen?«

»Selbstverständlich.« Mattes Schäfer klickte mit seiner Maus. Kurz darauf waren Schreie und flehendes Betteln zu hören. Der Ausschnitt war nur wenige Sekunden lang, und Schäfer wiederholte ihn auf Toms Bitte einige Male.

Das Opfer war nicht zu erkennen, da es blutüberströmt war. Aufgrund der Stimmlage und der Haare musste es ein Mann sein. Auf dem Bildschirm war eigentlich nur eine Momentaufnahme zu sehen, in der dem blutenden Opfer die Kehle durchgeschnitten wurde. Blut spritzte gegen die Kamera, die Aufnahme endete. Bis auf die entsetzten Schreie des Opfers und ein spöttisches Lachen im Hintergrund war nichts zu hören.

»Der Film ist eindeutig ebenfalls von einer Laptop-Kamera aufgenommen worden«, sagte Schäfer.

»Aber es ist keines unserer Opfer. Die Computer der Toten waren nicht mit Blut besudelt. Darauf hat der Täter genau geachtet. Außerdem waren unsere Opfer geknebelt.«

»Ich weiß. Mir ist das Ganze auch aus einem anderen Grund aufgefallen.« Er tippte kurz auf der Tastatur, und das Standbild erschien plötzlich in einer Reihe von anderen Bildern. Alle zeigten einen Ausschnitt aus ähnlich brutalen Filmen.

»Sind das alles Snuff-Videos?«, fragte Tom.

»Ja, von unterschiedlichster Qualität. Aber auf dieser Seite ohne sexuellen Background.«

»Also reine Tötungsvideos?«

»Genau. Die Rubrik nennt sich *Facebroke.* In Anlehnung an …«

»*Facebook.* Schon klar.« Tom hatte noch nie von so etwas gehört, ahnte aber, was dahintersteckte. »Ist das eine Art Tötungs-Ranking? Ein Talentwettbewerb für perverse Killer?«

»Wenn Sie so wollen, ja.« Schäfer grinste, wurde aber schnell wieder ernst. »Jeder Bewerber reicht ein Video ein. Das mit den meisten Likes erhält am Ende dann einen Preis«, erklärte er. »Geld natürlich. Vielmehr Bitcoins.«

Es überraschte Tom nicht, dass selbst die schlimmsten Psychopathen auf Likes und Klicks scharf waren. Bewunderung und Anerkennung waren wie eine Droge für solche Leute. In Social Media konnten sie diese nur schwer ergattern, also mussten sie sich ein eigenes asoziales Netzwerk schaffen.

»Schön und gut. Aber warum sollte unser Mann dabei mitmachen?«

Der Zoom-Killer brauchte zwar sein Publikum, aber vor allen Dingen brauchte er das Entsetzen seiner Zuschauer. Die Abgeklärtheit einer normalen Snuff-Gemeinde dürfte für ihn kein Gewinn sein, davon war Tom überzeugt.

»Ich sage ja nicht, dass er der Urheber des Videos ist«, antwortete Schäfer. »Aber es gibt eine Kommentarfunktion, und bei diesem Video hat ein User immer wieder ähnliche Fragen gestellt. Moment ...« Er klickte mit seiner Maus. »Hier: ›Wie tief hast du geschnitten, bevor er verblutete?‹ Oder: ›Ist Verbluten möglich, auch wenn keine Hauptader erwischt wird?‹ Und hier: ›Wie kann ich Ohnmacht durch Schmerzen verhindern?‹ Diese Fragen unterscheiden sich deutlich von den anderen Kommentaren.«

Tom überflog die Kommentarspalte. Schäfer hatte recht. Alle anderen Kommentatoren geilten sich an den Qualen des Opfers geradezu auf, amüsierten sich zum Teil über sein Leiden oder feuerten den Täter noch zusätzlich an. Nur der User mit dem Namen *satchmo23* stellte diese sachlich klingenden Fragen, fast so, als wäre er in einem Fachkräfte-Chat.

»Können Sie herausfinden, wer dieser *satchmo23* ist?«

Mattes Schäfer sah ihn an, als hätte er einen schlechten Witz gemacht. »Nein, natürlich nicht. Das ist das Prinzip des Darknets. Aber ich kann ihn anschreiben. Vielleicht lässt er sich auf einen Chat ein.«

»Ja, versuchen Sie es.«

Plötzlich öffnete sich die Tür, und der Partner von Mattes Schäfer betrat den Raum. Verärgert blickte er Tom an. »Du hast schon wieder den Typen hier runtergebracht«, stellte Alex verärgert fest. »Hab ich dir nicht oft genug gesagt, was ich davon halte?«

»Jetzt reg dich nicht auf, er ist gleich wieder weg.«

»Hallo, Alex«, sagte Tom. »Alex ist doch richtig, oder?«

»Ja, ja. Was ist das für ein Scheiß?«, fragte er und wies auf den Bildschirm.

»Nichts, womit wir etwas zu tun hätten«, versuchte Mattes Schäfer ihn zu beruhigen. Er klickte mit seiner Maus und zog das Video auf einen USB-Stick. »Ich ruf Sie an, wenn ich was Neues weiß«, sagte er zu Tom.

»Danke.« Tom ging zur Tür, und Schäfer wollte ihn nach oben begleiten. »Ich finde den Weg schon alleine«, wehrte Tom ab und verließ den Raum.

»Ich dachte, wir haben uns auf ein bisschen krankes Fick-Material spezialisiert«, hörte er Alex leise schimpfen. »Aber das ist doch gefilmter Mord, so 'n Scheiß machen wir eigentlich nicht!«

»Glaubst du vielleicht, die Frauen in unseren Filmen überleben den Mist?«, schimpfte Mattes Schäfer zurück. »Das ist genauso Mord.«

»Das sind irgendwelche Crack-Huren aus Sibirien, die sowieso in ein paar Monaten tot wären«, erwiderte Alex leise. »Das ist doch was anderes, als wenn so einem Kerl die Kehle durchgeschnitten wird!«

Tom überraschte es nicht, wie ein nach außen hin spießiges Paar sich seine eigenen Taten schönredete. Snuff-Videos mit Crack-Nutten zu vertreiben, war nicht so schlimm, der Selbst-schuld-Gedanke war bei einem problematischen

Background der Opfer allgegenwärtig. Es gab längst Studien darüber, wie Leser von Boulevardzeitungen reagierten, wenn ausführlich über Morde berichtet und der soziale Hintergrund des Opfers erläutert wurde. Bei Müttern, die Hausfrau oder Lehrerin waren, sah die Empathie ganz anders aus als bei Prostituierten oder Drogenabhängigen – auch wenn die Taten sich extrem ähnelten.

»Wieso lässt du den Typen hier überhaupt rein?«, hörte Tom Alex noch schimpfen, als er die Treppe hinaufging. »Bist du jetzt ein Scheißinformant, oder was?«

»Ich hab Aaron versprochen, dem Kerl zu helfen. Und du weißt genau, dass die Finnen mich kaltgemacht hätten, wenn Aaron nicht gewesen wäre! Er hat mir den Arsch gerettet, also ist es doch wohl klar, dass ich mich jetzt revanchiere«, antwortete Schäfer.

»Und wenn du es nicht tust?«

»Dann stehen morgen die Finnen vor der Tür …«

Tom war oben im Flur angekommen und konnte die beiden jetzt kaum noch hören. Er überlegte, ob Aaron wohl noch mehr Leute in der Hand hatte, die ihm einen Gefallen schuldeten, und wäre fast über die leeren Kartons vom regionalen Gemüsebauern gestolpert, die auf dem Boden lagen. Auf gesunde Ernährung achten, aber im Keller Snuff-Videos vertreiben, ging es ihm durch den Kopf.

Auch ein gewisses zur Schau gestelltes Gesundheitsbewusstsein konnte zur Tarnung beitragen. In den USA hatte Tom mal mit dem Oberhaupt eines berüchtigten venezolanischen Clans zu tun gehabt, der seinen Hauptsitz nach Texas verlegt hatte. Der Mann verzichtete komplett auf Salz und ernährte sich ausschließlich vegan, weil ihm seine eigene Gesundheit und das Tierwohl so am Herzen lagen. Er hatte aber keine Probleme damit, seine Gegner bei lebendigem Leib in der texanischen Sonne verdorren zu lassen, bis sie aussahen wie ein getrockneter Schinken. Zwölf nebeneinander an den Boden gekettete Leichen hatten sie gefunden, die alle lebendig mumifiziert worden waren. Als sie den Paten damals festgenommen hatten, war die Verwunderung in der Nachbarschaft riesig gewesen. Keiner hätte sich jemals vorstellen können, dass der gesundheitsbewusste Mann, der zu den Straßenfesten immer die veganen Würstchen mitgebracht hatte, ein skrupelloser Mörder war.

Auch bei den beiden harmlos aussehenden Männern im Keller, die sich regelmäßig Biogemüse aus der Region liefern ließen, würde niemand darauf kommen, mit was für einer grausamen Arbeit sie ihr Geld verdienten.

Sie waren, was ihre Verbrechen anging, praktisch unsichtbar. Und was für Alex und Mattes galt, musste auf den Zoom-Killer erst recht zutreffen. Niemand konnte ihn beschreiben. Um im richtigen Leben genauso unsichtbar zu sein, musste er das tun, was unsichtbare Menschen taten. Einem langweiligen Job nachgehen, unauffällige Kleidung tragen, die Nachbarn freundlich, aber zurückhaltend grüßen, immer nett, aber unverbindlich sein. Auf keinen Fall auffallen.

Das machte die Suche nach ihm nicht gerade leichter.

33

Sein erster Freigang war genauso verlaufen, wie Rudolf Bachmann ihn sich vorgestellt hatte. Er hatte seine beiden Bewacher zu einem Kaffee eingeladen und den freundlichen, älteren Herrn gemimt. Die beiden Männer hatten vermutlich den Eindruck von ihm gewonnen, dass er sich über nichts mehr freute als über den ersten frischen Cappuccino, den er nach dreißig Jahren trinken konnte. Tatsächlich hatte ihn das Geschmackserlebnis auch für einen kleinen Moment berührt. Früher schmeckte der Kaffee eindeutig anders als heute, und mit der Plörre aus dem Knast war er natürlich sowieso nicht zu vergleichen. Aber die Freude hatte nur einen winzigen Augenblick angedauert, er war nicht der Typ, der sich von einem Schluck Kaffee aus der Fassung bringen ließ.

Vor seinem Freigang hatte er eine ganze Weile vor dem Spiegel geübt. Er wusste, dass er eine kalte und berechnende Ausstrahlung hatte, aber er kannte auch die kleinen Tricks, diese zu überspielen. Ein leichtes Lächeln, dabei die Augen ein kleines bisschen zusammenkneifen, damit freundliche

Lachfältchen entstehen, und immer wieder glücklich in den Himmel blicken und sich an der Natur erfreuen – das war die Basis.

Außerdem hatte er seine Bewacher konsequent mit Namen angesprochen, um eine gewisse Vertrautheit zu schaffen, und sie in ein belangloses, vermeintlich persönliches Gespräch verwickelt. Während der eine von seiner Fußball-Leidenschaft erzählte, hatte Bachmann lächelnd seinen Hals betrachtet und die Stelle fixiert, in die er den Kugelschreiber stechen würde. Den hatte er sich dann wie geplant beim Toilettengang besorgt. Natürlich hatte ihn einer der Bewacher begleitet, aber trotzdem war es ein Leichtes gewesen, den teuren Stift vom Tisch des Geschäftsmannes, der pausenlos telefonierte, einzustecken und in seinem Ärmel verschwinden zu lassen.

In der Toilettenkabine konnte er ihn dann dort deponieren, wo alle Insassen normalerweise verbotene Dinge versteckten, um sie in den Knast zu schmuggeln. Es gab zwar regelmäßig Stichproben, aber er selbst wurde schon seit bestimmt fünfzehn Jahren nicht mehr da unten kontrolliert. Dass ein alter Mann wie er etwas Illegales in der *Knasttasche* deponierte, hielten die Wächter für unwahrscheinlich, zumal er sich seit Jahren auf der Krankenstation wegen seiner Hämorrhoiden behandeln ließ. Eine bessere Tarnung gab es wohl nicht.

Bachmann lag auf seiner Pritsche und betrachtete den Kugelschreiber. Er war für seine Zwecke perfekt, nicht so ein billiges Plastikding, sondern ein stabiles Produkt aus Metall. Damit konnte er problemlos ein hübsches Loch in die Halsschlagader bohren. Vielleicht würde er das gute Stück noch ein wenig schärfen. Er wusste, dass der Typ zwei Zellen neben ihm eine Nagelfeile besaß. Auch der wollte damit nicht die Nägel feilen, aber ein paar Tage würde er darauf schon verzichten können. Beim nächsten Hofgang wollte Bachmann sie sich ausleihen.

Wenn es so weit war, musste es schnell gehen. Er würde zuerst den größeren Typen erledigen. Seine Halsschlagader war wulstig, man konnte das Blut darin pulsieren sehen. Er musste sie genau treffen, dann den Kugelschreiber schnell herausziehen und sofort in den Hals des anderen stechen. Das musste eine Sache von Sekunden sein. Der zweite Mann durfte keine Gelegenheit haben, seine Waffe zu ziehen oder auf eine andere Art zu reagieren. Bachmann setzte auf das Überraschungsmoment.

Aus dem Augenwinkel sah er, wie Karim ihn beobachtete. Langsam drehte er den Kopf zu dem jungen Drogendealer und sah ihn ernst an. »Gibt es ein Problem?«

»Nein, natürlich nicht.« Karim wandte sich ab und starrte an die Decke.

»Warum glotzt du mich dann so an?«

Karim zögerte. »Ich wollte Sie eigentlich –« Er stockte.

»Was?«

Der junge Mann holte tief Luft, als müsse er seinen ganzen Mut zusammennehmen. »Darf ich Sie etwas fragen, Dr. Bachmann?«

»Kommt drauf an.«

Einerseits schmeichelte es ihm, wie interessiert Karim an seinem Lebenslauf war. Seit er ihm erzählt hatte, warum er seit dreißig Jahren hinter Gittern saß, war nicht nur die Rollenverteilung zwischen ihnen klar, sondern er wurde jetzt von seinem Zellengenossen auch geradezu ehrfurchtsvoll behandelt. Nachdem er ein wenig seine Angst abgelegt hatte, fragte Karim ihn inzwischen immer wieder nach seinen Methoden, und welche Erfolge er damit erzielt hatte. Rudolf hatte in der letzten Zeit häufiger das Gefühl, dass der junge Mann vielleicht doch einen ganz ordentlichen Schüler abgegeben hätte.

Andererseits ging ihm die Neugierde auch manchmal auf die Nerven. So gut er den netten alten Herrn auch spielen konnte, so wenig war er es in Wirklichkeit, und manchmal wollte er Karim am liebsten die Zunge aus dem Mund reißen, wenn er mal wieder zu einer Fragerunde ansetzte.

»Wie wurden Sie so?« Zögerlich blickte Karim ihn wieder an. Er wirkte unsicher, wie immer. »Ich meine, es muss doch irgendwann mal einen Zeitpunkt gegeben haben, an dem Sie sich vorgenommen haben, der zu werden, der Sie sind.«

»Du willst wissen, ob ich irgendein traumatisches Erlebnis hinter mir habe?«

Karim nickte. »Ja. Wäre ich nicht in so einer heruntergekommenen Gegend aufgewachsen und hätte mich mit den falschen Leuten abgegeben, wäre ich vermutlich auch nicht Dealer geworden. Vielleicht war Ihre Kindheit ja ähnlich beschissen.«

Bachmann lachte. »Nein. Wirklich nicht.« Dann wurde er wieder ernst. »Diese ewige Entschuldigung mit der kaputten Kindheit. Meine war nicht traumatischer als die von anderen. Natürlich hat mein Vater mich verprügelt, aber ehrlich gesagt wurden in den Fünfzigerjahren alle Kinder geschlagen. Meine Kindheit war nicht beschissener als die meiner Mitschüler.«

Nein, er fühlte sich wahrhaftig nicht traumatisiert, aber er wusste auch, woran das lag. Bei seiner Verhaftung vor drei Jahrzehnten war er von vielen Kollegen untersucht und befragt worden, natürlich auch zu seiner Kindheit, dem Lieblingsthema aller Psychologen. Brandstiftung, Tierquälerei und Bettnässen, das waren die drei Verhaltensweisen, auf die sich jeder Psychiater fokussierte. Kein Wunder, denn die meisten Serienmörder hatten in ihrer Kindheit tatsächlich ein solches Verhalten an den Tag gelegt. Dass die Gutachter ihn damals in diese Kategorie einordneten, empfand er noch heute als Beleidigung. Was hatte er bitte mit einem schnöden Serienkiller gemein? Nichts. Weshalb er sich auch nicht auf die Fragerei der Psychologen einließ. Er verschwieg ihnen, dass er bis zu seinem zehnten Lebensjahr ins Bett gemacht hatte. Dass er den Köter seines verhassten Erzeugers angezündet hatte, hatte er ebenfalls niemandem erzählt. Er wusste ja, worauf seine Kollegen hinauswollten. Sie wollten einen Psychopathen diagnostizieren. Aber den Gefallen hatte er ihnen nicht getan.

Bachmann waren diese Psychopathie-Tests mehr als vertraut, und er hatte sie immer lächerlich gefunden. Jeder Mensch hatte schließlich eine antisoziale Seite.

Psychopathen wurde immer zugeschrieben, dass sie sich grundsätzlich schuldlos fühlten, einen oberflächlichen Charme besaßen und dabei liebesunfähig waren, extrem ichbezogen und ohne Reuegefühle ihr Leben meisterten. Ja, das traf alles auf ihn zu – aber auf zig Millionen andere Menschen eben auch. Die Frage war doch, was man mit diesen Eigenschaften machte, wie man sie einsetzen konnte, um damit etwas zu bewegen. Und genau das hatte er getan.

Dass es dabei Opfer geben musste, lag in der Natur der Sache. Deshalb war er aber noch lange kein Serienmörder, das war völlig absurd. Wie viele Tote hatte es durch seine Experimente gegeben? Fünf? Sechs? Höchstens. Und keiner von ihnen hatte noch eine anständige Lebenserwartung gehabt, im Prinzip hatte er den Leuten nur geholfen, ihr Leid zu verkürzen. Er war alles andere als ein Ted Bundy der Kinderpsychologie.

»Ich bin Wissenschaftler«, sagte Rudolf. »Alle Taten, die man mir vorgeworfen hat, habe ich nur im Sinne der Wissenschaft verübt.«

Karim zögerte. »Aber warum wollten Sie aus diesen Kindern Killer machen?«, fragte er. »Nur um zu beweisen, dass es geht?«

»Ja«, log Rudolf. »Wie gesagt, es ging mir nur um die Wissenschaft.«

Niemand wusste, warum er die Experimente im Kinderheim wirklich durchgeführt hatte. Er hatte es bei seiner Verhaftung weder den Beamten noch den Psychologen erzählt. Warum sollte er auch? Man hätte ihn vermutlich für verrückt erklärt und für immer in eine Psychiatrie gesperrt. Auch wenn das für andere Häftlinge vielleicht attraktiv wirkte, weil die Zellenausstattung dort komfortabler war und es dank der zahllosen Therapien mehr Abwechslung gab, für ihn wäre die Einweisung in eine psychiatrische Anstalt das Schlimmste gewesen, was ihm hätte passieren können. Denn natürlich hätten sie ihn irgendwann mit Medikamenten vollgestopft, davon war er überzeugt. Und dann hätte er seinen scharfen Verstand verloren.

Darum hatte er nichts über seine wahren Motive erwähnt. Auch dass er noch Kontakt zu einigen seiner Zöglinge hatte, wusste niemand. Angesichts dessen, was er vorhatte, war das auch besser so. Sonst konnte er seinen nächsten Freigang vergessen.

In drei Tagen war es so weit.

Dann würde es nicht mehr lange dauern, bis er Tommy wiedersah.

Und ihn endlich bestrafen konnte.

34

»Sie können nicht lange bei ihr bleiben«, sagte die Schwester, die Ira und Tom zum Zimmer von Maren Bode brachte. Sie trug eine Nonnentracht und ein hölzernes Kreuz um den Hals. Tom schätzte sie auf unter dreißig und fragte sich unwillkürlich, was einen jungen Menschen bewegte, in einen Orden einzutreten. »Sie hat sich gerade erst von ihrem grippalen Infekt erholt, was mit ihrer Vorerkrankung kein Zuckerschlecken ist.«

»Sie meinen ihre Hirnblutung?«, fragte Ira nach.

Die Nonne nickte. »Ja, verbunden mit dem Schädel-Hirn-Trauma.«

Tom horchte auf. »Also wissen Sie, dass es kein Aneurysma war?«

»Die Arme hatte einfach sehr viel Pech«, antwortete die Nonne. »Offenbar platzte das Aneurysma genau in dem Moment, in dem sie die Kellertreppe hinuntergehen wollte. Mit dem Kopf ist sie dann unten auf dem Betonboden aufgeschlagen, das hat ihre Hirnverletzungen noch mal verschlimmert.«

»Und Ihnen ist nie in den Sinn gekommen, dass sie nicht von alleine die Treppen hinuntergestürzt ist?«, fragte Tom.

»Doch, selbstverständlich. Aber Frau Bode wollte keine Anzeige erstatten und hat auf dieser Version beharrt.«

»Können Sie sich erklären, warum?«, hakte Ira nach.

»Sie hat eine Tochter«, antwortete die Nonne. »Ihr Ehemann hat sich um sie gekümmert, als sie noch klein war. Außerdem hat er alle Behandlungskosten von Frau Bode bezahlt. Wenn Sie mich fragen, dann ist die Frau vollkommen von ihrem Mann abhängig.«

»Haben Sie Herrn Bode mal kennengelernt?«, fragte Ira.

»Er war vielleicht zweimal hier, ja.« Sie räusperte sich.

»Wie war Ihr Eindruck?«

Die Nonne bog rechts in einen Flur und verlangsamte ihre Schritte. »Er hatte eine sehr bedrohliche Aura, wenn ich das so formulieren darf.«

»Würden Sie das bitte konkretisieren?«, hakte Tom nach.

»Nun, er war uns gegenüber sehr überheblich, hat immer in einem abwertenden Ton gesprochen. Seiner Frau hat seine pure Anwesenheit schon Angst gemacht. Sie fing sofort an zu zittern, sobald er ihr Zimmer betreten hat. Dann bekam sie meist einen epileptischen Anfall. Das passiert häufig, wenn sie sich zu sehr aufregt.«

»Hat sie Ihnen mal was von ihrem Mann erzählt?«, fragte Tom.

Die Nonne blieb vor einer Zimmertür stehen und blickte ihn ernst an. »Nein, sie hat mit mir nie über ihren Mann gesprochen. Vermutlich wäre das für sie auch zu schwierig gewesen. Sie ist zwar in der Lage zu kommunizieren, aber viel geht nicht. Manchmal kann sie zustimmende oder verneinende Laute geben, manchmal auch einige Worte sprechen, manchmal aber auch nur blinzeln. Es kommt ganz auf die Tagesform an. Ich empfehle Ihnen dringend, nur Fragen zu stellen, auf die sie mit Ja oder Nein antworten kann. In ganzen Sätzen wird sie mit Ihnen nicht sprechen.«

»Na toll«, murmelte Tom, wofür er von der Nonne einen strengen Blick erntete.

Kurz darauf betraten sie das Zimmer. Es war relativ groß, an der linken Seite stand ein Pflegebett, an der rechten ein Schrank, daneben ein Tisch mit zwei Stühlen. Vor dem Fenster war ein Ohrensessel platziert worden, und über der Tür hing ein Kreuz.

Die Nonne ging zum Bett und beugte sich fürsorglich zu der Frau hinunter, die dort unter der Decke lag. Sie sah winzig und zerbrechlich aus und wirkte auf Tom wie eine Greisin, obwohl sie vermutlich noch keine fünfzig war. Aber ihre Haare waren schlohweiß und die Wangen eingefallen.

»Frau Bode? Hallo, ich bin's, Schwester Lucia. Ah, jetzt sind die Augen offen. Hallo. Es ist Besuch für Sie da, Frau Bode. Die beiden sind vom BKA und würden Sie gerne sprechen. In Ordnung?« Die Nonne blickte Maren Bode konzentriert in die Augen. »In Ordnung. Dann lass ich Sie jetzt mal allein. Bis später.« Als sie zur Tür ging, wandte sie sich noch mal an Ira. »In spätestens zehn Minuten bin ich wieder hier.«

»Alles klar. Danke.«

Tom näherte sich dem Krankenbett und stellte sich Maren Bode vor. »Hat man Ihnen schon gesagt, warum wir hier sind?«, fragte er dann.

Die Frau schüttelte leicht den Kopf. Bis auf ihre unglaubliche Zerbrechlichkeit sah sie völlig normal aus und war nicht von Lähmungen gezeichnet. Ihr Gesicht war ungewöhnlich symmetrisch und die Nase so perfekt geformt, wie es nur ein Schönheitschirurg hinbekommen konnte.

»Ihr Mann ist ermordet worden«, fuhr Tom fort.

Obwohl sie ihren Mund nicht verzog, fingen ihre Augen plötzlich an zu strahlen. Dann war ein leises Kichern zu hören, das schnell zu einem heiseren Husten wurde.

»Sind das gute Nachrichten, Frau Bode?«, fragte Ira.

Die Frau nickte, und Ira lächelte verstehend.

»Ihr Mann ist dafür verantwortlich, dass es Ihnen so geht, wie es Ihnen geht, richtig?«

Wieder ein Nicken, diesmal zögerlicher.

»Können Sie sich vorstellen, wer Ihren Mann umgebracht hat?«, fragte Ira.

Maren Bode schüttelte den Kopf.

»Gibt es jemanden, der ein Motiv gehabt hätte?«

Sie zögerte und nickte schließlich erneut.

»Ihre Tochter?«, fragte Tom.

Maren Bode wich seinem Blick aus und starrte in den Raum. Tom wollte erneut nachfragen, aber Ira signalisierte ihm, der Frau etwas Zeit zu lassen.

»Überlegen Sie ganz in Ruhe«, sagte Ira, während Tom zu dem kleinen Sideboard ging, das neben dem Fenster stand und auf das Frau Bode die ganze Zeit ihren Blick gerichtet hatte. Dort waren allerlei gerahmte Fotos aufgestellt, darunter auch Familienaufnahmen. Neben ihrem kräftigen Mann wirkte Maren Bode noch kleiner und zierlicher. Auf den

Bildern trug sie konservative Kleidung, Hosenanzug oder Kostüm, und wirkte äußerst gepflegt. Nichts an ihrem Outfit sah billig oder sexy aus. Auch Peter Bode wirkte wie ein stolzer Familienvater aus der spießigen Vorstadt. Offenbar stammten die Bilder aus einer Zeit, in der er noch nicht den dekadenten Lebensstil in seiner Säulenvilla im Hahnwald gepflegt hatte. Einige Aufnahmen zeigten Maren gemeinsam mit Rena beim Plätzchenbacken oder Blumenpflanzen, beim Weihnachtsbaumschmücken oder zusammen mit ihrem Mann beim Walzertanzen.

Peter Bode hatte sich ein spießiges Paralleluniversum aufgebaut, ging es Tom durch den Kopf. In seinen Bordellen konnte es nicht hart genug zur Sache gehen, aber wenn er nach Hause kam, setzte er sich an die gedeckte Kaffeetafel und stopfte Selbstgebackenes in sich hinein. Bis seine Frau hinter seine Geschäfte kam und die spießige Idylle am Fuße der Kellertreppe endete.

»Würden Sie Ihrer Tochter einen Mord zutrauen?«, fragte Ira in dem Moment.

»Nein«, brachte Maren Bode schwach über die Lippen. »Sie ... nicht ...«

»Ihre Tochter hat nichts damit zu tun, das wollten Sie sagen, richtig?«, half Ira ihr.

Maren Bode nickte.

»Wissen Sie, ob Ihr Mann schon mal Morddrohungen erhalten hat?«, fragte Tom.

Ein Kopfschütteln war die Antwort.

»Sie haben irgendwann herausgefunden, wozu Ihr Mann die Frauen in seinen Etablissements gezwungen hat.«

Maren Bode nickte mit traurigen Augen.

»Gab es eine, die besonders leiden musste?«, fragte Tom.

Maren Bode zog spöttisch eine Augenbraue hoch. »Alle«, brachte sie dann mühsam hervor, was eher wie »eile« klang.

»Hatte eine dieser Frauen einen Ehemann, Sohn oder Bruder, der vielleicht Rache geschworen hat?«, hakte Tom nach.

»Mög ... lich ...«

»Waren Sie mal in einem der Bordelle?«

Ihre Augen füllten sich mit Tränen. »Ein ... mal ...« Die Stimme bebte, und auch ihre Atmung ging nun schwerer. Offenbar strengte sie das Gespräch sehr an und ging nicht spurlos an ihr vorbei.

»Waren Sie während einer dieser *Prozeduren* da?«, fragte Tom weiter.

Wieder nickte sie. Die Tränen liefen ihr nun über die Wangen, und sie hielt ihre zitternden Hände fest.

»Abgesehen von den Qualen, denen die Frauen dort ausgesetzt waren, gab es dort irgendetwas, was Ihnen besonders aufgefallen ist?«, fragte Ira.

Sie warf Tom einen besorgten Blick zu, und auch ihm war nicht entgangen, dass sich der Zustand der Frau deutlich verschlechtert hatte. Ihre Fingerknöchel traten weiß hervor, so sehr presste sie ihre Hände gegeneinander, Schweißperlen standen ihr auf der Stirn.

»Wunder ... voll ...«, brachte Maren Bode stockend und kaum verständlich hervor. Dann verkrampften sich ihre Hände, die Augen flackerten, und der ganze Körper wurde von einem epileptischen Anfall geschüttelt.

35

Er hatte alles perfekt vorbereitet. Seine Sorge, diesmal nicht frühzeitig vor Ort sein zu können, bevor der Nächste in die Wohnung kam, war unbegründet gewesen. Mit der Putzkolonne hatte er sich durch die Tiefgarage ins Haus geschlichen. Der Weg ins Penthouse war dann deutlich einfacher gewesen, als er es vorher gedacht hatte. Die Überwachungskameras ließen sich leicht umgehen, wenn man ihren Radius erst mal kannte, und der Sicherheitscode an der Wohnungstür war ein Witz gewesen. Es war derselbe wie die PIN auf dem Handy des Typen, das er natürlich längst gehackt hatte.

Jetzt saß er in seinem Versteck hinter dem riesigen Barockschrank, von dem er sich unwillkürlich fragte, wie er in den siebzehnten Stock gebracht worden war.

Er musste nur noch warten. In ein paar Stunden begann die nächste Prozedur. Wenn er jetzt einschlafen oder seinen Fokus verlieren würde, wäre das fatal. Aber warum sollte das passieren? Nur weil er in der letzten Nacht kaum ein Auge zugetan hatte? Nein, er konnte auch übermüdet und gleichzeitig hellwach sein. Er musste konzentriert bleiben, das war wichtig.

Sein Blick fiel auf eine schwarz lackierte Kommode, in der sich das Licht spiegelte. Darauf standen zahlreiche gerahmte Fotos. Familienfotos, wie er mit einem Blick erkannte. Er sah den Mann, den er erwartete, mit einer bildhübschen jungen Frau im Arm, mit seinen Geschwistern und vermutlich mit seinen Eltern. Alle strahlten gut gelaunt in die Kamera.

Er stand auf und streckte sich. Seine Beine schmerzten vom langen Sitzen auf dem Boden. Er ging einen Schritt auf die Kommode zu und betrachtete die Familienbilder genauer.

Ein Foto zeigte den Wohnungsbesitzer, wie er mit nacktem Oberkörper auf einer Jacht saß. Er musterte den Mann auf dem Bild, er war speckiger, als er ihn in Erinnerung hatte, dachte er und summte fast automatisch die Melodie, die sich für immer in seinen Kopf gebrannt hatte.

Etwas Speck war gar nicht schlecht, dann konnte er besser schneiden. Der Nachteil war nur, dass die einzelnen Stücke dann eine unterschiedliche Dicke haben konnten. Bode war ebenfalls recht fett gewesen, der Dekan dagegen eher hager. Schon hier hatte er aufpassen und später noch ein bisschen korrigieren müssen, was leider nicht immer optimal klappte. Es war wie beim Brotschneiden. Hatte man eine Scheibe zu dick abgeschnitten, konnte man sie im günstigsten Fall noch mal halbieren. Aber häufig zerbröselte sie einem dabei zwischen den Fingern.

Mit dem Lappen aus Bodes Unterbauch war es ihm so gegangen. Das Stück hatte sich gut aus der Wampe des Scheißkerls schneiden lassen, aber schon vor Ort hatte er die dicke gelbe Schicht darunter gesehen. Menschliches Fett hatte immer diese markante Farbe. Es war ausgesprochen lästig, ließ sich schlechter trocknen, roch stärker und wabbelte einem beim Schneiden schon mal unter der Klinge weg. Er hatte später versucht, das Stück Unterbauch, so gut es ging, vom gelben Fett zu befreien, aber er war ständig mit der Klinge abgerutscht, und schließlich war es nicht mehr zu gebrauchen gewesen. Darüber hatte er sich so geärgert, dass er zwei Tage nicht aus dem Haus gehen konnte.

Das kaputte Stück von Bode musste er heute ersetzen. Das gefiel ihm eigentlich nicht, da er genau berechnet hatte, von wem er wie viele Stücke pro Prozedur entnehmen musste. Aber manchmal musste man halt improvisieren.

Von draußen hörte er, wie sich der Fahrstuhl in Nähe der Wohnungstür öffnete. Jemand war im obersten Stockwerk angekommen.

Ob das schon sein Mann war? Er war zu früh. Normalerweise kam er nie um diese Uhrzeit nach Hause. Genau wie Bode und Harber hatte er auch ihn über Monate observiert, sowohl digital als auch analog die ganze Zeit im Auge gehabt. Da er sich in sein Handy gehackt hatte, wusste er genau über den Tagesablauf des Mannes Bescheid, wusste, wem er Nachrichten schrieb, welche Internetseiten er aufrief, wie viele Schritte er am Tag zurücklegte, wann er aufstand und sich schlafen legte. Er wusste praktisch alles über den Kerl, der normalerweise nie vor 17 Uhr nach Hause kam und dessen Zoom-Konferenz erst um halb sechs beginnen sollte.

Nun, offenbar hatte er es sich anders überlegt. Egal, dachte er und nahm das Lederetui mit den verschiedenen Fleischermessern und Skalpellen aus seiner Tasche. Er war gut vorbereitet, er würde das schon hinkriegen, dachte er und zog sich in sein Versteck zurück.

36

Tom rückte seinen Stuhl ein wenig von Philipp weg. Er hatte das Gefühl, dass der ganze Körper seines Kollegen nach Red Bull roch, als würde er diese ekelhafte Flüssigkeit irgendwie ausdünsten.

Maren Bode war nach ihrem epileptischen Anfall nicht mehr ansprechbar gewesen und in einen tiefen Schlaf gefallen. Ira und Tom hatten sie nicht mehr fragen können, was sie in Bodes Läden ›wundervoll‹ gefunden hatte. Wollte die Frau einfach eine zynische Bemerkung machen? Oder hatten sie sie falsch verstanden? Jedenfalls waren sie sich nach dem Besuch bei ihr sicher, dass der Mörder irgendeine Verbindung zur Familie Bode hatte. Die Frage war nur, welche, und Tom hoffte, gleich eine Antwort darauf zu finden.

Konzentriert starrte Philipp auf den Monitor.

»Hast du es schon gesehen?«, fragte Tom.

»Noch nicht komplett«, antwortete Philipp, der weiter mit seiner Maus klickte. »Es gab immer wieder Aussetzer, aber einiges kann man erkennen. Moment, ich hab's gleich.«

Die Bürotür öffnete sich, und Nina kam herein. Wie eigentlich immer trug sie Jeans und ein helles Shirt, und Tom fragte sich, warum ihm das überhaupt auffiel.

»Ihr habt es entschlüsselt?« Es war mehr eine Feststellung als eine Frage. Nina rollte ihren Bürostuhl zu Philipps Arbeitsplatz und setzte sich neben Tom. Ihren Geruch, eine Mischung aus Formaldehyd und Handcreme, mochte er im Gegensatz zu Philipps sehr.

»Ich hoffe, wir können genau sehen, wie der Täter vorgegangen ist«, meinte Tom. »Vielleicht kannst du eine Einschätzung seiner Sezierkunst geben, Nina.«

»Ich gebe mein Bestes.« Sie rollte noch ein Stück näher an den Schreibtisch und blickte auf Philipps Monitor.

»Okay. Jetzt hab ich es. Seid ihr bereit? Alles, was ich bisher gesehen habe, war ehrlich gesagt das pure Grauen.« Philipp warf einen besorgten Blick zu Nina und Tom, schien dann aber schnell zu merken, wie überflüssig seine Sorge war. Beide hatten einen völlig normalen Gesichtsausdruck, wirkten weder angespannt noch aufgeregt. Philipp schien es anders zu gehen. Er nagte an seiner Unterlippe und startete schließlich das Video.

Der Film war von schlechter Qualität, ruckelte immer wieder, blieb kurz stehen und sprang dann weiter. Trotzdem konnte man gut erkennen, was an dem Nachmittag in der Villa von Peter Bode passiert war.

Zuerst sah Tom nur einen dunklen Schatten hinter Bode. Als der Pornoproduzent seinen Angreifer bemerkte, hatte er innerhalb von wenigen Sekunden ein Messer am Hals. Mit leiser Stimme sprach der Zoom-Killer zu den anderen Teilnehmern der Videokonferenz und wies sie an, was sie tun oder besser lassen sollten.

»Mach mal eben auf Stopp«, sagte Tom in dem Moment. »Ira? Kommst du mal bitte? Katja bitte auch.«

Seine beiden Kolleginnen gingen gerade durch den Flur und waren auf dem Weg ins Besprechungszimmer, um dort die Befragung der Zeugen weiterzuführen. Sie versuchten herauszufinden, welche Melodie der Zoom-Killer bei seinen Taten gesummt hatte. Bisher waren ihre Ermittlungen diesbezüglich nicht von großem Erfolg gekrönt. Einige Zeugen hatten zwar bestätigt, dass der Mann etwas leise gesummt hatte, aber keiner hatte mehr als ein paar Töne vernommen.

»Hört euch bitte mal an, wie der Mann spricht.« Er nickte Philipp zu, der spulte daraufhin das Video noch mal zurück und stellte den Ton lauter. »Könnt ihr irgendeine Färbung heraushören? Einen Dialekt, Akzent oder Sprachfehler?«

Alle hörten konzentriert zu, wie der Mann zu den Konferenzteilnehmern sprach.

»Berlinert der?«, fragte Katja, nachdem Philipp das Video wieder gestoppt hatte. »Kommt einem fast so vor.«

»Ja, aber nicht richtig«, meinte Tom. »Vielleicht ist es auch nur ein Versehen.«

Ira nickte nachdenklich. »Er macht das nur an wenigen Stellen, manchmal sagt er ›jut‹ statt ›gut‹, aber auch nur sporadisch.«

»Deshalb hat vermutlich keiner der Zeugen etwas davon bemerkt«, sagte Katja.

»Okay, weiter.« Tom sah konzentriert auf den Monitor, und Philipp ließ das Video wieder laufen.

Der Zoom-Killer beugte sich von der Seite über Bodes Oberkörper und hielt eine glänzende Klinge vor sein Gesicht. Peter Bode hatte seine Augen panisch aufgerissen, versuchte, an seinen Fesseln zu zerren, und brachte undefinierbare Laute hervor. Dann setzte der Killer die Klinge an, wartete noch kurz und begann schließlich, einen Hautlappen aus Bodes Brust zu schneiden.

»Stopp noch mal«, sagte Nina. »Kannst du ein kleines Stück zurückgehen und die Aufnahme vergrößern? Und dann bitte langsam abspielen.«

»Klar.« Philipp hantierte mit der Maus, und kurz darauf sah man in Großaufnahme und Zeitlupe, wie der Zoom-Killer ein Stück aus der Brust entfernte.

»Habt ihr das gesehen?« Ninas ansonsten so ruhige Stimme wirkte aufgeregt. »Noch mal zurück.«

Philipp spulte erneut zurück und ließ den Film wieder laufen.

»Stopp!«, rief Nina. »Habt ihr es jetzt gesehen?«

»Er zeichnet die Stücke vor«, sagte Tom nachdenklich und ließ Philipp die Sequenz in Zeitlupe abspielen.

Sie sahen, wie der Zoom-Killer die Stelle auf Bodes Brust zunächst glatt strich, als handelte es sich um wellig gewordenes Papier. Dann betrachtete er sie genau und zeichnete mit dem Skalpell die Umrisse in die Luft, ohne dabei die Haut zu berühren. Erst dann setzte er die Klinge an und schnitt das Stück heraus.

»Was bedeutet das?«, fragte Katja, die inzwischen ein wenig blass geworden war.

»Dass er einen Plan hat«, antwortete Tom.

»Er schneidet die Stücke nicht wahllos aus«, ergänzte Nina. »Er hat sich vorher genau überlegt, welche Größe und Form sie haben müssen. Diese Maße hat er genau im Kopf und zeichnet sie für sich vor, um beim Ausschneiden keinen Fehler zu machen.«

»Aber warum?«, fragte Katja. »Was für einen kranken Plan verfolgt er?«

Nina zuckte mit den Schultern. »Ich bin gerade dabei, die fehlenden Hautstücke durch Wachspräparate zu ersetzen. Vielleicht kann ich euch dann mehr dazu sagen.«

»Weiter.« Tom nickte Philipp zu.

Ein großer Teil des Films war nun von den Qualen des Opfers geprägt. Bode schrie, wimmerte und versuchte, sich trotz seiner Fesseln hin und her zu werfen. Erst als der Killer bestimmt zehn Hautlappen von Bodes Körper entfernt hatte, wurde er ruhiger. Geschwächt vom massiven Blutverlust und den unerträglichen Schmerzen, gab er seinen Widerstand auf. Blutend hing er in dem Schreibtischstuhl und war zu schwach, um sich durch Laute oder Mimik noch zur Wehr setzen zu können. Er machte den Eindruck, als habe er sich mit seinem Schicksal abgefunden, als wisse er, dass es mit ihm zu Ende ging.

Der Zoom-Killer machte sich weiter in Ruhe an Bodes Rücken zu schaffen. Es wirkte fast so, als wenn er das Leid seines Opfers gar nicht wahrnehmen würde. Jedenfalls ergötzte er sich nicht daran, davon war Tom nun überzeugt. Weder schien er zu grinsen, soweit das trotz der Maske zu erkennen war, noch schien er sexuell erregt zu sein. Er machte einfach konzentriert weiter, womit er begonnen hatte.

Dann hörte Tom es.

Leise summte der Mann vor sich hin. Kurz darauf schnitt er Bode die Kehle durch, und die Aufnahme endete.

Für einen Moment herrschte Stille im Büro.

»Habt ihr es erkannt?«, fragte Tom.

Nina nickte und fing leise an zu singen. »And I think to myself: what a wonderful world.«

»Louis Armstrong«, stimmte Tom ihr zu. »Ganz genau.«

»Zynischer geht es kaum«, sagte Katja angewidert.

»Ich glaube nicht, dass es etwas mit Zynismus zu tun hat«, widersprach Tom. »Ich bin mir ziemlich sicher, dass dieses Lied für unseren Mann eine ganz besondere Bedeutung hat. Er summt es mit warmer Stimme, da ist kein Zittern, keine Aufregung zu hören. Er ist ganz ruhig, wenn er die Melodie summt.«

»Bevor Maren Bode den epileptischen Anfall bekam, hat sie ziemlich undeutlich ›wundervoll‹ gemurmelt«, warf Ira ein. »Vielleicht wollte sie eigentlich ›wonderful‹ sagen? Ein Hinweis auf ›Wonderful World‹?«

»Ja. Sie ist ein großer Louis-Armstrong-Fan, das hat uns jedenfalls ihre Tochter gesagt. Zufall?«, fragte Tom und gab sich direkt selbst die Antwort. »Schwer zu glauben.«

»Ich bin auch großer Fan. Keiner konnte die Trompete so blasen wie der alte Satchmo. Wenn der wüsste, wo sein größter Hit mal zum Einsatz kommt …«, sagte Philipp kopfschüttelnd.

Tom wurde hellhörig. »Satchmo?«

»Armstrongs Spitzname«, antwortete Philipp. »Nie gehört? Hatte man ihm wegen seiner breiten Lippen gegeben, mit denen er das Mundstück der Trompete umfassen konnte. Ist eine Abkürzung von *satchel mouth.*«

»Quadratmund«, murmelte Tom und dachte an den Usernamen, den Mattes ihm in dem perversen Killer-Ranking gezeigt hatte.

»Genau. Nicht gerade politisch korrekt, aber das interessierte damals ja niemanden«, sagte Philipp.

»Wenn dieser Song so eine Bedeutung für unseren Täter hat, steht er dann auch in direktem Zusammenhang mit der Tat?«, fragte Ira.

»Ich denke schon. Achtet mal auf Bodes Augen, als der Täter anfängt zu summen.« Tom warf Philipp einen auffordernden Blick zu.

Philipp spulte zurück und spielte die Szene erneut ab. Tatsächlich riss Bode kurz die Augen auf, als der Zoom-Killer mit der Melodie begann.

»Er könnte auch wegen der Schmerzen so reagieren«, warf Katja ein.

»Unwahrscheinlich. Die Schmerzen sind zu diesem Zeitpunkt nichts Neues mehr für ihn«, sagte Tom. »Vorher haben wir in anderen Szenen schon gesehen, dass er überhaupt nicht mehr reagiert hat, wenn der Täter ihm ein weiteres Stück rausgeschnitten hat.«

»Außerdem summt der Mann, bevor er die Klinge erneut ansetzt«, sagte Nina, die mit zusammengekniffenen Augen auf den Monitor schaute. »Bode reagiert auf die Melodie, so stellt sich das für mich jedenfalls dar.«

»Ich würde noch einen Schritt weitergehen«, sagte Tom und hielt das Video an. »In dem Moment, in dem er die

Melodie hört, erkennt er seinen Mörder. Er weiß, wer ihn da gerade foltert.«

»Und kurz nach dieser Erkenntnis lässt er hoffnungslos den Kopf sinken«, sagte Ira.

»Weil ihm klar wurde, dass er das hier niemals überleben wird.« Tom klopfte Philipp auf die Schulter. »Gute Arbeit. Jetzt wissen wir, dass sich Täter und Opfer kannten. Ich will, dass noch mal jeder aus Bodes Umfeld genaustens abgeklopft wird. Besonders die Tochter. Sie bewahrt die alte Plattensammlung ihrer Mutter auf, darunter waren auch Louis-Armstrong-Platten.«

»Aber der Zoom-Killer ist definitiv ein Mann«, warf Katja ein.

»Ich weiß. Aber das heißt ja nicht, dass Rena Bode nicht irgendwas mit ihm zu tun hat. Vielleicht gibt es einen früheren Liebhaber der Mutter. Leider können wir sie selbst nicht noch mal fragen.« Nach ihrem epileptischen Anfall hatte sich der Zustand von Maren Bode so verschlechtert, dass sie im Moment keinen weiteren Besuch empfangen konnte.

»Ich habe einen alten Kontakt aus meiner Zeit im Untergrund reaktiviert«, sagte Ira. »Jack Römer war früher mal Bodes Mitarbeiter. Vor der Pornozeit.«

»Ein Zuhälter?«, fragte Tom.

»Eher so eine Art Mädchen für alles. Er war Bodes Bodyguard, Abkassierer, Puff-Türsteher, so was halt«, antwortete Ira. »Ich habe am Telefon nicht viel aus ihm rauskriegen können, im Gegensatz zu Maren Bode hatte er wirklich vor ein paar Jahren einen Schlaganfall, und mit dem Sprechen will es seitdem nicht mehr so richtig klappen.«

»Damit haben wir jetzt ja Erfahrung.«

»So schlimm wie bei Frau Bode ist es nicht. Er ist bereit, uns persönlich zu treffen.«

»Dann mal los.«

37

Die Gegend, in die Iras Navi sie führte, war eine bescheidene, aber gepflegte Reihenhaussiedlung. Nicht so neu und modern wie das Viertel, in dem Mattes Schäfer mit seinem Mann wohnte, sondern deutlich älter, vermutlich erbaut in den Sechziger- oder Siebzigerjahren. Hier wohnten früher, und heute wahrscheinlich auch noch, zahlreiche Arbeiter der nahe gelegenen Ford-Werke. Eine klassische Arbeitersiedlung, in der die Zeit stehen geblieben zu sein schien.

Eine schmale Frau, die Tom auf Mitte sechzig schätzte, öffnete ihnen die Tür. Die rot gefärbten Haare trug sie toupiert und aufgetürmt zu einer Art Bob, sie war stark geschminkt, und um ihren faltigen Hals baumelten mehrere Goldketten.

Freundlich schaute sie Tom und Ira an. »Sie sind die Bullen, richtig?«

Tom nickte. »Sie sind Frau Römer?«

Die Frau lachte. »Nee, vors Standesamt haben wir es nie geschafft. Aber irgendwie ist er natürlich mein Männe, ist ja klar. Ich bin Henrike Kirsch, Sie können mich aber Henny nennen. Kommen Sie rein.«

Durch einen schmalen Flur folgten sie der Frau ins Wohnzimmer, das im besten Gelsenkirchener Barock gehalten war. Dass die beiden Bewohner des so biederen und spießig eingerichteten Hauses aus der Rotlichtszene kamen, würde man bei diesem Mobiliar wohl kaum erwarten, dachte Tom, verwarf den Gedanken aber sofort wieder. Wenn man von der Wohnungseinrichtung sofort auf den Beruf schließen könnte, wäre das Leben doch recht einfach.

Jack Römer saß in einem Ohrensessel, die Füße hatte er auf einen Hocker gelegt, der linke Arm hing bewegungslos über der Lehne, während er mit der rechten Hand ein Taschentuch hielt, mit dem er sich immer wieder über den Mund fuhr, um den herauslaufenden Speichel wegzuwischen.

»Die Bullen sind da, Baby«, sagte Henny und warf Tom einen grinsenden Blick zu. »Sie haben doch nichts dagegen, wenn ich Sie so nenne?«

»Absolut nicht«, antwortete Tom.

»Hallo, Jack.« Iras Stimme hatte nichts von der Herzlichkeit und Wärme, mit der sie mit Betty Blue gesprochen hatte. Offensichtlich waren ihr nicht alle Mitarbeiter aus dem Rotlicht ans Herz gewachsen. »Erkennst du mich noch?«

Römer verzog den Mund zu einem schiefen Grinsen. »Undercover-Bullin«, brachte er nuschelnd über die Lippen. »So was vergess ich nicht.«

»Ich hab dich auch nicht vergessen, Jack. Leider.« Iras Blick zeigte deutlich, wie wenig Sympathien sie für den gelähmten Mann hatte.

»Ich bin nicht mehr der, der ich mal war«, nuschelte Römer.

»Das sehe ich.« Ira räusperte sich, als wollte sie ihre Abneigung vertreiben, und bemühte sich um eine professionelle Miene. »Aber wir sind heute ja auch gar nicht wegen dir hier. Wir wollen dir ein paar Fragen zu Peter Bode stellen. Wie viele Jahre hast du mit ihm zusammengearbeitet?«

»Zwölf.«

»Ich habe ihm damals immer gesagt, dass er mit dem Kerl besser nichts zu tun haben sollte«, schimpfte Henny. »Aber auf mich hat er ja nicht gehört. Erst heute hörste, stimmt's, Baby?«

»Was bleibt mir anderes übrig?« Römer sprach sehr leise, er flüsterte fast.

»Als rechte Hand eines Zuhälters müssen Sie Bode doch ganz gut kennen«, sagte Tom. »Was war er für ein Typ?«

»Im Job? Schlimm. Henny …« Jack Römer sah seine Partnerin auffordernd an. »Sie kann das besser erzählen.«

Henrike Kirsch seufzte. »Ich ging damals selbst noch anschaffen«, begann sie zu erzählen. »Mit Bode hatte ich allerdings nichts zu tun. Ich habe immer selbst abgerechnet oder das mit Jack geklärt. Aber natürlich wusste ich, wie Bode war.«

»Kannten Sie Mädchen, die für ihn gearbeitet haben?«, fragte Ira.

»Ja, natürlich. Einige. Du wahrscheinlich alle, Baby?«

Jack Römer nickte. »Die meisten hielten es nicht lange bei Bode aus.«

»Ich nehme an, Sie kannten die *Falle*, den Puff von

Bode. Haben Sie da schon für ihn gearbeitet?«, hakte Tom nach.

»Nur als Türsteher. Mit den Sachen, die drinnen passierten, hatte ich nichts zu tun.«

»Aber du wusstest, was dort passierte.« Iras Stimme klang kalt.

Jack Römer zuckte mit seiner rechten Schulter. »Ja. Sicher. Irgendwie hat man es gewusst.«

»Bode war ein Riesenarschloch«, sprang Henny ihm bei. »In jeder Hinsicht. Er hat von seinen Mädels Sachen erwartet, die sonst niemand gemacht hat. Und wenn sie nicht spurten, hat er sie verprügelt.«

»Sie hatten die Wahl: Prügel gegen Geld oder einfach so welche von Bode kassieren«, sagte Römer leise.

»Er hat die Frauen nie geschützt«, sagte Henny verbittert. »Im Gegenteil. Je perverser die Quälvorstellungen seiner Freier gewesen sind, desto eher war er bereit, die Mädels so was machen zu lassen.«

Das deckte sich mit den Angaben, die Betty Blue gemacht hatte, dachte Tom.

»Wir wissen, was die Frauen über sich ergehen lassen mussten«, sagte er. »Was mich interessiert, ist Bodes Rolle. Er war der Chef, brutal und rücksichtslos. Wir wissen, dass er auch selbst manchmal Freier war –«

»Freier zahlen für das, was sie tun«, sagte Henny bitter. »Soviel ich weiß, hat er nie bezahlt. Aber er war genauso pervers wie die anderen.«

»Das heißt, er hat auch Frauen gequält?«, fragte Tom.

»Nein. Es gab zwei Arten von Freiern –« Römer verschluckte sich und musste husten. Henrike Kirsch klopfte ihm fürsorglich auf den Rücken.

»Es gab die, die selbst eine Frau quälen wollten«, führte sie den Satz weiter und wischte ihrem Partner etwas Sabber vom Kinn. »Und es gab die, die nur dabei zuschauen wollten. Bode zählte zu den Zuschauern, wahrscheinlich hat er damals schon sein Talent für die Pornobranche entdeckt. Zu der Zeit gab es ja noch kein Internet oder jedenfalls nicht so, wie wir es heute kennen. Heute kannst du dir ja das ganze kranke Zeug aus dem Netz ziehen. Das war damals anders. Deshalb gab es so viele Liveshows. Bode hat sie organisiert und selbst gerne zugeschaut.«

Analoge Snuff-Videos, ging es Tom durch den Kopf. »Ist bei diesen Shows auch mal eine Frau zu Tode gekommen?«

Henrike Kirsch zuckte mit den Achseln. »Nicht dass ich wüsste. Weißt du das?«

Jack Römer schüttelte langsam den Kopf. »Erstaunlicherweise nicht. Aber ich musste durchaus nach einer Prozedur manchmal eine ins Krankenhaus bringen.«

Da war es wieder, dieses Wort. Prozedur. »Wer hat diese Shows ›Prozedur‹ genannt?«, fragte Tom. »Hat Bode diesen Begriff geprägt? Oder waren es die Frauen?«

»Das war Bode –« Wieder musste Römer husten. »Es wurde dann schnell ein fester Begriff.«

Hennys Miene hatte sich verdunkelt, und auf ihrer Stirn war deutlich eine Zornesfalte zu sehen. »Bode hatte nie Mitleid mit den Frauen. Manche von ihnen mussten bis zu fünf-, sechsmal am Tag so eine Prozedur über sich ergehen lassen. Geldgierig, wie er war, wollte er beide Kundengruppen gleichzeitig bedienen. Ein Freier durfte sich an einer Frau austoben, während die anderen zuguckten und sich dabei einen runterholten.«

»Jemand wird also live vor Zuschauern gefoltert.« Jetzt war endgültig klar, welche Verbindung es zwischen Bode und dem Dekan gab. Der eine organisierte Folter-Shows, der andere folterte gerne.

»Die Frauen konnten sich dagegen nicht wehren«, erzählte Henrike Kirsch weiter. »Sobald mal eine Razzia war, sagten alle Frauen bereitwillig aus, dass sie so was freiwillig machen würden.«

»Stimmte doch auch irgendwie«, sagte Römer leise. »Keiner hat sie mit vorgehaltener Waffe dazu gezwungen.«

»Nein, die Druckmittel waren andere«, erwiderte Henny spöttisch. »Wenn du nicht mitmachst, dann machen wir es mit deiner elfjährigen Tochter, hieß es dann schon mal. Oder wir geben dir keinen Stoff mehr, dann gehst du auf kalten Entzug. Man kann Menschen auch ohne Waffe gefügig machen.«

»Wurden nur Frauen zu diesen Torturen gezwungen?« Tom dachte daran, dass der Zoom-Killer männlich war. »Oder waren auch Stricher darunter oder vielleicht Transfrauen?«

Henrike Kirsch zuckte mit den Schultern. »Kann ich nicht genau sagen. Unter den Huren gab es immer mal ein paar Transen, aber ich hatte nie viel Kontakt zu denen.«

»Wann und warum hat Bode sein Geschäftsmodell dann irgendwann aufgegeben?«, fragte Ira. »Wegen der aufkommenden Digitalisierung?«

»Ganz genau«, antwortete Henrike Kirsch. »Anfang der Zweitausender ging es ja richtig im Netz los, dann hat er die Shows auch beendet. Plötzlich brauchten die Freier nicht mehr in ein schmuddeliges Ambiente zu gehen, um zuzuschauen, wie eine Frau fertiggemacht und vergewaltigt wird. Jetzt konnten sie sich die Filmchen zu jeder Tages- und Nachtzeit zu Hause in ihrem Schlafzimmer anschauen. Das war nicht nur viel bequemer, sondern natürlich auch sicherer. Bode sattelte dann schnell auf Filme um.«

»Hat er auch Gewaltpornos produziert?«, fragte Ira.

»Das weiß ich nicht. Du, Baby?«

Jack Römer schüttelte wieder den Kopf. »Weiß ich auch nicht. Als er Pornoproduzent wurde, haben sich unsere Wege getrennt. Mich hatte es dann schon bald gesundheitlich aus den Schuhen geworfen. Da haben wir uns aus der Szene zurückgezogen.«

»Na, in erster Linie du«, widersprach seine Partnerin. »Nach deinem Schlaganfall warst du ja fast ein Jahr im Krankenhaus und in der Reha. In der Zeit bin ich natürlich noch anschaffen gegangen, irgendwie müssen wir ja unsere Miete zahlen. Aber ab einer gewissen Altersgrenze ist der Job auch nicht mehr das, was er mal war. Die Freier haben immer weniger bezahlt und immer häufiger Sachen verlangt, die ich nun mal nicht mache. Hollywood-Schauspielerinnen und Prostituierte haben im Prinzip dasselbe Problem: Der Jugendwahn in ihrer Branche bringt sie ab einem bestimmten Alter um die Aufträge.« Sie lachte heiser.

»Haben Sie mal was mit Bodes Ehefrau zu tun gehabt?«, fragte Tom, aber Römer schüttelte den Kopf.

»Ist Ihnen irgendeine der Frauen, die für Bode gearbeitet haben, besonders im Gedächtnis geblieben?«, hakte Ira nach. »Hatte eine vielleicht einen Freund oder Bruder, der sie da unbedingt rausholen wollte?«

Wieder nur ein Kopfschütteln.

»Können Sie sich daran erinnern, ob es unter den Freiern vielleicht einen Priester gab?«

»Einen?« Jack Römer lachte und verschluckte sich im nächsten Augenblick wieder, wodurch sein Lachen in ein Husten überging. »Klar zählten Pfaffen zu Bodes Kunden. Genauso wie Lehrer, Ärzte und Polizisten. Absolut jede Berufsgruppe war vertreten. Jedenfalls soweit ich das mitgekriegt habe.«

»Können Sie sich an diesen Mann erinnern?« Ira hielt ihm ein Foto vor die Nase, das Dekan Harber zu Lebzeiten zeigte. »Er dürfte damals natürlich viel jünger gewesen sein.«

Römer betrachtete das Bild genau. Dann zuckte er mit seiner rechten Schulter. »Schon möglich. Schwer zu sagen, aber ich glaube, dass mir diese krumme Nase schon mal aufgefallen ist. Aber das liegt alles so lange zurück ... und mein Gedächtnis ...«

»Der Schlaganfall hat seinem Hirn nicht gerade gutgetan«, ergänzte Henny und strich ihm über den Kopf. »Ist das denn der Mann, der Bode umgebracht hat?«

Für einen Moment herrschte Stille.

»Wie kommen Sie darauf, dass er umgebracht wurde?« Ira sah Henny ernst an. »Wir haben das mit keinem Wort erwähnt.«

Henrike Kirsch wurde sichtbar nervös. »Hatten Sie das

nicht am Telefon gesagt? Als Sie angerufen hatten, um Jack zu sprechen?«

»Mit Sicherheit nicht«, antwortete Ira. »Keiner von uns hat darüber gesprochen.«

»Vielleicht habe ich es in der Zeitung gelesen …«

»Ebenfalls ein klares Nein«, sagte Tom, der wusste, dass Müller die Sache bisher aus der Presse raushalten konnte. »Wie kommen Sie also darauf, dass Bode ermordet wurde?«

38

Das ganze Team hatte sich im Besprechungsraum versammelt. Bernhard Müller saß mit einer Kaffeetasse in der Hand zwischen Katja und Nina, während Philipp wie immer an einer Dose Red Bull nippte. Ira notierte die wichtigsten Ermittlungsergebnisse auf dem Whiteboard, Tom brachte das Team und seinen Chef auf den aktuellen Stand.

»Trotz aller Geheimhaltung hat sich die Tat inzwischen rumgesprochen«, begann er. »Henrike Kirsch und Jack Römer wussten von dem Mord. Ihre Rotlichtbekanntschaften haben es ihnen erzählt.«

»Wir prüfen noch die jeweiligen Quellen, aber es sieht so aus, als wäre da einfach was durchgesickert«, sagte Ira. »Kein Wunder bei so vielen Zeugen.«

»Solange nichts in der Zeitung steht, geht's noch«, grummelte Müller. »Aber die Zeit läuft uns langsam davon. Was wissen wir über die Opfer?«

»Wir wissen nun, dass es eine Verbindung zwischen Bode und dem Dekan gibt«, sagte Tom. »Der eine schuf die Möglichkeit, Frauen zu quälen, der andere tat es. Hier liegt auch die Erklärung, warum sich der Killer die Zoom-Konferenzen als Schauplatz ausgesucht hat. Wie ich schon vermutet habe, ist er kein Thrill-Killer, der aus reiner Mordlust tötet. Ich bin vielmehr davon überzeugt, dass wir es mit einem Rächer zu tun haben.«

»Was macht Sie da so sicher?«, fragte Müller skeptisch. »Wir wissen doch, dass Täter, die eine Leiche übel zurichten und dabei aus Wut oder Hass handeln, erfahrungsgemäß ganz anders vorgehen. Normalerweise werden dann einzelne Körperteile abgetrennt, der Bauchraum wird geöffnet, Organe entnommen oder die Leichenteile wahllos am Tatort verstreut. Oder man findet einen abgetrennten Kopf mit entstellenden Gesichtsverletzungen, mit herausgeschnittenen Augen oder Nase. Aber unser Mann scheint mir doch sehr zielgerichtet vorgegangen zu sein, was das Video bestätigt hat. Das passt doch nicht zu einer Tat voller Hass.«

Tom machte ein abwägendes Gesicht. »Klar, die ausführliche und präzise Folter weist auf einen Thrill-Killer hin, auf die pure Lust an der Qual. Und ich will unserem Täter auch gar nicht absprechen, dass er die Morde nicht auch genossen hat. Aber, und das ist das große Aber, der Genuss ist nicht sein Hauptantrieb. Es ist sicherlich ein hübsches Extra für ihn, aber wäre es ihm nur um die Befriedigung seiner Mordlust gegangen, dann wäre er anders vorgegangen. Vor allen Dingen bei der Wahl seiner Opfer.«

Ira schrieb das Wort »Opferdisposition« an das Whiteboard. »Frauen, gerade Prostituierte oder Drogenabhängige, sind normalerweise die passenden Opfer für solche Täter«, erklärte sie. »Sie sind leicht verfügbar, werden seltener vermisst, und häufig senkt die sozial entwertete Rolle als Prostituierte die Hemmschwelle, ihnen Gewalt anzutun und sie zu töten.«

»Solche anonymen Opfer eignen sich am besten, um Mordlust zu erleben«, stimmte Tom ihr zu. »Da wir nun aber wissen, dass es eine Verbindung zwischen Bode und Harber gab, müssen wir auch davon ausgehen, dass beide Opfer den Täter kannten. In dem Moment, in dem der Mörder anfängt, Louis Armstrong zu summen, reißt Bode kurz die Augen auf.«

»Er hat ihn erkannt«, sagte Katja.

»Die Melodie hat ihm im wahrsten Sinne des Wortes die Augen geöffnet, wer ihn da gerade misshandelt.«

»Okay. Opfer und Täter kannten sich also.« Müller strich sich nachdenklich über seine Glatze. »Warum die Morde vor Publikum?«

»Das hat etwas mit Bodes Job und Harbers Leidenschaft zu tun«, erklärte Tom. »Bode hat dafür gesorgt, dass Frauen vor Publikum gequält wurden, eine Art Peepshow für Perverse. Er war selbst wohl auch unter den Zuschauern. Harber trat dagegen als Akteur in diesen Shows auf.«

»Aber unser Täter kann nicht eine dieser misshandelten Frauen sein. Er wurde eindeutig als Mann identifiziert«, warf Philipp ein.

»Noch wissen wir nicht, ob von den Folterungen nur Frauen betroffen waren«, sagte Ira. »Eventuell gab es auch Transfrauen oder männliche Prostituierte.«

»Außerdem kommen auch Väter, Brüder, Ehemänner oder Söhne einer Betroffenen infrage«, sagte Tom. »Der ehemalige Kompagnon von Bode hat ausgesagt, dass es bei den Prozeduren nie zu Todesfällen kam. Das müssen wir überprüfen.«

»Ich kümmere mich darum«, sagte Katja. »Auch wenn bei den Shows selbst keine Frau ums Leben kam, kann sie ja theoretisch noch Tage später an den Folgen gestorben sein.«

Tom nickte. »Eben. Und vielleicht hat so eine Frau einen Mann oder einen Sohn hinterlassen. Rache ist ein sehr starkes Motiv.« Das wusste er aus eigener Erfahrung. »Wir können davon ausgehen, dass der Zoom-Killer sich nicht nur im sozialen Abseits befindet, sondern auch in einer emotionalen Ausnahmesituation«, fuhr Tom fort, und Ira schrieb »Täterdisposition« auf das Whiteboard. »Bodes Liveshows liegen schon Jahre zurück. Wenn unser Täter tatsächlich durch den Tod einer der Sexarbeiterinnen traumatisiert worden ist, dann hat er seinen Rachedrang lange Zeit unterdrücken können.«

»Warum schlägt er jetzt erst zu?«, fragte Müller.

»Weil er sich eben in dieser emotionalen Ausnahmesituation befindet«, erklärte Tom. »Es muss einen Auslöser gegeben haben, vielleicht hat er seinen Job verloren, seine Beziehung ist gescheitert, oder ein Mensch ist gestorben, der ihm bisher den letzten Halt gegeben hat. Ganz banal wäre es auch möglich, dass er bisher einfach keine Gelegenheit für seine Tat hatte. Zum Beispiel weil er im Gefängnis saß oder einfach noch zu jung war, um die aufwendigen Vorbereitungen bewältigen zu können. In jedem Fall ist er auf sich allein gestellt, ihm fehlen soziale Bindungen, Familie und Freunde.«

»Und was ist mit diesen herausgeschnittenen Hautlappen?«, fragte Müller. »Sind das einfach nur Trophäen?«

Nina räusperte sich. »Ich bin gerade dabei, Wachsabdrücke von den fehlenden Hautstücken zu erstellen, damit wir uns ein genaueres Bild davon machen können. Es dauert noch ein bisschen, aber ich denke, dass ich morgen die ersten Ergebnisse habe.«

»Gut.« Müller sah Tom auffordernd an. »Wie sieht das Profil des Täters nun genau aus?«

»Wir haben keinen Thrill-Killer, aber dennoch empfindet der Täter eine Befriedigung durch die Folter«, begann Tom. »Typisch dafür sind Männer, die jünger als dreißig Jahre sind, ledig, durchschnittlich intelligent und mit mäßigen schulischen Leistungen. Meistens sind sie beruflich gescheitert oder wenig erfolgreich. Lust am Foltern entwickeln in erster Linie Menschen, die vornehmlich negative Lebenserfahrungen gemacht haben.«

»Dafür würde ja auch das Motiv Rache sprechen«, warf Philipp ein. »Er muss ja einen Grund haben, sich zu rächen, und der hat irgendetwas mit Bodes Liveshows zu tun.«

»Ganz genau. Unser Täter ist mit großer Wahrscheinlichkeit traumatisiert«, sagte Tom. »Es ist eine Tatsache, dass Serienmörder schon in der frühen Kindheit geprägt werden, vermutlich vor dem fünften oder sechsten Lebensjahr. Wir haben damals beim FBI eine Untersuchung gemacht, in deren Rahmen sechsunddreißig verurteilte Serienmörder befragt wurden. In fast der Hälfte aller Fälle hat der biologische Vater die Familie verlassen, bevor der Junge das zwölfte Lebensjahr erreicht hatte. Das Fehlen eines stabilen männlichen Vorbilds spielt eine entscheidende Rolle bei der Entwicklung von Mördern. Ein grausamer und gefühlloser Vater kann allerdings noch schlimmer sein als ein abwesender«, erklärte Tom und versuchte, die Gedanken an seine eigene Kindheit auszublenden.

»Nicht jeder mit einem Arschloch als Vater wird Serienmörder«, warf Müller ein.

»Das weiß ich.« Und wie er das wusste. »Aber ein Kind aus einer liebevollen und behüteten Familie lebt nicht dauerhaft in seiner Fantasie und bevorzugt diese gegenüber der Realität. Serienmörder dagegen entwickeln Fantasien, die mehr oder weniger mit ihren lieblosen Familien in Zusammenhang stehen. Die meisten von ihnen wurden in ihrer Kindheit Opfer von Misshandlungen oder sexuellem Missbrauch.«

»Ist der Zoom-Killer also psychisch krank?«, fragte Katja.

»Fast siebzig Prozent der Mörder leiden unter mindestens einer Persönlichkeitsstörung,«, erklärte Tom, »wobei dissoziale und schizoide Elemente deutlich dominieren.«

»Dass der Typ einen an der Waffel hat, scheint ja wohl sonnenklar!« Müller lachte kurz auf, wurde aber schnell wieder ernst. Mit einer Handbewegung signalisierte er Tom, weiterzusprechen.

»Der Mann, nach dem wir suchen, ist entweder ein verschroben wirkender, unangepasster Einzelgänger, oder er lebt als chronischer Missachter von Normen und Regeln jenseits der sozialen Ordnung.«

»Das macht die Suche nicht unbedingt einfacher«, murmelte Ira, während sie die wichtigsten Stichpunkte an der Tafel notierte.

»Er dürfte außerdem ein nur wenig entwickeltes Selbstwertgefühl haben und unter seiner vermeintlichen Bedeutungslosigkeit leiden«, sagte Tom. »Durch die Taten gibt er seinem Leben eine neue Bedeutung. Und genau hier unterscheidet sich unser Mann vom Thrill-Killer, dessen Taten keinen übergeordneten Zweck haben.«

»Sie sagten, dass er eventuell im Knast oder noch zu jung war, um seine Taten schon eher auszuführen. Heißt das, er hätte in dem Fall in den Haftjahren seine Mordfantasien kultiviert?«, fragte Müller.

»Ja, das kann man so sagen. Fast alle Mörder, ausgenommen die, die zur Verdeckung einer anderen Straftat töten, brauchen lange, um sich erstmals an ein Opfer heranzuwagen, sich die Tat zuzutrauen und die Rolle des Täters konsequent auszufüllen. Der Tötungswunsch wird im Laufe der Zeit verinnerlicht und entwickelt sich zu einem unrhythmisch aufflammenden Bedürfnis, das immer bedeutsamer wird. Hinzu kommt, dass die Opfer, mit denen wir es hier zu tun haben, die Tat aus der Sicht des Mörders verdient haben.«

»Er fühlt sich also erhaben und wichtig«, sagte Müller.

Tom nickte. »Die Taten werten sein eigenes Leben auf und sind die logische Schlussfolgerung aus dem Trauma, das sein bisheriges Leben so schieflaufen ließ.«

Ira zog einen Strich unter die Notizen und fasste zusammen. »Wir suchen also einen Mann unter dreißig, vermutlich Einzelgänger und Lebensversager mit Bezug zu den Liveshows, die Bode damals organisiert hat. Als Erstes brauchen wir die Namen aller Frauen, die dort arbeiten mussten.«

Katja stöhnte. »Na, das dürfte nicht so einfach sein.«

»Aber auch nicht unmöglich«, meinte Philipp nachdenklich. »Seit 2002 gilt Prostitution in Deutschland als Beruf. Als der Bundestag das verabschiedet hatte, waren besonders die Puffbesitzer scharf darauf, dass bei ihnen alles vermeintlich sauber ablief und man als anständiger Betrieb galt. Damals arbeiteten viel weniger Frauen im Untergrund als heute.«

»Dann hatten sie auch eine Steuernummer«, sagte Tom. »Kannst du da irgendwie rankommen, Philipp?«

Sein Kollege grinste breit. »Logisch.«

Müller stand auf. »Okay, das habe ich jetzt überhört. Wenn Sie sich irgendwo einhacken müssen, bitte, aber offiziell segne ich das natürlich nicht ab.«

»Alles ganz legal, Chef.« Philipps Grinsen wurde immer breiter.

Müller nickte nur und ging zur Tür. Bevor er den Raum verließ, drehte er sich noch mal zu Tom um.

»Er ist noch nicht fertig, oder?«

Tom schüttelte den Kopf. »Ich befürchte, nicht.«

39

24. Mai 1991

Tom zögerte nur kurz, dann nahm er das Messer und stach zu. Er wusste genau, wo die Arterien entlangliefen und dass er diese nicht treffen durfte. Er stach sich in den Oberschenkel und in den Bauch, genau neben Hauptschlagader und Leber, verletzte sich noch weiter an den Armen und Händen und warf das Messer schließlich ins Gebüsch. Er spürte, wie das warme Blut an ihm herunterlief, überall, er war blutüberströmt.

Schaffe ich das? Kriege ich das auch wirklich hin? Du darfst jetzt nicht aufgeben! Du musst das durchziehen, es ist deine einzige Chance!

Erneut blickte Tom an sich herunter. Jetzt musste es schnell gehen, sonst könnte der Blutverlust ihn unnötig schwächen.

Schreiend rannte er aus dem Keller und hinaus auf den Hof. So schnell er nur konnte, lief er auf die Polizisten zu, die vor der Einfahrt des Heims standen und ein Fahrzeug kontrollierten, das offensichtlich zu schnell gefahren war.

»Hilfe! Hilfe! Bitte helfen Sie mir!« Tom versuchte, seine Stimme möglichst herzzerreißend klingen zu lassen.

Dann hörte er, wie hinter ihm die Fenster aufgerissen wurden, wie jemand aus dem Haus lief, die Stufen des Eingangs hinunter. War es sein Vater? Panik stieg in ihm auf.

»Bitte helfen Sie mir! Er bringt mich sonst um!« Tom schrie nun fast.

Den Polizisten war das Entsetzen ins Gesicht geschrieben.

»Ach du Scheiße, was ist denn da passiert?«, rief der eine, während der andere hektisch zum Wagen eilte und nach dem Funkgerät griff.

Der Beamte, der in der Einfahrt stehen geblieben war, zückte seine Waffe und forderte den Pförtner auf, sofort das Tor zu öffnen.

Tom drehte sich kurz um. Er sah, wie sein Vater mit erschrockenem Gesicht auf ihn zugeeilt kam.

»Tommy, mein Junge, was hast du denn gemacht?« Seine Stimme klang liebevoll, fast so, als wäre seine Sorge echt.

Die Todesangst, die Tom empfand, war es in jedem Fall. Sein Vater durfte ihn nicht kriegen! Wenn er hierbleiben musste, dann wäre das sein Ende, das wusste Tom ganz genau. Verrat verzieh der Vater nie.

»Helfen Sie mir! Bitte!«

Tom schleppte sich zu dem Polizisten, der mit vorgehaltener Waffe das Gelände betrat. Sein Kollege folgte ihm, während der Fahrer des Wagens, den die beiden vor wenigen Minuten noch kontrolliert hatten, gebannt das Geschehen verfolgte. Schützend stellten sich die Beamten zwischen Tom und seinen Vater.

»Er will mich umbringen ...«, flüsterte Tom. Ängstlich hielt er sich am Arm des Mannes fest.

»Junge, jetzt red doch nicht so einen Quatsch. Komm her, du bist ja ganz verstört.« Der Vater versuchte, nach ihm zu greifen, aber im letzten Augenblick zog der Beamte Tom zurück.

»Bleiben Sie, wo Sie sind!«, herrschte ihn der Polizist an und zielte mit der Waffe auf ihn. »Finger weg von dem Kind!«

»Aber ich bin sein Vater!«

»Das ist mir scheißegal! Sie fassen den Jungen nicht an, ist das klar?«

Zögerlich nickte sein Vater schließlich und hob langsam die Hände hoch. Dabei ließ er Tom keinen Moment aus den Augen.

»Es wird sich schon alles klären, mein Sohn«, sagte er leise, und Tom hörte den gefährlichen Unterton in seiner Stimme. »Bald sind wir wieder zusammen, verlass dich darauf.«

Immer mehr Einsatzfahrzeuge fuhren vor der Einfahrt des Heimes vor, und Tom wurde in einen Rettungswagen gebracht. Er spürte, wie geschwächt er war, und vermutete, dass sein Blutverlust trotz seiner Vorsicht enorm war. Die Notärztin sprach mit beruhigender Stimme zu ihm, setzte ihm eine Infusion und erklärte, dass jetzt alles gut werden würde, während ein Rettungssanitäter versuchte, die Wunde am Oberschenkel zu stillen.

»Ich weiß«, flüsterte Tom. »Jetzt wird alles gut.«

Aus dem Wagen sah er noch, wie sein Vater in Handschellen abgeführt wurde. Für einen Moment trafen sich ihre Blicke, und Tom sah zum letzten Mal in die Augen seines Vaters. Was war das? Enttäuschung? Oder Hass? Oder beides?

Der Rettungswagen setzte sich in Bewegung. Und auch wenn Tom in diesem Moment spürte, dass er endlich frei war, war er trotzdem auch bedrückt. Denn ihm war klar, dass er sich gerade für immer von seinem Vater verabschiedet hatte. Er durfte ihn nie wiedersehen, und Tom würde für den Rest seines Lebens alles dafür tun müssen, dass sein Vater ihn nicht fand.

40

Dr. Felix Höffner war eigentlich guter Dinge, auch wenn es ihn ein bisschen nervte, dass sich die Zoom-Konferenz um zwei Stunden verzögert hatte, obwohl er extra früher nach Hause gekommen war.

Er hatte die unerwartete Freizeit genutzt, war auf sein Laufband gegangen und hatte an seiner Fitness gearbeitet. Die wurde in seinem Alter immer wichtiger. Auch wenn er wusste, dass er dank seines Vermögens jede Frau kriegen konnte, hatte er doch keine Lust, ein mittelalter, mittelfetter Kerl zu sein, an dessen Arm ein zwanzigjähriges Playmate hing. Bei seinem Lifestyle musste er ein bisschen in Form bleiben, sonst machte alles nur halb so viel Spaß.

Wenn die anderen Gesellschafter dem Verkauf der Textilsparte zustimmten, und davon ging Höffner aus, dann würde er in wenigen Stunden um zwanzig Millionen Euro reicher sein. Dann war es an der Zeit, sich eine neue Gespielin zu suchen, dachte er und stieß mit seinem Finger das gerahmte Foto um, das ihn mit Anastasia zeigte.

Er hatte keine Freude mehr an der jungen Russin. Am Anfang hatte sie noch gejammert und geweint, wenn er sie so behandelte, wie er es mochte, aber jetzt ließ sie es einfach nur noch über sich ergehen. Während ihr verzweifelter Widerstand ihn noch mehr erregt hatte, ja geradezu wie ein Aphrodisiakum für ihn gewesen war, so löste ihre scheinbare Gleichgültigkeit jetzt das Gegenteil bei ihm aus. Aber nur für ein Zähne-zusammenbeißen-mit-geschlossenen-Augen war er auf Dauer nun wahrlich nicht bereit, eine neue Chanel-Tasche oder anderen Luxus-Firlefanz springen zu lassen. Da konnte er ja auch gleich wieder zu den Nutten gehen, so wie früher, und eigentlich hatte er das doch nicht mehr nötig.

Die Puffschlampen widerten ihn schon aus hygienischen Gründen an. Und auch wenn die Gold Digger aus Osteuropa, wie seine Kumpels die jungen Frauen nannten, die sich mit ihrem letzten Geld aufstylten und in den Westen kamen, um den *Mann fürs Leben* zu finden, sich im Prinzip auch für alles bezahlen ließen, was sie für ihn taten, so war er für eine gewisse Zeit doch wenigstens der Einzige, mit dem sie im Bett landeten. Oder vielmehr in seinem Spezialraum, zu dem er das Gästezimmer umgebaut hatte und der Anastasia am Anfang so wunderbare Angst eingejagt hatte. Heute gab sie keinen Ton mehr von sich, wenn er sie auf der Streckbank festzurrte.

Also musste was Neues her.

Frisch geduscht und im sauberen Anzug setzte Höffner sich an den Schreibtisch und öffnete den Laptop. Er konnte es kaum erwarten. Je schneller ich reicher werde, desto besser, dachte er grinsend.

Kurz darauf sah er die vier anderen Gesellschafter auf dem Bildschirm.

»Die Herren, Frau Dr. Freder, ich freue mich, Sie zu sehen. Sind wir vollzählig?«

Ein Gemurmel ging durch die Zoom-Konferenz, Dr. Jakobs fehlte noch, klopfte aber bereits im Wartebereich an, und Höffner ließ ihn beitreten.

»So, nun aber. Herzlich willkommen zur außerordentlichen Gesellschafterversammlung. Wir haben einen straffen Zeitplan, deshalb lassen Sie uns doch bitte gleich zur Sache kommen«, begann Höffner. »Sie wissen alle, warum wir uns hier treffen. Wir wollen heute über den Verkauf –«

»Dr. Höffner?«

Er hasste es, wenn er unterbrochen wurde. Und erst recht von einer Frau. Wenn es nach ihm ginge, gäbe es keine Weiber in solchen Positionen. Als Sekretärin, wie bei seinem Vater, der keine von den Tippsen in Ruhe lassen konnte, ja, das wäre okay. Aber die Tanten sollten doch bitte nicht so tun, als würden sie sich mit ihm auf Augenhöhe befinden.

»Ja, Frau Dr. Freder?«, sagte er gedehnt. »Was gibt es denn so Wichtiges? Kommen Sie mit der Technik nicht zurecht?« Er verkniff sich ein Grinsen.

Die dumme Kuh machte tatsächlich ein irritiertes Gesicht. »Natürlich komme ich mit der Technik zurecht. Aber haben Sie Besuch? Ich dachte, unser Gespräch unterliegt der strengsten Vertraulichkeit.«

»Selbstverständlich. Wie kommen Sie denn darauf, dass ich Besuch –«

Im selben Augenblick sah er eine dunkle Gestalt auf seinem Bildschirm, die hinter ihm stand und ein Messer in der Hand hielt. Das Gesicht war von einer dunklen Maske verdeckt, wie sie Motorradfahrer trugen, seine Hände steckten in schwarzen Latexhandschuhen. Erschrocken wollte Höffner sich umdrehen, aber da spürte er schon die Klinge an seinem Hals.

»Schau weiter in die Kamera«, sagte der Mann leise.

»Okay, okay, kein Problem. Wollen Sie Geld?«

»Ich will, dass du deine Fresse hältst«, zischte der andere.

»Der Safe ist im Schlafzimmer, ich habe einen Haufen Bargeld hier –«

»Ruhe. Oder du stirbst.« Der Mann flüsterte fast, aber seine Stimme klang so bedrohlich, dass Höffner augenblicklich schwieg. »Und das gilt auch für euch an den Bildschirmen.«

In wenigen Worten erklärte der Unbekannte allen Teilnehmern die Regeln. Obwohl die anderen Gesellschafter panisch versprachen, alles zu tun, was er von ihnen verlangte, überkam Höffner das ungute Gefühl, dass diese Geschichte nicht gut für ihn ausgehen würde.

»Hände nach hinten«, zischte der Mann und begann, ihn zu fesseln.

Die Gedanken rasten durch seinen Kopf. Er musste versuchen, den Mann zu beeinflussen. Geld hatte eine große Macht, und auch wenn der Unbekannte es zunächst abgelehnt hatte, wäre er doch der Erste, der sich nicht kaufen ließ.

»Ich gebe Ihnen eine Million Euro«, sagte Höffner. »Ich kann eine Direktüberweisung auf ein Konto Ihrer Wahl machen, das ist überhaupt kein Problem.«

Anstelle einer Antwort stopfte ihm der Mann einen Knebel in den Hals, so tief, dass Höffner würgte.

Okay, er will kein Geld. Aber was will er dann?

Höffner sah in die Gesichter der anderen Konferenzteilnehmer, die ihn entsetzt anstarrten.

Plötzlich spürte er, wie der Unbekannte mit dem Messer sein Hemd am Rücken aufschlitzte und es ihm schließlich mit einem Ruck vom Körper riss.

Was sollte das jetzt? Hatte Anastasia den Typen bestellt, um sich dafür zu rächen, was er ihr alles angetan hatte? War der Kerl irgendein osteuropäischer Auftragsvergewaltiger?

In dem Moment durchfuhr ihn ein brennender Schmerz. Noch nie in seinem Leben hatte er so etwas Unerträgliches gespürt. Auf dem Bildschirm sah er, wie der Mann sich mit dem Messer an seinem Rücken zu schaffen machte. Statt eines Aufschreis brachte Höffner nur unverständliche Laute hervor.

»Entspann dich«, sagte der Mann leise und überraschend freundlich.

Ein beklemmendes Gefühl stieg in ihm auf. *Entspann dich* ... das hatte doch er selbst immer gesagt, mit einer ähnlich warmen Stimme, die beruhigend wirken sollte, obwohl sie doch das Gegenteil auslöste. Lächelnd hatte er es Anastasia und all den anderen zugeflüstert, wenn sie vor Schmerzen nur noch gewimmert und ihn angefleht hatten, doch bitte von ihnen abzulassen. Er konnte sich nicht daran erinnern, wann er das letzte Mal Geschlechtsverkehr gehabt hatte und nicht die Floskel »Entspann dich« benutzt hatte. Sie gehörte für ihn zum Sex genauso dazu wie die Handschellen, mit denen er seine Gespielinnen grundsätzlich fixierte, ob sie wollten oder nicht.

Höffner versuchte, seine Gedanken zu fokussieren. Er kannte den Kerl, er spürte ganz genau, dass er ihm schon irgendwo begegnet war. Aber wo?

Trotz der Schmerzen zuckte er erschrocken zusammen, als ein Stück Haut mit einem klatschenden Geräusch neben ihm auf der Glasplatte seines Schreibtisches landete. Kam das von seinem Rücken? Einen Wimpernschlag später spürte er die offene Stelle, die sich durch einen nicht aushaltbaren Schmerz bemerkbar machte.

»Hören Sie auf! Hören Sie auf!«, hörte Höffner es aus dem Bildschirm schreien. Die anderen Teilnehmer der Konferenz waren fassungslos, hielten sich eine Hand vor den Mund oder hatten diesen erschrocken offen stehen. Ein entsetztes Durcheinander erfüllte den Raum. »Hören Sie mit dem Wahnsinn auf!«

Der Unbekannte griff ruckartig in Höffners Haare und riss ihn nach hinten, sodass er mit offenem Rücken in die Lehne gedrückt wurde. Der Schmerz bekam dadurch eine neue Dimension, und er glaubte nicht, dass er das noch lange aushielt. Schlimmer konnte es nicht mehr werden, versuchte er sich selbst Mut zuzusprechen.

»Halten Sie Ihren Mund«, sagte der Unbekannte leise und hielt Höffner das Messer wieder drohend an die Kehle. »Ich will keinen Ton mehr von Ihnen hören, Sie wissen, was sonst passiert. Kein Wort mehr! Sie sitzen da und schauen zu, ansonsten machen Sie nichts, ist das klar?«

Ein leises, zustimmendes Gemurmel war zu hören.

Dann sah Höffner, wie der Mann damit begann, ihm seine linke Brustwarze zu entfernen. Er jaulte auf wie ein Hund und betete, dass das alles nur ein Albtraum war, aus dem man ihn im nächsten Moment wecken würde.

Aber es weckte ihn niemand, auch nicht, als er auf dem Monitor anstelle der Brustwarze eine klaffende rote Wunde sah.

Höffner versuchte, seine ganz Kraft zu mobilisieren. *Denk nach! Du kennst den Kerl! Wenn du der Polizei später den entscheidenden Tipp geben kannst, haben sie das Arschloch im Handumdrehen. Woher kennst du ihn?*

Ein Hautlappen nach dem anderen landete neben ihm auf dem Glastisch. Höffner spürte, wie ihm langsam die Sinne schwanden. Der Schweiß lief ihm in Strömen von der Stirn, und erst als er wieder einen Blick auf den Bildschirm warf, erkannte er, dass es kein Schweiß war, sondern Blut. Auf seiner Stirn klaffte eine große Wunde.

Krampfhaft versuchte er, wach zu bleiben, den Schmerz auszublenden und seine Gedanken zu fokussieren. Als der Mann ihm ein Stück aus seiner Flanke schnitt, rutschte er mit der Klinge ab und verletzte sich an der Hand.

»Scheiße«, zischte er und zog sich schnell seinen Handschuh aus. In Windeseile hatte er ein Pflaster aus der Hosentasche gezogen und seinen Finger verbunden.

Höffner hätte über die Ironie dieser Szene fast gelacht. Der Typ versetzte ihm eine schreckliche Wunde nach der anderen, aber wenn er sich selbst in den Finger schnitt, dann musste sofort ein Pflaster drauf. Klar, DNA-Spuren konnte der sich nun wirklich nicht leisten.

Seine Gedanken wurden jäh unterbrochen, als sein Blick auf die Hand des Mannes fiel. Er brauchte einen Moment, um zu verstehen, was er da sah. Der andere hatte keine Fingernägel, die Kuppen waren nackt und blank.

Und plötzlich wusste Felix Höffner, woher er seinen Peiniger kannte. Er hatte in seinem Leben bisher nur einen Menschen gesehen, der keine Fingernägel hatte. Aber konnte das sein? War das wirklich möglich?

»Du?«, versuchte er trotz Knebel fassungslos über die Lippen zu bringen.

Der andere hatte ihn verstanden. Ihre Blicke trafen sich, und der Mann zog schnell wieder den Handschuh an. Obwohl er sein Gesicht hinter der Maske verbarg, glaubte Höffner, ihn lächeln zu sehen, jedenfalls bildeten sich um seine Augen freundliche Lachfältchen.

Langsam beugte er sich zu ihm herunter. Mit einem fast sanften Brummton summte er ihm eine Melodie ins Ohr.

Ja. Es gab keinen Zweifel.

Er war es.

41

Ninas WhatsApp erreichte Tom, als er gerade das BKA-Gebäude betreten hatte.

»Ich hab was.«

Mehr hatte in der Nachricht nicht gestanden. Aber eine Bitte, er möge in der Pathologie vorbeischauen, war auch nicht nötig. Tom hatte schon lange das Gefühl, dass er und Nina dieselbe Sprache sprachen. Sie brauchten beide nicht viele Worte, damit der jeweils andere wusste, was gemeint war.

»Was hast du herausgefunden?«, fragte Tom daher auch statt einer morgendlichen Begrüßung, als er kurz danach Ninas Labor betrat. Sie stand vor einem Metalltisch, auf dem wächserne Abdrücke lagen, die Tom unschwer als Nachbildungen der herausgetrennten Hautlappen identifizieren konnte.

»Schau dir das an.« Nina trat einen Schritt zur Seite und zeigte auf die Wachsabdrücke, die auf der linken Tischhälfte lagen. »Das sind die Rekonstruktionen der fehlenden Haut, die der Täter bei Bode entfernt hat. Und hier rechts sind die von Dekan Harber.«

Tom sah sich die Stücke genau an. »Sie wurden sehr präzise ausgeschnitten.«

»Ja. Aber das ist noch nicht alles. Achte auf die Ränder.«

Tom nahm zwei Exponate in die Hand. »Sie haben alle ein bestimmtes Muster. Es sind nicht einfach nur glatte Vierecke, sondern es scheinen ganz bestimmte Formen zu sein.«

Nina nickte. »Richtig. Und jetzt pass auf.«

Sie nahm einen rekonstruierten Hautlappen von Bode und legte ihn an einen von dem des Dekans.

»Sie passen zusammen«, sagte Tom nachdenklich.

»Und das ist keine Ausnahme.« Nina nahm ein weiteres Stück von Bode. Erneut passte es perfekt in eines des Dekans.

»Ein Puzzle«, murmelte Tom.

»Genau daran habe ich auch gedacht«, sagte Nina. »Die Stücke sind bewusst so ausgeschnitten worden, dass sie mit den anderen zusammenpassen. Schau her.«

Mit einigen schnellen Handbewegungen legte sie einen Teil neben den anderen. Als sie fertig war, lag vor ihnen auf dem Seziertisch eine hautfarbene Fläche, die an einigen Stellen zwar noch Lücken aufwies, sich aber ansonsten fast nahtlos ineinanderfügte.

»Der Mörder setzt ein Puzzle zusammen«, stellte Nina emotionslos fest. »Ganz offensichtlich fehlen ihm aber noch einige Teile.«

»Er ist noch nicht fertig«, gab Tom ihr recht. »Er wird weitermorden.«

Für einige Sekunden starrten sie stumm auf das Puzzle, das vor ihnen lag.

»Warum foltert er Menschen, um aus ihnen ein menschliches Puzzle zu machen?«, fragte Nina. »Ist er also doch ein Trophäensammler?«

»Die meisten Trophäensammler sind Seriensexualmörder«, antwortete Tom. »Denk mal an den Vaginasammler.«

»Davon gibt es ja leider einige. Du meinst Belgien, oder?«

Tom nickte. Der Fall hatte damals weltweit für Aufsehen gesorgt. Es war ein purer Zufall gewesen, dass die Morde von François Durell überhaupt entdeckt worden waren. Der Mann war an einem Herzinfarkt gestorben, und erst nach Wochen hatten die Nachbarn die Polizei informiert, weil der Gestank des etwas abseits gelegenen Hauses nicht mehr auszuhalten gewesen war. Nachdem man die halb verweste Leiche des Mannes gefunden und einen natürlichen Tod festgestellt hatte, wurde das Haus von den Erben leer geräumt. Dabei stießen sie auf eine Tiefkühltruhe im Keller, in der sich dreiundzwanzig Vaginen befanden, die fein säuberlich und äußerst präzise aus den Körpern herausgeschnitten worden waren.

Bei der Untersuchung stellten die Pathologen fest, dass sie seit ihrer Entnahme mehrfach aufgetaut und wieder eingefroren worden waren, außerdem befanden sich Spermaspuren in den Organen, weshalb die Ermittler davon ausgingen, dass Durell sie benutzt hatte, um seine Fantasien auszuleben. Von den dreiundzwanzig Körpern, denen diese Organe entnommen wurden, fehlte bis heute jede Spur, sodass nie bewiesen werden konnte, ob Durell ein Serienmörder oder Leichenschänder war, der die Toten für seine Zwecke missbraucht hatte.

»Vielleicht treibt den Zoom-Killer eine ähnlich kranke Lust an«, überlegte Nina laut. »Eine nekrophile Neigung ist doch gar nicht so selten. Und mal ehrlich, ein Puzzle aus Menschenhaut hat schon was ziemlich Nekrophiles.«

Tom dachte nach. Seriensexualmörder waren immer sadistisch und manchmal tatsächlich auch zusätzlich nekrophil. Sie gewannen sexuelle Befriedigung aus der Angst und den Schmerzen, die sie ihren Opfern zufügten, und aus der totalen Macht, die sie über ihre lebenden oder toten Opfer hatten. Auch wenn sie keine Spermaspuren am Tatort gefunden hatten, konnte all das auf den Zoom-Killer zutreffen.

»Dann hätten wir es mit einem Psychopathen mit Paraphilie zu tun«, sagte Tom.

»Das bedeutet?«

»Solche Killer haben den sexuellen Drang, ihre Fantasien am toten Objekt auszuüben, wobei es sich dabei nicht um eine komplette Leiche handeln muss.«

»Ein Puzzle aus Hautlappen scheint mir dafür sehr geeignet«, meinte Nina.

»Ja. Aber solche Mörder töten ihre Opfer in der Regel schnell, um das gewünschte Objekt zu erhalten. Denn nur darum geht es ihnen. Sie haben kein Interesse am Lebenden und seinen Leiden.«

»Das war hier zwar nicht der Fall«, sagte Nina, »die Opfer sind alle qualvoll und langsam gestorben. Aber es wäre anders ja auch nicht möglich gewesen. Ein menschliches

Puzzle braucht nun mal seine Zeit, das hast du ja nicht in ein paar Minuten aus einem Körper geschnitten.«

»Er hätte die Männer aber umbringen und ihnen dann in Ruhe die Haut heraustrennen können«, entgegnete Tom.

»Stimmt. Hältst du es für möglich, dass der Zoom-Killer von Psychosen oder Wahnvorstellungen angetrieben wird?«

Tom schüttelte nachdenklich den Kopf. Er wusste, dass auf zehn sadistische Serienmörder schätzungsweise ein psychotischer kam. Er erinnerte sich noch an Richard Chase, mit dem er während seiner Zeit beim FBI immer wieder zu tun gehabt hatte und der in der Presse nur der »Vampir von Sacramento« genannt worden war. Er hatte sechs Menschen getötet und ihr Blut getrunken, um sein eigenes zu ersetzen, das seiner Wahnvorstellung zufolge zu Staub zerfiel.

»Bei psychotischen Serienmördern spielen sexuelle Motive und Fantasien keine oder nur eine untergeordnete Rolle«, erklärte Tom. »Das siehst du auch an den Tatorten. Seriensexualmörder begehen ihre Taten in organisierter und ritualisierter Form. Der Tatort eines psychotischen Mörders ist dagegen erkennbar chaotisch und lässt darauf schließen, dass der Täter nicht in der Lage ist, rational zu denken.«

»Chaotisch waren die Tatorte nicht.« Nina nahm eine der Hautrekonstruktionen in die Hand. »Du hast einen Sexualmörder bisher ausgeschlossen. Aber mal ganz ehrlich, Tom. Was macht er mit so einem Puzzle sonst, wenn er sich nicht einen darauf runterholt?«

»Ja, das ist eine berechtigte Frage. Ein sexuelles Motiv ist naheliegend«, gab Tom ihr recht. »Serienmörder haben in der Regel eine sexuelle Funktionsstörung. Sie sind zu normalem, einvernehmlichem Geschlechtsverkehr nicht in der Lage, geradezu impotent.«

»Und wenn sie ihre extrem perversen sexuellen Fantasien an ihren Opfern ausleben, haben sie die größten Orgasmen.«

»Ganz genau. In ihren Fantasien verschmelzen Sexualität und Gewalt, sie träumen von Macht, Unterwerfung, Ausbeutung und Rache.«

Nina sah ihn aufmerksam an. »Rache. Du hast gestern von einem Rachemörder gesprochen.«

»Seriensexualmörder rächen sich an unschuldigen Opfern für das, was sie in ihrer eigenen Kindheit erlebt haben«, sagte Tom. »Dabei hat das Opfer aber nichts mit den selbst erlebten Qualen zu tun, der Mörder gibt nur weiter, was er selbst durchmachen musste, und stellt sich bei der Tat vor, er räche sich dadurch an seinem eigenen Peiniger. Der Zoom-Killer hat sich aber keine unschuldigen, anonymen Opfer gesucht. Bode und Harber wurden gezielt ausgewählt, es bestand eine Verbindung zwischen den beiden Männern. Und es ist dieselbe, die auch zwischen dem Täter und seinen Opfern besteht. Vielleicht holt er sich auf dem menschlichen Puzzle einen runter, das kann ich nicht ausschließen. Aber es ging ihm nicht nur um das tote Objekt zur Befriedigung seines Triebs.«

»Es ging ihm um die beiden Männer.«

»Davon bin ich überzeugt. Er kannte sie, und mit dem Puzzle will er sich selbst etwas beweisen«, dachte Tom weiter laut nach. »Puzzelst du manchmal?«

Nina sah ihn erstaunt an. »Sehe ich aus wie ein Freak?«

Tom machte ein abwägendes Gesicht, worauf Nina empört den Mund verzog.

»Warum puzzeln Leute?«, fragte er dann. »Warum macht man so was?«

Sie zuckte mit den Schultern. »Um sich zu entspannen und abzulenken, denke ich mal. Wenn du Ewigkeiten nach einem Puzzleteil suchst, bist du doch vermutlich sehr auf diese Aufgabe fokussiert, dann grübelst du nicht mehr über dich und deine Probleme.«

»Das Puzzle hat also etwas Beruhigendes für ihn.«

»Möglich.« Nina legte den Abdruck wieder zu den anderen auf den Tisch und blickte auf das halb fertige Puzzle. Sie schienen beide dasselbe zu denken. »Ein unfertiges Puzzle ist wie eine ständige Mahnung.«

Tom nickte. »Er wird es fertigstellen. Wenn wir ihn nicht vorher kriegen.«

42

»Herr Dellbrück und Herr Krauße, richtig? Ich freue mich, Sie wiederzusehen, meine Herren.« Gut gelaunt blickte Rudolf Bachmann die beiden Justizbeamten an, wobei er genau darauf achtete, dass sich um seine Augen die sympathisch wirkenden Lachfältchen bildeten.

»Sind Sie so weit, Dr. Bachmann?«, fragte Dellbrück, dessen wulstige Halsschlagader wieder sichtbar pulsierte.

»Ach, lassen Sie doch den albernen Doktor weg«, antwortete Rudolf jovial. »Ja, von mir aus können wir gerne los!«

Zum Glück hatte Karim Küchendienst. Rudolf war sich nicht sicher, ob sein Zellengenosse etwas ahnte. Gestern hatte er ihn dabei überrascht, wie er den Kugelschreiber präparierte, das Innenleben entfernte, sodass der Stift nur noch ein schmales Metallröhrchen war, scharfkantig und spitz.

»Sie haben beantragt, einen Spaziergang zum *Haus am See* zu machen.« Krauße blickte auf ein Formular, als sie die Haftanstalt verließen. »Bleibt es dabei?«

»Sehr, sehr gerne«, antwortete Rudolf Bachmann mit

schwärmerischer Stimme. »Früher habe ich dort immer einen Kaffee getrunken. Es ist ein wunderbares Ausflugslokal, das es schon in meiner Kindheit gab. Ich verbinde damit nur schöne Erinnerungen. Danke, dass Sie mir das ermöglichen.«

Die beiden Beamten nickten. Auch ihnen schien ein Ausflug ins Grüne durchaus angenehm zu sein. Keine Frage, in ihren Augen gab es etwas Schlimmeres, als einen alten Mann in ein Café zu begleiten. Da hatten sie schon ganz andere Jobs erledigen müssen.

»Sie wissen, dass Sie mit der elektronischen Fußfessel permanent unter Kontrolle stehen. Weglaufen bringt also gar nichts«, mahnte Dellbrück.

»Abgesehen davon, dass wir Sie sowieso sofort hätten«, fügte Krauße noch hinzu.

Rudolf lächelte die beiden verbindlich an. »Wenn ich eines nicht vorhabe, meine Herren, dann, vor Ihnen davonzulaufen. Das können Sie mir glauben. Sie wissen doch, wie alt ich bin?«

»Ihren Siebzigsten hatten Sie schon, oder?«

»Allerdings. Allzu viel Gefahr sollte von mir also nicht mehr ausgehen.«

Die beiden Beamten grinsten breit und machten dann ein zufriedenes Gesicht. So stellten sie sich vermutlich einen perfekten Freigang vor.

Ein ungefähr fünf Kilometer langer Fußmarsch lag nun vor ihnen, den Rudolf unendliche Male in seinem Kopf durchgegangen war. Ein Großteil des Weges war schon früher eine beliebte Joggingstrecke gewesen. Auch wenn er seine Informationen nur aus dem Fernsehen und der Zeitung hatte, so ging Rudolf doch davon aus, dass heute noch mehr Freizeitsportler unterwegs waren als vor dreißig Jahren. Walker, Jogger, Mountainbiker und normale Fußgänger dürften sich die Strecke inzwischen teilen, für einen Doppelmord war sie daher vermutlich ungeeignet.

Aber es gab eine Gabelung, jedenfalls hoffte Rudolf, dass sie noch existierte. Von dem Hauptweg ging irgendwann rechts ein Pfad ab, der noch aus Vorkriegszeiten stammte und früher der einzige Weg zum *Haus am See* war. Durch einen Bombenkrater war er verwüstet worden, weshalb ein neuer, asphaltierter Gehweg gebaut worden war.

»Gestatten Sie, dass ich Sie gleich auf ein Vanilleeis mit heißen Kirschen einlade?«, fragte Rudolf, als sie den Wald erreicht hatten. Auf den Wegen war genauso viel los, wie er es vermutet hatte. Eltern schoben ihre Kinderwagen, Kleinkinder rasten auf modernen Tretrollern, und Jogger und Fahrradfahrer gingen sich gegenseitig auf die Nerven, während diverse Hunde artig von ihren Herrchen an der Leine geführt wurden. »Nur wenn Sie so etwas mögen, natürlich. Es war früher meine Leibspeise.«

»Warum nicht«, sagte Kraußе gutmütig und strich sich über den Bauch. »Haben Sie denn überhaupt so viel Geld?«

»Durch meinen Job in der Bibliothek habe ich mir etwas ansparen können, und es würde mich wirklich freuen, wenn ich Sie heute einladen dürfte.«

Dellbrück machte ein skeptisches Gesicht. »Ich weiß nicht …«

»Ob Sie das annehmen dürfen? Von wegen Bestechung?«

Rudolf lächelte altväterlich. »Keine Sorge, ich würde es natürlich niemandem verraten. Ich bin Ihnen einfach sehr dankbar, dass wir so ein nettes Verhältnis zueinander haben. Andere Häftlinge werden bei ihren Freigängen nur schikaniert. Ich bin wirklich froh, dass Sie mich begleiten.«

»Ist auch noch ein Getränk drin?« Krauße grinste breit, und Rudolf erwiderte sein Grinsen.

»Selbstverständlich!«, sagte er gut gelaunt.

Für eine Weile ging Rudolf schweigend vorweg. Ab und zu blickte er strahlend in den Himmel, und einmal zeigte er seinen Aufpassern einen besonders alten Baum, der schon in seiner Jugend dort gestanden hatte. Es war nicht mehr weit bis zur Gabelung, und schließlich begann er, seine Gangart zu verändern, fasste sich manchmal verstohlen in den Schritt, blieb kurz stehen und kniff ein wenig die Beine zusammen.

»Entschuldigen Sie, das ist mir jetzt etwas unangenehm, aber ich glaube, ich müsste mal austreten«, sagte er und achtete dabei genau darauf, dass seine Stimme einen leidenden Unterton bekam.

»Wir sind im Wald, bitte.« Dellbrück machte eine ausladende Handbewegung, als wollte er ihm einen Baum anbieten.

»Hier sind so viele Menschen«, entgegnete Rudolf peinlich berührt. »Ich würde mich ungern vor Kindern entblößen. Hätten Sie etwas dagegen, wenn ich dort ein Stück hineingehe?« Er wies auf die Gabelung. Zum Glück gab es den Weg noch, auch wenn er inzwischen nicht mehr als ein zugewachsener Trampelpfad war. »Ich verstehe natürlich, dass Sie mich begleiten müssen. Aber es ist mir lieber, wenn Sie mir zuschauen, als wenn die ganzen Mütter mich am Baum stehen sehen.«

Krauße nickte grinsend. »Das wollen wir den Mamis mal lieber nicht zumuten, gäbe 'ne schöne Aufregung.«

»Danke.«

Gemeinsam gingen sie einige Meter in den Wald hinein, wichen dabei immer wieder Brennnesseln und Dornengestrüpp aus. Nein, hier war wirklich schon lange niemand entlangspaziert, dachte Rudolf zufrieden. Die Stimmen der Spaziergänger wurden langsam leiser, er war kurz vor dem Ziel.

»Hier können Sie pissen«, meinte Dellbrück. »Besser wird's nicht mehr.«

Rudolf nickte und stellte sich an einen Baum. Seine Bewacher wandten sich etwas ab und zündeten sich eine Zigarette an, während er vorgab, seinen Hosenstall zu öffnen. Im oberen Bund seiner Unterhose hatte er den Kugelschreiber versteckt. Dank der ausgeliehenen Nagelfeile war er nun so spitz wie ein kräftiger Nagel.

Erst der bullige Dellbrück mit der pulsierenden Halsschlagader, dann sofort zu Krauße. Wenn er unterwegs auch nur eine Sekunde zögerte oder die falsche Stelle traf, hatte er keine Chance.

Er umklammerte den präparierten Kugelschreiber und drehte sich um. Die beiden Männer hatten ihm den Rücken zugekehrt, rauchten und unterhielten sich über Fußball. Leise, wie eine Katze, machte er zwei rasche Schritte nach vorne. Bevor einer der Männer ihn wahrnehmen konnte, stach

Rudolf dem kräftigen Beamten mit voller Kraft das Metall in den Hals. Geschickt wich er der heraussprudelnden Blutfontäne aus und zog im selben Augenblick den Stift wieder heraus.

»Was zur Hölle –?«, entfuhr es Krauße, während Dellbrück im nächsten Augenblick gurgelnd zusammenbrach, eine Hand auf den Hals gepresst. Das Blut war seinem Kollegen ins Gesicht gespritzt, und für einen kurzen Moment wirkte der Mann wie in Schockstarre. Und als Krauße gerade reflexhaft nach seiner Waffe griff, stach Rudolf mit derselben Wucht wieder zu. Aber der Mann reagierte blitzschnell, wandte sich ab und hielt seine Waffe plötzlich griffbereit.

Der Kugelschreiber hatte ihn zwar am Hals getroffen, war aber weit davon entfernt, die Hauptschlagader so zu durchlöchern, wie es bei Dellbrück der Fall gewesen war. Rudolf wusste, dass er im Kampf gegen den jungen Beamten den Kürzeren ziehen würde. Trotz der blutenden Wunde an seinem Hals warf Krauße ihn im nächsten Augenblick mit einigen geschickten Verteidigungsgriffen zu Boden.

Du hast nur noch eine Chance, dachte Rudolf, während er mit dem Beamten rang, der ihm haushoch überlegen war. Er umklammerte den Kugelschreiber und zog ihn aus dem Hals des Beamten. In dem Moment, in dem Krauße nach den Handschellen griff und versuchte, ihn zu fesseln, stach er das Metall mit voller Kraft in sein Ohr, so tief, dass nur noch ein kleines Stück des Stifts herausragte.

Krauße wirkte wie versteinert, wie ein Roboter, den man von der Stromversorgung abgeschnitten hatte. Er saß immer noch auf Rudolfs Oberkörper, sein Griff hatte aber jede

Spannung verloren, und aus seinem Ohr tropfte Blut. Rudolf konnte in seinen Augen sehen, wie seine Pupillen erstarrten. Lautlos brach der Mann auf ihm zusammen.

Sofort schob er den Toten von sich herunter und rappelte sich auf. Er hatte keine Lust, mit Blut und auslaufender Hirnflüssigkeit besudelt zu werden, dafür hatte er noch zu viel vor.

Dellbrück schien inzwischen so gut wie ausgeblutet zu sein. Es war immer wieder schön zu sehen, wie schnell das ging, wenn man die Hauptschlagader erst mal richtig perforiert hatte. Er lag in einer riesigen Lache und wurde von Fliegen umschwirrt. Aus der Wunde am Hals trat kein Blut mehr aus, ein sicheres Zeichen dafür, dass das Herz aufgehört hatte zu schlagen.

Auch bei Krauße konnte er sich sicher sein. Der Kugelschreiber steckte tief in seinem Gehirn. Die Augen hatte er weit aufgerissen und starrte tot ins Nichts.

Rudolf nahm die Waffen der Beamten und steckte sie vorne in seinen Hosenbund. Das Hemd ließ er locker darüber fallen, so dass sie niemand bemerken würde. Er kontrollierte seine Kleidung noch mal auf Blut und Schmutzflecken. Ein bisschen was hatte er doch abgekriegt, aber auf der dunklen Jeans fielen die Flecken zum Glück nicht sonderlich auf.

Den nächsten Baumarkt würde er nach einem zwanzigminütigen Fußmarsch erreicht haben. Dort würde er sich eine spezielle Gartenschere kaufen, mit der er die elektronische Fußfessel normalerweise leicht entfernen konnte. Dabei würde er sich die ganze Zeit in dem angegebenen Radius aufhalten, so lange würde keiner Verdacht schöpfen.

Sobald er die Fußfessel los war, würde er in den Bus der Nummer 135 steigen, dessen Route nur durch das innere Stadtgebiet führte. Nach einer Haltestelle wollte er den Bus wieder verlassen und seine Fußfessel in Ruhe weiterfahren lassen. Die Beamten in der JVA würden erst misstrauisch werden, wenn er heute Abend mit Dellbrück und Krauße nicht pünktlich vor dem Knast stand. Er hatte also noch gut drei Stunden, bevor man ihn suchen würde.

Aber man würde ihn nicht finden. Davon war Rudolf Bachmann überzeugt. Denn er war wie ein Chamäleon, er wusste, wie man sich unsichtbar machte.

»Ein Eisbecher ist leider doch nicht mehr drin«, sagte er gut gelaunt zu den Toten. »Ich muss nämlich noch etwas Dringendes erledigen. Etwas sehr Dringendes.«

43

Tom saß in seinem Büro und klickte sich durch die Akten des Archivs. Er suchte nach Serienkillern, deren Morde ebenfalls im Zusammenhang mit einem Spiel standen. Denn der Zoom-Killer war nicht der Erste, der diese kranke Art zu töten für sich entdeckt hatte.

Als Erstes wurde ihm der Schachbrettmörder angezeigt, einer der schlimmsten russischen Serienmörder aller Zeiten. Nach seiner Verhaftung gab er an, er habe vierundsechzig Menschen töten wollen – die Anzahl der Felder auf einem Schachbrett. Nach jedem Mord hatte er immer das nächste Feld auf seinem Brett mit einer Zahl versehen. Bei seiner Festnahme legte er ein umfassendes Geständnis ab und sagte aus, insgesamt einundsechzig Menschen auf dem Gewissen zu haben. Elf Morde konnten ihm zwar nie nachgewiesen werden, aber in seiner Wohnung fand man ein Schachbrett mit einundsechzig markierten Feldern. Auf die Frage, was er getan hätte, wenn er die Zahl vierundsechzig erreicht hätte, antwortete der Mann, er hätte wohl ein neues Brett gekauft.

Das Schachspiel hatte für ihn eine große Bedeutung gehabt. Der bei seiner Verhaftung dreiunddreißigjährige Hilfsarbeiter galt als wenig intelligent, weshalb er in seiner Kindheit ausgegrenzt und gehänselt wurde. Der Wunsch, ein hervorragender Schachspieler zu werden und dieses Spiel der Schlauen und Intelligenten zu beherrschen, wuchs immer mehr in ihm. Doch selbst gegen seinen dauerbetrunkenen und aggressiven Vater verlor er grundsätzlich, worüber dieser sich höhnisch amüsierte.

Im Grunde hatte der Schachbrettmörder mit jedem Mord eigentlich seinen Vater besiegt und verhöhnt. Und immer wieder aufs Neue getötet. War es denkbar, dass der Zoom-Killer mit dem Puzzlespiel etwas Ähnliches verband?

Ohne anzuklopfen, kam Ira in sein Büro und ließ sich müde gegen den Schreibtischstuhl fallen. »Ich war gerade bei Rena Bode, der Tochter des Opfers.« Sie gähnte herzhaft. »Sorry, war gestern lange hier.«

»Haben Sie sie nach der Musik gefragt?«

»Ja. Louis Armstrong hat tatsächlich eine besondere Bedeutung für sie, besser gesagt, für die Mutter von Rena Bode. Der Song wurde beim Hochzeitstanz ihrer Eltern gespielt.«

»Deshalb hat die Mutter die Platten gesammelt.«

»Ja. Aber als sie herausgefunden hatte, dass in Bodes Bordellen auch immer Armstrong lief, hatte die Musik keine Bedeutung mehr für sie, und die Platten landeten erst im Keller und später bei der Tochter. Für Rena Bode sind sie eine Erinnerung daran, dass ihre Eltern auch mal gute Zeiten hatten, hat sie gesagt.«

»Okay. Bodes Mörder muss darüber Bescheid gewusst haben, dass die Musik für sein Opfer eine bestimmte Bedeutung hatte.«

»Das denke ich auch«, sagte Ira. »Und da ich nicht glaube, dass er beim Hochzeitstanz der Bodes dabei war und Bode ihm von den guten alten Zeiten erzählt hat, muss er in den Sexschuppen gewesen sein. Als die Musik lief –«

»– und die Frauen dazu misshandelt wurden«, vollendete Tom ihren Satz. »Wie weit ist Philipp mit der Suche nach den Sexarbeiterinnen?«

»Philipp!« Ira rief laut nach ihrem Kollegen, ohne sich dabei zu bewegen. Kurz darauf erschien er in der Tür.

»Ja?«

»Wie weit bist du mit den Namen von Bodes Mädchen?«

»Ich habe eine Liste mit zehn Namen bereits an Katja gegeben. Sie ist dran.«

»Mehr als zehn gab es nicht?«, fragte Tom.

»Doch, vermutlich schon. Ich arbeite mich weiter durch die Dateien«, antwortete Philipp. »Ich hab übrigens das Video von diesem Mattes Schäfer analysiert, das er dir gegeben hat. Woher kanntest du den Kerl noch mal?«

»Ist das wichtig?«

»Vielleicht. Denn ich bin mir nicht sicher, wie vertrauenswürdig der Typ ist«, sagte Philipp. »Hatte er dir nicht zugesagt, mit diesem *satchmo23* Kontakt aufzunehmen?«

»Ja. Kannst du das nachverfolgen?«

»Vielleicht nicht alles. Aber ins Darknet komme ich nun auch, und der User mit dem Namen *satchmo23* hat seine Identität vor fast einem Jahr gelöscht.«

»Dann hat mein Informant wohl keinen Kontakt zu ihm aufgenommen«, meinte Tom.

»Vermutlich nicht«, gab Philipp ihm recht. »Es sei denn, der Typ hat sich ein neues Profil zugelegt. Dann stellt sich aber die Frage, warum dieser Mattes dir das verschwiegen hat. Als erfahrener Hacker muss er eigentlich gewusst haben, dass der Username veraltet ist.«

»Du meinst, er hat das wider besseres Wissen behauptet? Mich also bewusst angelogen?«

»Ich würde es nicht ausschließen.«

»Danke, Philipp«, murmelte Tom und blickte seinem Kollegen nachdenklich hinterher, der wieder zurück zu seinem Arbeitsplatz ging.

Hatte Mattes ihm den Hinweis auf *satchmo23* extra gegeben, um von sich abzulenken? Weil er wusste, dass diese Spur ins Leere lief? Hatte er etwas mit dem Zoom-Killer zu tun? Oder war er es womöglich selbst? Tom überlegte, ob ihm an Mattes etwas hätte auffallen müssen. Er berlinerte nicht, was dazu passen würde, dass der Zoom-Killer diese sprachliche Färbung nur vorgeschoben hatte. Der Tipp mit Mattes war von Aaron gekommen. Der hatte beteuert, dass er Tom helfen wollte. Aber konnte er ihm wirklich vertrauen? Hatte er ihn zum Killer geführt, ohne es ihm direkt zu sagen? Welches Spiel spielte Aaron hier mit ihm?

»Alles in Ordnung?«, fragte Ira, die er fast vergessen hatte.

»Ja, klar«, sagte Tom.

In dem Moment klingelte sein Handy.

44

Seit einer ganzen Weile versuchten die Notärzte, Felix Höffner zu stabilisieren. Eine ganze Armada von Beamten war inzwischen vor Ort und hatte das gesamte Hochhaus abgesperrt. Stockwerk für Stockwerk und Wohnung für Wohnung wurden durchkämmt. Die Chancen, dass der Zoom-Killer noch im Gebäude war, standen nicht schlecht. Denn diesmal hatte er einen entscheidenden Fehler gemacht.

Der Killer hatte sich zwar wieder in die Computer der Konferenzteilnehmer gehackt und auch deren Handys und Telefone gestört, aber eine Sache war ihm entgangen. Dr. Sascha Berger, ein millionenschwerer Gesellschafter, der zu den reichsten Unternehmern des Landes gehörte und Teilnehmer der Zoom-Konferenz gewesen war, hatte über seine Smartwatch einen direkten Draht zur Polizei. Eine Sicherheitsvorkehrung, die ihn eigentlich vor möglichen Entführungen schützen sollte. Als Berger bemerkte, dass der Killer einen Moment abgelenkt war, da Höffner sich heftig zu wehren begann, nutzte er die Gelegenheit und schickte über seine Smartwatch eine Nachricht an die Polizei, die kurz darauf bei Höffner eintraf.

Als Tom und sein Team in das Penthouse stürmten, hatte Höffner noch einen schwachen Puls, und die Zeugen bestätigten, dass der Killer erst kurz vor dem Eintreffen der Beamten den Raum verlassen hatte.

Endlich hatten die Ärzte den Mann so weit stabilisiert, dass er ins Krankenhaus gebracht werden konnte.

»Wird er es schaffen?«, fragte Tom, der am liebsten noch ein »Wann kann ich mit ihm sprechen?« hinzugefügt hätte.

»Unklar. Der Blutverlust ist groß, und das Fehlen von so viel Haut ist auch nicht unproblematisch«, antwortete der Notarzt. »Die nächsten Tage werden entscheidend sein.«

Mit diesen Worten brachten sie Felix Höffner aus dem Penthouse.

Tom ging zu dem Nebenraum von Höffners Büro, in dem zwei Kollegen von der Spurensicherung ihre Arbeit verrichteten. Was er dort sah, bestätigte ihn in der Vermutung, welche Verbindung zwischen den Opfern herrschte.

Die Fenster in dem vielleicht zwölf Quadratmeter großen Raum waren mit schwarzer Folie abgeklebt. In der einen Ecke stand eine Streckbank, sie wirkte durchaus historisch und war vielleicht auf einer Museumsauflösung erstanden worden. Ein schwarzes Andreaskreuz war an der Wand angebracht, mit Hand- und Fußschellen versehen. In der Mitte des Raumes stand eine Art gynäkologischer Stuhl, ebenfalls mit einer Fesselvorrichtung für Hände und Füße. Daneben befand sich ein Servierwagen, auf dem diverse Foltergeräte lagen. Dildos, die mit Heftzwecken versehen waren, Schlagstöcke, Peitschen, Daumenschrauben und Bunsenbrenner.

»Der ganze Raum ist voller DNA-Spuren«, sagte der eine Kollege von der Spurensicherung.

»Sichern Sie alles. Wenn der Kerl überlebt, bringen wir ihn dafür vor Gericht.« Tom zog sein klingelndes Handy aus der Tasche. Es war Ira.

»Kommen Sie ins Treppenhaus, zwischen erstem Stock und Erdgeschoss. Wir haben einen weiteren Toten.«

Zügig verließ Tom die Wohnung, fuhr mit dem Fahrstuhl in den ersten Stock und betrat dort das Treppenhaus. Ein toter Polizist lag in einer Blutlache auf der untersten Stufe, Ira und zwei weitere Beamte standen daneben.

»Wie lange ist er schon tot?«, fragte Tom und eilte an den Kollegen vorbei.

»Noch nicht lange. Vor wenigen Minuten bestand noch Funkkontakt.«

Tom nickte nur und eilte im Laufschritt an ihnen vorbei ins Untergeschoss.

»Bachmann?! Wo wollen Sie denn hin?«, rief Ira ihm hinterher. »Die Kollegen sind im ganzen Gebäude!«

»Der Mann wurde umgebracht, weil er im Weg stand«, antwortete Tom im Laufen. »Auf dem Weg wohin? Natürlich nach unten.« Er riss die Tür zur Tiefgarage auf.

»Das Haus ist umstellt! Er kommt hier nicht raus!«, hörte er Ira noch rufen, aber dann knallte die Tür schon hinter ihm zu.

Für wenige Sekunden war es gespenstisch still in der Tiefgarage. Tom hörte die Beamten, die draußen vor der Schranke standen und jedes Auto aufhalten würden, das hinausfahren wollte. Hinter ihm hörte er Ira und die Kollegen, die nun ebenfalls in die Tiefgarage kamen.

Dann sah er ihn.

Zunächst war es nur ein Schatten, kaum sichtbar. Aber durch den Lärm, den Ira und die anderen veranstalteten, war er offenbar aufgeschreckt worden.

Tom zog seine Waffe, entsicherte sie und hielt sie zielgenau auf den Schatten, der sich zügig in den hinteren Teil der Tiefgarage bewegte. Weg vom Ausgang – was hatte der Mann vor? Wo wollte er hin? Er manövrierte sich selbst in die Falle.

Ira und die Kollegen waren inzwischen hinter ihm, und Tom sah aus dem Augenwinkel, dass auch sie ihre Waffen gezogen hatten.

»Er ist auf neun Uhr«, flüsterte Ira und wies in Richtung des Schattens.

»Weiß ich«, flüsterte Tom zurück.

Im nächsten Augenblick hörten sie das laute Aufheulen eines Motors. Nur einen Wimpernschlag später raste ein Motorrad an ihnen vorbei. Der Fahrer trug dunkle Kleidung und einen schwarzen Motorradhelm. Im hohen Tempo lenkte er das Fahrzeug Richtung Ausfahrt, raste an der Schranke vorbei die Rampe hinauf.

Draußen waren Schüsse zu hören.

Konzentriert blickte Tom ihm nach, während seine Kollegen in die Einsatzwagen sprangen und die Verfolgung aufnahmen. Er wusste, dass das sinnlos war. Ein Motorrad war bei dem Verkehr in der Innenstadt nicht einzuholen.

Und das war auch gar nicht nötig. Denn er wusste, wem es gehörte.

»Kommen Sie«, sagte er zu Ira. »Ich weiß, wo wir ihn finden.«

45

Aaron schloss die Tür seiner Wohnung auf und ließ Dr. Rudolf Bachmann hinein. Wie verabredet hatte er auf einem Parkplatz in der Nähe eines Baumarktes auf ihn gewartet. Für Aaron war es nicht ungefährlich, dem geflohenen Sträfling zu helfen. Es würde nicht mehr lange dauern, bis man nach dem Doktor suchte, und auch wenn er penibel darauf geachtet hatte, dass sein Wagen nicht von den Überwachungskameras auf dem Parkplatz eingefangen wurde, so konnte er nie ganz sicher sein, ob er nicht doch auf den Aufnahmen zu sehen war.

»Ich habe Ihnen Wechselklamotten besorgt.« Aaron wies auf eine Tüte, die auf dem Esstisch stand. »Zweite Tür rechts ist das Bad. Ich nehme an, Sie wollen erst mal duschen. Frische Handtücher liegen im Regal.«

»Hast du auch was für die Haare?«

»Kastanienbraun, wie gewünscht. Ist ebenfalls in der Tasche. Genauso wie Rasierer und Schere. Soll ich beim Haareschneiden helfen?«

Der Doktor fuhr sich durch seine schulterlange, fast weiße Mähne. »Das kriege ich schon hin.«

Er schnappte sich die Tüte und verschwand ins Bad.

»Ich mach mal Kaffee!«, rief Aaron ihm hinterher.

Er spürte, dass er nervös war. Er konnte sich nicht daran erinnern, dass es mal eine Zeit gegeben hatte, in der er Rudolf Bachmann nicht gehasst hatte. Sosehr er seinen Sohn Tommy auch liebte und ihn als seinen Bruder ansah, so sehr hasste er den alten Bachmann.

Eigentlich jedenfalls.

Der Alte hatte ihn und Tommy über Jahre gequält und misshandelt. Aber er hatte aus Aaron auch den gemacht, der er heute war. Ein fürsorglicher Rächer, der sich um die unschuldigsten Opfer in der Gesellschaft kümmerte, der dafür sorgte, dass diejenigen, die Kindern etwas antaten, zur Rechenschaft gezogen wurden.

Aaron mochte diese Person. Er wusste, dass die dunkle Seite, die der Doktor aus ihm herausgeholt hatte, immer in ihm gewesen war. Mitgefühl und Empathie empfand er nur für Kinder. Das Leid von Erwachsenen berührte ihn nicht, war es in den meisten Fällen doch eh hausgemacht. Vielleicht wäre Aaron ohne Bachmann ein skrupelloser Politiker geworden, der ehrgeizig und machtbetont jeden Konkurrenten zur Seite gewischt hätte, oder ein erfolgreicher Hedgefonds-Manager, den das Schicksal kleiner Anleger völlig kaltgelassen hätte. Aber durch Bachmann hatte er gelernt, seine psychopathische Seite für etwas Gutes einzusetzen.

»Wenn jedes dunkle Wesen Wirtschaftsboss oder Banker

wird, dann dreht sich die Abwärtsspirale, in der wir uns befinden, immer weiter«, hatte er ihm vor vielen Jahren erklärt. »Wer das Böse in sich aber sinnvoll einsetzt, der kann die Welt verändern.«

Auch wenn er Rudolf Bachmann immer noch nicht leiden konnte, ja sich vielleicht sogar tief in seinem Inneren vor ihm fürchtete, so musste er ihm doch recht geben.

Nach einer halben Stunde kam eine fremde Person aus dem Bad, die Aaron fast nicht wiedererkannt hätte.

»Wow. Was für ein Unterschied!«

Wie ein Model drehte sich Bachmann vor Aaron. »Nicht wahr? Das macht was aus.«

Er hatte seine langen Haare sorgfältig bis in den Nacken gestutzt. Außerdem waren sie nun nicht mehr weiß, sondern schimmerten in einem dunklen Braunton. Auf den ersten Blick sah die Farbe etwas unecht aus, aber da Bachmann die Haare mit Gel nach hinten gekämmt hatte, fiel das nicht weiter auf. Er war glatt rasiert und sah in seiner beigen Hose und dem weißen Hemd nun deutlich jünger aus als zuvor.

»Ich schätze, so könnten Sie problemlos auf die Straße gehen. Da erkennt Sie keiner.«

»Einen ausführlichen Stadtbummel werde ich wohl trotzdem erst mal verschieben.«

Aaron zögerte kurz, bevor er weitersprach. »Wenn Sie wollen, können Sie ein paar Nächte hier schlafen.«

»Schön, schön.« Bachmann blickte auf die Uhr. Dann zog er sich das dunkelblaue Sakko über, das noch in der Tüte lag. »Ich muss los. Ich will Tommy überraschen.«

Aarons Magen rumorte. »Sie wollen zu Tommy?«

»Selbstverständlich. Ich habe ihn nach seinem Verrat nie wiedergesehen. Es gibt eine Menge zu besprechen.« Er sah Aaron eindringlich an. »Die Adresse?«

Er sollte Tommy verraten? Was würde der Doktor mit seinem Judas-Sohn machen? Er hasste Verräter, auch wenn es sich um sein einziges leibliches Kind handelte. Verrat war schon immer etwas gewesen, das Rudolf Bachmann niemandem durchgehen lassen konnte. Aaron erinnerte sich noch gut an Samira, das schwarzhaarige Mädchen, das so zielsicher ein Messer werfen konnte wie kein anderes Kind. Wegen Bachmann hatte sie heute ein Ohrläppchen weniger, und das nur, weil Samira ein anderes Mädchen verpetzt hatte. Eine Lappalie unter Kindern,

Aaron konnte sich nicht mehr erinnern, worum es bei der Petzerei ging. Aber er würde niemals Bachmanns Vortrag über den Verrat vergessen, den er kurz darauf vor allen Kindern gehalten hatte. Samira hatte neben ihm gestanden und ihn angehimmelt, sie liebte den Doktor und tat alles, was er von ihr verlangte. Sie war eines der wenigen Kinder, die von klein auf gewusst hatten, wie viel Dunkles in ihnen steckte. Umso erschrockener reagierte sie, als Bachmann sie aufforderte, als Buße für ihren Verrat sich selbst das Ohrläppchen zu entfernen. Sie tat es erst, als Bachmann ihr drohte, sonst das ganze Ohr abzuschneiden.

Aaron würde dieses Bild niemals vergessen, wie Samira sich die Haare zur Seite strich, das Messer in die eine Hand nahm, das linke Ohrläppchen in die andere und es, ohne zu zögern oder eine Miene zu verziehen, abschnitt.

»Sollte mir noch mal aus Versehen ein Verrat über die Lippen gehen, dann schneide ich mir freiwillig das ganze Ohr ab«, sagte sie mit einer Entschlossenheit, die Aaron noch heute einen Schauer über den Rücken jagte. Auch Bachmann hatte sich beeindruckt gezeigt, und Aaron fragte sich, was aus dem Mädchen wohl geworden war.

»Also?« Bachmann sah ihn auffordernd an. »Die Adresse?«

Aaron zögerte. Konnte Bachmann überhaupt eine Gefahr für seinen kampfsporterprobten und durchtrainierten Sohn sein? Er wusste es nicht. Aber er traute dem Alten alles zu.

46

»Warum rufen Sie keine Unterstützung?«, fragte Ira, als Tom seinen Wagen etwas abseits von Mattes' Haus parkte.

»Weil er sich sofort aus dem Staub machen würde. Er ist ein Profi, der sich nach Belieben in jeden Computer und jedes Handy hackt. Es würde mich nicht wundern, wenn er die Kommunikation des BKA überwacht.«

»Deshalb haben wir ihn an den Tatorten nie erwischt«, überlegte Ira laut. »Er wusste, dass wir kommen.«

Inzwischen war es dunkel geworden. Mit gezogenen Waffen schlichen Ira und Tom im Schutz der parkenden Autos zum Haus von Mattes und Alex Schäfer, das nur noch wenige Meter von ihnen entfernt war.

»Das Motorrad steht nicht vor der Tür.«

»Aber im ganzen Haus brennt Licht«, sagte Ira leise. »Vielleicht hat er es in die Garage gestellt. Überlassen Sie mir die Tür.«

Tom hatte Ira schon einige Male dabei beobachtet, wie sie eine Haustür innerhalb von wenigen Sekunden lautlos öffnen konnte. Sie brauchte dafür nicht viel mehr als eine Büroklammer, die sie immer in ihrem Portemonnaie hatte und mit wenigen Handgriffen in die Länge zog. Wie einen Dietrich benutzte sie den schmalen Draht, und kurz darauf sprang die Tür mit einem Klick auf. Vorsichtig und mit den Waffen im Anschlag betraten sie das Haus.

»Sicher«, flüsterte Ira, nachdem sie die Küche überprüft hatte.

Lautlos und mit zielgerichteten Waffen gingen sie von Raum zu Raum. Tom war hoch konzentriert. Seine Augen scannten die einzelnen Zimmer, kein Detail entging ihnen. War hier irgendetwas anders als beim letzten Mal? Im Flur hatte sich ein weiterer Karton vom Lieferdienst eingefunden, der noch ungeöffnet war. Bestimmt war er erst vor Kurzem geliefert worden. Er blickte auf die Schuhbank neben der Garderobe, unter der ein halbes Duzend Sneaker-Paare standen. An dem Schlüsselbrett, das darüber hing, baumelte nur ein Haustürschlüssel, der auffällige BMW-Anhänger fehlte. War Alex mit dem Motorrad unterwegs und nur Mattes hier? Alles deutete jedenfalls darauf hin, dass jemand zu Hause war.

»Hoch«, sagte er leise.

Ira nickte, und gemeinsam durchsuchten sie das kleine Obergeschoss, das nur aus einem Schlafzimmer, einem Ankleideraum und einem Bad bestand. Das Licht im Flur brannte, die Zimmer waren dagegen dunkel.

Mit ausgestrecktem Arm hielt Ira die Waffe in der Hand, während sie mit der anderen auf den Lichtschalter drückte.

»Nichts«, sagte sie, nachdem sie alle drei Räume überprüft hatten. »Niemand da.«

Tom sah sich im Schlafzimmer des Paares um. Das Bett war sehr ordentlich gemacht, mit einer Tagesdecke und Zierkissen versehen. Nirgends lag etwas herum, alles schien an seinem Platz zu sein.

»Doch«, meinte er leise. »Hier deutet nichts auf eine Flucht hin. Keine Schränke stehen offen, nichts wurde in Hektik eingepackt. Und unten an der Garderobe hängen jede Menge Jacken, daneben stehen ein Haufen Schuhe. Außerdem ist da noch ein Karton mit frisch gelieferten Lebensmitteln.«

»Du meinst, er ist im Haus?«

»Er weiß nicht, dass ich ihn erkannt habe, und fühlt sich sicher. Wahrscheinlich hört er uns nicht, weil er in seine Arbeit vertieft ist.«

Tom eilte die Treppen hinunter, wobei er genau darauf achtete, keinen Laut von sich zu geben. Er wusste, dass ihn bereits ein Schnaufen verraten konnte, von einer knatschenden Treppenstufe ganz zu schweigen. Das Adrenalin rauschte durch seinen Körper, es pushte ihn grundsätzlich zu Höchstleistungen. Er würde Mattes Schäfer sofort erschießen, wenn der sich ihm plötzlich in den Weg stellen sollte.

Die Kellertür war verschlossen. Es war eine schwere Sicherheitstür, wie man sie sonst nur von Heizungskellern kannte.

»Er hat sich zum Arbeiten eingeschlossen«, flüsterte Ira. »Deshalb hat er uns nicht gehört. Soll ich?« Sie hielt die Büroklammer hoch.

»Ja. Wenn er gerade an seinem letzten Film sitzt, dürfte der Ton sowieso alles übertönen.«

Diesmal brauchte Ira etwas länger, aber schließlich sprang die Tür auf. Tom ging zügig und zielgerichtet voran, bereit, sofort zu schießen, wenn es notwendig sein sollte. Mit einem kräftigen Fußtritt trat er gegen die Tür zu Mattes' Büro, die mit einem lauten Knall gegen die Wand flog.

»BKA, keine Bewegung!«, rief er.

Im nächsten Moment ließ Tom die Waffe sinken. Ira war mit einem Satz neben ihm und blieb augenblicklich erschrocken stehen.

»Ach du Scheiße!«, entfuhr es ihr.

Das Büro sah aus wie ein Schlachtraum. Auf einem der drei großen Bildschirme, die auf dem Schreibtisch standen, war das Standbild einer gequälten Frau zu sehen, die mit weit aufgerissenen Augen voller Panik in die Kamera starrte. Sie war auf allen vieren festgebunden, hinter ihr stand ein Mann und rammte ihr grinsend einen Besenstiel in den Anus.

Auf der Couch, die ein Stück neben dem Schreibtisch stand, musste sich ein ähnliches Szenario abgespielt haben. Mattes Schäfer hockte nackt und auf allen vieren in sich zusammengesunken auf dem Sofa. Er war gefesselt und gab kein Lebenszeichen von sich. Sein Mann Alex lag mit einer Schusswunde im Kopf neben ihm. Mit seiner Hand berührte er noch einen langen Dolch, dessen Ende im Hintern seines Partners steckte. Offenbar war er mit vorgehaltener Waffe dazu gezwungen worden, die Szene in dem Film mit seinem Mann nachzuspielen. Nachdem er diesen mit dem Dolch rektal erstochen hatte, war er selbst mit einem Kopfschuss hingerichtet worden.

»Mattes ist wohl doch nicht unser Mann«, meinte Ira, die sichtlich bemüht war, sich ihren Schock nicht anmerken zu lassen.

»Nein«, gab Tom ihr nachdenklich recht.

»Sehen Sie die Leichenflecke? Das muss vor dem Massaker im Penthouse passiert sein. Vielleicht schon gestern.«

Tom nickte. »Der Zoom-Killer ist aus einem anderen Grund noch mal hergekommen. Er hat sich Schäfers Motorrad geholt«, überlegte er laut, obwohl ihm längst klar geworden war, dass das nur ein Teil der Wahrheit sein konnte.

»Das Kennzeichen müssten wir schnell haben.« Ira zog ihr Handy aus der Tasche und drückte eine Nummer.

»Es ist eine BMW«, sagte Tom.

Ira gab die Infos an Katja durch. »Wissen wir noch was?«, fragte sie ihn.

»Ja. Der Mann auf dem Motorradsitz heißt mit Vornamen Linus und arbeitet für einen regionalen Gemüse-Lieferdienst.«

47

»Die beiden sind schon länger tot«, bestätigte Nina, als das Team spät am Abend im Präsidium zusammenkam. »Seit zwei und drei Tagen. Genaueres kann ich jetzt noch nicht sagen. Die Todesursachen scheinen dagegen eindeutig. Mattes Schäfer ist verblutet, die Verletzungen dürften seinen gesamten Darmtrakt zerstört haben. Schau ich mir natürlich auch noch genauer an. Bei dem anderen war der Kopfschuss eindeutig todesursächlich.«

»Der Bio-Lieferdienst hat seit gestern Betriebsferien«, meldete sich Katja zu Wort. »Der Chef ist in Italien. Ich versuche, Kontakt zu ihm herzustellen, ist aber noch schwierig.«

»Was hat die Spurensicherung ergeben?«, fragte Tom.

»Keine Einbruchsspuren«, sagte Ira. »Der letzte Anruf vom Festnetz ging an den Lieferdienst.«

»Die Handys der Männer waren beide leer, die Auswertung läuft noch.« Philipp warf Tom einen skeptischen Blick zu. »Aber selbst wenn dieser Linus die beiden umgebracht hat –«

»– ist er dann auch der Zoom-Killer?«, brachte Katja seinen Satz zu Ende. »Der Mord an dem Paar unterscheidet sich doch deutlich von den anderen Taten.«

Tom wandte sich ab und blickte aus dem Fenster. Natürlich hatten seine Kollegen recht, die Taten hatten auf den ersten Blick nichts mit denen des Zoom-Killers gemein. Dennoch wusste er genau, dass er der Mann war, den sie suchten.

»Er hat den beiden regelmäßig frische Lebensmittel gebracht, wusste von dem Motorrad und brauchte es für die Tat im Penthouse, da er diesmal nicht zu Fuß fliehen konnte und mit einem Auto viel zu unbeweglich gewesen wäre«, sagte Tom, dem klar war, dass das den anderen als Erklärung nicht reichen würde.

»Er hat sie nur wegen des Fluchtfahrzeugs getötet?«, fragte Philipp. »Warum sollte er so einen riskanten Weg wählen? Warum hat er nicht versucht, ein Motorrad zu stehlen?«

»Nicht nur deswegen. Er wusste auch, was die beiden beruflich trieben«, sagte Tom.

Linus hatte jemandem einen Gefallen getan, der ihn dafür deckt, fügte er in Gedanken hinzu und spürte, wie die Wut in ihm aufstieg.

»Aber woher soll er von den Snuff-Videos gewusst haben?«, warf Ira ein. »Sie haben gesagt, dass die beiden penibel darauf geachtet haben, dass niemand etwas von ihrem kranken Job mitkriegt. Und ausgerechnet der Lieferbote kommt dahinter?«

Weil es ihm jemand gesteckt hat, weil jemand wollte, dass er davon erfährt, damit er diesem Treiben ein Ende setzt.

Tom kochte vor Wut. Aaron musste schon seit einer Weile gewusst haben, wer der Zoom-Killer war. Aber er hatte nicht gewollt, dass der Mann sofort gestoppt wurde. Weil er seine Taten richtig fand, weil er nach einem kranken Ehrenkodex lebte, nach dem Vergewaltiger und Frauenquäler gehäutet werden durften. Er hatte mit Tom gespielt, hatte das Tempo vorgegeben, in dem er dem Killer auf die Spur kam. Und Tom hatte sich leichtfertig auf dieses Spiel eingelassen. Wie hatte ihm das nur passieren können?

»Um die Details können wir uns später kümmern«, sagte Tom mit belegter Stimme. »Das Nummernschild?«

»Ist bereits zur Fahndung raus«, antwortete Philipp. »Und die Befragung der Nachbarschaft läuft noch.«

»Okay. Ich muss noch was erledigen. Wir sehen uns morgen.«

Ira sah stirnrunzelnd auf ihre Uhr. »Was müssen Sie denn um diese Zeit noch erledigen?«

Tom warf ihr einen Blick zu, der deutlich machte, dass sie das nichts anging.

Sobald er das Präsidium verlassen hatte, rief er Aaron an.

»Ist es so weit, Tommy?«, fragte Aaron anstelle einer Begrüßung. Er schien mit seinem Anruf gerechnet zu haben.

»Seit wann wusstest du, dass dieser Linus der Zoom-Killer ist?«

Er hörte Aaron am anderen Ende der Leitung seufzen. »Na ja. Nachdem ich ihn an Schäfers Haustür erkannt hatte, wurde mir alles relativ schnell klar.«

»Du kanntest ihn?«

»Aus dem Darknet, ja. Er hat sich dort vor einer Weile

rumgetrieben und sich über diverse Häutungsmethoden informiert.«

»Satchmo23«, murmelte Tom.

»Ganz genau. Später nannte er sich dann *skinfan*, wie passend.« Aaron lachte. »Unter dem Namen hat er auch nach Videos gesucht, die früher in den Bode-Puffs aufgenommen wurden. Als ich mich dann erst mal an seine Fersen geheftet hatte, war mir schnell alles klar.«

»Wieso hast du es mir nicht gesagt, verdammt noch mal! Ich dachte, ich könnte dir vertrauen!«

»Reg dich ab, Tommy.«

»Warum hast du ihn auf das schwule Hackerpärchen angesetzt? Warum hast du sie nicht einfach angezeigt?«

»Ach, dann hätten die doch nur so eine Larifari-Strafe abgesessen. Es war an der Zeit, dass sie endgültig verschwinden. Sie hatten immer mehr Minderjährige in ihren Filmen. Ich dachte ja, dass du die beiden hochnimmst. Hast du aber nicht getan.«

»Ich nehme grundsätzlich keine Informanten hoch.«

»Siehst du, du hast offensichtlich deinen eigenen Ehrenkodex, das wurde mir dann auch klar.«

»Du hast diesen Linus unter Druck gesetzt, damit er die beiden für dich erledigt.« Tom versuchte, seine Wut runterzuschlucken und wieder einen klaren Kopf zu bekommen.

»Ja. Für mich war der Job irgendwann ein bisschen zu riskant. Immerhin war ich ein paarmal bei denen im Haus, ich konnte nicht ausschließen, dass mich jemand gesehen hat. Außerdem brauchte Linus das Motorrad. Das passte alles gut.«

Die Leichtigkeit in Aarons Stimme ging Tom fürchterlich auf die Nerven. »Du hast schon wieder mein Vertrauen missbraucht«, sagte er. »Halt dich in Zukunft aus meinem Leben fern.«

»Das geht leider nicht.« Aaron räusperte sich. »Im Gegenteil. Könnte gut sein, dass wir bald noch ein bisschen mehr miteinander zu tun haben.«

»Wieso sollten wir?«

Für einen Moment herrschte Schweigen am anderen Ende der Leitung. »Ich habe deinem Vater gesagt, wo du wohnst.« Aarons Stimme war leise geworden.

Genervt verzog Tom das Gesicht. »Na toll. Dann kriege ich jetzt jede Menge Briefe aus dem Knast, oder was?«

Aaron stockte hörbar. »Er ist ausgebrochen, Tommy«, sagte er dann. »Er wartet auf dich.«

48

Als Tom die Wohnungstür aufschloss, fragte er sich für einen kurzen Moment, ob er vielleicht krank werden würde. Doch sofort wurde ihm klar, dass das flaue Gefühl in seinem Magen nichts mit einem Virus zu tun hatte.

Aber er hatte keine Angst. Er erinnerte sich noch genau, wie sich Angst anfühlte. Beklemmender, einnehmender und stärker. Damals war er völlig davon gefangen und teilweise nicht in der Lage gewesen, sich auch nur einen Zentimeter zu bewegen, so sehr hatte ihn die Angst gefesselt.

Das jetzt war anders. Es war eher wie eine Erinnerung an ein altes Gefühl, das einmal so etwas wie Liebe gewesen sein musste und dann zu seinem größten Albtraum wurde. An ein Gefühl, das er für immer mit seinem Vater verbinden würde.

»Ich weiß, dass du hier bist.« Tom schaltete das Licht im Flur an und warf seine Jacke auf einen provisorischen Garderobenhaken, der eigentlich nicht mehr als ein langer Nagel war. Langsam ging er in das dunkle Wohnzimmer.

Obwohl der Raum vom hereinscheinenden Flurlicht nur schwach beleuchtet wurde, erkannte er ihn sofort. Seine Silhouette hatte sich für immer in sein Gedächtnis gebrannt. Er saß auf dem Sofa, die Beine übereinandergeschlagen, so wie er schon früher vor ihm gesessen hatte.

Tom machte Licht und war überrascht, wie wenig sich sein Vater verändert hatte. Dieselben dunklen Haare, die gepflegte Erscheinung, als wäre die Zeit stehen geblieben.

Erst auf den zweiten Blick erkannte er, dass die Haare offensichtlich gefärbt waren. Klar, der Mann war auf der Flucht, er musste sein Aussehen verändern, sonst hatten sie ihn sofort.

Beinah freundlich lächelte er ihn an. Der Mann, der fast sein Leben zerstört hatte und der bis heute dafür verantwortlich war, dass Tom keine Nacht länger als vier Stunden schlafen konnte.

Rudolf Bachmann stand auf und breitete seine Arme aus. »Lass dich umarmen, mein Sohn.«

Tom bewegte sich keinen Millimeter. »Eher würde ich mich erschießen«, antwortete er und meinte jedes Wort davon.

»So kalt? Ach, Tommy.« Rudolf Bachmann schüttelte lächelnd den Kopf, wie man es tat, wenn ein kleiner Junge wieder etwas Dummes angestellt hatte. »Freust du dich denn gar nicht, deinen alten Vater wiederzusehen?«

»Du bist nicht mein Vater. Du bist mein Erzeuger. Das ist ein gewaltiger Unterschied.«

Rudolf Bachmann wurde ernst. »Ein Versuch, es sich leicht zu machen, Tommy. Du weißt, dass das nicht funktioniert.« Dann setzte er sich wieder. »Können wir reden?«

Langsam kam Tom näher, ohne den Alten dabei auch nur für eine Sekunde aus den Augen zu lassen. Die rechte Hand hielt er in unmittelbarer Nähe zum Halfter, sodass er gegebenenfalls sofort die Waffe ziehen konnte. Er musste davon ausgehen, dass Rudolf Bachmann ebenfalls bewaffnet war. Aaron hatte ihm gesagt, dass er zwei Männer umgebracht hatte und dass beide im Besitz ihrer Dienstwaffen gewesen waren. Natürlich hatte er die nicht einfach zurückgelassen.

Außerdem wusste er, warum Rudolf Bachmann hier war.

»Du willst doch gar nicht reden.« Tom hörte, wie kalt seine Stimme klang.

»Sondern?«

»Du willst dich an mir rächen.«

Rudolf Bachmann lachte. »Ja, da hast du recht, mein Junge. Das würde ich tatsächlich gerne tun.« Seine fröhliche Stimme war abrupt verschwunden, ebenso die Lachfältchen um seine Augen, und mit einem Mal verströmte er eine eisige Aura. »Du hast mich verraten, Tommy.«

»Ich habe mein Leben gerettet.«

»Red keinen Scheiß! Ich hatte nie vor, dich zu töten, und das weißt du auch ganz genau. Wie konntest du meine Arbeit einfach so zerstören?«

»Arbeit?« Tom bemühte sich gar nicht erst, den Spott in seiner Stimme zu unterdrücken.

»Du warst Teil von etwas Größerem, von etwas sehr viel Größerem. Ist dir das nie bewusst gewesen?«

Es hatte keinen Sinn, mit diesem Mann zu diskutieren. Er würde niemals einsehen, dass er einen der schlimmsten

Fälle von Kindesmissbrauch zu verantworten hatte. Er hatte kein Kind getötet, nein, auch war es nie um sexuelle Gewalt gegangen. Aber er hatte Tom und die anderen für seine Zwecke brutal missbraucht.

»Du hast menschliche Wracks aus uns gemacht«, antwortete Tom.

Rudolf Bachmann verdrehte die Augen. »Ach Gottchen. Du hast dir ja wirklich eine Menge Blödsinn eingeredet. Ich habe euren Charakter gestärkt! Ich wollte euch zu überdurchschnittlichen Persönlichkeiten formen! Hast du das wirklich nie verstanden?«

Tom dachte kurz nach. Es brannte ihm auf der Seele, den Alten danach zu fragen. Schon seit Jahren wollte er es wissen. Hatte er Angst vor der Antwort? Nein, er kannte keine Angst mehr. Aber das ungute Gefühl in seinem Magen wurde trotzdem stärker. »Warum hast du das alles gemacht?«, fragte er schließlich. »Und erzähl mir jetzt nichts von der dunklen Seite, die in jedem steckt. Von diesem ganzen pseudowissenschaftlichen Blabla will ich nichts hören. Du hast das doch nicht alles aus wissenschaftlicher Neugier gemacht. Ich weiß genau, dass es einen ganz anderen Grund gab. Also: Warum das alles?«

Rudolf Bachmann lehnte sich zurück. Mit einer Handbewegung signalisierte er Tom, sich ebenfalls zu setzen. Tom lehnte sich an die Fensterbank und ließ den Alten nicht eine Sekunde aus den Augen.

»Sieben von euch sind heute da, wo ihre Bestimmung sie immer haben wollte«, begann er schließlich in einem fast plauderhaften Ton. »Lisa, Justus, Peer, Sander, Igor, Yvonne und natürlich Aaron. Sie alle sind angekommen und töten heute überall auf der Welt.«

»Aaron hat seinen eigenen Ehrenkodex«, entgegnete Tom. »Er macht nicht das, was du willst.«

Rudolf Bachmann lächelte milde. »Dir ist vielleicht aufgefallen, dass ich die letzten dreißig Jahre nicht abkömmlich war. Ich konnte mich nicht um alles kümmern. Aber glaub mir, Aaron ist auf einem guten Weg. Er macht durchaus das, was ich von ihm erwarte.«

Tom überlegte kurz, was das zu bedeuten hatte. Hatte Aaron sich womöglich mit dem Alten zusammengetan?

»Peer arbeitet für das kolumbianische Kartell – glaubst du vielleicht, das ist immer in meinem Sinne?«, fuhr Rudolf Bachmann fort. »Aber im Großen und Ganzen räumt er die Richtigen aus dem Weg, wenn auch nicht immer. Und Yvonne war schon zwölfmal verheiratet. Ihre toten Ehemänner finden sich in ganz Europa verstreut. Auch das hatte ich mir nicht immer so gewünscht. Natürlich wäre es mir lieber gewesen, wenn sie von Anfang an ausschließlich in meinem Auftrag gehandelt und ihre Privatangelegenheiten außen vor gelassen hätte. Aber aus dem Gefängnis konnte ich ihre Aktivitäten nicht immer kontrollieren.«

Tom musterte ihn skeptisch. Waren diese sieben ehemaligen Heimbewohner so etwas wie Schläfer? Die er jetzt, nachdem er das Gefängnis verlassen hatte, wecken und für seine Zwecke einsetzen konnte?

»Was hast du vor?«

»Nun, jetzt kann ich mich um meine sieben Schäfchen kümmern.« Er lächelte zufrieden. »Ich werde sie kontaktieren und gezielt ein paar Projekte verteilen. Es gibt so einige Leute, deren Lebenszeit langsam abläuft: der Direktor der Uni, der mich damals hat rausschmeißen lassen, weil er meine Forschung für unseriös hielt; der Richter, der für mich Sicherheitsverwahrung angeordnet hatte, obwohl es dafür nicht den geringsten Grund gab; und natürlich der Arzt, der deine Mutter nicht gerettet hat, obwohl er es gekonnt hätte.«

»Du weißt genau, dass sie keine Chance hatte. Die Metastasen waren überall.«

»Das haben sie damals behauptet. Aber natürlich hätte man sie retten können. Und dieser Arzt wird dafür büßen.« Rudolf Bachmanns Lächeln wurde gefährlich. »Du wirst das erledigen, Tommy.«

Tom schüttelte energisch den Kopf. »Mit Sicherheit nicht.«

»Doch. Wenn du leben willst, dann wirst du ihn töten.«

»Weil du mich sonst umbringst?« Tom lachte spöttisch auf. »Überschätz dich nicht, alter Mann.«

Das Lächeln des Alten wurde immer gefährlicher. »Ich habe sieben perfekt ausgebildete Killer, die alles für mich tun würden. Ja, auch dein Freund Aaron zählt dazu, ohne ihn wäre ich schließlich gar nicht hier. Ich brauche nur mit dem Finger zu schnippen, und dann bist du tot, Tommy. Wenn Aaron es nicht übernimmt, macht Lisa es. Sie hat noch nie einen Auftrag von mir abgelehnt. Entweder du tötest den Arzt, oder du stirbst selbst. Es ist ganz einfach, Tommy.«

»Und du glaubst wirklich, dass ich am Leben hänge?« Toms Stimme war voller Hass. »Vielleicht sehne ich mich ja nach dem Tod, vielleicht wäre es wie eine Befreiung für mich, wenn ich dieses Scheißleben nicht mehr leben müsste.«

Für einen Moment herrschte Totenstille im Raum.

»Und was ist mit Eva?« Rudolf Bachmann sprach ganz leise.

Das Gefühl in Toms Magen wurde schlagartig so stark, dass er für einen Moment Sorge hatte, sich übergeben zu müssen.

»Eva?«

»Deine Pflegemutter. Sie heißt doch Eva?«

Tom versuchte, seine Wut zu kontrollieren. Er wollte sich nicht anmerken lassen, dass der Alte seine Achillesferse getroffen hatte.

»Wenn du ihr etwas antust –«

»Das liegt einzig und allein in deiner Hand«, sagte Rudolf Bachmann. »Wenn der Arzt stirbt, wird Eva leben. Wenn du ihn verschonst, wird sie einen langen und qualvollen Tod sterben. Sehr lang und sehr qualvoll.«

Tom wusste nicht, was er dazu sagen sollte. Er war voller Zorn und konnte kaum noch klar denken. Hatte dieses Monster ihn etwa wieder in der Hand? Nach so vielen Jahren?

»Ich gebe dir zwei Tage Zeit. Dann ist Dr. Heinemann tot, oder ich zerlege Eva in ihre Einzelteile. Deine Entscheidung, Tommy.«

49

Am nächsten Morgen saß Tom schlecht gelaunt an seinem Schreibtisch. Es war nicht nur das Ultimatum seines Vaters, das ihn so wütend gemacht hatte, es war vor allen Dingen Aaron. Er hatte ihn an den Alten verraten, obwohl er genau wusste, was das für Tom bedeutete. Er konnte Aaron einfach nicht vertrauen, und es ärgerte ihn, dass er sich auf ihn eingelassen hatte, obwohl er das eigentlich seit Jahrzehnten wusste. Spätestens als er damals ohne ihn aus dem Heim geflohen war, hatte Tom gewusst, dass Aaron kein echter Freund war.

Erst hatte er ihn seinem schlimmsten Albtraum ausgeliefert. Jetzt musste er sich wieder mit seinem Vater auseinandersetzen, den er so viele Jahre mehr oder weniger erfolgreich aus seinem Kopf verbannt hatte.

»Ich hab ihn!« Philipps Kopf war feuerrot, als er in Toms Büro stürmte. »Linus Mutzke, keine dreißig Minuten von hier. Und der Typ hat eine Stromrechnung, als hätte er fünf Server in seiner Wohnung.«

»Du bist ein Genie.«

Ein Grinsen ging über Philipps Gesicht, und Tom eilte durch das Gemeinschaftsbüro, in dem Katja und Ira gerade ihre Waffen überprüften.

»Wir drei machen das«, sagte Tom und ging zügig weiter.

»Brauchen wir nicht mehr Unterstützung?«, fragte Katja skeptisch.

»Der Typ ist clever und scheint sich überall mühelos einhacken zu können. Die Gefahr, dass er einen koordinierten Großeinsatz abhört, ist mir viel zu hoch.« Tom eilte aus dem Büro, und seine Kolleginnen folgten ihm im selben Tempo.

Die Adresse, die Philipp ihnen genannt hatte, lag nur wenige Autominuten von Mattes Schäfers Haus entfernt. Die Gegend war ähnlich unauffällig, nur dass hier keine Doppelhaushälften standen, sondern drei- bis viergeschossige Mehrfamilienhäuser die Straße säumten. Die Wohnung von Linus Mutzke lag im Souterrain. Über große Lichtschächte konnten sie von außen in die Räume blicken. Der Mann stand in der Küche und machte sich gerade etwas zu essen.

»Er wirkt völlig ahnungslos«, sagte Ira leise.

Für einen Moment zogen Zweifel in Tom auf. Warum hatte Aaron den Mann nicht gewarnt? Spielte er immer noch sein Spiel mit ihm? War Linus Mutzke doch nicht der Richtige?

Tom schüttelte die Gedanken ab und drückte auf die Klingel. Egal was Aaron auch für Strippen im Hintergrund zog. Er hatte das Motorrad in der Tiefgarage gesehen, mit dem der Täter geflohen war. Und er war sich sicher, dass Mutzke hinterm Lenker gesessen hatte.

»Ja, ja, ist ja gut!«, hörte er eine Stimme aus dem Inneren

rufen. Der Mann öffnete ihnen die Tür. »Was ist denn los? Wer sind Sie?«

»Linus Mutzke?«, fragte Katja streng.

»Ja, wieso –?« Überrascht sah er Tom an. »Ich hab Sie doch schon mal gesehen.«

»Bachmann, BKA.« Tom hielt ihm einen Ausweis vor die Nase. »Wir sprechen drinnen weiter.« Ohne eine Antwort von Mutzke abzuwarten, ging er an ihm vorbei in die Wohnung.

»Aha, na schön, bitte, dann kommen Sie rein«, murmelte Mutzke sichtlich verdattert und ließ auch Katja und Ira in seine Wohnung. »Was kann ich für Sie tun?«, fragte er dann mit gelangweilter Stimme.

»Kennen Sie Peter Bode?«, fragte Ira scharf.

»Nie gehört.«

»Stefan Harber, Felix Höffner?«

»Nein, die Namen sagen mir nichts.«

»Wo waren Sie gestern Nachmittag zwischen fünfzehn und achtzehn Uhr?«

»Da saß ich hier an meinem Rechner. Ich studiere Informatik, zwischendurch arbeite ich für einen Lieferservice. Ich kann Ihnen gerne meinen Computer zeigen, dann können Sie sich den Verlauf ansehen, wenn Sie das beruhigt.«

»Bitte.« Tom folgte dem Mann in das Arbeitszimmer und versuchte, seine Zweifel zu verdrängen. Der Mann war bisher überzeugend aufgetreten und schien nicht im Geringsten nervös zu sein. Nur irritiert darüber, dass plötzlich das BKA vor seiner Tür stand. Warum fühlte er sich so sicher?

Als Mutzke den Computer einschaltete, fiel Toms Blick auf die Fingerkuppen des Mannes.

»Was ist mit Ihren Nägeln passiert?«, fragte er.

»Ach, eine uralte Geschichte. Ein Unfall in meiner Kindheit, bei dem meine Fingerkuppen gequetscht wurden. Leider sind die Nägel nie wieder nachgewachsen.« Er fuhr den Rechner hoch und tippte auf der Tastatur.

Aus dem Augenwinkel beobachtete Tom, wie Katja sich im Arbeitszimmer umsah, während Ira sich langsam aus dem Raum zurückzog.

»Es wurde eine Verbindung vom Rechner eines Mordopfers zu Ihrem nachgewiesen«, log Tom, während Mutzke immer noch auf der Tastatur tippte.

Erstaunt blickte der Mann auf. »Von diesem Bode? Oder von einem der anderen beiden, von denen Sie eben gesprochen haben?«

»Nein. Es handelt sich um den Rechner von Mattes Schäfer.«

Ein kurzes, kaum merkliches Zucken zeigte sich in Mutzkes Mundwinkel. Hatte er nicht damit gerechnet, dass das Paar schon entdeckt worden war? Fühlte er sich nur als Zoom-Killer sicher, nicht aber als schlichter Mörder?

»Mattes ist tot?«, fragte er dann mit belegter Stimme.

»Oh bitte.« Tom zog spöttisch eine Augenbraue hoch. »Wollen wir uns das Theater nicht sparen?«

»Tom?« Es war Ira. »Können Sie mal kommen?«

»Die Frau hat kein Recht, meine Wohnung zu durchsuchen!«, regte sich Mutzke auf. »Oder haben Sie vielleicht einen Durchsuchungsbeschluss?«

»Sie ist nur auf der Suche nach einem Klo, das ist alles.« Tom warf Katja einen auffordernden Blick zu. »Behalte ihn im Auge.«

»Klar.« Sie zog ihre Waffe und hielt sie scheinbar gleichgültig in den Händen. »Setzen Sie sich doch, Herr Mutzke.«

Tom ging durch den engen Flur ins Schlafzimmer, das aussah, als wäre es einem Versandkatalog aus den Achtzigerjahren entsprungen. Billiges Eichenfunier an Schrank und Bett, einfallslos und eintönig, nichts, womit sich junge Leute einrichten würden.

»Schauen Sie sich das an«, sagte Ira und wies auf die Zimmerwände.

Langsam ließ Tom seinen Blick über die Wände gleiten. Überall hingen gerahmte Puzzle, alle hatten eine Kathedrale als Motiv. Der Kölner Dom neben dem Petersdom, der wiederum über Notre-Dame hing. Der Hamburger Michel neben der Sagrada Família, mehr als ein Dutzend gepuzzelte Kirchenhäuser konnte Tom zählen.

»Hier.« Ira wies auf das untere Ende des Kleiderschranks. Er stand auf Rollen. Tom nickte, und gemeinsam schoben sie den Schrank zur Seite.

»Eine Tür.« Er strich über die glatte Fläche, die an einigen Stellen ein paar Macken hatte. Wahrscheinlich war der Schrank schon häufiger gegen den Lack gestoßen. Die Klinke war abmontiert.

»Darf ich mal?«

Ira zog eine Büroklammer aus ihrer Hosentasche und machte sich an der Tür zu schaffen.

»Waren Sie eigentlich mal professionelle Einbrecherin?«, fragte Tom ohne eine Spur von Ironie.

Statt einer Antwort warf Ira ihm einen spöttischen Blick zu. Kurz darauf sprang die Tür auf. Sie betraten einen dunklen, fensterlosen Raum, in dem nur das leise Surren einer Belüftungsanlage zu hören war. Tom suchte nach einem Lichtschalter, und als er keinen fand, schaltete Ira die Taschenlampe an ihrem Handy ein.

»Wir sind offensichtlich richtig«, sagte Tom zufrieden, während seiner Kollegin hörbar der Atem stockte.

Im Schein der Handylampe ging Tom zu einem Schreibtisch, auf dem drei große Monitore standen. Er machte die kleine Tischleuchte an, die daneben stand, und lehnte seinen Oberkörper etwas zurück. An der Wand hinter dem Schreibtisch hing eine große Pinnwand. Und daran waren zahlreiche Hautstücke befestigt.

»Da haben wir ja unser menschliches Puzzle!«

Tom betrachtete die Hautlappen, die exakt zusammenpassten. Ein Teil fügte sich in den anderen. So, wie es jeder Puzzlespieler machte, war auch hier zunächst der Rahmen des Bildes gelegt worden. Ein Teil des Inneren war schon fertig, aber bestimmt zwei Drittel des Puzzles fehlten noch.

»Eine Kirche«, sagte Ira leise und betrachtete das makabre Bild stirnrunzelnd. »Das hier ist doch eindeutig ein Kirchturm.«

Mehrere Hautstücke waren so gelegt und bemalt worden, dass sie jetzt tatsächlich wie ein Eingangsportal aussahen, über dem ein Turm thronte.

»Die Brustwarze ist das Rosettenfenster«, sagte Tom.

»Dafür sollte es auf der anderen Seite bestimmt noch ein Pendant geben.«

»Ich habe so etwas noch nie gesehen ...« Fassungslos betrachtete Ira das Puzzle.

»Die Teile von Höffner hätten nicht gereicht, um es fertigzustellen, ich schätze, dass noch mindestens zwei weitere Kandidaten auf seiner Liste stehen.«

»Wir sollten zurück«, sagte Ira stockend.

Tom nickte und zog seine Waffe. Durch das Schlafzimmer kamen sie wieder in den Flur und zurück in das offizielle Arbeitszimmer von Linus Mutzke.

»Katja!« Ira eilte sofort zu ihrer Kollegin, die bewusstlos am Boden lag.

»Verdammt noch mal!« Tom ärgerte sich maßlos. Katja war einfach keine zuverlässige Konstante. Wieso hatte sie den Typen nicht in Schach gehalten? Was war so schwer daran, wenn man eine Waffe in der Hand hielt?

Offensichtlich war Katja schlimmer verletzt, als es auf den ersten Blick ausgesehen hatte. Ira legte sie in die stabile Seitenlage und wählte den Notruf. »Holen Sie ihn sich! Ich bleibe bei ihr.«

Tom sprintete los. Wie lange war Mutzke schon weg? Sie waren nur wenige Minuten in dem geheimen Arbeitszimmer gewesen. Weit konnte er nicht sein.

Er lief die Stufen der Souterrainwohnung hinauf und stürmte aus dem Haus. Die Straße war leer, weit und breit niemand zu sehen. Nach links ging es zur Hauptstraße, nach rechts in einen Wendehammer. Eine Sackgasse. Er hatte kein Auto gehört, also ging er davon aus, dass Mutzke zu Fuß geflohen war. Der Weg zur Hauptstraße war viel zu riskant, Mutzke musste damit rechnen, dass Verstärkung aus dieser Richtung kam. Der Wendehammer dagegen führte Fußgänger und Radfahrer direkt in einen Grünstreifen, in den kein Auto fahren konnte.

Tom überlegte keine Sekunde länger und rannte nach rechts. Doch schon nach wenigen Metern verringerte er sein Tempo und zog seine Waffe. Am Ende des Wendehammers sah er zwei Männer, die miteinander kämpften.

Linus Mutzke und Aaron.

Mit entsicherter Waffe, die er mit ausgestreckten Armen auf die Kämpfenden richtete, näherte er sich den beiden.

»Sofort aufhören! Hände über den Kopf und auf die Knie! Alle beide!«, rief er. Keiner der Männer ließ sich davon beeindrucken. Ohne auch nur aufzuschauen, schlugen sie weiter aufeinander ein.

»Halt dich da raus, Tommy«, ächzte Aaron und versetzte Mutzke einen Schlag in die linke Niere. Doch das schien dem nicht das Geringste auszumachen. Er verzog keine Miene und schlug Aaron mit voller Wucht ins Gesicht, woraufhin dieser zu Boden ging.

»Jetzt ist Schluss, Mutzke! Lassen Sie ihn in Ruhe, oder ich schieße!«, sagte Tom scharf.

Er war jetzt nur noch wenige Meter von ihnen entfernt. Aber bevor er seine Drohung umsetzen konnte, schnappte sich der Zoom-Killer in Sekundenschnelle Aaron, nahm ihn in den Schwitzkasten und hielt ihm eine Waffe an die Schläfe.

Wo hatte er die so plötzlich her?, ging es Tom durch den

Kopf. In Sachen Schnelligkeit und Geschicklichkeit hatte der junge Mann ihnen offensichtlich einiges voraus.

»Wenn du willst, dass dein Kumpel weiterlebt, dann legst du jetzt besser deine Waffe auf den Boden.« Mutzke sprach mit erstaunlich ruhiger Stimme. Trotz des heftigen Kampfes war er kaum außer Atem und wirkte extrem fokussiert. Tom fand es bemerkenswert, wie sehr er sich unter Kontrolle hatte.

Adrenalin lässt die einen zu brüllenden Totschlägern werden und macht aus anderen konzentrierte Killermaschinen, dachte er.

»Er ist nicht mein Kumpel, und es ist mir scheißegal, ob Sie ihn abknallen!«

»Tommy ...« Aaron stöhnte auf. »Jetzt red nicht so 'n Scheiß.«

Tom ignorierte ihn. »Wenn Sie ihn töten, sind Sie eine Sekunde später selbst tot. Das ist Ihnen doch klar, Mutzke?«

Linus Mutzke bewegte sich rückwärts Richtung Wald, wobei er Aaron vor sich hielt, wie einen menschlichen Schutzschild. »Wir verschwinden jetzt. Und du bleibst, wo du bist, Bulle!«

»Nee, bleibe ich nicht.« Tom zielte nach wie vor auf ihn, hatte abwechselnd Kopf oder Hals im Visier. »Sie haben eh keine Chance, Mutzke. Wenn Sie mit ihm im Wald verschwinden, kriegen wir Sie eben ein paar Stunden später. Das ganze Land wird nach Ihnen suchen. Erst recht jetzt, wo wir das Puzzle gefunden haben.«

»Interessiert mich nicht.« Mutzke spuckte verächtlich etwas Blut auf den Boden. Offensichtlich hatte Aaron ihm doch einige Treffer verpasst. Langsam ging er weiter.

»Ich glaube schon, dass Sie das interessiert. Sie haben schließlich einiges riskiert, um es herzustellen. Und Sie wollen doch nicht, dass es im Krematorium landet, oder?«

Für einen Moment glaubte Tom, eine Reaktion in Mutzkes Augen erkennen zu können. Ja, das verdammte Puzzle war ihm wichtig, daran gab es keinen Zweifel.

»Wenn Sie mir erklären, was es mit dem Puzzle auf sich hat, verspreche ich Ihnen, dass es nicht zerstört wird.«

Mutzke drückte Aaron die Waffe noch fester gegen die Schläfe. »Warum sollte ich dir vertrauen?«

»Weil er kein normaler Bulle ist«, sagte Aaron und schnappte dabei nach Luft. »Tommy hat mehr Leute auf dem Gewissen als du.«

»Halt die Klappe, Aaron. Bode war ein Sadist, ein Frauenquäler. Hat er Ihre Schwester oder Ihre Freundin –?« Tom sah in Mutzkes Augen, die plötzlich voller Traurigkeit waren, und verstand. »Es war Ihre Mutter.«

Das passte auch vom Alter des Mannes. Als Bode seine sadistischen Shows veranstaltet hatte, musste Linus Mutzke noch ein kleiner Junge gewesen sein. Deshalb hatte er nicht früher zugeschlagen. Er musste erst mal erwachsen werden.

Der Zoom-Killer nickte langsam. »Ja. Meine Mutter musste für Peter Bode anschaffen gehen und als Sexsklavin in seinen perversen Shows arbeiten.«

Tom sah ihm an, wie er von einer Welle der Erinnerungen überrollt wurde. Es war nicht einfach, sich seinem Trauma zu stellen, das war für niemanden leicht, auch nicht für einen skrupellosen Killer.

»Mama ging schon als Sechzehnjährige anschaffen, und

als sie dann mit mir schwanger wurde, sah sie gar keine andere Möglichkeit mehr, um an Geld zu kommen.« Mutzkes Augen wurden glasig. »Wir lebten auf dem Speicher über der *Falle*, aber ich hatte Angst, wenn ich da oben alleine bleiben musste.« Seine Stimme war inzwischen belegt. »Also nahm sie mich mit nach unten, wenn sie Schicht hatte. In den Wirtschaftsräumen konnte ich spielen, während Sie …«

Mutzke hatte den Würgegriff um Aarons Hals unwillkürlich gelockert, sodass der sich etwas aufrichten konnte. Die Waffe hielt der Killer aber nach wie vor gegen Aarons Schläfe gedrückt.

»Wie alt waren Sie damals?«, fragte Tom.

»Fünf oder sechs. ›Augen zu und durch‹, hat Bode immer zu ihr gesagt.« Mutzke flüsterte nun fast.

»Sie mussten diese *Prozeduren* als kleiner Junge beobachten?« Tom sah jetzt alles klar vor sich. Das große Trauma, das Linus Mutzke in jungen Jahren erlitten hatte und das über die Zeit das unabdingbare Bedürfnis nach Rache in ihm hatte entstehen lassen. »Ist Ihre Mutter bei diesen sadistischen Shows ums Leben gekommen?«

Mutzke räusperte sich. Leise begann er zu sprechen, und seine Stimme hörte sich dabei ganz anders an als zuvor. Tom glaubte, eine leichte Berliner Färbung wahrzunehmen, fast so, als wäre Mutzke in eine andere Rolle geschlüpft.

»Sie musste besonders quälende Prozeduren ertragen«, sagte er. »Bode war der Meinung, dass sie sich am besten dafür eignete, weil sie so jung aussah und so einen mädchenhaften Körper hatte. Damit konnte er nicht nur die Sadisten zufriedenstellen, sondern auch die pädophilen Quäler, denen er vormachte, sie wäre noch minderjährig.«

»Dekan Harber war einer der Männer?«, fragte Tom.

»Ja. Er war der Schlimmste. Er tobte sich regelmäßig an meiner Mutter aus. Meistens war es so heftig, dass sie danach tagelang nicht sitzen konnte. Liegen ging auch nicht, weil ihr Rücken grün und blau geschlagen war. Manchmal stand sie stundenlang weinend in der Ecke, mit einer Schulter an die Wand gelehnt, weil das die bequemste Position war, die sie einnehmen konnte.«

Tom sah, wie sich Aarons Gesicht veränderte. Trotz der zahllosen Morde, die er begangen hatte, hatte er seine Fähigkeit zur Empathie nicht verloren, und Tom spürte genau, dass er Mitgefühl mit dem Zoom-Killer hatte.

»Während der Prozeduren saß ich in einem Nebenraum, der nur durch einen Vorhang abgetrennt war.«

»Und dort lief die Musik von Louis Armstrong«, stellte Tom fest.

»›What a wonderful world‹. In einer Dauerschleife.« Mutzke presste die Lippen zusammen. »Harber brachte mir jedes Mal ein neues Puzzle mit, immer mit irgendeiner Kirche als Motiv. ›Wenn du es fertig hast, bevor die gebuchte Stunde um ist, höre ich auf, und deine Mutter hat frei‹, hat er immer gesagt. ›Also streng dich an!‹ Aber ich habe es nie geschafft, sosehr ich mich auch bemühte. Ich habe es nie geschafft …« Seine Stimme brach.

Ein außergewöhnlich schweres Trauma, das Schuldgefühle hinterlassen hatte und in dem Jungen Gewaltfantasien heranreifen ließ, die im Erwachsenenalter ausbrechen konnten, dachte Tom nüchtern. Sie entluden sich in einem menschlichen Puzzle aus Hautstücken der Peiniger, die seine Mutter gequält hatten.

»War Ihre Mutter Berlinerin?«, fragte er.

Mutzke sah ihn erstaunt an. »Ja. Woher wissen Sie das?«

»Unwichtig. Was ist mit dem dritten Opfer, Felix Höffner? War er auch ein Freier?«

Die Miene des Zoom-Killers verfinsterte sich. »Übler. Vielleicht war er sogar der Übelste von allen«, brachte er hasserfüllt hervor.

»Weil er sie nicht nur körperlich quälte?«, ahnte Tom.

Mutzke blickte mit leeren Augen auf die Straße. »Irgendwann verliebte meine Mutter sich in ihn. Er war einer ihrer Freier, steinreich und tat nach den Prozeduren immer, als würde es ihm leidtun. Er gaukelte ihr vor, ebenfalls in sie verliebt zu sein, und sie wurde völlig abhängig von ihm.«

»Die beiden wurden aber kein Paar«, stellte Tom fest.

»Nein. Er bezahlte ihr ein schäbiges Apartment, in dem wir dann wohnten. Zuerst dachten wir, es wär das Paradies, weil es tausendmal besser als der Dachboden über der *Falle* war, aber tatsächlich war es diesmal eine wirkliche Falle. Meine Mutter musste die Miete bei ihm abarbeiten, Höffner hatte einen Schlüssel und kam, wann und mit wem er wollte.«

»Er brachte Freunde mit zu Ihrer Mutter?«

Mutzke nickte. »Zwei von ihnen waren besonders brutal.«

»Und stehen ebenfalls auf Ihrer Liste?« Tom hatte geahnt, dass dem Puzzle noch Teile fehlten.

»Ja.« Linus Mutzke räusperte sich. »Meine Mutter konnte

nichts entscheiden. Weder wer über sie herfiel, noch was sie mit ihr anstellten. Und im Gegensatz zu den Prozeduren von früher bekam sie jetzt noch nicht mal Geld dafür. Er ließ uns auch öfter zu sich nach Hause kommen und setzte mich vor den Fernseher, während er sie im Nebenraum fertigmachte. Der einzige Unterschied war, dass sie dort auf Seidenlaken gequält wurde anstatt auf billigem Satin. Er hatte sie zu seiner privaten Sklavin gemacht, und es gab keine Kontrolle mehr über das, was sie erleiden musste.«

»Verstehe. Bode hatte im Zweifelsfall noch das Schlimmste verhindert, weil er keine Tote in seinem Laden haben wollte. Aber in Höffners Wohnung war Ihre Mutter vollkommen schutzlos. Sie ist gestorben, richtig?«

Für einen Moment herrschte Stille. »Sie hat sich in der Garage eingesperrt und den Motor laufen lassen«, sagte Mutzke dann tonlos. »Ich habe noch versucht, sie zu befreien, aber ich habe mich im Rolltor eingeklemmt und es dann nicht mehr aufgekriegt.«

»Kommt das mit den Fingernägeln daher?«

»Ja. Dadurch habe ich alle Nägel verloren.«

»Wo war Höffner in der Zeit?«

Mutzke zuckte mit den Schultern. »Keine Ahnung. Als er irgendwann gekommen ist, war meine Mutter schon tot. Er hat sie noch nicht mal aus dem Auto geholt, sondern nur genervt den Notarzt gerufen. Mich wollte er mit meinen blutigen Händen in denselben Rettungswagen schicken, in dem meine tote Mutter war. Hätte die Notärztin das nicht verhindert, hätte ich mich neben den schwarzen Plastiksack setzen müssen, in dem sie lag. Aber das war Höffner egal.

Sein Auto war ihm in dem Moment wichtiger.« Die Stimme des Mannes war jetzt voller Hass und Spott. »Der Motor war so lange im Stand gelaufen, dass er fast kaputtgegangen wäre. Nicht auszudenken.«

»In dem Moment haben Sie Rache geschworen«, stellte Tom fest.

»Ich konnte an nichts anderes mehr denken …«

»Eine besonders kranke und perverse Rache. Es muss bitter für Sie sein, dass sie ausgerechnet bei Höffner nicht aufging.«

Mutzke sah erschrocken auf. »Was soll das heißen?«

»Er hat überlebt. Wussten Sie das nicht?«

Der Schock ließ ihn für einen winzigen Moment unachtsam werden. Aaron nutzte die Gelegenheit und befreite sich mit einer blitzschnellen Drehung aus Mutzkes Griff, zog selbst seine Waffe und richtete sie auf den Zoom-Killer.

»Zwei gegen eins«, sagte Tom.

»Interessiert mich nicht«, entgegnete Mutzke, der mit seiner Waffe jetzt zwischen Tom und Aaron hin- und herzielte. »Einer von euch beiden stirbt mit mir.«

»Das ist nicht nötig«, sagte Aaron ruhig und ließ nach einem Moment seine Waffe ein Stück sinken. »Ich verstehe dich viel besser, als du glaubst«, fügte er mit fast warmer Stimme hinzu.

Was hatte er vor?

»Musstest du nach dem Tod deiner Mutter ins Heim?«, fragte Aaron.

Mutzke nickte. »Es war das beschissenste Kinderheim der Welt.«

»Nun, das möchte ich bezweifeln.« Aaron warf Tom grinsend einen Blick zu, wurde aber schnell wieder ernst. »Ich weiß, was du durchgemacht hast, und ich fühle deinen Schmerz. Glaub mir, ich sage das nicht einfach so. Und Tom fühlt ihn auch, stimmt's, Tommy?«

Tom versuchte zu durchschauen, was Aaron vorhatte. Wollte er sie gegeneinander ausspielen?

»Ja. Ich verstehe Ihren Schmerz«, sagte er langsam. »Aber auch wenn Sie Schlimmes erlebt haben, rechtfertigt das noch lange nicht diese brutalen Morde. Was ist mit Mattes und Alex? Die hatten mit den ganzen Prozeduren nichts zu tun! Trotzdem haben Sie die beiden bestialisch abgeschlachtet.«

»Sie hatten es verdient, Tommy. Das weißt du ganz genau«, sagte Aaron.

»Jetzt halt endlich die Klappe!«

»Nein, tu ich nicht. Er steht auf der richtigen Seite. Er hat die richtigen Leute getötet, den absoluten Abschaum unserer Gesellschaft. Du darfst ihn nicht einsperren! Und schon gar nicht erschießen!«

Da Aaron seine Waffe auf den Boden gerichtet hatte, zielte Mutzke, der inzwischen sichtbar durcheinander war, nun auf Tom, der ihn ebenfalls im Visier hatte.

»Warum hast du ihn dann nicht gewarnt?« Tom ließ Aaron keine Sekunde aus den Augen. »Du wusstest doch, dass ich kurz davor war, ihn festzunehmen. Zuerst warnst du ihn nicht vor uns, und als ihm dann die Flucht gelingt, versuchst du, ihn gewaltsam aufzuhalten! Als würdest du es darauf anlegen, dass wir drei hier zusammenkommen!«

Aaron grinste breit. »Du bist wirklich ein kluges Köpfchen, Bruder.«

Für einen Moment war Tom sprachlos. Lief hier etwa alles genau so, wie Aaron es geplant hatte?

Mutzke blickte irritiert von einem zum anderen. »Was soll das heißen? Was ist hier los?«

»Nimm deine Waffe runter, Linus«, sagte Aaron mit beruhigender Stimme. »Und du auch, Tommy.«

»Ich denk gar nicht dran«, antwortete Tom. »Das ist das Letzte, was ich tun werde.«

»Ihr seid echt zwei Sturköpfe.« Aaron schmunzelte. »Es stimmt, ich habe dafür gesorgt, dass wir drei uns mal besser kennenlernen. Denn ich glaube, dass Linus sehr gut zu uns passen würde. Er hat einen moralischen Kompass, achtet genau darauf, wen er umbringt, und würde niemals einen Unschuldigen töten.«

»Mit meinem moralischen Kompass hat das alles nichts zu tun, das weißt du genau«, sagte Tom scharf.

»Dein Job ist es, dich um die Bösen zu kümmern. Aber in den letzten Wochen hast du mehr als deutlich gesehen, dass man sich viel besser um sie kümmern kann, als es dir in deiner Funktion als Bulle jemals möglich wäre! Mutzke hat mit seinen Morden die Welt ein Stück besser gemacht, was meinst du, was wir gemeinsam erreichen könnten? Wir drei zusammen?«

Linus Mutzke sah Aaron für einen Moment verwundert an, dann schien er Gefallen an dem Gedanken zu finden. »Wir töten die Bösen …« Langsam ließ auch er nun die Waffe sinken.

Aaron klopfte ihm lächelnd auf die Schulter. »Ganz genau, mein Freund.«

»Du kannst dir noch so viele Spielchen einfallen lassen, du wirst mich niemals auf deine Seite ziehen.« Tom zielte mit einer Hand immer noch auf Mutzke und zog mit der anderen seine Handschellen ab, die hinten an der Gürtelschlaufe befestigt waren. »Waffe auf den Boden, Hände hinter den Kopf und runter auf die Knie. Linus Mutzke, ich nehme Sie fest wegen –«

In dem Moment trat Aaron Tom mit einer ruckartigen Bewegung die Waffe aus der Hand und richtete seine eigene auf ihn. »Das wirst du nicht tun.«

Tom hielt sich die schmerzenden Finger und sah ihn verächtlich an. »Erst verrätst du mich an den Alten und nimmst billigend meinen Tod in Kauf. Und jetzt willst du mich auch noch erschießen? Ich dachte, ich bin der wichtigste Mensch in deinem Leben! Dein Bruder, dein bester Freund – das war alles nur gelogen, stimmt's?« Tom spürte, wie die Wut in ihm hochkochte. »Du bist und bleibst ein notorischer Lügner, dem ich niemals vertrauen kann!«

»Nein, das war nicht gelogen. Du bist wie ein Bruder für mich, wie ein kleiner Bruder. Und kleinen Brüdern muss man halt manchmal zeigen, wo der Hammer hängt.« Dann wandte er sich an Linus Mutzke. »Los, hau ab. Ich pass auf. Jetzt beeil dich schon!«

»Danke«, sagte Mutzke. »Ich werde in deinem Sinne weitermachen.«

»Ich weiß. Jetzt mach, dass du wegkommst!« Aaron sah ihn auffordernd an, und Mutzke rannte los.

Der Schuss, der im nächsten Augenblick zu hören war, kam so überraschend, dass Tom unwillkürlich zusammenzuckte. Linus Mutzke sank tödlich getroffen zu Boden, die linke Hälfte seines Kopfes lag einen halben Meter neben ihm. Der Schuss hatte ihm den Schädel aufgerissen, Hirnmasse und Knochenstücke verteilten sich auf dem Asphalt. Innerhalb von wenigen Augenblicken bildete sich eine große Blutlache.

»Wer ist das?«

Ira zeigte mit ihrer Waffe auf Aaron, der von dem Schuss ebenso überrascht war wie Tom. Doch in Sekundenschnelle hatte er sich wieder gefangen und sprang mit einem Satz über den Zaun, neben dem er stand. Ira zielte auf ihn, ein weiterer Schuss fiel. Kurz darauf war Aaron in der Dunkelheit verschwunden.

»Aufhören!«, rief Tom streng. »Hören Sie auf, hier wie eine Wilde herumzuballern! Das ist eine Wohngegend, Sie könnten weiß der Teufel wen treffen!«

Er blickte sich um. Aaron war weg. Ira hatte ihr Handy in der Hand und rief Verstärkung. In der Ferne war das Heulen von Sirenen zu hören. Offensichtlich hatten einige Anwohner bereits die Polizei informiert.

»Wer war das?« Ira sah ihn stirnrunzelnd an.

»Keine Ahnung«, log Tom.

Für eine Weile standen sie schweigend da und blickten in die Dunkelheit.

»Sie kannten den Typen nicht?«

»Nein.«

Ira schien einen Moment nachzudenken. »So wie Sie den

Mörder vom Blutkünstler nicht gekannt haben?«, fragte sie dann.

Tom zögerte. Dann drehte er sich zu ihr um und nickte langsam.

Stumm sahen sie sich an.

»In Ordnung«, sagte Ira schließlich. Ihre Miene war völlig ausdruckslos.

In dem Moment wusste Tom, dass er ihr vertrauen konnte.

50

Tom beobachtete den alten Mann, der mit seinem kleinen Hund eine letzte Abendrunde ging. Der Fall des Zoom-Killers war so gut wie abgeschlossen. Der Rechner von Linus Mutzke musste noch endgültig ausgewertet werden, aber eigentlich konnten sie die Sache zu den Akten legen. Der Zustand von Felix Höffner hatte sich stabilisiert, so wie es aussah, würde er überleben. Abgesehen davon, dass er dauerhaft entstellt sein würde, hatte der große Blutverlust dafür gesorgt, dass sein Gehirn massiven Schaden genommen hatte. Er würde für immer ein Pflegefall bleiben und nie wieder der Alte werden.

Auch wenn Peter Bode seine Tochter zu Lebzeiten enterbt hatte, so fingen für Rena Bode nun doch bessere Zeiten an. Ihre Mutter Maren wurde Alleinerbin von Bodes nicht unerheblichem Vermögen und sorgte sofort dafür, dass ihre Tochter darüber verfügen konnte. Als Erstes verkaufte Rena Bode daraufhin die Anteile von *PornFun* an Teresa Konstantin, die dadurch zur mächtigsten Person im deutschen Porno-Business aufstieg.

Tom rechnete es Ira hoch an, dass sie über die Vorkommnisse an diesem Abend niemandem gegenüber ein Wort verloren hatte. Während er den alten Mann weiter beobachtete, überlegte er, ob er irgendwann mal das Gespräch mit seiner Kollegin suchen und ihr eine Erklärung liefern sollte. Aber jetzt musste er sich erst mal auf etwas anderes konzentrieren.

Wie alt mochte der Mann sein? Achtzig? Sein Haar war schlohweiß und sein Gang gebückt. Trotz der faltigen Haut hatte Tom ihn aber sofort erkannt. Der Moment, als er ihn das letzte Mal gesehen hatte, hatte sich für immer in sein Gedächtnis gebrannt.

»Was soll das heißen, Sie können nichts mehr tun?« Rudolf Bachmanns Stimme war voller Verachtung gewesen. »Wir Wissenschaftler können immer etwas tun!«

»Ich bin Arzt«, hatte der Mann einfühlsam geantwortet. »Ich verstehe Ihre Verzweiflung. Aber die Nieren Ihrer Frau arbeiten bereits seit vier Tagen nicht mehr, und auch die Leber steht kurz vor dem Versagen. Es tut mir leid, aber der Krebs hat in ihrem ganzen Körper gestreut. Ihre Frau wird in den nächsten Stunden einschlafen.«

»Das wird sie nicht!« Der Alte hatte so laut gebrüllt, dass Tom den Eindruck bekommen hatte, seine komatöse Mutter würde kurz zusammenzucken.

»Sie wird nicht leiden müssen …« Der Arzt konnte den Satz nicht zu Ende sprechen, Rudolf Bachmann beendete ihn mit einem Fausthieb. Kurz darauf verließ der Mann das Sterbebett.

Tom griff in seine Hosentasche, als wollte er sich vergewissern, dass das Messer noch da war, wo er es hingetan hatte. Er würde das Leben dieses Mannes beenden, nicht weil er dachte, dass er es verdient hatte, sondern wegen Eva. Sie war der einzige Mensch auf der Welt, der Tom wirklich etwas bedeutete. Er würde alles für seine Pflegemutter tun. Und sie in Sicherheit zu bringen, woandershin unter einem anderen Namen, würde erstens gegen die Rekruten seines Vaters nicht funktionieren und wäre zweitens nur eine andere Methode, ihr das Leben zu nehmen. Es war eine reine Abwägung. Ihm blieb nichts anderes übrig, als seinen moralischen Kompass auszuschalten. Dass er dazu in der Lage war, hatte er wohl seinem Vater zu *verdanken*. Dafür hasste er ihn noch mehr.

Würde ihn der Alte wirklich in Ruhe lassen, wenn er den Arzt umgebracht hatte? Oder würde schon bald eine neue Forderung von Rudolf Bachmann kommen? Tom wusste es nicht, und er konnte nicht ausschließen, dass die Erpressungen seines Vaters gerade erst angefangen hatten.

Unauffällig folgte er dem alten Mann und seinem Hund in ein kleines Waldstück. Jetzt war es so weit.

Tom zog das Messer aus seiner Hosentasche und beschleunigte das Tempo. Als er nur noch wenige Schritte hinter ihm war, stand plötzlich eine Gestalt auf dem Weg. Der Unbekannte trug einen schwarzen Hoodie und hatte die Kapuze tief in sein Gesicht gezogen. Tom erkannte ihn trotzdem sofort.

Erstaunt blieb der alte Mann stehen. »Was wollen Sie?«

Der andere zog eine Waffe aus der Jackentasche, an der ein Schalldämpfer angebracht war. Er hielt sie dem alten

Mann an die Stirn und drückte ohne Vorwarnung ab. Fast lautlos sackte er daraufhin zu Boden.

»Das war ich dir schuldig«, sagte Aaron. Ohne ein weiteres Wort zu sagen, ging er an Tom vorbei und verschwand in der Dunkelheit.

– Ende –